JN393318

포대령 · 감루연습
천승세 대표작품선 1

2024년 10월 30일 초판 1쇄 발행

지은이 천승세
발행인 조동욱
편집인 조기수
기 획 천의경 / 하동 천승세 기념사업회
펴낸곳 출판회사 헥사곤 Hexagon Publishing Co.
등 록 제2018-000011호 (등록일: 2010. 7. 13)
주 소 경기도 성남시 분당구 성남대로 51, 270
전 화 070-7743-8000
팩 스 0303-3444-0089
이메일 joy@hexagonbook.com
웹사이트 www.hexagonbook.com

ⓒ 천승세 2024, Printed in KOREA

　　　　ISBN 979-11-92756-59-2 04810
　　　　ISBN 979-11-92756-58-5 (세트)

* 이 책의 전부 혹은 일부를 재사용하려면 저자와 출판회사 헥사곤 양측의 동의를 받아야 합니다.

천승세 대표작품선 1
중・단편 소설

포대령・감루연습

천승세

HEXAGON

〈책머리에〉
〈천승세 대표 작품선〉을 발간하며

  선친께서 돌아가신 후 4년, 그동안 미완으로 남은 장편소설 '선창 1,2', '빙등', '순례의 카나리아', '봉기사의 다락방' 네 편을 발간하였습니다. 그 후 많은 독자와 후학들에게 다정한 격려와 응원을 받았습니다. 또 한편으로는 예전 발표 되었던 작품들, 발간되었던 작품집을 구해 읽기 힘드니 모아달라는 요청이 많았습니다.
  그래서 '천승세 대표작품선'을 발간하게 되었습니다.
  중.단편 소설 34편을 소설집 (3권)으로, '만선'등 3편의 희곡과 '몸굿', '산당화' 2권의 시집을 한 권으로 묶어 우선 발간하기로 하였습니다.
  그 외 많은 수필들과 꽁트 등은 다음에 또 준비하기로 약속 드리겠습니다.
  선친께서는 다양한 문학 장르를 모두 정식 등단하여 다수의 역작을 남기셨습니다.
  이는 늘 당신이 강조하였던 나태해지지 않으려는 '신인정신'과 이쯤이면 된다는 적당한 정도를 완강히 거부하는 '예술혼의 엄절한 훈계' 덕이었을 것입니다.
  이 '대표작품선' 발간이 많은 독자들과 후학들에게 감상하고 공부할 수 있는 자료가 된다면 더 바랄 게 없겠습니다.
  이번 작업에도 함께 한 출판회사 헥사곤에 깊이 감사드립니다.

2024년 11월
하동 천승세 기념사업회 천의경

〈작가소개〉
천 승 세 (1939.2.23~2020.11.27)

    1939년 전남 목포에서 소설가 박화성의 아들로 태어나 목포고등학교를 졸업하고, 1961년 성균관대학교 국문과를 졸업했다. 1958년 동아일보 신춘문예에 단편소설 '점례와 소'가 당선되어 등단하였고 1964년 경향신문 신춘문예에 희곡 '물꼬'가 입선하고 같은 해 3월 국립극장 장막극 현상 모집에 '만선(3막 6장)'이 당선되었다. 1989년 창작과 비평(가을호)에 시 '축시춘란' 외 9편을 발표하며 시인으로 등단했다.
    주요 작품으로 소설 '포대령' '황구의 비명' '낙월도' '이차도 복순전' '혜자의 눈꽃' '신궁' 등이 있으며, 60여 편의 중·단편, 5편의 장편소설과 미완의 장편 3편, 희곡 '만선' 등과 〈몸굿〉, 〈산당화〉 2권의 시집, 4권의 수필집, 3권의 꽁뜨집 외 다수가 있다.
    신태양사 기자, MBC 전속작가, 한국일보 기자로 활동했고, 한국문인협회 소설분과 이사, 자유실천문인협의회 고문, 민족문학작가회의 자유실천위원회 위원장과 회장단 상임 고문을 역임했다.
    1965년 제1회 한국연극영화예술상 희곡상, 1975년 제2회 만해문학상, 1982년 제4회 성옥문화상 예술부문 대상, 1989년 제1회 자유문학상 본상을 수상하였다.
    암으로 투병 중 전신으로 암세포가 전이되어 약 2개월 와병 후 2020년 11월 27일 자정을 막 넘긴 시각 영면했다.

8 ... 접례와 소

30 ... 견족(犬族)

50 ... 예비역(豫備役)

70 ... 화당리(花塘里) 숫례

90 ... 봇물

114 ... 포대령

136 ... 분홍색

158 ... 종선(從船)

180 ... 그날의 초록

196 ... 감루연습(感淚演習)

218 ... 주례기(主禮記)

234 ... 배밭굴 청무구리

252 ... 달무리

270 ... 불

점례와 소

 여치가 울 법도 하련마는 풀섶에 이슬이 너무 찬 때문인지 아무 소리도 없다. 꽉 끼었던 안개가 슬슬 벗겨져 간다. 멀리 대봉산의 쫑깃한 머리봉이 연초록빛으로 희미하고 비녀산의 굵다란 몸채가 안개 속에서 슬며시 나타난다.
 점례는 늘어지게 기지개를 한 번 켜고는 잠이 덜 깬 듯 부숭숭한 눈으로 소를 끌고 나온다.
 "이랴."
 점례는 고삐를 탁탁 두들기면서 소를 몬다. 여기저기 조개 껍데기처럼 따닥따닥 붙어 있는 초가집에선 밥짓는 연기가 실처럼 피어 오른다.
 "훠어이."
 날지도 않는 새를 이랑 건너 수수밭을 향하여 두어 번 손바닥을 두들겨 새 쫓는 시늉을 하던 점례는 눈을 휘둥그렇게 떴다.
 산비탈길을 만복이가 변또 하나만 탈랑거리며 내려오고 있는 것이다.
 "작것아! 빨리 뜯어야?"
 점례는 죄 없는 소에게 모를 세워 눈을 흘긴다.
 그러나 소는 몸뚱이만 휘 비틀 뿐 여전히 풀만 뜯는다.
 "해필 옷도 이꼴 해각고……. 속상해라."

점례는 갑자기 가슴이 뛰놀았다.

앞만 쳐다보는 척하면서도 슬며시 곁눈질을 해보니 만복이는 어느새 점례를 알아차렸는지 능글맞게 웃으며 걸어오고 있다.

"작것아! 그만 피묵해야!"

점례는 고삐를 요란스럽게 두드리며 모르는 척 소를 끌었다. 그러자 점례가 가려는 눈치를 알아차렸는지 만복이는 숨을 헐떡거리며 달려와 점례 앞을 탁 막아선다.

"오늘은 웬일여? 사람을 보고도 막 갈라게."

"음마잉 사람들 보멍 으짤라고잉."

"사람들 보멍 으짠고 그것이 머가 숭은 숭여?"

만복이는 이제 바싹 다가서며 몸이라도 얼싸 안으려는 눈치다.

"음마 빨리 가."

점례는 몸을 휙 비틀어 버리며 눈을 흘긴다.

"못 가겄어!"

만복이는 어린애마냥 입까지 삐쭉거리며 더 버티어 선다.

"빨리 가랑께잉 나 시수(세수)도 안했어."

"시수 안하멍 으짤고. 은제 봐도 내 점례는 꼭 달 같어!"

"앗다 능글맞게……. 누가 니 점례여? 빨리 가기나 해."

흘긴다는 게 고만 곱다랗게 웃고 만 포동포동한 점례의 얼굴을 만복이는 금방이라도 물어뜯기나 하련 듯이 바라다만 본다. 점례도 만복의 시선을 끝내 받다가 기겁하게 놀라며

"으짜꼬 쩌그 샘들아짐 온당께잉, 빨리 가 빨리."

하며 발까지 동동 구른다.

"그람 오늘 저녁 용두골 깔밭(갈대밭)으로 꼭잉?"

"안해! 나 못가아. 나락 찔러 갈랑망야."

만복이는 변또를 풀 위에 내려놓으며 일부러 버틴다.

"가께 그래. 그람 가께. 빨리 가란 말여."

점례가 못 이기듯 이렇게 말하자 그때야 만복이는 일어섰다.

"그람 꼭잉?"

"그래에."

"꼭 꼭잉?"

두어 걸음 걷다가 다짐다짐하고야 터벅터벅 걸어가 버린다.

멀어져 가는 만복이의 뒷모습을 남몰래 전송하면서 점례는 입술을 지그시 깨물었다.

용대나 창수가 포마드 따위나 발라 가며 있는 멋 없는 멋 다 부리는데도 만복이의 머리는 알품은 암탉털 모양 항시 덥수룩했고 언제 봐도 옷매무시는 털털했다. 그렇다고 성질이 거친 것도 아니고 누구보다도 찬찬하고 얌전한 만복이다. 게다가 어떻게 인정이 많은지 동네 사람들이 죽을 때까지 복(福) 많이 받으라고 본이름 용철이를 만복(萬福)이라 불러 온 것이 이젠 완전한 제 이름이 되고 만 것이다.

점례같이 앙칼진 성미가 저런 털털한 만복이를 알게 된 것도 그 두터운 인정과 고운 마음씨가 아니었으면 어림도 없는 일이었다.

저만치 가던 만복이가 점례에게 손짓을 해보이다가 앞으로 푹 고꾸라지더니 다시 일어나 걸어간다.

"킥킥."

점례는 만복이의 엎으러지는 꼴이 어찌나 우스운지 손으로 입을 가리고 웃는다. 순간 작년 겨울 일이 생각났다. 작년 겨울 밤이었다.

논밭에 누런 곡식들이 무거운 고개를 수그리면서 찬 서리가 내리기 시작하면 이상리(上里) 큰 애기들은 몸이 두 동강이 나도록 바빴다. 한참 바쁘던 추수가 지나면, 때묻은 누룽지를 움켜쥐고 콧물이나 흘리면서 울어대는 어린애를 달래 가며 동생들의 양말짝도 기워야 하고 틈이 나면 고추 방아도 찧어야 하고 깊은 겨울 깊어지기까지는 여전히 바빴다.

 그날도 점례는 다막리(里) 외가에서 밤늦게 고춧가루를 빻아 주다가 열 한 시가 되어서야 코에서 쑥잎을 꺼냈다.

"나 갈라우."

 밥상을 막 밀어 내자 점례는 무명 목도리를 목에 칭칭 감고 일어섰다.

"앗다! 가시내 성미도……. 이 바람통에 오디를 간다고 저 야단까? 자고 가명 좋으련망."

 이모의 따뜻한 말에도 점례는 시늉도 안 하고 짚신을 끌었다.

"그래 꼭 갈래? 땃땃하니 자고 갈 것이지……."

"가봐야제……. 집에 어무니 혼자베께 없어라우. 아버이는 읍에 나가 내일 오고……."

 점례는 옷고름을 더 꽉 잡아서 여미고 사립을 나와 버렸다.

 두 볼에 부딪치는 바람은 살을 떼어갈 듯이 차가왔다. 휘몰아치는 눈보라에 앞이 안 보이고 바람이 세게 불 때면 숨이 콱콱 막혔다.

"추워러으. 추워러으."

 목도리를 더 꽉 여미고 홱 돌아서서 뒷걸음질을 치다가 그만 합수구덩이로 쭉 미끄러져 내렸다.

"옴매이, 옴매이."

 점례의 외마디 비명은 몰아치는 눈보라에 가물가물 사라져 갈 뿐 개 한마리 지나지 않는다. 나오려고 애를 쓰는 점례의 손등은 땅에 긁히어 피까지 났다.

"아이고 옴매이, 옴매이."

 점례는 손톱으로 땅을 긁으며 오른발로 위를 디디려는데 왼쪽발이 얼음을 깨뚫고 푹 빠져 들었다.

"아이고 옴매이, 아이고 아이고."

 점례가 죽는 듯한 비명을 지르며 허우적거리는데 이만치 검은 그림자가 다가오며

"거 누싱게라우?"

 했다.

"아이고 나 좀…….."

 점례는 한쪽 손을 내저으며 외쳤다.

 그러자 그 남자는 소매를 둘둘 말아 올리곤 아랫바지 걷을 새도 없이 합수구덩이에 한쪽 발을 풍덩 빠뜨리고 점례를 안아 올렸다. 점례는 행여 놓칠세라 만복이의 가슴에 꼭 안긴 채 길 위로 나왔다. 나와서는 그 고마운 사람의 얼굴부터 살펴보니 동네 사람들이, 그리고 윗집 금자가 늘 칭찬하던 그 만복이라는 사람 아닌가.

 점례는 미안하고 부끄러워서 망설이고만 있는데 만복이가 먼저 말을 했다.

"원! 이 치위에 여자분이……. 으짜다가……."

"정말 미안히요. 음매 저 옷 봐야."

"옷이고 무어고……. 나사 괜찮소만 여자분이 거참 안됐소. 어서 들어가서 따뜻이 자시요."

하고는 흥건하니 젖은 밑바지를 둘둘 말아 올리고는 그냥 어둠 속으로 사라져 버렸다.

 그날 밤 꿈속에서 점례는 만복이와 고추를 빻았다.

 그런 일이 있은 후 하영든 여태까지 열 다섯 번을 용두골 깔밭에서 만났다.

매애ㅁ맴, 매애ㅁ맴.

 첫 매미가 운다.

 소가 파리 날리던 꼬리로 점례의 옆구리를 후려서야 점례는 다시 한번 산길을 쳐다보았다. 가물가물 멀어져 가는 만복이의 모습을 바라다보며 점례는 무슨 일인지 콧날이 시큰했다.

"그때 만복이 아니었스멍 누가 그런 더러운 합수구덕을 쳐다라도 봤을까?"

 점례는 소리나게 중얼거리며 또 한 번 산길을 쳐다본다. 귀밑이 빨갛게 달아올랐다.

 소도 웬만히 뜯었는지 불룩한 배를 휘뚱거리며 먼저 앞장을 선다.

 찍 찌르륵.

 풀숲 속에선 여치가 울기 시작하고 밭이랑에서 종달새 한 마리가 하늘을 치솟았다.

 소쩍새 우는 들길을 설레는 가슴으로 바쁘게 튀어온 점례는 숨이 찼다.

 먼저 와 있으려니 하고 늦게야 왔는데도 만복이는 웬일인지 보이지 않는다. 여느 때면 두어 시간쯤을 먼저 와서 우두커니 서 있는 만복이를 '올빼미'라고 놀려 주기까지 하였는데…….

 점례는 애가 탔다. 물새가 울고 갔다.

 그냥 가버릴까 하고 망설이고 있는데 갑자기 등 뒤에서 '까웅' 하며 점례의 어깨를 끊어져라 흔들어 버린다.

 "엄마야아 엄마야아."

 놀라 돌아보니 만복이었다.

 "아이고 깜짝이야. 사람이 머시까잉?"

하면서도 전에 보지 못했던 만복이의 명랑한 태도에 배시시 웃으며 만복이의 얼굴을 쳐다본다.

 "머가 깜짝? 다 큰 거시……. 사람이 어쨌단 말여 응? 이 사람아."

하며 만복이는 점례의 허리를 힘대로 나꾸었다.

 "이라지 말고 여기 앉어."

 점례는 치마를 발끝까지 푹 내려덮고 고개를 수그려 버린다.

 가끔 물새 소리만 흔들려 가고 금방이라도 쏟아질 듯 총총한 별만이 어두운 하늘을 지키는 고요한 강변이다.

 "점례."

 피던 몰초를 짚신으로 득득 문질러 버리며 만복이는 점례의 어깨 위에 손을 얹었다.

"응?"

"아까참에 그 샘돌아짐씨 믄 말 안해?"

"응. 난지 몰랐는 개비여. 그냥 샛길로 가버리드망."

"점례! 나는 점례 없이는 한시도 못 살겠어……. 점례!"

"………."

"점례!"

"…………."

만복이는 숨을 가쁘게 내쉬며 허리를 으스러져라 끌어안았다.

"아이! 이라지 마아! 꼭 호랭이 같어야."

"…………."

"아이고 이라지 마아, 이라멍 나 가볼려."

"점례! 여태까지 내가 한 번이라도 이랬어 응? 점례!"

"그랑께 이라지 마아."

만복이는 점례의 말에는 들은 체도 않고 더욱 더 억센 힘으로 점례의 배를 짓눌렀다.

점례는 순간 이상한 생각이 머리를 스쳤다. 있는 힘대로 배 위의 만복이를 밀어 뜨리고 재빨리 일어난다.

"왜 이려 응?"

"안해! 그라고 나성 나중에는……."

"내가 그런 놈으로 밖엔 안 보여? 내참!"

만복이는 팔베개를 베고 하늘을 향하여 반듯이 누워 버린다.

흩어진 머리칼과 구겨진 옷 매무새를 고치면서 점례는 누워 있는 만복이에게

"미안해요 잉?"

하고는 혀를 날름해 보인다.

"후유—."

만복이는 무슨 말을 할 듯하더니 곧 한숨으로 흐려 버린다.

"아참! 요새 팔월(추석) 닥친디 일 되지라우?"

하고 점례는 슬쩍 화제를 돌렸다.

"머 별로 된 것은 없어도……. 암, 되제."

"멋 하는 덴디?"

"폴쌔(벌써)부터 물어봐도 그것은 안 갈캐줘야……. 멋하는 데여?"

"…………."

"음마? 멋하는 데냐 말여?"

"벡돌(벽돌)공장."

꼬집고 졸라대는 점례를 못 당하겠다는 듯이 만복이는 얼른 대답해 버린다.

"오—벡돌공장?"

점례도 만복이도 한동안 말이 없다.

또 한번 물새가 울고 갔다.

"참! 점례! 이참 팔월엔 멋 사줄까?"

가만히 누워만 있던 만복이가 부시시 일어나며 묻는다.

"…………."

"멋 해주끄나 말여? 댕기?"

"아니 아니."

점례는 좌우로 고개만 내저을 뿐 짚신발만 만지작거린다.

"참! 꽃고무신?"

"맘대로."

만복이는 몰초를 말아 문다.

사실 만복이네도 석 달 전만 하더라도 구차하기 이를 데 없었다. 기껏해야 논 한 마지기와 밭 한 마지기밖엔 없는 살림에 만복이 밑으로도 인제 젖 빠는 놈까지 해서 다섯 명이나 있고 할아버지 할머니도 정정하게 살아 계시다.

그러던 것이 석 달 전 마동(麻洞) 도살장(屠殺場)에 다니면서부터는 보름만이면 쇠머리도 가져오고 제법 푼푼한 살림을 했다.

처음으로 도살장에 나간 날은 도망해 나왔으나 그 다음 날부턴 연 닷새간을 변소에서 구역질을 했다. 소나 돼지를 잡을 때면 망설이는 만복이를 보고

"이 사람아! 당장이라도 나갈나멍 제발 나가게……. 한두 번 아니고……. 원 젊은놈이 그것이 머싱가? 살아 나가자멍 더 큰 고상이 많은 것인디……굴러 들어온 복(福) 덩어리를 찰라고 해? 에이참!"

하며 도살장 털보 영감은 상투가 떨어져라 삿대질을 했다.

그런 일이 있은 후론 만복이는 한두 마리 때려 잡는 것이 예사가 되어 버렸다.

그러나 한 가지 거리끼는 것은 점례다.

점례는 개구리 하나만 죽여도 무섭다고 하며 그날은 만나기도 싫어하는 이상한 성미를 가진 계집애다. 만약 돼지 한 마리만 잡은 줄 알아도 당장 돌아서 버릴 점례였다.

"후유—."

만복이는 긴 한숨을 내뿜었다.

"점례!"

"응?"

"내가 만일에 문둥이가 된다멍 그래도 점례는 나 따라가겠어?"

"말이라도 그런 말을 학까잉."

점례는 제법 엄숙하니 말을 받는다.

"그러기말여……. 하옇든 대답이나 해보랑께?"

"따라가!"

만복이는 점례 새끼손가락에 힘대로 깍지를 꼈다.

"그람 개가 물라고 대들멍 패 죽여 버리멍 내가 밉지?"

만복이의 말이 떨어지기가 무섭게 점례는 고개를 홱 돌려 안색이 변하더니
"그런 징한 소리는 하도 마. 개가 문다고 꼭 패 죽여야만 하까……? 산 짐승 패 죽인 사람하고 누가……."
하고 이번에는 몸까지 부르르 떨어 보인다.
'별 가시낭년도 세상에 있제. 그람 물려 죽으멍 조까? 그것이 머시 큰일이라고 지랄은 지랄여.'
만복이는 돌아앉아 있는 점례의 뒤꼭지에 주먹질을 해가며 속으로 중얼거렸다.
"인자 나 갈려."
점례는 치마를 털며 부시시 일어선다. 만복이도 같이 일어섰다.
"점례! 으짠 일이 있드라도 나랑 살지?"
"그래!"
만복이는 굵다란 손목으로 점례 허리를 꼭 껴안으며 볼에다 입을 맞추었다.
점례도 처음으로 만복이의 가슴 속으로 깊이 파고들었다.
바람에 갈대숲이 흔들거린다.
게란 놈이 뻘 위를 달려갔다.
첫닭이 세 번이나 울었다.
뒷산에선 꿩소리가 요란했다.
어제 못다 찧었던 좁쌀을 오늘은 꼭 찧어야 한다.
닭들이 어느새 나와 연방 먹이를 찾아 헤맨다.
밥상을 가지고 방에 들어오는 점례를 보고 갑순 노인은
"점례야 오늘은 소 뜯기지 마라. 점술이 땀새 빚 쓴 놈 소 잡어 갚어 버려야제 졸려서 사람이 죽겠다."
하며 숟갈을 든다.
"머시라우?"
점례는 기가 막혀 큰 소리로 물었다.

"머가 머시라우여? 다 큰 가시낭년이 밥상머리에서 애비한테 툭툭 쏘는 버르장머리……."

갑순 노인은 숟갈로 상을 두드리며 악을 쓴다.

"머시 그렇게 성 낼 일이요? 하도 기가 맥인께 그라제……. 지 자석같이 키우던 손디, 시상에……."

점례 엄마는 점례를 편들었다.

"자넨 가만히 좀 못 있어? 응? 자꼬 가시낭년 성미를 키워 줘?"

인젠 상이라도 엎어 버릴 듯이 야단이다.

재작년 점술 오빠의 병 때문에 하리(下里) 약방 주인에게서 칠만환을 얻어 쓴 적이 있다. 지금은 군인에 가 있지마는 만약 그 돈이 아니었던들 점술이는 벌써 죽은 몸이 됐을 것은 뻔한 일이다. 장질부사로 죽도로 앓다가 그 돈을 모조리 잡아 먹고 점술이는 자리에서 일어났다.

하기야 재작년 여름의 일이니 인제 원금을 주라 해도 무정한 짓이 아니다.

"돈도 돈이지만 차라리 돼지를 잡제. 아버지도 흑."

끝말은 울음으로 떨려 버리며 점례는 느껴 울며 나가 버린다.

"아니 저 가시내가 정신이 빠졌어? 돼지는 시합 아니야 응? 오직해사 그라까?"

갑순 노인은 먹던 밥을 탁 엎어 버리고는 밖으로 휑 나가 버린다.

점례는 소 목덜미에 푹 쓰러지며 기어코 넋두리를 하고 만다.

"니 오늘 죽어야. 니가 오늘 죽어 흑 흑!"

울다가 눈을 떠 보면 소는 크나큰 눈방울만 굴리며 말이 없다.

움머어—

소가 운다. 따라서 점례의 울음소리도 더 커진다.

"아니 안 나갈라냐? 응? 소만한 년이 청승맞게 안 나가?"

언제 왔는지 갑순 노인은 또 성화다.

점례는 흐르는 눈물을 앞치마로 닦아 내리며 방에 와 누워 버린다.

점례는 금방이라도 소를 따라 죽고 싶었다.

삼 년 전 외삼촌이 송아지 한 마리를 사다 주었다. 그날로부터 송아지와 살다시피 했다.

작년에 이 소가 새끼를 낳았을 때에도 점례는 송아지보다 이 어미소의 건강이 염려되어 밤잠도 못 자고 부스럭 소리만 나도 부리나케 뛰어가 같이 앉아 있다 오곤 했다.

밤새도록 호롱을 밝히고 지켜 주었던 그 소!

비가 새는 날이면 갑순 노인의 욕은 욕대로 얻어 먹으면서도 치마로 소의 머리를 가려 주고 첫닭이 울기까지 꼬박 밤을 새워 지켜 주었던 소!

"소가 죽어? 아니 소가 죽어?"

꿈만 같은 사실이다.

비가 와도 눈이 와도 바람이 모질게 불어도 한갓 가축에게 정을 들여 정성껏 길렀던 처녀의 수고야 오죽 했으랴?

"움머어—."

또 한번 소가 운다.

"흥! 제까짓 것이 소를 잡어? 누가 키었능가! 키어놓께사 인자 잡어?"

점례는 아버지고 무엇이고 모든 것이 눈에 보이질 않았다. 만약 소를 죽이는 백정놈은 어느 틈에서라도 봐 두었다가 만나는 날이면 언제든지 원수를 갚고야 말 것이다 하고 주먹질을 했다.

점례는 옷을 갈아입고 퉁퉁 부은 눈으로 사립문을 나섰다.

"시상에. 쯧쯧, 그 눈꾸멍 해각꼬 오늘은 가는구나. 아이고 시상에 쯧쯧!"

한 걸음 두 걸음 디딜 적마다 눈물이 짚신코에 방울방울 떨어졌다.

저만치서 일성이가 오고 있다. 어디서 얻어 썼는지 낡은 전투모를 눈까지 푹 눌러 쓰고 작달막한 막대기를 휘두르며 무어라고 혼자 중얼거리며 걸어오고 있다.

"일성어, 니 누님이 과자 사다주멍 좋겠어?"

"까불지 마, 앙이 이새끼! 군인을 모르남? 앞으로 갓!"

일성이는 작대기로 점례의 아랫도리를 사정없이 휘갈기며 호령호령이다.

"이놈의 새끼야, 니 까불래? 그라망 과자 안 사다 준다잉."

점례는 이놈이라도 사귀어 소 잡으려 할 때 떼를 부리라고 시키려는데 이놈은 시늉도 않는다. 푹 눌러 쓴 전투모를 다시 고쳐 쓰며 점례의 얼굴을 빤히 쳐다보더니 이내 또 야단이다.

"이새끼가 그래동 몰로? 뒤로 돌아갓 앞으로 돌아갓!"

가로 뛰고 세로 뛰며 아랫도리를 후려치더니 막대기를 어깨에 메고는

"용강항 해병댕. 대항 해병댕."

하며 소리높이 외치곤 저만치 가버린다.

놓칠세라 점례는 쫓아가며

"임마 일성어, 내 과자 사다주께, 이리 와봐야아이 일성어으—."

그때야 일성이는 흠칫 멈춰 서며

"멘당 사다준다고만 하고 한번도 안 사다 주고."

하며 금방 울듯이 토라져 버린다.

"그랑께 내 말 들어."

"……."

"니 우리 소 알지잉?"

"응, 우리 집이 암소."

"그래 그래 그 소 니는 미웁디?"

"아니, 이뻐 새끼동 낳고."

점례는 또 소 말을 하려니 콧날이 시큰해 왔다.

"그 소를 오늘 죽인단다."

"그라멍 소고기 묵고……음냠."

일성이는 좋아라 떠들어댄다.

"뭐야? 소 죽이멍 좋와야?"

점례는 눈을 부릅뜨고 바싹 다가서며 노렸다.

"앙이 죽으멍 불쌍해 앙이여."

일성이는 누나의 성난 모습이 무서웠던지 금방 고개를 살살 흔든다.

"그람 우리 일성이는 이뻐. 일성아 니가 밤에 잠자도 이짱께 호랭이가 안 물어 간지 아냐?"

"앙이 몰라."

"거봐, 그람시러도. 그 소가 지켜중께 호랭이도 무서워서 못 와."

"……."

"그랑께 오늘 아브지가 소 죽인다 하멍 막 울어 버림시러 니가 죽어 불란다고 해 잉?"

"응, 소 없으잉 나 잠 못 자."

"그래 그랑께 니가 막 소 죽이지 말라고 해, 막 움시러. 그라고 소 죽인다고 하멍 니가 죽어 불란다고."

점례는 콧물도 닦아 주며 과자도 사준다고 달래서 일성이를 돌려보냈다.

멀어져 가는 일성이의 전투모 뒤꼭지가 조금도 믿어지진 않았으나 그만이라도 마음이 든든했다.

점례는 마동 도살장을 지나면서 솟구치는 눈물을 침으로 삼켰다.

은순이 집엘 가니 마침 반쯤 열린 사립문 사이로 돼지에게 뜨물을 떠 주는 은순이가 보였다. 은순이는 점례를 보자 깜짝 반기며

"앗다 이 가시내 은제 보고는잉!"

하고는 점례의 손목을 덥석 잡는다.

"그란디 으째 니 눈이 팅팅 붓었다. 울었냐?"

은순이는 걱정스레 묻는다.

"으응."

점례는 힘없이 대답한다.

"으째서?"

"그 소야 우리 집 암소."

"그래, 그 소."

"그 소가 오늘 죽어."

"음매 시상에 쯧. 가시내가 그렇게 사랑하고 아끼던 것을……."

점례는 볼 위로 두 줄기 눈물이 흘러내렸다. 은순이도 짤끔 눈물을 짰다.

두 처녀는 잠시 아무 말도 없다.

또 한 번 뜨물을 떠 주던 은순이가

"아이 점례여, 쩌그 느그 아브지가 소 끌고 온다야."

은순이가 가리키는 곳을 보니 과연 갑순 노인이 소를 끌고 오고 있다.

순간 점례의 가슴은 덜컥 내려앉고 심장은 방아질을 했다. 두 처녀는 날쌔게 뛰어 도살장 옆에 몸을 짝 붙였다.

소는 딱 버텨 선 채 움직이지도 않고 크나큰 눈알만 이리저리 굴리며

"움미어—."

울기만 한다. 점례는 눈을 커다랗게 떴다. 여태 보지도 못했던 양철통이 소의 목에 걸려 있기 때문이었다(이 양철통엔 소의 피를 받는다).

"시상에. 시상에 내 소!"

점례는 금방이라도 뛰어가 듬성한 갑순 노인의 턱수염을 몽땅 빼 버리고 싶었으나 사람들도 많으려니와 갑순 노인의 성낸 얼굴을 보면 기가 막혔다.

"이러."

갑순 노인은 소의 목덜미를 사납게 나꿔챘다.

"아이갸……. 저놈의 쌍다구……."

점례는 저쪽에서 하는 일거일동에 여기서 일일이 대꾸한다.

소는 안 들어가려고 뒷발을 버틴다. 그럴 때마다 목에 걸린 양철통이 요란스레

흔들거렸다.

"이러……. 이놈의 소새끼 이러."

갑순 노인은 발로 소의 배통일 걷어찬다.

"오사하네, 으째 땔기는 때려, 아이고 저놈의 코시염을 그냥 몽땅……."

소가 발버둥친다.

"시상에 내 소여ㅡ."

점례는 주먹으로 얼굴을 치며 쓰려지려 한다.

"아 이놈의 소새끼가 사람을……. 아이려."

요번엔 막대기로 후려팬다.

"안 죽을라고 그라제 지는 디지라멍(죽어라면) 조까?"

"이러 이러."

이제는 서너 명 젊은 사람들이 몰려 나와 밀고 끌고 하더니 기어코 소는 그 무거운 궁둥이를 뒤뚱거리며 도살장 안으로 끌려 들어가 버린다.

"아이고 오짝꼬으ㅡ."

"점례여 할 수 있냐 응?"

은순이는 점례를 위로하며

"앗다 그 넙턱지……. 마지막 보는 그 탐스런 넙턱지 쯧쯧."

은순이도 연방 소매귀로 눈물을 씻는다.

아까까지도 무섭고 애처로운 소의 죽음이 막상 눈앞에 닥치고 보니 점례의 가슴은 찢어지게 아프면서도 이왕이면 끝내 내 소의 슬픈 최후를 조상하리라 하고 대담하게 도살장 안을 들여다 보았다.

"에 툇툇."

은순이는 침을 뱉어 버리고는 다시 안을 들여다본다.

소는 멀거니 서 있을 뿐이다.

큰 눈방울 속엔 뫼 위에 흰구름을 가득히 안은 채…….

갑순 노인은 연신 손짓을 해가며 무어라 중얼댄다.

"아이갸, 뭇이 저렇게 좋아서……. 주둥아리는 합쭈기 주둥아리로 쯧쯧."

점례는 또 한 번 욕을 했다.

한 젊은 사람이 소를 끌고 가더니 이상한 나무대에 네 발을 하나부터 칭칭 감는다.

순간 점례는 기절할 듯이 놀랐다. 그 젊은 사람은 다른 사람 아닌 바로 만복이인 까닭에.

"아이 은순어 저 사람이 여기 댕겼대?"

점례는 목으로 기어 들어가는 소리를 했다.

"어디? 응, 저 사람? 만복이라고 석달 전부터 댕긴다. 저 사람 이런 데 댕기기는 아까운 사람이어."

"아깝고 머시꼬 오적한 개 같은 놈들이 이런 데서 산 짐승 패 죽일라덩?"

점례는 은순이의 말에 못을 박아 대꾸하며 이내 충혈된 눈으로 다시 안을 들여다본다.

점례는 눈이 뒤집혔다. 온몸의 피가 머리끝까지 솟구쳤다.

"음, 저놈! 저 원수놈이 내 소를 죽인다."

만복이는 두 손에 침을 택택 배앝고는 도끼 같은 큰 함마를 들고 소의 머리를 한두 번 만지작거린다.

물끄러미 소의 눈을 보고 나더니 다시 한번 침을 양손 바닥에 택택 뱉고 나더니 왼발을 자그만치 뒤로 뻗고는 함마를 소의 머리통에 지그시 얹어 보고는 갑자기 함마를 홱 쳐든다.

"아이고오. 내 소여으—."

점례는 머리를 두 손으로 깊이 감싸쥐고 비틀비틀 쓰러지려 한다.

"가시내……. 이라지 마아, 한번 그렇게 돼 버린 걸……."

은순이는 점례를 위로하였으나 저 역시 할 말이 없었다.

새새끼 한 마리 주워 기르다가 그놈이 죽었을 때 조그만 묘를 파고 밤마다 울었던 일이 있기에…….

어느 때던 처녀의 마음은 어쩌면 그다지도 한결 같은지…….

슬프면 밤을 새워 울고 기쁘면 허리가 끊어져라 웃고…….

"은순아 멋 하냐? 밥도 안하고."

은순이 엄마가 집 앞에서 악을 썼다.

"아이 가봐라. 빨리 나도 갈랑께."

점례는 이내 손짓을 해 보이고는 비틀거리며 걷기 시작한다.

뒷산에서 소쩍새가 울기 시작한다.

사립을 막 밀고 들어서자 일성이가 달려 나오며

"누님, 내가 막 말긴디 아브지가 마악 때렸엉. 새끼 지랄한다고."

"…………."

"소가 집에서 안 나갈라고 항께 아브지가 막 몽둥이로 팼어."

일성이가 울상이 되어 말하면서도 정말 과자를 사왔나 하고 점례 손만 살핀다.

"저리 가야!"

점례는 귀찮다는 듯이 일성이를 떼밀었다.

"앗다, 가시내도……. 좀 만져 줘라. 이때까지 어린 것이 그 소땀새 울고 불고 했단다."

하며 안타까운 표정을 지었다. 점례는 방에 들어와서 푹 고꾸라져 버린다.

"후유—. 내일부터 으찌께 빈 오양간을 보꼬."

생각하면 생각할수록 기가 막힌 일이다.

그 순진하고 인정 많은 만복이에게 그처럼 지독한 잔인성이 어디 있었더란 말인가?

"그놈은 나도 잘못하멍 죽일 놈이여."

점례는 부르르 소름이 끼쳤다. 어제까지 만복이와 호흡을 같이 한 것만 생각해도 구역질이 나오도록 무서웁고 더러웠다.

 죽어 버린 소의 환영을 그리며 멀거니 천장만 바라보고 있는데 두어 번 봉창이 똑딱거렸다.

"점례, 점례."

 밖에서 나직이 점례를 부른다. 만복이었다. 전신에 소름이 끼쳐 왔다.

 똑똑, 점례 똑똑.

"누구여? 남의 집 문을 뚜두는 사람이."

 점례는 만복인 줄 알면서도 일부러 목에 핏대를 세워 악을 썼다.

"나여 나, 만복이."

 점례는 부모가 알세라 내키지 않는 발로 짚신을 끌었다.

"허참, 오늘은 웬일여, 그렇게 도도항가?"

"…………."

"아니, 웬일여? 사람을 보고도 멀거니 섰기만 하게, 눈이 곯았어? 허허."

 점례는 기름기가 번드르르한 만복이의 얼굴을 뚫어지게 쳐다보다가 앞장서 걸어갔다. 만복이는 심상치 않은 점례의 태도에 고개를 갸우뚱거리며 뒤따라 걸었다.

 찬 이슬이 발에 묻는다.

 찍 찌르륵.

 밤 여치가 울었다.

 만복이는 달려가 점례 옆에 나란히 섰다.

"점례."

"…………."

"으째, 으디 아퍼?"

"…………."

"말 좀 해봐, 으디가 아프냔 말여."

"…………."

"점례, 나는 내 나이 스물 여섯이 되도록 점례같이 이쁘고 얌전한 여자는 세상에서 못 봤어."

"…………."

만복이는 간이 탔다. 말 한마디 없이 토라져 있는 점례를 무어라고 위로해야 할지…. 또 무엇 때문에 저러는지…….

"으짱께 그려? 응? 나는 점례하고 내년 가슬에는 꼭 대사를 치룰려……. 말은 안 하고 있어도 농지기도……."

여태까지 아무 말이 없던 점례가 이 말이 떨어지기가 무섭게 '꽥' 소리를 쳤다.

"듣기 싫어. 누가 백정놈하고 산디어?"

만복이는 가슴이 뛰놀았다. 이젠 어떻게 해야 좋으냐?

"점례, 그러지 말고 이 꽃고무신……."

"누가 그런 더러운 것 받는다고 해? 내 소 죽인 더러운 백정놈!"

하고는 내미는 만복이의 손목을 홱 뿌리쳐 버린다.

"아무리 똥깐에서 나를 살렸다 해도…… 내 소를 죽인 웬순놈, 에이 더런 놈."

칼만 있으면 금방이라도 쑤실 듯이 극성이다.

"점례 그러지 말고 내 말도 좀 들어봐. 사람이 살아 갈라멍……."

"사람이 살아 나갈라멍 으째야? 웬순놈!"

만복이는 극심한 점례의 태도에 화가 치밀었다. 이 순진한 여성 앞에서 이미 백정놈이 된 만복이가 무엇을 어떻게 하여 달래야 옳단 말이냐?

"왜 욕은 하고 야단여? 응?"

"으째서 내 소 죽였냐? 이놈아!"

"허어, 후유후유 내 참……."

"웃기는, 버버리(벙어리) 멋 봤냐?"

"머? 머시라고?"

순간 만복이의 억센 손바닥이 통통한 점례의 뺨 위에 보기 좋게 떨어졌다.

"왜 때리냐? 이 백정놈아! 소나 돼지나 잡제 사람까지 잡을라고? 응?"

"그만 떠들어라, 니도 나 아니면 죽었느니라. 아아."

만복이도 이젠 막잡고 나섰다. 숱한 눈썹이 곤두섰다.

"아이갸……. 쯧쯧, 장하다 그래……. 그란다고 니 아니멍 죽었으까? 다 큰거시?"

"다 큰년이 으째서 빳긴 빳았제?"

"백정놈아. 시끄럽다."

"머시? 좋게 까불지 마, 알았어?"

"내 걱정 말고 니 걱정이나 해라."

"점례 너무 그라지마 서로……."

"서로고 화로고 시끄럽당께? 백정놈—."

"요것이 머시 으째? 그래 그래 내가 백정놈이다앙?"

만복이는 기어코 울음이 터졌다. 이십 육 년의 정열은 오직 울음에만 불꽃처럼 타올랐다. 순간 만복이의 억센 주먹이 또 점례의 뺨 위에 사정없이 떨어졌다.

"이 백정놈이 사람을 잡네에—. 내가 돼진 줄 알고응—."

점례는 고래고래 악을 쓴다. 그러더니 재빠르게 만복이의 허벅지를 꽉 물어뜯고 날쌔게 도망해 버린다.

"아얏."

만복이는 비명과 함께 뒤쫓아 가다가 그만 돌멩이에 걸려 앞으로 푹 고꾸라져 버렸다. 점례는 어느새 저만치서 도망쳐 버렸다. 그래도 만복이는 손에 쥐어진 꽃고무신을 가슴에 꼭 껴안으며

"점례여으—니는 소가 더 중하냐?"

하고 외친다. 산골 속은 괴괴하나 산울림은 분명 이렇게 받는 듯하였다(나는 소가 중하다아——).*

견족(犬族)

준(俊)은 마루에 올라서면서도 귀찮은 듯이 연방 혀를 찼다. 차라리 죽고 말지 그것은 정말 못할 일이었다.

"야! 냉큼 못 오고 뭘해?"

방 속에선 주인 영감의 거친 목소리가 다시 울렸다. 준은 내키지 않은 발로 방안으로 들어섰다.

주인 영감은 어느새 궁둥이를 까헤치며

"거참 왜 안 없어지구 야단이누? 의사 말은 한 두세 병만 바르면 나을 꺼라구 그러던데 거참 어흠!"

하고 투덜댄다. 준은 약병을 들면서도 잔뜩 찌푸린 얼굴로 혀를 찼다.

'헐놈우 영감, 한 번만 더 쏴보래이, 송곳으로 푹 찔러 줄 끼다.'

준은 내심 이렇게 중얼거리며 철(哲)을 돌아다보자 철도 눈을 쨍긋 하더니만 그 날캄한 콧날을 씩 한 번 훔친다.

"니가 해라. 이 때까지 내가 안했나? 그람 오늘만 니가 해라."

준이 철의 귀에다 바싹 소근대자

"앙이라, 그 말은 제발 마래이, 거참 꼬솜하지 않더나? 히히!"
 철은 고개를 살살 흔들어 버렸다.
"자아! 빨리 해라, 약 바르기 전에 거기 좀 긁어라아! 어흠."
 주인 영감은 시꺼먼 궁둥이를 염치도 없이 준의 코앞으로 바싹 갖다댄다. 준은 찔끔 놀라며 고개를 뒤로 젖히고 그 주름진 똥구멍을 노려봤다.
 사타구니로부터 쭉 뻗어온 털들이 똥구멍 바로 옆까지 새까맣게 돋아난 게 면도칼로 한 번 쓱 밀어주고 싶도록 얄밉기 짝이 없다. 게다가 한 번씩 움직일 적마다 구리터분한 냄새라니 기가 막히다.
"앳참! 그놈의 얼! 거참."
 주인 영감은 자랑이나 하는 듯이 다시 한번 그 시꺼먼 궁둥이를 바싹 준의 코앞으로 갖다댄다. 준은 배암 비늘처럼 희끗희끗한 얼에 약솜을 마구 문질렀다.
"좀 가만 가만 해라! 어흠."
"이거 좀 저만치 하소, 내참!"
 준은 궁둥이를 민다는 게 그만 몽실몽실한 그것을 손대 버리고 말았다.
"고현놈! 에이 고현놈! 이눔아 정신차리지 못해? 엉?"
 주인 영감은 벌개진 얼굴로 악을 썼다.
"잠깐 실수랍니더. 영감님 살결은 꼭 백옥 같아서…해해, 진정하이소."
 철이 가뜩이나 작은 눈을 실낱같이 해가지고 익살을 부리자 그때야 주인 영감은
"그래 사내의 일거일동이란 침착 묵중해야 된다 이런 말야, 어흠! 다시 해라."
 하며 조금 누그러졌다. 준은 웃어야 할 일이건만 무슨 일인지 콧날이 시큰했다. 결국 가뜩이나 못난 자기 주제가 슬퍼서였다. 막연하게 슬펐다.
"거참 시원타아! 어참, 시원타! 옳지."
 하며 주인 영감이 궁둥이를 들자 시꺼먼 똥구멍이 벌름댔다. 준은 반사적으로 고개를 돌리려는 순간 그만 '핑슉'하는 소리와 함께 후끈한 김이 얼굴로 달려들었다. 생똥 냄새가 진동했다.

"내싸 못 하것임더, 하루 이틀 앙이고 너머하지 안심니꺼?"

 준은 약솜을 방바닥에다 내던져 버리곤 방문을 나와 버렸다.

"허! 그놈 참, 부러 그랬나? 방정맞은 자식 같으니 으흠!"

"앙임더, 머 그렇게 구리지 않심니데, 꼬솜합니데이, 해해, 그 똥구멍 참하게 생겼임니데이, 해해, 내가 할 끼라요."

 주인 영감의 투덜대는 소리와 철의 간사로운 소리가 방안에서 새었다. 준은 철의 하는 소리에 비로소 한번 킥 웃었다. 툇마루에 아무렇게나 풀썩 주저앉았다.

 개기름 냄새가 가득한 음식점 안에는 아직도 사람들이 득실거렸다.

 더웠다. 뱃속에서는 '꼬르륵' 소리가 연거푸 났다. 방문이 열리더니 철이 킥킥거리며 나왔다.

"한판 달라붙었더니 말다 좋다고 안그러나? 내참 우스워 죽겠구마."

 철은 입을 가려 가며 연신 웃어댄다.

"그만 고향으로 갈까 싶다. 내싸 몬 살겠다. 구린내 난닥하는 말도 못하고 우찌께 살겠노? 꼬라지가 이렇다고 돼지 취급한다. 참 고향으로 갈까 싶다."

 준이 두 팔로 얼굴을 싸버리며 힘없이 말하자 철은

"자식! 참 못났다. 살자고마, 은제던 잘 살 날이 올 끼다. 그때까지 고생하자, 와 이러노? 자식! 웃고 보자."

하며 힘있게 준의 어깨를 두드렸다.

 그릇을 씻으려고 수돗가로 나온 분이가 준을 보고 생긋 웃었으나 어쩐지 오늘은 슬픈 마음뿐이었다.

 준과 철은 같은 동리에서 국민학교를 같이 졸업했었다. 둘이가 다 중학교는 못 가고 말았다. 둘이는 그저 놀고먹고 나이만 들어갔다. 둘이가 열여덟이 되던 해 그때 한참 '나팔바지' 바람이 불었다. 둘이가 부모에게 아무 말도 없이 고향을 몰래 빠져나왔던 동기도 사실 그놈의 '나팔바지' 바람 때문이었다.

그때도 한참 무더웠나 보다. 집으로 가는 길에 둘이는 헌책방에 들러 여러 가지 만화를 뒤적거리다가 〈용감한 두 용사〉라는 만화를 집어 들었다. 거기에 나오는 두 용사의 이름이 하나는 준俊이었고 또 하나는 철哲이었다.

두 용사의 '고향 탈출'로부터 '정의의 복수'에 이르기까지의 긴 이야기를 다 읽고 난 둘이는 한참 벌개진 얼굴로 앉아 있었다.

철이 먼저 말했다.

"거참 히안하구마, 아새끼 한판 그렇게 살 끼라, 참 멋있다, 그자?"

"하모! 우리도 한판 그래 볼까? 사람이 다 그렇게 고생해 가지고 출세하능 기라, 와 있지 않나? 그 말 말이다. '노력 끝에 성공' 하능 거 말다."

어느새 둘이는 알지 못할 그 무엇에 숨이 가빠졌다. 그리하여 그날 저녁 온갖 계획을 세워 가지고 그 이튿날 새벽차에 몸을 실어 버렸던 것이다. 그들은 이름까지 갈았다.

영철이는 준으로 덕성이는 철로 그 만화 주인공의 이름을 그대로 따 붙였던 것이었다.

그러나 막상 서울이랍시고 올라와 보니 그저 막막했다.

처음에는 아이스케이크 집에서 일을 했으나 여름이 가 버리자 그들도 쫓겨 나오고야 말았다. 그 후 여관집에서 다섯 달, 요술장이를 따라다니면서 약 광고 하기를 한 달 반쯤 하다가 다시 이곳 개장국 집으로 오게 된 것이었다.

그래도 다녀본 곳들 중에선 이 집이 제일 나았다. 하루에 두 마리의 개만 잡아들이면 일금 구백환씩에 따끈한 개장국이 세 그릇이나 끼니대로 차례가 왔다.

뿐이랴. 잠도 이 집에서 자니 말이다.

남들이 못 먹는 개장국도 그들에게는 진저리가 났다.

이 집으로 온 지 꼭 두 달―그동안 그들이 잡아들인 개만도 일흔 마리가 넘었다. 하루 하루가 재미있었다. 생각나던 고향이나 가족들도 이젠 거의 잊어버리다시피 되고 말았다.

골목이 어두워서 뿐만이 아니라 이 골목엔 유난히도 개들이 득실거렸다.

좁은 골목길을 가운데 두고 준과 철은 마주쳤다.

"하참 니 폼이 근사하데이, 꼭 쥐새끼 같다 해해."

철이 담벽에 바싹 붙어선 채 누런 눈망울을 굴리는 준을 보고 한 마디 건넸다.

"자식! 니는? 꼭 고슴도치새끼 같다. 눈하며 코하며 새끼 꼭 도둑놈이라 앙그러노?"

"모르겠다. 잘 보기나 해라."

"니가 봐라, 배고파 곧 죽겠다."

준이 착 달라붙은 배때기로 막 손을 가져 가려는데 철이 '휙' 하고 휘파람을 불었다. 순간 준은 동아줄을 더 꽉 잡으며 새우처럼 몸을 도사렸다.

"비쳤데이 비쳤데이 똥개다 똥개!"

"정말 똥개가? 그 '새빠돈'가 지랄은 분명 앙이제?"

"새빠도가 머꼬? 꼭 니같이만 생겼으니 걱정 마라."

철이 가리키는 곳을 바라보니 아닌게 아니라 누런 개 한 마리가 어정어정 걸어오고 있다. 한발 오다간 찍 오줌을 깔기고 두 발 오다간 고개를 땅에 처박고 개는 좀처럼 빨리 와 주질 않았다.

"저놈의 새끼 와 저리 늦노? 잡기만 하면 불알을 바사줄 끼다. 몽둥이는 니가 구어 먹어라."

철은 애타게 발을 굴렀다. 둘이의 시선이 다시 한번 메스껍게 부딪쳤다. 이윽고 개는 둘이의 앞까지 다가왔다.

철이 서 있는 바로 앞 전선주에다 개는 찍찍 오줌을 갈기고 나더니 그 빨간 것을 넙죽넙죽 핥는다. 그 때였다. 준이 던진 동아줄은 한번 휙—날더니 그대로 개의 목을 걸어 버렸다. 눈깜짝할 사이였다.

저만치서 철의 휘파람 소리가 났다.

사람이 없으니 당황하지 말라는 신호다.

"황씨! 가입시다."

준은 개의 궁둥이를 걷어찼다.

을지로 4가 으슥한 청계천 골목을 접어들면서 준은 아무 말이 없었다.

개 잡는 일 외에 주인 영감의 그 시꺼먼 궁둥이를 쳐다보며 한 번씩은 내쏟는 방귀벼락을 맞아야만 하는 그것 때문도 아니었지만 요사인 괜히 죽고 싶은 마음이 전에 없이 생겼다. 이대로 죽어 버리면 어떻게 될까? 생각하면 다시 죽기는 싫은 마음이었다.

살고는 싶었다. 그러면서도 오늘보다는 내일이 두려웠다.

가끔 그런 말을 철에게 할라치면

"응 니도 이자 좀 크능가 보다. 다 그럴 때가 있능기라, 그런 생각하느락꼬 니 사타구니에 털이 몇 개 더 돋았겠구마 보자아! 어디."

기껏해야 이런 식의 대답뿐이었다. 준도 곧 따라 웃어 버렸다. 그러면 한결 홀가분한 마음이었다.

앞장서서 걷던 철이 흘낏 돌아다보며

"무신 생각하노? 또 죽으믄 어쩌고 살믄 어쩌고 하는 그거가?"

"앙이라."

"그런 생각이 날 적마다 말이다, 사내 대장부 한번 묵은 마음 변할 줄이 있으리요 그래라, 그람 아무 걱정 없능 기라 알겠나?"

철은 가슴을 쫙 펴면서 큰숨을 한두 번 들이마신다. 그러더니

"근데 와 이눔의 개새끼는 아무 소리가 없노? 곧 죽더라도 한판 물어뜯고 볼 끼 앙이가? 애이 개자식!"

철은 개의 궁둥이를 다시 한번 걷어찼다.

"한번 더 차 줘라. 그놈의 새끼!"

준도 한마디 했다. 사실이지 아까부터 이 개의 비굴한 꼴이 보기 싫었던 것이다. 한 마리쯤 물고 달려들려니 했지만 여태까지 그런 개는 한 마리도 없었다.

"오늘밤 니 또 분이 방에 갈 끼가?"

"………………."

"조심해라, 나는 덕심이 하고 한밤 잘 끼다. 새벽에 칠백환 던져주믄 되능 기라. 사내 배짱이라는 기라."

"돈 있나?"

"가서 받으면 안 되나? 자식! 다 성공할 날이 오능 기라."

철은 쭉 찢어진 입을 연신 해죽거렸다.

준도 할 말이 없었다. 이대로 살아가면 다 성공의 날이 온다니 말이다. 믿을 수밖에 없는 처지였다.

집에 들어서니 제법 어둑어둑했다.

둘이는 콧잔등에 송글송글 구슬땀을 얹고 개장국 그릇을 놓았다.

준이는 분이를 보고 눈을 쨍긋하자 분이는 그 얇실한 입술을 꼭 깨물며 붉어진 얼굴을 외면했다. 철은 골목 안으로 사라진 지 오래이고 준은 초롱초롱한 눈으로 분이 방만을 엿보고 있었다.

이튿날은 말짱 개인 하늘이 호수처럼 맑았다.

철은 세수하러 나오면서 준을 찾았다.

분명 먼저 일어났는데 없다.

그러나 칫솔과 수건이 툇마루 끝에 놔있는 걸 보면 분명 먼 곳엔 안 갔을 성싶다. 주인 마누라의 걸걸한 기침소리가 이따금씩 날 뿐 아직 일어난 사람은 하나도 없었다. 변소문을 지그시 열어 봤다. 없었다. 막 변소 앞을 지나오려는데 헛간에서 쥐새끼인지 뭔지 바시락 바시락 했다.

철은 헛간문을 열어 젖히다 말고 다시 쾅! 문을 닫아 버렸다.

준의 품속에서 분이의 새까만 눈망울이 반짝이고 있었다.

"자식! 새벽부터 골로 가네."

철은 이렇게 중얼거리며 안방 쪽으로 눈을 굴렸다. 이럴 때에 주인 영감이라도

나와 버리면 큰일이 나는 것이다. 유난히도 큰 목소리로

"분아아—아 이년이 왜 대답이 없어? 엉?"

할라치면 헛간 속에서 바삭바삭 간을 태울 분이 생각만 해도 가엾다. 분이만 아니면 준이야 한 번쯤 당해도 철에겐 고솝할 것 같았다.

"새벽부터 자식 사죽을 못 쓰능 기 아주 점잖은 척하능 기라."

철은 어제 저녁 덕심이를 안고 딩굴다가 초저녁 때 돌아와 버렸던 자기를 생각하며 가슴을 항아리처럼 내밀고 큰숨을 한두 번 들이삼켰다. 자랑스러웠다.

철이 막 양치질을 끝마쳤을 때 준이 헛간에서 나왔다. 뒤따라 나오던 분이는 손으로 옆얼굴을 가리면서 바쁘게 부엌으로 들어가 버렸다. 준이 누런 이를 다 내놓고 히—웃었다.

"가시나 잘 묵지도 못하고 일은 죽어라 하능 거 너무 그라지 마라야, 니는 무신 힘이 새벽부터 그리 왕성하노?"

철이 못마땅한 표정으로 툭 쐈다.

"느그덜하곤 달타, 우리는 진실한 사랑을 하능 기라."

준은 준대로 한마디 뱉는다.

"진실한 사랑이 머꼬? 새벽참에 하능 기 그거가? 잉야 몰랐다야."

"느그덜 하는 것은 개가 하는 짓이라, 꼭 개라."

준의 말이 막 끝났을 때 번개같이 달려든 철이 왁살스레 준의 멱살을 쥐어 잡았다.

"머이락꼬? 개가 우째? 내가 개란 말간? 아잉."

"와 이러노?"

"자식! 내가 개라고? 니는 머꼬?"

철의 큰 주먹이 먼저 준의 턱을 치받았다. 둘이는 엎여져 딩굴었다.

"자식! 그래도 내가 개가?"

"니나 나나 다 개다!"

"와 우리가 개란 말가?"

"다 개라 개라!"

 더운 김이 이는 싸움 속에서 가끔 이런 말들만 세었다.

"너희들 웬일야? 응? 아침부터 응?"

 주인 마누라가 절구통 같은 궁둥이를 뒤우뚱거리며 맨발로 뛰어나와 둘이의 틈새로 끼어들자 여태까지 부엌 문턱에 서서 '아이참 아이참'하고 발을 구르던 분이는 부엌 속으로 쏙 들어가버렸다.

 한참 뒹굴던 둘이가 제가끔 일어서서 가쁜 숨만 내뱉었다. 철은 눈자위가 밤송이처럼 부어오르고 준은 코피를 흘렸다.

"왜들 이러니? 응?"

 주인 마누라가 철을 쳐다보며 물었다.

"………………."

"아니 왜들 이래? 아침부터!"

 이젠 준을 쳐다본다.

"………………."

 주인 마누라는 둘이의 꼬락서리를 훑어보더니만 그냥 들어가 버렸다.

"자식! 내참!"

 먼저 철이 한마디 하면서 눈자위를 꾹꾹 눌렀다.

"자식! 아무 것도 아닌 것을 가지고 와 성미가 그러노? 참!"

 준이 코구멍을 틀어막았다. 분이가 대야에 물을 떠다가 준 앞에 바쳤다.

"아씨 미안합니더, 나는 눈이 이렇게 부었심데 해해."

 철은 일부러 존칭을 써가며 분이를 놀렸다.

"자식! 가뜩 적은 눈이 인자 파이라 판! 잘 안보이네."

 철이 준을 쳐다보자 준이 피식 웃었다.

 철도 웃었다.

무슨 답이라도 나오려니 하고 시작한 싸움이 아무 것도 얻은 것이 없이 끝나고 말았다. 방으로 들어가려던 철이 준의 어깨 위에 손을 얹으며

"야 다음부턴 제발 '개'란 소린 마라. 보자—우리가 개라면 말이다. 우찌께 개를 잡노? 안 그러나? 우린 사람이다. 그러니깐 개를 잡지 않나 말이다. 그자? 개가 우찌께 개를 잡노? 자시익 다—성공할 날이 오능 기다, 우선 고생하능 거 앙이가, 개가 개를 잡노? 자식—세살짜리한테 물어봐라, 말 함부로 하능 기 앙이라."

엄숙하니 말했다.

"니 말 맞다."

준도 고개를 끄덕였다.

"정의의 이총사가 쌈이 무신 쌈인가? 해해."

둘이는 거울 속에서 다시 한번 웃었다.

모든 일이 귀찮아진 것만은 철이나 준이나 마찬가지였다.

주인 영감의 궁둥이 쳐다보기, 주인 마누라 뭇 사내들 틈에서 오가리 깨지는 듯한 웃음을 터뜨리는 모습, 하다못해 득실거리는 손님들까지 다 미워서 견딜 수가 없었다. 아예 사람이란 게 보기 싫었다.

그래도 집으로 돌아가고 싶은 마음은 좀처럼 생기지가 않았다. 이대로 살다 보면 언제든 환한 날이 올 것만 같았다.

둘이가 똑같이 믿고 있는 것이 있었다.

꼭 만화 속의 그런 것은 아닐지라도 그와 비슷한 멋진 일이 생길 것이라고…….

햇빛이 쨍쨍하게 내려 쪼이는 남산 공원 잔디밭에 둘이는 누워 있었다.

"야! 철아 지금 송도 바다 참 좋을 끼다 그자."

"조오치. 인자 성공해 가지고 가자. 니는 분이 데리고 가라. 난 오똑한 코며 능금 같은 볼이며 말이다. 뭉실뭉실한 젖통을……아니 한 가지 빼묵었다, 그 날씬한 허리 말이다, 그런 것을 고를 끼라. 야 멋있다아— 가는 기라— 쏙 끼고 가는

기라아—"

 철은 손으로 잔디밭을 쾅쾅 찍으며 몸을 휘휘 비꼬았다. 담배를 깊숙이 들이마신 다음

"세상에 유명한 사람들은 말이다, 다 집이 가난했능 기라. 집이 있닥 해도 다 집을 도망쳐 나와 고생했능 기라, 안 그러터나? 국민학교 때 그 깜둥이가 가르쳐 줬제. 가만 있자! 그런데 우리는 은제 그렇게 되노? 앙이라, 곧 된다."

 철은 눈을 지그시 감고 연신 손짓을 해가며 중얼댔다.

"그러고 말이다, 대개 그런 사람들이 나쁜 짓도 많이 하고 심하게 놀았다카드라, 그자?"

 준이 이쪽으로 돌아누우며 한 마디 하자

"자식! 바로 그거라! 그거라! 맞았다! 인자 알겠나?"

 하며 철은 까마득하게 잊어버렸던 사실을 도로 생각이나 해낸 듯이 손뼉을 치며 어쩔 줄을 몰랐다.

 철의 머릿속엔 그래도 아버지 어머니 동생들의 얼굴들이 하나씩 하나씩 고개를 내밀었다. 영도다리가 안개처럼 흐리다.

 추녀 밑에선 올해도 제비새끼가 조잘댈 것이리라, 이런 환상 속에 잠겨 있던 철은 갑자기 일어서며

"앙이라 앙이라. 사내 대장부 묵은 마음 변할 줄이 있으리요, 가자! 준아! 그만 가자! 고생해야 하능 기라. 일하러 가자."

 하고 큰 소리를 했다.

 그 바람에 준의 머릿속에 잔잔했던 송도 바다도, 갈매기 소리도 영 그쳐 버렸다.

 집으로 들어가기가 싫었다. 다른 곳으로 가서 다른 고생을 해보고 싶었다.

 남대문을 지나오면서 둘이는 꼭같이 이런 생각을 했다. 한 달씩 겹쳐서 하루가 지나가면 싶었다.

 뒷문 앞에 막 이르자 집안이 소란했다.

둘이는 재빨리 안으로 들어섰다. 경관이었다.

"여보 그래 내가 도둑놈이란 말야? 가서 대봅시다. 그래 동대문 시장에서 하루 세 마리씩 사 온다는 이런 말야. 이런 친구 봤나? 아니 내가 그렇게 보여? 이거 참!"

주인 영감이 경관의 코 바로 앞에서 소리소리 친다. 그러면서도 연방 둘이를 향해 눈을 쨍긋 쨍긋 하는 것이 뻔한 일이다.

철이 경관 앞으로 다가갔다. 대뜸 나온다는 소리가

"아저씨 진정하이소, 해해."

이것이었다. 경관은 두말없이 철의 멱살을 쥐어 잡았다.

"이자식아! 너지? 응?"

"아저씨 무신 말씀잉교? 해해 진정하이소."

"이놈! 너 몇 마리나 잡아들였어? 응? 바른대로 말해!"

"아 아닙니데이 개가 잽혀 줬심더. 내가 잡은 것이 앙임더. 절대 앙임더."

"그래 옳지 바른대로 말했구나. 몇 마리야?"

"온! 무신 말씀인지……한 마리에 칠백환 아니 칠천환씩에 샀입니더 정말임더."

철이 날캄한 콧날을 쓱 훔치려는데 경관의 억센 손바닥이 철의 볼을 내려 갈겼다.

"이 자식아! 칠천환? 이놈 가자!"

"앙임더, 정말임더, 항상 남대문 시장 안 있능교? 거기서 삽니더."

이번엔 준이 나서며 말했다.

"응—잘한다. 영감은 동대문 너는 남대문 너는 서대문이냐?"

경관은 둘다 목덜미를 쥐어잡고 막 문을 나가려 하자

"아하— 알았다. 이놈들! 개 산다고 돈주면 돈은 너희들이 써 버리고 남의 개를 잡아들였구나 아— 이놈들! 왜 남 망신을 시키니?"

하곤 큼직한 놋대야를 들어 등이며 궁둥이며 사정없이 내려치는 것이다.

"에고고 죄 없임더 에고!"

"와 때리능교? 애고!"

 둘이는 곧 죽는 시늉을 하며 막 울어댔다.

"어허참! 내가 잘 모르면서 실수가 많았소. 어린것들이 한두 번 실수가 있었던 모양이우. 자! 잠깐 들어갑시다."

"················아니요, 가겠수다."

"아니 잠깐만 들어오우 거참!"

 주인 영감이 잔뜩 들어간 볼을 연신 실룩거리면서 끌다시피 하자 경관도 슬그머니 따라갔다. 주인 마누라가 두툼한 것을 봉투에다 넣어 가지고 바삐 그 방으로 들어갔다.

 이어서 주인 영감의 기침소리 뒤엔 경관과 주인 마누라의 웃음소리도 났다.

"캄캄하데이 에고! 무신 꼴이가?"

 철이 옆구리를 만지며 잔뜩 얼굴을 찌푸렸다.

"참 낯도채비한데 홀린 것 같구마. 애고!"

 준도 정신이 멍—했다. 성질대로라면 그만 다 까바치고 싶었으나 '환한 날'과 '성공의 날'을 생각하며 입술만 짓궂게 깨물었다. 등이 자릿자릿 하니 오금이 쑤셨다.

"거참 안됐소 허어."

"다음부터야 어디······호오."

"뭘요······"

 주인 내외가 경관에게 바싹 붙어선 채 종알대고 경관은 철과 준을 훑어보더니만 오히려 싱긋 웃으며 나가 버렸다.

"자알 합니데이. 와 땔기는 땜니꺼? 무신 죄로······채!"

 철이 둘이 앞에 서 있는 주인 내외를 바라다보며 톡 쐈다.

"개자식들! 그렇게 눈치가 없어."

 주인 영감은 도리어 눈알을 부라렸다.

"왜 욕은 합니꺼? 그래 내가 개요 개? 와 개자식이락 하능교? 어디 내가 개입니꺼? 아잉?"

철이 후다닥 일어나며 바싹 대들었다.

"야 철아! 가만 있어. 다 실수야, 당신은 왜 욕을 하우?"

주인 마누라는 영감을 흘기고 나서 천오백환씩이나 쥐어 주었다. 구백환에 비하면 많은 돈이나 오늘은 새벽부터 일을 했기 때문에 별로 신통치 않다는 표정으로 철은

"개가 개를 잡능교? 와 내가 개입니꺼? 아무리 이렇다고 개같이 보입니꺼? 참 섭섭합니데이."

하며 돈을 호주머니에 구겨 넣는다. 주인 영감은 콧수염을 실룩거리더니 그냥 마누라와 같이 마루로 올라가 버렸다.

"참 원통하다! 이럴 땐 담배가 제일이라, 피우자."

철은 담배를 깊숙이 들이마시더니

"이것보다도 이럴 땐 가스나덜이 제일이라, 가자! 덕심이한테 가자!"

하며 벌떡 일어섰다. 준도 냉큼 따라 나섰다.

옆구리가 뿌듯했나. 사실이지 생각만 헤도 분했다. '이다바'(이다바래야 개를 죽이는 사람이다)는 못 먹을 것 없이 아가리가 찢어져라 종일 퍼먹는다. 게다가 먹고 자고 한 달에 만이천환 씩이나 줄 필요가 있냔 말이다. 몇 배나 더 이다바 보다야 하는 일이 고됐다. 그런데도 기껏해야 구백환에 방귀까지 코에다 쏴대고 놋대야로 때리기까지 하다니ㅡ. 분했다.

둘이는 가는 길에 소주 두 홉씩이나 안주도 없이 들이켰다.

"오늘은 둘이 한방에서 놀제이? 그게 멋있능 기라. 사내라능 기라. 되는 대로 살 끼라."

철은 준을 쳐다봤다. 준은 고개를 끄덕였다. 정말이지 되는 대로 살고 싶었다.

골목으로 불어오는 바람이 말복다웁게 더웠다.

둘이는 으슥한 집으로 들어섰다.

"덕심에이, 있나? 내다! 가만 있자 머락고 하노?……옳다! 덕심에이 니 서방 왔다."

철이 문설주에 기대선 채 이렇게 소리치자 저고리를 훨렁 벗어 버린 덕심이가 생긋 웃으며 들어오라고 손짓했다. 둘이는 방으로 들어섰다.

"오늘은 우리 둘이 다 한방에서 놀 끼다. 한 개 더 불러라!"

말이 떨어지자마자 마당에서 '오케'하는 소리가 나더니 다른 여자가 쓱 들어섰다.

"덕심에이 바른대로 말해라! 내가 개같이 생겼나? 아잉? 내가 개지?"

"우스워라, 별 소릴……시간 바뻐! 어서 놀다 가."

"응 니도 취직은 잘했다. 그렇게 바빠야 성공하능 기다. 자아!"

"그런다구 한방에서 어떻게……?"

"걱정 마라! 준아 니도 얼른 시작해라……덕심에 니 눈이 참으로 참하게 생겼구마, 니 XX도 참하게 생겼제? 보자아— 어디 보자— 이 가스나야."

철이 덕심이를 안고 엎어졌다.

"호호!"

"앙이다! 니가 먼저 벗어라, 가시나 참하게 생겼대이."

"간지러어!"

"해해 이놈의 가스나 벗어라!"

준도 연신 빙글거리며 엎어졌다.

말복! 푹푹 삶는 더위다.

"성공하알 날이이 있능 기이라! 고생하능 기이라! 개는 앙이라아! 성공해 가지고 오! 고향에 가능 기이라! 성공할 날이이 있능 기이라! 환고향 하능 기이라!"

철은 여자의 배 위에서 지껄였다.

간밤에 준은 고향꿈을 꾸었다고 했다.

퍽으나 가족들이 초라해 보였다 했다.

어머니가 준의 소매귀를 붙잡고 가지 말라 애걸하는데 뿌리치고 와 버렸다 했다.

"싱거운 꿈이고마, 집어쳐라! 듣기 싫다, 성공해 가지고 가자! 쏙! 가능 기라."

철은 듣기 싫다는 듯이 얼굴을 찡그렸다.

"머리가 아프데이, 이상타, 쿡쿡 쑤신다 해골이."

준은 눈동자 위를 꾹꾹 눌렀다.

한밤 동안에 준의 얼굴은 좀 해쓱해 보였다.

"철아! 우리 앞으로는 좀 점잖게 놀아보자."

"점잖하게 놀게 됐나? 이놈의 세상이 말이다. 그런 걱정 마라, 우리 꼭 성공하제이. 그래가지고 환고향 하자, 집나갔다 들어온 보람이 있어야 할끼 앙이가? 이대로 살믄 되능 기라."

둘이가 다 천정만 바라보고 있었다.

준은 입술을 꼭 깨물었다.

반드시 성공할 날이 있으리라는 자신에서다.

철노 주먹을 불끈 쥐었디. 떳떳하게 살고 싶었다. 떳떳하게 살기까지 고생하고 싶었다.

어쩌면 그날 가까이 왔는 줄도 모른다.

용기를 잃기 싫었다. 좀 더 크나큰 고난이 부딪쳐 주었으면 싶었다.

"온다 온다! 반드시 그날은 오능 기라!"

철이 주먹을 내두르며 막 일어서는데

"일어났나?……음……"

하며 주인 마누라의 넓적한 얼굴이 문새로 나타났다.

"어제의 우리하고는 좀 달습니더, 어흠! 점잖해졌임니데이 어흠!"

철이 제법 딴 표정으로 말했다.

45

"호오, 좋지 뭐야? 점잔해졌다면…… 왜? 준인 어디 아프니?"

"예, 몸살 났답니더, 내가 곧 나가것임더 어흠!"

"그래?……"

주인 마누라가 가버리자 준은

"저것이 말이다. 어제 저녁 낯 씻고 있는데 내 손목을 꼭 쥐능기 앙이가? 모르겠더라, 무신……"

하며 빙그레 웃었다. 그러자 철이

"그래 우쨌노? 자시익—바보다."

눈을 크게 뜨며 물었다.

"………………"

"준아 가만 누워 있거래이, 내 오늘은 좋은 수가 있다. 한 놈 더 잡을 수가 있다. 좋은 수지…내 약 사가지고 오마, 가만 누워 있거라."

해놓고 철은 방을 나왔다. 동아줄을 잡는 손에 힘이 생겼다.

"잘 살 때면 이런 짓이 다 경험이 되능 기라 추억이라!"

철은 휘파람을 불며 골목을 빠져나왔다.

한참 더위치곤 제법 싸늘한 아침이었다. 일이 되려면 이런가 보다. 막 골목길을 또 하나 접어들려던 철의 앞에는 방금까지 상상하고 계획했던 사실이 그대로 전개되었다.

한 여섯 마리의 개들이 우! 몰려오고 있다. 개들은 가끔 멈춰서 이상한 짓을 했다. 그중 제일 작고 얼굴이 예쁜 개에게 두 마리가 한꺼번에 껑충 올라타다간 이내 '응그르르' 싸움을 시작했다.

철은 동아줄을 꼭 쥔 채 개들 곁으로 다가갔다. 사람은 한 사람도 어른대지 않았다. 철이 완전히 다가갔을 때까지 개들은 그 짓에 정신이 없었다.

그중 제일 작은 개에게로 동아줄을 던졌다. 동아줄은 영락없이 개의 목을 걸어버렸다. 그 바람에 수캐들이 우루루 도망을 쳐버렸다.

철은 개를 끌고 길가로 나갔다.

"니 같응 것이 있기에 개자식이란 말이 있능 기라 애익!"

철은 개의 궁둥이를 서너 번 걷어찼다.

'깽깽' 개가 죽는 소리를 했다. 개가 깽깽거리고 나자 어디서 나타났는지 황소같이 큰 몸집에 시커먼 놈이 달려들었다.

삼각형으로 기다란 귀며 뾰족한 주둥이며 늘씬한 몸이 틀림없이 그 '세파도'라는 개임에 틀림없었다. 순간 철은 돌처럼 그 자리에 서버린 채 꿈쩍하지 않았다. 전신에 소름이 끼쳤다. 이놈이 수작을 시작하려는데

"쫑쫑."

하는 사람의 소리가 나자 개는 그냥 쏜살같이 주인에게로 달려가 버렸다. 철은 후유! 숨을 몰아쉬었다.

누구든지 철이에게 개자식! 그러지 않고 '세파도!' 그러면 그저 웃고 말리라.

철은 곧 개를 끌고 집 가까운 골목길로 되돌아왔다.

철은 멍청하니 서 있었다. 지금까지 그 수많이 걸려든 개들은 지금쯤 어떻게 되었을까? 하는 어처구니 없는 생각까지도 해보았다. 얼마나 지났을까? 이윽고 검은 개 한 마리가 철이에게로 껑충껑충 달려들었다.

누런 눈구멍, 뭉특한 꼬리, 자빠진 귀하며 보나마자 첫눈에 똥개다.

이놈은 막 오자마자 수작을 하러 들었다.

"임마! 서둘지 마래이. 내 좋은 곳으로 모셔줄 끼다."

철은 슬금슬금 걷기 시작했다. 이놈은 애가 타는지 퍽퍽 가쁜 숨을 내쉬면서도 짓궂게 따라왔다.

철은 슬그머니 뒷문을 열고 들어섰다. 주인 마누라가 씩! 웃으며 그냥 가버리려 하자

"보이소 귀한 손님 또 옵니더 보이소 자!"

철은 문 쪽을 가리켰다. 수캐가 성큼 들어서더니만 그냥 수작을 시작했다.

하긴 좀 민망스럽기도 했다.

"망칙해라아!"

주인 마누라는 금시 달아오른 얼굴을 외면했다. 철의 아랫도리가 후끈거렸다. 피하려던 두 시선이 딱 마주쳤다.

주인 마누라는 노려보는 듯 철의 얼굴을 한참 쳐다보고 섰더니만 갑자기 다가오며 철의 손목을 잡아끌었다. 손은 떨렸다. 철의 손목을 꼭 쥐고 주인 마누라는 방으로 뛴다. 철도 그대로 따라갔다.

"이리 와! 어서! 으응?"

주인 마누라는 옷을 훌렁 벗어 버리고 절구통 같은 궁둥이를 비비꼰다.

"내일부터 점잔해지믄 되능 기라."

철은 이렇게 내심 중얼거리며 판판한 주인 마누라의 가슴에 착 안겼다.

방안은 거친 숨소리들로 한결 덥다. 이때다!

"어어! 야야! 이 개 개 도망친다아!"

하는 주인 영감의 목소리와 바쁜 발자국소리가 나더니 방문이 활짝 열리었다.

"억?"

주인 영감이 그대로 서버렸다. 철은 부리나케 마루로 뛰어 내렸다.

"준아아! 나 간데이! 잘 있으레이!"

철은 대문을 열고 쏜살같이 줄달음쳤다. 더 빨리 있는 힘대로 뛴다.

"야 잉야! 가치 가자아! 잉야!"

준도 소리치며 따라 나갔다. 준과 철은 힘 있는 대로 빨리빨리 뛰었다.

"저놈 잡아라! 저 개자식! 저놈 잡아라아!"

뒤에서는 주인 영감이 고래고래 악을 쓰며 쫓아 온다.

"개자식은 절대 앙이다. 개가 개를 잡노오? 사람이니까 개를 잡능 기라 안그러나? 대답해라."

철은 가쁜 숨을 내쉬면서도 준을 쳐다봤다.

"하모! 니말 맞다."

준도 힘있게 대꾸했다.

아까 집에까지 들어왔다가 달아나 버린 수캐와 비슷한 자기, 암캐와 흡사한 주인 마누라, 철은 응글거리며 서로 싸움하던 수캐들과 비슷한 주인 영감 이런 것을 어렴풋이 생각은 했으나 조금도 거리낄 것이 없었다. 다리에 힘을 주고 더 빠르게 뛴다. 이런 문제에 부딪칠 수 있고 타협할 수 있는 많은 내일들이 있다는 것만으로 둘이의 가슴은 흡족했다. 흡족했다.*

예비역(豫備役)

완표는 구석에 웅크리고 앉아 있는 점순이의 옆얼굴을 힐끗 쳐다보았다.
아무 소리 없이 앉아 있는 꼴은 어쩌면 병신과도 같았다. 몹시 피곤한 것 같았다. 한숨이 잦았다. 그 큰 눈망울은 누런색으로 얼룩진 천장 무늬를 향한 채 끄떡 않는 몸뚱이와 꼭 같이 조용했다.
기수가 점순이를 흘겨보고 나더니 이내 고래등처럼 시커먼 뱃때기를 장구치듯 둥둥 두들겼다.
"밥통은 처먹어서 처담으라구 생겨난 거야! 될수 있으면 많이 처담으라구 말야! 그게 인생이거든 그게!"
곧 히 웃었다.
덕차가 샐쭉 따라 웃고 나더니
"형님! 분명히 그래요 해해…… 오늘은 금반지 하나 빼 불래요. 다급하면 손가락까지 짤라내구 말예요. 해해. 어제 말예요. 그 바우녀석 있잖아요? 그놈이 말예요, 시골 늙은이의 불알 밑이 불룩하더래요. 그래 거기다가 돈을 감췄는가 보다 하고 그냥 쨌다지 뭐예요. 해해…. 거 영락없이 두토막 났을거래요 힛힛. 아이구 배꼽터져어! 힛힛."
연신 웃어댔다.
"우후후훗—넌 말야! 만약 그런 일이 있다면 꼭 그걸 가져오란 말야! 그걸…. 술

안주 좋다아—쫄깃쫄깃 해가지고…… 우후후훗. 아이구 우스워—똥구멍 밑봤는다아—우후후훗."

 기수도 그 박씨같은 이빨을 다 내놓고 웃어댔다. 뱃살을 움켜쥐곤 방바닥을 대굴대굴 굴렀다.

 완표는 웃다 말고 점순이를 쳐다봤다.

 점순이는 얼굴을 가린 채 꿈쩍하지 않았다. 손가락 사이로 내다보이는 이마가 몹시 찡그러져 있었다.

 한바탕 웃고 난 기수가 점순이를 노려보았다. 기수는 곧 점순이의 배퉁이를 걷어차면서 꽥 소리쳤다.

"야! 이년아! 네년이 뭐길래 버티구 앉아 있어? 남들이 웃을땐 같이 웃기도 하란말야! 이년아!"

"아이구우—"

 점순이가 볼록한 배퉁이를 움켜쥐고 피식 쓰러졌다. 앉으려다간 다시 쓰러졌다.

"이년아! 안웃어? 웃지 않을테야? 웃어라! 빨리!"

 기수는 다시 점순이께로 다가 들었다.

"이년아! 웃으래면 빨리 웃는거야! 이년이? 웃이!"

 이젠 덕차가 배퉁이를 꼬집어 뜯었다.

"웃을께요! 웃을께요!"

 점순이는 목매인 소리 뒤에 곧 고개를 들었다. 웃었다. 눈은 가득한 눈물을 담은 채로 표정 없이 떠 있고, 단지 입만이 벙긋 열리다 말았다.

 웃는다기보단 오히려 우는 얼굴이었다.

 완표는 꿈속처럼 몽롱한 정신으로 앉아 있었다. 흡사 먼지속처럼 모든 것이 희미했다.

 가느다란 물줄기가 점순이의 볼을 타고 흘러 내렸다. 눈물인지 땀인지 분간할 수 없었다. 그토록 점순이의 몸뚱이는 흠뻑 물기로 적셔져 있었다.

기수와 덕차를 흘기려던 완표의 눈총은 오히려 점순이의 허리통에서 힘없이 머물다 말았다.

"이년아! 밥도 처먹고 그래! 네년 몸둥이야 썩어빠진대두 아무 상관 없지만 그게말야! 그 낙지만한게 그래두 돈뭉치야 돈! 내참 뭐 유복자나 밴줄 알구 샛님같이 버텨? 쌍년!"

 기수는 볼록한 배퉁일 손가락으로 푹 찔렀다.

 점순이의 귀밑이 더 발갛게 물들면서 꺼질듯한 한숨이 길게 샜다.

"싯다이 꿀려라(밥먹어라) 빨리! 누구땜에 살았다구 개수작이냐? 챗!"

 덕차가 호령하듯 했다.

 완표는 일어섰다. 괜히 기분이 안 좋았다.

"오늘은 고주빠이(오백환)쯤 실릴테지! 홍완표 기술 최고 안야? 두말말고 손가락까지 짤라내는 거야! 그리구 기수형님 술안주말야 힛힛."

 방을 나오는 완표에게 덕차는 이렇게 말했다.

"학빠이도(백환) 없다!"

 완표는 중얼거렸다.

 언덕바지를 올라 서려니 유독 한걸음 한걸음이 고됐다. 어제 너무나 피로했던 때문이라 생각했다.

 완표는 풀썩 주저앉아 버렸다.

"새끼들 너무해! 기수 그새끼!"

 완표는 풀잎 하나를 뜯어 입에 물었다. 잘근잘근 씹었다.

"점순인 불쌍한 계집애야⋯⋯어제 너무나 세게 부딪쳤거던⋯⋯⋯"

 생각하니 이상하게 소름이 끼치면서 몸이 오싹했다. 꼭 여섯 번을 부딪쳤던 점순이의 배퉁이가 그대로 있는 게 이상했다. 어제는 정말이지 꼭 죽을 뻔 했었다. 점순이의 배퉁이가 자동차 머리를 받고 공 튀듯 서너 발치 앞으로 데굴 굴렀었다. 머리가 앞바퀴에 갈릴 뻔했었다. 그 대신 다른 곳에서보다야 삼배나 되는 돈을 받았었지만…….

"지독한 놈들이야!"

완표의 머릿속으론 기수, 덕차, 점순이의 얼굴들이 작고 크게 아른거렸다.

이년전 덕차를 만났다.

항상 피로 얼룩진 붕대가 머리통을 감고 있었고, 어디 한 군데라도 성한 곳이라곤 없이 상처 투성이었다. 왕초들에게 밤낮 맞기 때문이라 했다.

"송곳날로 어디구 할것없이 마구 쑤셔댄단 말야! 정말 죽고 싶더라! 말못해! 그 지긋지긋한 매질…… 피이—힝힝"

자꾸 울어댔다.

"너희들은 양아치(거지)안야? 그래두 그게 나을 걸……우린 꽃재비(쓰리군)야 꽃재비! 한번 실수하는 날이면 오장육부가 고무풍선 되는 날이야!"

"괜찮아! 내 마음대루 말야, 살다가 말야, 죽는단말야! 힝힝"

덕차는 연신 눈물을 흘렸다.

완표는, 두말 않고 덕차를 을지로 삼가 청계천 다리 밑으로 데리고 갔다.

넉 달간을 거기서 지냈다. 덕차는 얼마 안 있자 보통 오일은장(파카 51) 구립부만 채 올렸다. 재주가 유독 좋았다.

날씨가 좋은 날이었다.

"야! 완표야! 우리 여길 뜨자! 이젠 우리끼리만 넉넉히 살수 있단말야! 하루에 고주빠이만 실리면 이틀 싯다이 넉넉히 꿀린다! 왕초에게 보통 고주빠이씩 핼리고(뺏기고) 무엇땜에 사냔말야 안그래? 어쩔래? 응?"

덕차가 소근댔다.

처음엔 고개를 내저었으나 차츰 그 말이 쟁쟁하게 귀에 살았다.

완표는 덕차를 따라서 걸었다. 달이 밝은 밤이었다.

날이 샜을 때 둘이는 장충단 산줄기에 누어 있었다. 홈빡 이슬에 젖은 옷이었다.

나흘 걸려 집을 지었다.

덕차는 못을 도둑질해 나르고 완표는 나무를 도둑질해 날랐다. 마지막엔 국방색 포장을 지붕으로 덮었다.

"고루거각 내집아아— 덩실덩실 좋다아— 오케오케 아리라앙— XX XX 오케냐 아—"

저녁마다 덕차의 이런 목소리가 그치지 않고 울리던 어느 날, 덕차는 웬 계집애를 데리고 들어왔다. 점순이라 했다.

서울역 앞에서 데려왔노라 했다.

"고향도 부모도 형제도 영 씨말랐단다. 챗! 불쌍적 인생이야!"

덕차는 말했다.

점순이가 들어온지 일주일도 못돼서

"XX XX 오케? 점순아— 힝힝 네 XX 안줘?"

덕차는 이러면서, 점순이를 안고, 엎어지길 잘했다. 점순이는 그때마다 죽을 때처럼 발버둥쳤다.

항상 완표가 말렸다.

큰 눈망울 아래로 발그스럼한 입술, 코위까지 한오라기 머리칼이 내린 점순이의 얼굴은 꼭 영림누나 얼굴 같았다.

완표가 존 하사를 영림누나 방으로 들어 밀 때도

"완표야 오늘밤 XX줄께."

영림누나는 이렇게 말했었다. 완표는 아무 대꾸조차 하기 싫었었다.

덕차의 그런 행동을 말릴 때 마다 완표가 이 말을 할라치면

"그러니깐 너는 맹추란말야! 그땐 이러는거야! 영림 XX 해브예쓰? 완표 XX 해브예쓰! 완표 XX, 영림 XX, XX XX 오케! 생큐 생큐! 이러는거야 임마! 바보새끼! 비켜 비켜!"

덕차는 이렇게 소리쳤다.

점순이가 밥을 지으니 유독 밥맛이 더했다. 점순이의 얼굴도 첫 번보다야 훨씬 나아졌고 가끔은 피식피식 웃기까지 했다.

그러던 어느 날 덕차는 웬 남자를 데리고 왔다. 그러니까 넉 달전이다.

쥐똥만한 검은창에 그대로 흰창인 눈망울 대합조개같은 코아래로 메기입같은 주둥이며, 귀밑까지 새까맣게 돋아난 털들, 흡사 고릴라 모습의 청년이었다.

"우리가 모셔야 할 행님이다! 우리는 충성적과 정성적으로 모셔야 한다."

덕차가 말했다.

완표는 고개를 까딱하고 말았다.

"김기수라는 인생이다! 너희들과 같이 지내게 된 것은 직접적으로 영광적인 일이다! 엣또오…밥 있냐?"

기수의 첫마디였다.

점순이가 오십환을 쥐고 군빵을 사러 나가자

"저 앤?"

기수의 누런 눈구멍이 이상하게 빛났다.

"저 애요? 서울역 앞에서 주워온 거죠. 고아에요. 고향은 파주라나요? 밥이나 지어달라구 데려 왔죠. 해해 내가 인징은 아핀(어머니) 배속에서부터 쥐고 나온 놈이에요. 힛힛"

덕차는 무슨 일인지 자꾸 웃었다.

"몇살이냐?"

"해해 열일곱이요, 왜요? 해해"

"자식! 우후후훗"

"어려요 아직…… 해해 형님? 해해"

"자식은……응? 우후후훗"

"해해, 저어……형님? 해해"

"자식! 영리해! 치이?……응? 우후후훗"

완표는 둘이가 무슨 연극들을 하고 있는지 알수가 없었다. 샐죽샐죽 따라 웃다 말았다.

기수가 온 지 두 달째 지나서부터 완표에겐 모를 일이 생겼다.

덕차가 그 징글맞은 웃음을 웃어가며 으쓱대는 것도 점순이가 전에없이 픽픽 토라져쌓는 것도 그랬지만, 점순이의 볼록해진 배퉁이가 제일 그랬다.

처음엔 똥배인가 했었다. 그러나 점점 볼록해져가는 배퉁이었다.

점순이는 한숨 끝에 울음이 잦았다. 밥도 두숟갈씩 억지로 뜨다 말았다.

기어코는 모든 것을 알 수가 있었다. 끝내는 기수의 돈벌이를 도와주기까지 되고 말았다.

날치기 짓을 이젠 못하는 것도 아니었지만, 기수의 돈벌이를 도와주면서 삯을 받는 편이 훨씬 쉽고 또 수지도 단단히 맞았다.

사실이지 점순이의 배퉁이로 셋은 살아가는 요즈음이었다.

완표는 자꾸 자꾸 높은 하늘속을 바라다 보았다. 유독 파랬다.

"아휴— 계집애……"

완표는 어제밤 꿈속에서 막 울어댔던 점순이를 생각했다.

볼록한 배퉁이를 다 내놓고 언제까지나 천장속에 백혀 있을 점순이의 큰 눈망울이 떠 올랐다.

"모른다! 몰라!"

완표는 고개를 저어버렸다.

스르르 눈이 감겼다. 콧날이 씽하면서 눈앞이 흐려졌다. 무슨 일인지 몰랐다. 따뜻한 햇빛 때문인지 모른다. 새삼 졸음이 왔다.

이층집들이 죽 늘어선 골목이다.

반질반질한 아스팔트가 꼭대기까지 오르다 멈췄다.

아침 안개가 김처럼 뿌옇게 차 있더니 점점 모든 것이 또렷해져 갔다.
 아직도 전등이 켜져 있는 이층집 앞에 까만 하이야가 미끄러질 듯 앉아 있다.
 "저게말예요 일천구백 오십육년도 빅꾸여요, 제일 값비싼거죠. 내가 미군부대에 있을 때 말에요. 양갈보년이 우리 캡틴을 찾아 왔었어요. 밖에 말예요. 그런데 그년이 타고온 빅꾸차 안에서 그만 둘이가 그래 버렸어요. 내참! 성질도 그렇게 급한 것들은 첨 봤었어요. 그걸 보고 있다간 들켜서 쫓겨 났지 뭐예요. 그래 양아치로 놀아났죠. 지금도 저 차만 보면 꼭 그 생각이 나요! 힛힛"
 덕차가 기수의 귀에다 소근댔다.
 기수도 벙긋 따라 웃고 나더니 이내 점순이를 불렀다.
 점순이는 아무 말 않고 다가갔다.
 완표는 멍하니 서 있었다. 어쩐지 점순이의 눈망울을 똑바로 쳐다보기가 미안했다.
 점순이의 기우뚱거리는 뒷모습이 한층 눈에 아팠다.
 "야! 이 개새끼야! 뭘해? 왜 너만 안오냔말야! 완표 이새끼야!"
 기수가 버럭 소릴 질렀다.
 완표는 못 들은 채 그대로 서 있었다. 제가 뭐길래 호령하는 꼴이 얄미웠다.
 "완표새끼야! 형님이 부르잖아? 저 새낀! 빨리 와 빨리!"
 이젠 덕차가 소릴 질렀다.
 완표는 그제야 들은 듯이 걸어갔다. 못 들었다고 기수에게 말했다.
 "오늘은 차 망을 덕차 네가 보구말야. 완표 넌 점순일 리드하란 말야! 그리구 어제처럼 너무나 심하게 뛰어들지 말란말야! 점순이 알지? 뒈지면 손해야 손해! 그리구 아픈 시늉을 하는게 서툴단 말야! 배퉁일 움켜쥐고 곧 죽는 시늉을 하란말야! 알았지? 됐어! 자기 자리로 들어가!"
 기수는 앞장서서 걸어가 섰다.
 완표는 점순이와 같이 기수 뒤로 한 열 발치 떨어져 섰다.

덕차가 휘파람을 불어대며 자동차 있는 쪽으로 천천히 걸어갔다.

셋의 눈들은 덕차의 뒷모습을 따랐다.

점순이는 가끔 힐끗 덕차를 쳐다볼 뿐 자꾸 한숨만 내뱉았다.

기수가 완표와 점순일 쳐다보며 징글맞은 웃음을 씩 웃었다.

"몸 많이 아프지?"

완표는 가만히 소근댔다.

"저어……하여튼 뭐라고 말야……"

"듣기 싫어! 그까짓 소린! 피이—"

점순이는 픽 토라졌다. 금방 눈물이 가득히 고였다.

저만치서 서성대던 덕차가 황급히 달려왔다.

"온다! 와! 잘해라! 눈치채지 않게말야!"

덕차가 둘이에게 소근대고 나더니 곧 기수께로 달려갔다. 무어라 하더니만 저쪽으로 사라져 버렸다.

완표는 자동차와 점순이를 번갈아 쳐다봤다. 이상하게 가슴이 뿌듯했다. 악이라도 쓰고 나면 시원할 것 같았다.

기수가 다시 한번 둘이를 힐끗 쳐다봤다. 눈을 감았다 떴다 했다.

이윽고 대문이 열리면서 두사람이 차로 들어섰다.

순간 완표의 발끝이 가늘게 떨렸다.

점순이의 한숨이 유독 크게 샜다.

차가 스르르 구르기 시작했다. 꽤 빠르게 굴렀다.

차가 오십 미터 밖까지 굴러오자 기수는 천천히 길을 건너갔다.

"잘해라! 난 모른다! 몸 조심하구!"

완표가 고개를 돌려버리려는 순간 "끄익"하는 브레이크 소리가 급했다.

"악"

점순이의 비명이 날카롭게 울렸다.

완표는 황급히 달려가서 점순이를 안아 일으켰다. 머리에서 핏방울이 떨어져 내렸다.

곧 기수가 달려왔다.

"아니 이거 뭐야? 이거 뭐야? 여보— 차주인이 누구야? 응?"

기수가 미친 사람처럼 실성대자

"이거 죄송합니다!"

차주인인듯한 중년신사가 머리를 숙이면서 정중하게 말했다.

"죄송이구 뭐구 그게 안야요! 뭐냔말야? 삼대독자가 들어 있는 배를 들이받았으니……이런 일이 있담? 운전수 얌마! 뭐야? 응?"

"저 부인이 뛰어들었어요! 전……"

"뭐야? 짜식아! 뛰어 들어? 이 새끼 운전을 어떻게 하는거야? 이 개새끼야!"

운전수에게 달려들려는 기수를 차주인이 가로 막으면서 저쪽으로 데리고 갔다.

완표는 이러한 기수의 연극을 보고 있을 수가 없었다. 점순이의 머리통을 손수건으로 막아주면서 완표는 연신 물줄기를 씻어내렸다. 그것은 땀이 아니었다. 눈 가까이서 흘러내리는 액체였다. 자꾸자꾸 눈앞이 흐려졌다.

기수가 걸어 오더니 섬순이를 안은 척 했다. 그리고 나선 곧 씩 웃었다.

완표는 점순이의 어깨를 짜고 골목길을 접어들었다.

"야! 저년은 바보야 바보! 그래 배퉁이만 부딪치려는데 왜 대갈통까지 까가지구 야단이야? 맹추 같은 것!"

기수가 점순이를 흘기면서 중얼거렸다.

"형님?"

덕차가 뛰어 오더니 기수의 얼굴을 빤히 올려다 봤다.

"만 이천 환!"

기수는 두툼한 돈뭉치를 꺼내 세기 시작했다.

"야! 오늘이 최고군요? 그런데 저건 왜 대갈통이 까졌어? 이 바보야! 배퉁이만 드리밀지……원! 뒈지고 싶어서 지랄이냐? 쌍년!"
 덕차가 다시 점순이에게 욕을 퍼부었다.
 완표는 걸으면서도 생각했다. 점순이는 꼭 죽어 버리려고 마음 먹은 것만 같았다.
 병원에라도 데려가 보았으면 싶었다.
 "점순아!"
 가만히 불러봤다.
 점순이는 두 눈을 꼭 감은 채로 걷기만 할 뿐 아무 대꾸도 안 했다.
 완표는 걸으면 걸을수록 자기 몸이 조여드는듯한 느낌이었다.

 정말이지 이처럼 좋은 날씨가 싫었다.
 비라도 폭폭 쏟아져 주었으면 싶었다.
 "씨이—개새끼들! 덕차새끼!"
 완표는 불끈 쥔 주먹으로 두어번 풀밭을 내려 찍었다.
 요사인 괜히 슬프기를 잘했다. 모든 것이 분하기만 했다.
 덕차와 기수가 왜 완표만 잡아먹으려고 하는지 몰랐다.
 언젠가 몸살약을 다섯봉지 사 가지고 들어와 점순이에게 몰래 건넸을 때, 그 험상궂은 기수의 얼굴과 유독 흰창으로 노려보던 덕차의 눈총 이후부터라고 생각했다.
 어제만 해도 그랬다. 밤이었다.
 점순이와 같이 앉아 있는데 기수와 덕차가 어깨를 짜고 들어왔다. 큰소리로 노래를 불러댔다.
 "임마! 이 굼벵이 새끼야! 방구석에서 뭐하냐? ××× × 오케냐? 어어— 가기 전에 떠나기 전에에— 이 개새끼야! 아리라앙—"
 덕차가 다짜고짜 완표의 멱살을 쥐어 잡았다.

"냐? 안냐? 술취한척 하지 말라 임마! 총총한 정신가지구……치사하다! 냐!"
완표가 덕차의 손목을 핵 뿌리쳐 버리자
"이새끼야! 왜 까불어? 너 뭐 뭐했지? 점순이하고 말야! 음음—흥도야 네 오빠가 있는데 울긴 왜 우냐아— 완표 이새끼야!"
기수가 갑자기 완표의 볼을 내려 갈겼다. 배암 눈알같은 눈구멍이 누런 빛을 발했다.
완표는 기가 막혔다. 기수보다도 오히려 덕차가 미웠다.
"임마! 덕차 임마! 봐! 보잔말야!"
"봐라! 보면 말야 눈 코 입 귀가 있고, 네놈것만한 XX에 긴다마가 둘일게다! 쳇!"
덕차가 벌건 눈알로 소리쳤다.
"뭐뭐? 이새끼야! 한번만 더 까불면 XX만 짤라논다! 알어? 알어?"
기수가 다시 완표 앞으로 다가오자 완표는 황급히 방을 뛰쳐 나오고야 말았다. 곧 언덕으로 줄달음쳤다. 별이 유난히 파랗게 많았다.
'힝힝' 완표는 마구 울어댔다. 울고 나니 제일 시원했다.
"개새끼! 죽인다 죽여! 쌍! 골이 훤하게 드러다 보이게 움푹 패였던 대갈통을 그래두 누가 손실해 줬있기에……핀따이 실래주구(돈주ㄱ) 지지리 보리타작(지나로로부리지다)뵈주구…… 쌍놈의새끼! 안참아! 쌍놈의 새낄!"
어제저녁 일이 생각나자 완표는 이렇게 이를 갈았다.
"바보! 점순인 바보야! 왜 밤낮 울기만 하냔말야? 씨이—"
사실이지 점순이까지 그랬다.
요사인 어쩐 일인지 점순이가 불쌍했다.
불쌍한 것 뿐만도 아니었다. 꼭 안아보고 싶었다.
점순이 없이는 못살 것만 같았다. 웬일인지 몰랐다.
점순이가 생긋 웃을 수만 있다면 정말로 기쁠 것 같았다. 그땐 아무 말이라도 다 해보고 싶었다.

그러나 점순인 그렇지 않았다.

"점순아! 어디 아프냐? 약 사다 줄께! 정말야 걱정돼서 그래! 거짓말 아냐!"

할 때면

"듣기 싫어! 헛소리 하지 마! 죽이고 싶으면 잡아먹어버려! 피이—흑흑."

점순이는 이렇게 소리치고 나선 그냥 흐느낄 뿐이었다.

"바보년! 울기만 하면 젤야? 씨이— 바보!"

완표는 벌떡 일어서 버렸다.

지금쯤 어느 골목길에서 자동차를 지켜볼 점순이, 자동차 앞머리를 받고 공 튀듯 나가떨어져 있을 점순이, 아니면 집에 들어와서 번 듯이 누워있을 점순이가 갖가지 모양을 했다.

"밥만 쳐먹어봐! 아구창을 꼬매 놀테니깐! 개새끼!"

오늘아침 같이 안가겠다고 하는 완표를 향해 꽥 소리치던 기수의 음성이 귀에 쟁쟁했다.

완표는 언덕을 내려섰다.

멀리 한강 가에로 붉게 타는 황혼이 좋았다. 어쩌면 산도 같고 또 바다도 같은 구름들이 끝없이 다홍색이었다.

고아원에 있을 때, 말자누나는 꼭 저런 황혼을 보고 〈서산넘어 햇님이〉를 불러 주었었다. 〈저산 저멀리〉도 불러 주었었다.

"핑—"

완표는 치자물감 같은 코를 풀어쳤다.

웬일인지 문앞에 덕차가 서 있었다. 뻐끔뻐끔 담배까지 피웠다.

"흥! 개새끼! 어른 다됐다구 치이— 여우같은 새끼!"

완표는 중얼거렸다. 민들민들 흉터가 백힌 대갈통을 바숴주고 싶었다.

"얼마나 실랬냐? 금반지 하나 줬냐? 어때?"

덕차는 비스듬히 문설주에 기대선 채 한마디 했다.

완표는 이러한 덕차가 구역질이 나도록 보기 싫었다. 잡아먹고 싶도록 얄미웠다.

"낮잠이나 자고 왔다! 비켜!"

완표가 들어가려고 하자

"안돼! 십분간만 놀다 오렴!"

덕차는 완표를 밀어뜨렸다.

"왜? 뭣땜에말야? 씨이— 비켜— 새끼야!"

"이 새끼야! 네가 보초냐? 네집이야? 비켜!"

"보초다! 어흠!"

덕차가 가슴을 짝 피면서 헛기침을 했다.

순간 완표는 방속에서 새어 나오는 이상한 소리에 귀를 종그렸다.

"음음— 아이구우— 음—"

"어어— 가마안……"

분명 신음소린 점순이의 목소리고 또 하나는 기수의 소리였다. 무엇을 가만 있으라구 한단 말인가?

완표의 눈은 방문과 덕차를 번가르며 굴렀다.

덕차가 담배를 문 채 씨익씨익 실날 같은 눈으로 웃었다.

완표의 머릿속으론 이상한 생각들이 거머리처럼 엉켜붙었다. 주먹이 불끈 쥐어지면서 이빨은 아드득 갈렸다.

"비켜! 이새끼야!"

"못 비킨다! 어쩔래?"

덕차가 담배를 부벼 끄며 버텼다.

"이새끼! 임마! 이새끼!"

완표는 와락 달겨들어 덕차의 머리통을 후려갈겼다.

덕차의 주먹이 완표의 앞가슴에 닿았다. 비식 쓰러지려 했다.

완표는 다시 덕차의 눈퉁이를 후려쳤다.

"이새끼야! 네 눈퉁이 봐! 이리와! 이새끼야!"

"칫! 안아프다 이새끼야! 이리 와!"

"죽여! 응? 이새끼! 윽윽! 싯싯!"

"몸뚱이하구 긴다마만 차버리면 황천이야! 이새끼야! 윽! 싯싯!"

이내 완표의 코에서 피가 흘러내렸다. 한참 둘이가 엎어져 딩구는데 기수가 튀어나왔다. 두말없이 완표의 턱을 치어 받았다.

완표가 한 다섯 발치나 도망갔을 때까지 기수의 주먹은 따라왔다.

"왜 때려? 치이— 왜 때려? 쌍—"

완표는 피를 닦다 말고 소리쳤다.

"저 새끼? 한번만 까불면 넌 정말 골로간다! 쪼그만 새끼가……죽어! 알어?"

기수가 소리치고 나자

"나중에 일대일로 해! 저런 새끼가……내참—"

덕차가 따라서 소리쳤다.

완표는 멀거니 서 있었다. 무엇이 어떻게 되어 가는지 모르게 정신이 멍했다.

성질대로라면 저까짓 집 확 불질러 버리고 싶었다. 그러나 모든 것이 점순이 때문이었다.

덕차와 이렇게까지 된 것도 실은 점순이 때문이었다. 점순이는 그것도 몰라주었다.

"바보년! 병신! 천치! 씨이씨이!"

완표는 '힝힝' 마구 울어댔다. 닦으면 닦을수록 눈물은 그치지 않았다.

완표는 멀거니 뜬 눈으로 점순이가 항상 하듯 얼룩진 천장 속을 바라다보았다. 아무것도 없었다. 단지 누런 색깔로 얼룩진 종이쪽이 너훌너훌 춤을 추고 있을 뿐이었다.

점순이는 뭣때문에 항상 저것을 바라다보고 있었는지 몰랐다.

너훌너훌 흔들거리는 저 종이쪽의 율동이 재미있어 그랬을까? 그렇지 않을 것 같았다. 그러면 기수, 덕차, 완표의 얼굴까지 전부가 보기 싫어 그랬을까? 그럴 법도 했다.

완표는 찢어진 종이쪽의 모양이 꼭 한국지도 모양이라고 생각했다.

제일 귀퉁이를 목포라고, 그 중간쯤을 서울이라고 생각해 보았다. 사년전 기차를 타고 목포를 떠났었다.

말자누나도 몰래 떠났었다.

비녀산 바로 아래로 보육고아원이 있었다. 지붕은 파란 칠을 한 양철이었고 벽은 세멘트였나 그랬다.

"음음—"

완표는 점순이의 신음소리에 비로소 정신이 들었다. 가만히 점순이를 건너다봤다. 자꾸 몸을 뒤틀었다. 하얀 배퉁이가 다 나와 있었다. 더욱 불룩한 것 같았다.

완표는 일어나 앉았다. 꼭 한 번 만이라도 점순이의 배퉁일 쓸어주고 싶었으나 점순이는 성낼 것만 같았다.

"점순아! 왜 그러냐?"

"……음음"

완표는 점순이의 눈망울을 쳐다봤다. 희멀겋게 떠 있었다.

순간 완표는 이상하게 몸이 떨렸다.

어디까지든지 점순이와 함께 갔으면 싶었다.

"점순아! 나하고 같이 다른 데로 갈까? 응?"

"…………"

"정말야! 나하고 같이 말야!"

"귀찮다니까안—이 개새끼들아아—"

유독 '들'자에 힘을 줘가며 점순인 꽥 소리쳤다.

완표는 아무 말 않았다. 더 말할 래야 힘이 생기지 않았다.

점순이가 억지로 일어나 앉더니 곧 방문을 나갔다. 종이쪽을 부벼가지고 나갔다. 변소에 가는 모양이었다.

 조금 있으려니

"음음—"

 하는 소리와 함께 점순이의 몸뚱이가 방안으로 쓰러졌다. 데굴데굴 굴렀다.

 일어나려다간 쓰러지고 눕는가 하면 억지로 일어났다.

 갑자기 점순이가 완표의 손목을 꼭 쥐면서 몸을 뒤틀었다. 한쪽 손으로 속옷을 아래로 내렸다.

 완표는 점순이의 손목을 꼭꼭 주무르기 시작했다.

 점순이의 얼굴이 빨갛게 되면서 숨소리가 나지 않았다. 얼굴엔 퍼런 힘줄들이 치어 올랐다.

"점순아! 야! 야!"

 완표가 점순이의 얼굴을 흔들면서 소리치고 났을 때 점순이가 후유— 숨을 몰아 쉬었다. 몇번을 그러고 난 점순이가

"우욱!"

 하면서 뛰듯 했다. 또 한 번을 그랬다.

 완표의 눈이 배퉁이를 타고 밀릴 때였다. 아! 완표는 고개를 돌려버렸다.

 시뻘건 핏덩이 아니 그건 울지 않는 어린애였다. 조그만했다.

 완표는 벌떡 일어섰다. 다시 앉았다.

 다시 일어섰을 때 기수와 덕차가 들어섰다. 둘이의 눈알이 휘둥그레지더니

"억? 뭐야?"

 기수가 방안으로 뛰어들었다. 곧 덕차도 들어섰다.

 기수의 눈알은 어린애 점순이 덕차를 번갈아 쳐다보고 나더니 이내 완표를 향하여 이상한 빛을 발했다.

"야! 완표 이새끼야! 언제? 응?"

"방금……"
 완표는 힘없이 대꾸했다.
 점순이가 가쁜 숨을 내쉬면서 눈알을 떴다 감았다 했다. 손으로 얼굴을 가리어 버렸다.
 "썅놈의 것! 에익키!"
 기수가 들고 있던 술병을 방바닥에다 힘껏 내던져 깨뜨렸다. 이빨을 아드득 갈았다.
 "XX년! 이게 뭐람? 팔자 좋다! 쳇! 썅!"
 덕차도 술병을 방바닥에다 내동댕이쳤다. 점순이를 노려봤다.
 완표는 점순이의 얼굴을 똑똑히 보고 싶었다. 나중에라도 생각날 수 있도록 한 군데도 빠짐없이 외어두고 싶었다. 한 번만 웃어 주었으면 싶은데 점순인 꿈쩍하지 않았다.
 "야! 이새끼야! 앉으려면 앉던지, 나가든지 하지 왜 서서 야단이야! 이 개새끼야!"
 기수가 완표에게 다가오면서 소리쳤다.
 "야! 완표새끼야! 좋겠다! 저새끼……송장이나 치우렴! 그일두 못하겠니? 쳇! 거 조그만하니깐 헝겊에 싸가지고 슬쩍하면 되는거야!"
 덕차도 함부로 지껄여댔다.
 무슨 일인지 완표는 아무 대꾸도 하기 싫었다. 죽인다면 죽기라도 하고 싶었다.
 완표는 걸어 나오면서 점순이를 쳐다봤다. 역시 가쁜 숨만 내뱉고 있었다. 잘 있으라고 하고 싶었지만 그럴 수도 없었다.
 하여튼 전부가 다 잘 있어 주었으면 싶었다. 이상한 마음이었다.
 완표는 언덕을 향해 걸었다. 움막 같은 집이 점점 멀어져 갔다.
 완표는 벌렁 누어 버렸다.
 하늘 저쪽 귀퉁이에서 하얀 것들이 점점 몰려들었다. 조개구름이라 생각했다. 조개구름 사이마다 파란 하늘조각들이 모아졌다, 흩어졌다, 커졌다, 적어졌다,

했다.

완표에겐 이런 것들이 조금도 달갑지 않았다.

완표는 풀잎 하나를 뜯어 비비꼬아 봤다.

풀냄새는 여치울음 속으로 더욱 진하게 풍겼다.

거지로 돌아다닐 때 사람들은 양아치라 불렀었다.

날치기짓을 할 땐 꽃재비라 불렀었다.

미군부대에선 팸푸라 불렀었다.

이렇게 아무 곳에나 가고 싶은데, 사람들은 어떻게 부를 것인지— 완표는 알 수가 없었다.*

화당리(花塘里) 솟례

 크고 작은 봉우리들을 세우면서 억세게 내닫던 산맥들이 화당리에 이르러서야 겨우 지친 어깨동무를 풀곤, 가깝고 좀 멀게, 말등 같은 용마산과 개얼굴 같은 개바위를 밀어 던졌고, 개바위에서 뒤집어엎으며 시끄럽게 밀리는 강줄기가 조용한 용마산을 감돌면서 화당리 마을 복판을 가만가만 흘렀다.
 사글재 가에로 죽 늘어선 실버들나무 아래로 낙엽처럼 쌓였던 버들강아지가 꺼멓게 빛이 변해 가면서부터 훨훨 귓가를 스치는 황새의 날개소리가 미꾸리를 잡노라 하루에도 몇 차례 수선스러웠다.
 솟례는 바구니를 옆구리에다 끼고 나선 일어섰다. 느른한 졸음이 확 밀렸다. 눈알이 침침한 게 용마산 허리를 감고 흔들리는 것이 아지랭이인지 분간할 수 없었다.
 "낮에 든 안개여……그저 헛생각만 푸지기도 해여!"
 솟례는 침침한 눈알을 굵은 엄지손가락으로 마구 문질러대며 퉁명스레 중얼거렸다.
 솟례는 걸어 나가다 말고 돌아선 채 멍청히 사랑채를 건너다봤다. 하얀 창호지에 유독 또렷이 드러난 문살에서부터 마루를 몇 번이고 훑고 있던 눈길이 댓돌 위의 고무신에 이르자 또 가슴이 뻐개질 듯 설움이 치밀었다. 눈두덩이 뜨끈하면서 콧날이 씽—매웁게 울었다.

 도선이의 고무신이다. 저 방 속에서 도선이는 몰래 담배를 피우고 있을 것이고 그 큰 눈알은 천장을 훑다가—정말, 저 빼쪼롬한 창구멍으로 나를 쳐다보고 있는지도 모른다. 어제처럼 마구 눈알을 무섭게 치프고 있을까, 아니면 혹시 눈꼬리에 잔뜩 주름을 잡고 실실 웃고 있을까.

 이런 생각을 하자 얼굴이 홍시처럼 빨개져 화끈거렸고, 솟례는 휙 돌아서고 말았다.

"시상에 믄 청승에! 디저 싸!"

 솟례는 바삐 걸었으나 다시 콧날이 매웠다.

 화당리에서도 이름난 부자 최영감의 맏아들 도선이요 솟례는 이 집 종이다. 그런데 어쩌자고 눈물을 짜고 얼굴을 붉히고——이렇게 가슴을 쥐어뜯으면 그럴수록 도선이가 더 깊이 가슴 속에 들어앉고 이럴 때마다 설움은 더했다.

 솟례는 바구니를 더 꼭 끼어 차노라 맥이 풀리는 어깻죽지에 힘을 줬다.

 사실 나물을 캐러 가는 것이 아니었다. 겉으로만 두 사발 남짓한 나물을 덮고 속에는 순심이의 담배밭에서 몰래 따 넣은 담배 이파리로 바구니를 채웠다.

 도선의 나이 이제 열여섯에 어른들에게 담배 달랄 수 없고, 몰래 최영감의 쌈지를 뒤져 피우다 들키는 날이면 성문다리가 부서질 정도로 매를 맞곤 했다. 그러한 도선의 모습이 솟례 눈에서 가시처럼 아팠다. 얼굴만 봐도 허리통까지 찌르르하고 가슴이 방아질을 하는 그 도선이가 앙앙 울 땐 솟례도 울고 싶었다. 몰래 따다 나른 담배만도 다섯 바구니는 실히 되고, 모레는 아무도 몰래 삶아 말리리라——생각만 해도 귀밑이 화끈거렸다.

 해가 두 발치 개바위 머리 위로 기울 때 꿩들은 으레 자주 울었다. 걸걸한 장끼 울음소리가 컹컹 산속을 울렸다.

몰래 담배잎을 따 넣던 숫례는 무슨 일인지 또 눈시울이 뜨거웠다. 어제 일이 자꾸 코끝을 울렸다.
……………………

바구니를 차고 마당을 나서는 숫례의 치마귀를 붙들고 도길이는 줄창 울어만 댔다.

"가앙 가앙— 나도 가앙—"

"호랭이하고 늑대하고 시글시글해여! 깍 물면 으짤래? 내가잉 노물 캐가꼬 와서 잉 밥 맛있게 해주께 니는 여기서 놀아잉? 나 같으면 가만히 놀다가 맛있게 밥묵겄네! 그래잉?"

"앙이앙이—니 뽀찌잉—가앙 나도 가앙—니 뽀찌이—앙앙—"

"못써야! 도길어으—저잉, 저잉……"

"앙해! 앙해! 꼽사! 꼽사! 나도 가잉—"

숫례는 할 수 없이 그대로 걸었다. 눈물이 핑 돌았다. 그저 꼽추란 말만 하지 말아 주었으면 싶었다. 숫례는 꼽추였다. 제가 봐도 불쑥 불거져 나온 등뼈가 흉측하기 이를 데 없는데 남이 그 말을 할 땐 곧 죽고 싶도록 분통이 터졌고 눈물이 쏟아졌다.

숫례는 한숨만 내뱉으며 그저 걸었고 도길이는 칭얼대던 얼굴에 이젠 실실 웃음기까지 흘리며 바삐 따라왔다.

"쩌그 저것 황새여 이 새끼양—그런 것도 모르고 어른이다고야—씨이—"

"…………"

"해는 한나여! 둘이 아니여! 쩌것봐 꼭 한나여! 그런 것도 모르고 어른이다공……"

"…………"

"니가 어른이냥? 니 나하고 쌈하믄 진다고 해! 앙이? 이새끼 말 앙해?"

"…………"

담배잎 겉으로 나물을 덮고 막 일어서려는데 도길이는 무슨 생각인지 또 칭얼대기 시작했다. 해는 다 기울고, 막내둥이 자식을 아무 말 없이 산에 데려간다고 흰창을 치뜨며

"아무리 양심이 나쁜 년이라고! 이년아! 으째 귀한 자식을 산에 대꼬가? 문둥이 만나면 으짤라고? 자식붙어 난 년은 속도 저렇게 나쁜가?"

하던 나주댁의 얼굴이 떠오르자 솟례는 몸을 가눌 수 없도록 속이 탔다.

"멋을 으짜라고 그라냐? 응?"

"니 똥꼬 배줘잉— 배줘잉—"

도길이는 이러면서 발을 굴러댔다. 솟례는 기가 막혔다. 똥구멍을 보여 달라니 어쩌면 좋을지 속이 탔다. 몇 번이고 달래 보았으나 도길이는 점점 악만 써댔다.

"그래그래! 이것이 똥구멍이여!"

솟례가 옷 위로 배꼽을 꾹 누르자 도길이는 살래살래 고개를 내저으며 앙이여 앙이여— 더 울어댔다.

'인 오살놈! 할 일 없으면 맨당 지랄 방구여! 쥐만한 새끼가!'

내심 이렇게 중얼거리며 이번엔 궁둥이를 가리키자, 도길이는

"앙이여! 앙이여! 저 속에 있써!"

솟례의 가랭이를 가리키며 더 죽는 시늉을 했다.

'잡놈! 쪼깐한 것이 응큼하기는 능구랭이 같은 놈! 허참 얼척없어서!'

한참 도길이를 쏘아보던 솟례는 할 수 없이 주위를 두리번거렸다. 사람이 있을 리 없지만 괜히 가슴이 설렜다. 이를 악물곤 치마를 걷어 올렸다. 팬츠를 반쯤 내려 궁둥이를 까면서 솟례는 울었다. 왠지 모르게 자꾸 울음이 솟구쳤다. 죽고 싶도록 분했다.

"다 봤지잉? 자아—"

"와으— 니 똥구멍은 더 크다잉! 까맣다잉?"

순간 솟례의 가슴이 떡방아질을 하면서 얼굴이 후끈거렸다. 만일 도선이가 도길

이라면—하는 생각 때문이었다.

 솟례가 아리숭숭한 정신 속에서 불현듯 팬츠를 올려 입고 황급히 일어설 때였다. 솟례는 숨통이 터질 듯한 놀라움 속에서 몸을 가눌 수가 없었다.

 억새풀 줄창 깔려있는 풀더미 속에서 도선이 솟례를 물끄러미 바라다보고 있는 것이었다. 솟례가 혓바닥을 깨물어대며 힐낏 곁눈질로 도선을 살피자, 한참 동안 그대로 쳐다보고 있던 도선이 오라는 손짓을 했다. 연신 손짓을 했다.

 솟례는 한참 동안 그대로 선 채 가쁜 숨을 몰아쉬었다. 도무지 정신을 차릴 수 없도록 불룩한 젖가슴이 빠르게 팔딱거렸다. 귓속에서 왕왕하는 소리를 애써 들으면서 솟례는 꿈이 아니라고 생각했다. 일을 할 때면 손끝에서, 잠을 잘 때면 꿈속에서, 한 번이고 떠나 본 적이 없는 도선이가 아무도 없는 풀더미 속에서 솟례를 부르는 것이다. 오란다. 자꾸 오란다.

 솟례는 비로소 도선이 있는 곳으로 발을 내디뎠다. 한발 한발이 몹시 떨렸다. 억새풀 진한 풀냄새가 온통 코안에 찼다.

 솟례는 도선이 앞에 서자마자 깊숙이 고개를 떨구었다. 가쁜 숨을 내쉴 때마다 불룩한 등뼈가 뿌듯하니 움직였다.

 '……그라면……그라자고 하면……차라리 그라자고 하면 을마나 좋으까……'

 내심 이렇게 애타 하며 고개를 돌리려는 때였다. 옆구리가 부서져 나갈 듯 딱딱한 게 마구 부딪치면서 머리통도 쪼개질 듯 아팠다.

 등뼈를 바윗돌에 찍으며 솟례는 나동그라졌다. 머리를 감싸며 손을 내젓는 솟례의 눈망울 속으로 막대기를 되는대로 휘내저으며 달려드는 도선이의 성낸 얼굴이 소름이 돋도록 무서웠다.

 "병신년이 육갑한다고 꼽사년이 어린것 대꼬 못된짓해? 이년! 이년! 꼽사년아! 디져라!"

 매질은 한참 동안 더했다. 가슴을 찢고 싶은 설움 속에서 솟례는 자꾸 비명만 내질렀다.

"옴매에—— 아이곰매에——"

솟례가 목으로 흘러내리는 핏줄을 씻으며 큰 소리를 했을 때에야 도선이는 막대기를 팽개치곤 도길이한테 달려가 버렸다.

도선이 도길을 업고 마을 어귀까지 들어섰을 때에야 솟례는 목놓아 울었다. 울다간 멍청히 하늘을 올려다보고 그러다간 다시 울었다.

솟례가 가슴을 조이며 마당에 들어섰을 때 나주댁은 늦었다고만 야단벼락을 때렸지 그 말은 하지 않았다.

솟례는 긴 숨을 푸 내쉬곤 다시 도선이가 그립기만 했다. 맞으면서라도 그 가슴에 얼굴을 파묻어 볼 걸 했다. 사랑방에 눈길을 던진 채 솟례는 다시 도선이가 좋았다.

....

솟례는 물끄러미 앞을 내다봤다. 코딱찌나물이 질펀히 깔려있는 들에 억새풀이 가로 세로 줄기를 뻗고 그 틈에로 눈같은 싸래기꽃이 수선스럽게도 피었다. 바시락하면 들쥐가 내닫고 툭하고 떨어진 송충이가 배때기를 까고 딩굴었.

솟례는 벌떡 일어나 황급히 걸었다.

개바위 두툼한 머리에 주홍빛 해가 떨어질 듯 매달렸다. 용마산 굵직한 등어리가 아침해를 밀어 올리면 저녁엔 으레 개바위가 지는 해를 받았다.

날이 갈수록 솟례는 무척도 수척해져 갔다. 끼니 굶는 것쯤 오히려 속 편한 일이었으나 버글버글 속이 타는 데는 정말 참기 어려울 정도로 그저 슬프기만 했다. 솔잎 마구 누렇게 떨어져 내리고 솜조각 같은 눈발이 용마산 길을 막아 버리면 꼭 스물—어쩐 일인지 열아홉 살 찌는 더위에 그냥 죽어 버릴 것만 같았다.

하기야 지금 죽어 자빠진대도 누구 한 사람 거들떠보지도 않을 것이다. 최영감은, 솟례가 나주댁에게 심한 매질을 받을 때면 꼭 그러듯이, 큰기침 몇 차례에 실눈을 용마산 허리에 박은 채 뻐끔뻐끔 장죽을 빨아대며 어서 치우라 소리칠 것이고, 도길이는 좋아서 뛰놀 것이고, 나주댁은 입에 거품을 문 채 집안꼴 잘 된다 투정을 할 것이며, 얼챙이 머슴은 징징 청승맞게 울어댈 것이다. 도선이는……도선이는……모른다. 내 죽은 몸뚱이를 그래도 달례 엄마가 묻어줄 것이다.

'처녀 속이야 나만 알제……큰애기는 참 불쌍하지야……입이 백개라도 내 말 않지야……말 않고말고……'

 입버릇처럼 항상 이러기만 하는 달례 엄마의 아리숭숭한 말이 귓전에 감돌면서 솟례는 또 눈물이 줄줄 흘러내렸다. 옷고름으로 쓰린 눈알을 꼭꼭 찍었다. 그저 도선이만 그러지 말아 주었으면, 한 번만이라도 웃어 줬으면 싶었다. 생각해 보면 분명 제가 미쳤다. 무엇 때문에 이러는지 알 수 없었다. 첫봄 들어서부터 지금까지 괜히 이랬다.

"시상에……디져 싸!"

 솟례는 또 긴 한숨을 뱉었다. 한숨 뒤엔 꼭 죽고 싶도록 분한 이야기가 생각났다. 나주댁의 거품 문 입에서 늘 쏟아지던 그 말은 차라리 죽고 말지 들을 수 없도록 분하기만 끝없었다.

 지금부터 열아홉 해 전 최영감네 집엔 부부 종이 들었단다. 남자는 흉악한 도둑놈이요 마누라는 간사롭기가 백년 둔갑한 여우였단다. 남들이 보기는 부부라 했겠지만 아무리 보아야 모자지간에 틀림없었단다. 남들이 이 사실을 알고 부쩍 손가락질이 늘었을 때 그 여우삼신 간사한 마누라는 애를 배고 말았단다. 갓난애가 백일도 채 지나기 전 애아버지는 최영감네 금패물을 몽땅 갖고 어디론지 사라져 버린 보름 후, 눈이 무척도 쌓인 추운 날 발자국 하나 남기지 않고 기어코 애어멈도 어디론가 가 버리고 말았단다. 발자국도 없이 도망갔으니 계집은 필시 여우삼신이요 사내는 만주 벌판 떼도둑놈이더란다. 핏덩이로 남은 갓난애는 천벌을 맞아 곱추가 되고 지지리 못된 짓만 하면서 컸더란다. 그 갓난애가 지금의 솟례란다—

"이고 이고! 몹쓸 주둥이들도……시상에! 미운 맷뚱에 핑계 없을라고……"

솟례는 저도 모르게 발을 퉁 굴러댔다. 또 한 번을 그랬다.
 그러나 잠시 후 솟례는 머리칼을 움켜쥐며 고개를 떨구었다. 이 말이 사실이라면……. 정말 이러기 때문에 도선이도 잡아 먹을 듯 괜히 미워하고 속을 몰라 주는지도 모른다. 이렇게 바글바글 가슴이 타도록 저를 생각하는데 사람인 담에야 그럴 수는 없었다.
 솟례는 빠드득 이빨을 갈아댔다. 이 모든 것이 정말이라면 그 여자의 가슴패기를 온통 쥐어뜯어 주고 싶었다. 그뿐 아니라 칼이라도 꽂아 주고 싶도록 분했다.
 "이년 자석은 못 버리는 것이여! 절대 그짓말이야! 으찌께 그런 소리를……"
 솟례는 설레설레 고개를 내저었다. 굵직한 엄지손가락으로 시큰거리는 코끝을 연신 눌러댔다. 그러다 못해 무딘 주먹으로 쾅쾅 가슴패기를 두들겨댔다. 그러고 나니 조금은 가슴이 후련했다.
 멍청히 앉아 있는 솟례의 코끝에서 윙윙 땅벌이 맴을 돌았다.
 "잡것!"
 손을 내저어 한번 쫓으니 이젠 귓바퀴에서 앉을 듯 맴을 돌았다.
 "잡것! 요 잡것!"
 솟례는 벌떡 일어나 두 손을 휘내저으며 벌을 쫓았다. 손바닥에 탁 부딪힌 벌이 날개 한쪽을 잃곤 땅으로 떨어졌다. 그래도 빙빙 맴을 돌며 날으려는 땅벌의 밋밋한 머리통이 바숴 주고 싶도록 얄밉고 간사로왔다.
 "여시삼신! 이 여시삼신아!"
 누구에게 하는 소린지 투덜대며 벌 몸뚱이가 가루 되도록 발로 문질러 버렸다.
 숨을 씨근덕거리며 서 있는 솟례 앞으로 얼챙이 머슴이 그 쭉 찢어진 입을 해죽거리다간 홍시감만한 코를 연신 벌름대며 다가왔다.
 "솟례야! 오늘 저녁에 교주리 나루터에서 한번 만나줘여……니도 빙신이고 나도 빙신여……만나줘그랴……"
 얼챙이 머슴은, 그 쭉 찢어진 입술 새로 벌건 혓바닥을 날름거리며 띄엄띄엄 말을 해댔다. 울상이 된 얼굴로 그래도 부끄럽다는 듯이 가끔 고개를 떨구었다.

솟례는 병신이라는 말에 유독 힘을 줘가며 중얼대는 얼챙이 머슴을 뚫어져라 쏘아만 봤다.

"내가 그래도 니를 젤로 생각혀! 내가 말 한자리 주까? 저 말여……"

"……"

"도길이 말여……나한테만 그려……니가 내일 장터에 갈 때 니 거 꼽사 뼉다귀에다 깃대를 꽂아준데여! 저구리를 뚫고 몰래 그 깃대를 꽂아준데여! 거 있잔혀? 작년에 썼든 태극기를 말여……그래 사람 많은 데서 망신을 준다!"

"……"

"니가 깃대를 꽂고 가면 나 보고 장구를 치라고 그랴! 안하면 죽인댜!"

얼챙이 머슴은 말을 끝맺고는 힐끗힐끗 솟례를 쳐다봤다.

"난 죽어도 안혀! 안혀!"

그러고 나선 또 솟례의 얼굴을 훑으며 히죽거렸다.

솟례는 얼챙이 머슴을 빤히 쳐다보고 선 채 머릿속으론 엉뚱한 생각을 하고 있었다.

제 얼굴을 곰곰 생각해 본다. 한 달 만에 한 번씩은 거울 앞에 섰었고 그때 거울 속의 제 모습은 기억할 수 있었다.

이마는 넓어 빗자루질한 펑퍼짐한 아래로 서로 끌어당기는 눈썹 사이는 좁고, 호두껍질처럼 거칠거칠한 코아래 툭 불거져 나온 입술이 합죽한 턱 위에 얹혀 길다. 양쪽 볼따귀 껍질을 당기면서 내민 광대뼈는 비와씨만하게 들어박힌 눈알을 가리우며 게다가 붉기는 사뭇 빨갛다.

이렇게 골똘히 생각에 잠겨 있던 솟례는 고개를 내저었다. 아무래도 기억을 잘못한 것이지 이런 모습은 아닐 것 같았다.

얼챙이 머슴이 저렇게 애가 타서 지근거리는 것도 다 얼굴 보고 그러는 것이겠지 설마한들 병신 동정해서 그럴 리 없었다.

조금 전 생각했던 제 얼굴이 하나가 더 돼서 아른거렸다. 솟례는 눈알을 수없이 깜박거리다간 이내 고개를 끄덕였다. 최영감이었다. 최영감의 얼굴은 분명 솟례와 비슷한 데가 많았다. 최영감의 얼굴을 모두들 남자다웁게 잘도 생겼다고 칭찬을 해댔다. 순간 솟례는 얼굴을 붉히곤 고개를 내저었다. 하찮은 종년이 제 얼굴과 최영감의 얼굴을 비슷하다고 생각이라도 하다니. 죄스럽고, 손발을 빌고 싶도록 미안했다.

"나 좀 보소! 이고 디져 싸! 디져 싸!"

솟례는, 쿵쿵 언제나처럼 발을 굴러댔다.

솟례는 그러다 말고 얼챙이 머슴을 건너다보자, 그는 쭉 찢어진 입술 새로 흘러내리는 콧물을 빨간 혓바닥으로 날름날름 핥더니 씨익 웃었다.

"솟례야! 니 내 성의를 몰라도 유분수여! 솟례야 솟례야……지어멈! 그라지 말란말여!"

얼챙이 머슴의 빠른 부름에도 못 들은 채 걷기만 했다. 사랑방 문은 꼭 닫혀져 있고 댓돌 위에 고무신은 언제나처럼 조용히 놓여 있었다.

그 향긋한 냄새 날리는 반드르한 머리칼 속에 코를 파묻곤 언제까지 냄새라도 맡아 보았으면 싶었다. 유독 하얀 목덜미를 껴안고 사지에 맥이 풀리도록 힘을 줘 봤으면──또 그 빨간 입술을 홍시감 빨듯 입심줄이 풀리도록 대고 빨아 봤으면──. 솟례는 못 볼 것이나 보고, 생각 못할 것이나 생각한 것처럼 재빨리 몸뚱이를 돌렸다. 또 콧날이 찡찡 울었다.

도선이 속을 몰라 주는 것도, 그러한 도선이 때문에 밥맛이 떨어지는 것도, 알고 보면 나주댁 입에서 언제고 튀어나오는 그 분통이 터질 말 때문이라 솟례는 생각했다.

솟례는 달례네 집을 향하여 걸음을 빨리 했다. 오늘은 무슨 말이든 똑똑히 듣고 말리라 다짐했다.

교주리 나루터가 가물거리는 아지랭이에 싸여 벌레처럼 흔들리고 떡갈나무 새로 줄창 기어가는 개바위 산길이 막혔다 이어졌다 빤히 길다. 떨어지는 해를 얹은 채 꺼멓게 땅거미가 지는 개바위 머리 위에서 오가는 새들이 수선스럽게 날았다. 이맘때면 게으른 장끼가 으레 울었다.

"어서 오소! 어서 와! 지녁 묵었능가? 시상에……앉소! 팬히 앉소!"

달례 엄마는 뛰쳐나오며 반갑게 맞아 주었다.

"달례는 으디 갔다우?"

"인……즈그 삼춘 집에 가서 양석 되나 얻어 올란다고 가두만……으째 왔능가? 모실 나왔능가?"

"아니이……"

설레설레 고개를 내젓는 솟례는 꺼질 듯한 한숨을 뱉었다. 속은 불꽃처럼 활활 달아오르면서도 목구멍을 구르는 말은 좀처럼 떨어지질 않았다.

한참 동안을 넋 잃은 사람처럼 앉아만 있던 솟례는, 나주댁이 밤낮으로 하던 그 말과 제 심정을 그대로 말해 주었다. 그저 무슨 말이든 들었으면 속이 풀릴 것 같아 마음은 바쁘면서도 또 더 몹쓸 말이나 튀어나올까 하여 괜히 무서움까지 들었다.

담배를 말아 물고 나서는 끝이 다 타갈 때까지 연신 한숨질만 하던 달례 엄마가 찔끔 눈물을 짜며 입을 열었다.

"그말이사 숭악한 그짓말이시……무담씨 미워라 하는 소리제만 그 나주댁 맘씨도 모지게도 물짱게로……"

달례 엄마는 잠시 말을 끊더니

"내가 말해사제 암! 자네 엄니는 시상에 미인이었었니이……그때만 해도 화당리에 몇 가호 안됐응게로……일도 몰강스럽게 잘하고, 매시랍고, 옷을 걸치면 차르르—옷태가 으찌게 곱든지……"

솟례를 건너다보고 나선

"그만두세! 말해사 아무 소용 없고, 이편 속만 썩능거……하여튼 나는 최영감이

기중 밉니이……큰애기는 꼭 최영감만 빼고 나서 인물이사 물짜제만."
 달례 엄마는 말을 뚝 끊곤 돼지우리께로 글썽한 눈알을 돌려 버렸다.
 솟례는 후다닥 일어서며 달례 엄마를 쏘아봤다. 아무리 생각해도 이렇게 죄 받을 소리가 없었다. 누가 들어서 최영감 귀에만 들어가는 날이면 날벼락이 떨어질 소리였다.
 천한 종년이 최영감의 얼굴을 쏙 빼고 나다니 치가 떨리는 말이었다. 입에 침도 안 바르고 솔래솔래 거짓말을 꾸며대는 달례 엄마가 한없이 밉고 무서웠다. 보리싸라기나 집어다 줄까 하고 되는대로 내뱉는 말이지 생각도 못할 만큼 끔찍한 거짓말이었다.
 "이고! 달례 엄니! 믄말을 그렇게 하요! 속 모르것소잉! 속 모르것소잉! 이고! 죄받을 소리를……시상에……"
 솟례는 최영감에게 한없이 죄스러웠다. 필시 도선이에게 쏠리는 솟례의 마음을 눈치채고 미리 그물을 치는 엉뚱한 거짓말이겠지만 그렇다고 이런 말을…….
 솟례는 바삐 돌아서 걸었다. 숨이 목에 차도록 내닫고 싶었다.
 "으뜬 가문에다가 그런 말을! 몹쓸놈의 주둥이! 다시는 안 가여! 다시는!"
 솟례는 이렇게 숨찬 소리를 하며 바삐 설었다.
 자리에 누워서도 낮일이 꺼림칙했다. 죄스럽다 생각하니, 도선이 더 그리웠다. 베개를 질근질근 깨물어대면서 허리통을 비비 꼬았다.
 바로 지붕 위에서 우는지 부엉이 소리가 유독 컸다. 그 소리가 쓸쓸한 마음에 더 좋지 않았다.
 "훠이 "
 솟례는 손을 휘저으며 쫓는 시늉을 했다. 부엉이는 더 울고 솟례는 한 번이고 반듯이 누울 수 없는 게 여간 답답하지 않았다. 두어 번 눈을 껌벅거리며 히— 웃고 있던 솟례는 불현듯 자리에서 일어났다. 도선이는 담배 피우고 싶어서 잠도 이룰 수 없을는지 모른다. 우선 삶아 말린 몇 잎만 싸다 주자. 그런데 어떻게 건네주나. 봉창을 두들길까.

 솟례는 담배를 종이에 뚤뚤 말아 가지곤 가만히 방문을 나왔다. 가슴이 떡방아질을 해댔다. 가만가만 뒤안을 돌았다. 나무더미 위에 바싹 엎드린 채 사랑방 동정을 살폈다. 다른 방은 다 불이 꺼졌는데 도선이 방만은 환했다.

 솟례는 다시 일어서선 환한 봉창 앞으로 조심스레 다가갔다. 얼굴은 화끈화끈 달아오르면서도 콧날은 이상하게 쉬지 않고 징징 울었다. 서너 번 눈물을 닦았다.

 솟례가 바싹 봉창 앞으로 다가가는데 그만 왼쪽발이 모난 돌멩이를 밟곤 픽 미끄러졌다. 요란스러운 소리가 났고 이어 흔들리는 그림자가 봉창께로 크게 다가들었다.

 솟례가 막 일어서며 돌아서는데 봉창이 열리면서 도선이의 큰 소리가 터졌다.

 "아이 깜짝이야! 꼽사가 캄캄한 속에 있응께 꼭 짐승맹끼로 무섭네거! 믄 지랄이여? 잠 안자고! 헛 미친년!"

 봉창이 탁하고 닫히자 솟례는 내닫는 방으로 돌아왔다. 종이에 싸진 담배뭉치를 멀거니 쳐다보며 눈물을 닦던 솟례는, 이내 오른팔로 방바닥을 짚고 왼손으론 몸을 가누며 뾰족한 등뼈가 다칠세라 조심스레 옆으로 누웠다.

 아침부터 솟례는 가슴이 설렜다. 한편으론 몹시 걱정이 되고 또 한편으론 오히려 기쁘기도 했다. 며칠 전부터 도선이의 그 목에 난 종기가 무척 빨갛게 성이 났다 했다. 쑥고약만 발라서 더 덧이 났다 했다. 목을 추세우지 못하며 도선이 어정어정 걸어 다닐 땐 불을 논 것처럼 속이 탔다.

 "이거 작은 병 아니요! 잘못하면 큰일이요! 거 썩은 사람 피를 찹쌀가리에다 짓이겨서 붙이는 방도가 기중 좋제만……참……"

 읍의 한의사라고 하는 홀쭉한 사람이 와서 이렇게 말하고 간 후로 나주댁은 죽은 꼴이 다 되고 최영감도 어지간히 속을 태웠다.

 솟례는 나물 다듬던 손을 멈추곤 몇 번이고 굵직한 엄지손가락을 내려다봤다.

 도선의 그 병이 낫기만 한다면 다섯 손가락 다 못 자르랴 싶었다. 낫기만 한다면

──얼마나 기쁘랴 싶었다.

 솟례는, 나주댁의 입에서 네 손가락이나 자르자고 하는 말이 튀어나오기를 기다리고 있는지도 몰랐다. 가끔 나주댁의 실눈이 솟례의 손가락을 유심히 쳐다볼 때면 괜히 가슴이 뛰놀았다. 그렇다고 불쑥 제가 먼저 말할 수도 없는 일이매 간만 탔다.

 솟례는 일손을 놓고, 저만치서 걸어오는 도선이를 멍하니 바라보고 있었다. 통개구리 삼킬 때의 닭 모가지처럼, 머리통을 꼿꼿이 빼곤 어정어정 걸어오는 폼이 가슴을 찢고 싶도록 안타까웠다.

 저럴 땐 담배라도 피며 화를 식히는 게 좋으련만 생각하자 옷보따리 속의 담배잎들이 생각났다. 그러나 말 한마디 제대로 떨어지질 않는데 타는 속만으로는 어찌할 수 없었다. 죽죽 눈물이나 쏟아 버렸으면 시원할 것 같았다.

 솟례가 갈피를 잡을 수 없는 생각에서 정신을 놓고 있을 때

 "으째 쳐다보고 지랄여! 아— 보지 마랑께? 숭헌놈의 얼굴 막 갈쿠로 긁어놀랑께!"

 도선이는 언젠가처럼 흰창을 치뜨곤 무섭게 노려봤다.

 솟례는 힘없이 고개를 떨구있다. 나물비구니를 들고 마지못해 일어서면서도

 '종기에 화내면 더 돋치는디 으짤라고! 으짤라고……'

 내심 애타게 중얼거렸다. 열이 받치는 도선이의 목에다 대고 후후 입이라도 불어줬으면 죽어도 원이 없을 것 같았다.

 며칠 전부터 도선이 목이 아프다고 대고 울어대며 짜증을 냈을 때 제가 나주댁 같았으면, 밤을 새워 가며 손목을 잘라서라도 벌써 쑥 들어가게 만들어 놨을 걸, 밤낮 걱정만 푸지게 해대며 수선을 피우던 나주댁은 뭣을 했는지 알 수 없었다. 그저 나주댁만 원망스러웠다.

 솟례는 방문턱에 걸터앉은 채 자꾸 손가락만 만지작거렸다. 그저 툭 잘라내어 도선이를 위해 피를 받아봤으면 가슴의 납덩이 같은 게 쑥쑥 내려갈 것 같았다.

장그릇에 피를 받아 썩혀서, 찹쌀을 쿵쿵 찧어설랑, 힘이 풀리도록 되게 짓이겨, 그 빨간 목덜미에 착착 붙여 주면 얼마 안 가 종기가 아물고 도선이는 솟례의 속을 알아줄 것이고——. 솟례는 허리통을 꼬다 말고 히이 웃어봤다. 자꾸 웃음이 웃어지면서 눈알으론 팽그르 눈물이 돌았다.

솟례는 엄지손가락을 자근자근 씹어대며

"그냥 낫어! 그냥 낫고 말고! 돈 주고 약사는 것보담 사람 인정이 젤로 큰 약이여……"

고개를 연방 찍어댔다간 끄덕거리고, 불거진 입술을 크게 찢어 히이 웃다간 눈물을 닦곤 했다.

솟례가 밤낮 도선의 종기를 걱정하며 입술이 꺼멓게 타가던 긴 나흘 후였다.

솟례는 자리에 누웠으나 좀처럼 잠이 오질 않았다. 사랑채에서 도선이의 앓는 소리가 들릴 때마다 솟례는 흥건한 눈물을 닦으며 몸을 뒤채고 있었다. 부엉이 소리가 무섭게 흔들리다간 멈추면 기다리기나 했다는 듯 첫닭이 울었다. 내일은 비가 오려나, 모진 앞바람이 식식 봉창을 때리고 용마산 계곡에서 여우가 힐힐 울어댔다.

"비가 오면 종기는 돋친다는디……"

솟례가 천장에 눈알을 대굴대굴 굴리며 중얼거리고 있을 때 방문 앞에서 자박자박 발자국 소리가 났다. 필시 얼챙이 머슴이려니 솟례는 벌떡 일어나 도사리고 앉았다. 발소리가 점점 다가오며 방문이 몇 번 들썩거리더니 뜻밖에 나주댁의 얼굴이 점점 드러났다. 솟례의 눈과 마주치자 나주댁은 처음으로 실실 웃으며 들어섰다.

솟례는 어렴풋이 짐작이 갔다. 진작부터 갈망했고 또 짐작했던 일이었으나 막상 나주댁과 마주 앉고 보니 쭉 소름이 돋았다.

나주댁은 발개진 얼굴로 연신 멋쩍게 웃음만 흘릴 뿐 눈으론 솟례의 굵직한 손가락만 쳐다보고 있었다. 솟례는 답답하고 속이 타서 몸뚱이를 고쳐 앉자, 나주댁은 멀거니 솟례의 얼굴을 훑다간 겨우 입을 열었다.

"시상에……어린것이 으찌께 보채는지……사람 피를 으디서 구하꼬잉……"

나주댁은 말하다 말고 솟례의 손가락을 또 내려다봤다. 솟례도 이상스럽게 가슴이 떨렸다.

"……"

"그래서……니로 말하면 도선이 누님 같응게로……손구락 쪼끔만 째면 된단 말이다……그래서……"

나주댁의 침통한 얼굴이 이젠 새파랗게 살기까지 띠웠다. 솟례는 고개를 돌리고 히이 웃었다. 내 피를 발라 도선이 낫는다면, 도선이 내 속을 알아줄 것이고…… 그러면……그러면……. 솟례는 갑자기 돌아앉으며 손을 나주댁 앞으로 들이밀었다. 힐힐 여우 울음소리가 신음처럼 가늘게 울려오고 바람이 마구 봉창을 때렸다. 나주댁은 일그러진 얼굴로 애써 웃으며 솟례를 한동안 쳐다만 봤다. 그러더니 나주댁은 곧 일어서 방문을 바삐 나가며 가쁘게 말을 뱉었다.

"그람! 그람! 니로 말하면 도선이 누님 같응게! 누님 같은게!"

사랑채에서 또 도선이의 앓는 소리가 들려오자 솟례는 이를 악물고 중얼거렸다.

"나여! 낫어! 곧이여!"

나주댁이 돌아왔다. 널쭉만한 나무 판대기와 도끼를 들고 나주댁은 문고리를 채웠다. 나주댁은 숨을 가쁘게 내뱉으며 서 있기만 했다.

솟례는, 저놈의 여우 울음소리와 봉창을 때리는 바람이 좀 뜸해질 때 손바닥을 나무 위로 갖다 얹었다. 두 눈을 질근 감곤 이를 악물었다. 도선이의 병이 낫는다. 도선이 솟례의 마음을 알아준다. 솟례가 도선이 가슴에 안겨 운다. 도선이 솟례의 등을 도닥거리며 꼭 안는다.

탁――.

솟례는 눈을 떴다. 가물가물하는 흐린 눈 속으로, 뭔가 그릇 속으로 칠칠 떨어져 고이는 게 보였다. 두 손가락 마디에서 피가 흘러내렸다.

그릇 속의 피가 반쯤 고였을 때 나주댁은 솟례의 손을 헝겊쪽으로 첩첩이 동여매고 솟례는 아구—아파여—하며 비식 누워 버렸다.
 몸을 뒤채며 이를 갈 때마다 불룩불룩 솟아오르는 등뼈를 하얀 도선이의 손길이 어루만지고 있었다. 뜨끈한 도선이의 입김이 솟례의 마른 입술로 적시고 있었다.
 두 손가락을 잘라댄 지 엿새 후, 솟례의 오른팔은 움직일 수 없도록 쑤시고 아파왔다. 악취가 풍기는 헝겊쪽 위로 파리떼가 수없이 달려들고 주먹은 팅팅 부어올랐다.
 솟례는 쨍쨍 햇볕이 내려쪼이는 풀 위에서 갖가지 생각에 잠겨 앉아 있었다. 이틀 전 읍내 의사가 주사를 놓고 간 후 도선이의 병은 훨씬 좋아졌다고 나주댁은 말하나, 기실 솟례의 피를 발라 나은 거지 뭘 그러랴 싶었다. 어제도 솟례가 손의 헝겊을 고쳐매고 있을 때, 도선이는 제법 고개를 돌려 흘낏 쳐다봤다. 그전처럼 대고 부릅뜨는 눈도 아니요 그렇다고 웃지도 않았지만 필시 솟례의 마음을 점점 알아주는 그런 눈치렷다.
 솟례는 입을 쭉 찢어 웃었다. 오른팔을 가만히 들어봤다. 찢어질 듯 아팠다. 얼쨍이 머슴 그까짓게 뭐라고 솟례에게 만나주라고 그따위 청승을 부렸는지 생각할수록 분했다.
 입을 한두 번 삐쭉거리며 중얼대던 솟례는 지그시 눈을 감고 모로 누웠다.
 향긋한 풀냄새가 코안에서 볶은 콩처럼 구수하고, 쌜쌜—찔찔—짹짹 수선스럽게 울어대는 풀벌레 맵새소리가 귓바퀴에서 미풍처럼 간지럽다.
 —도선이도 낫고, 내 손도 다 나으면 꼭 큰 땅에서 활개 치고 살으리. 다시는 화당리에 안 오리. 도선이 다시 그런 병이 안 들도록 밤새 가며 단속하리라——
 솟례는 부시시 일어나 앉았다. 오른팔이 떨어져 나갈 듯 아파오자 불현듯 나주댁의 톡 쏘던 음성이 귀에 쟁쟁했다.
 "까마구 똥도 약이라고 했드니 칠산 바다에다가 찍깔김시로, 칠백냥? 하드라드니 믄놈의 손모가지가 덧이 나고 지랄이까! 치이—"

숫례는 나주댁을 원망하다 말고

"천한 종년이 욕이 믓이여? 디져 싸!"

고개를 설레설레 저어댔다.

숫례는 풀잎 하나를 뜯어 물곤 발을 내디뎠다. 속이 후련한 게 어디 가도 부끄럽지 않을 이상한 마음이었다.

도선이는 점점 나아갈 때 숫례는 몸뚱이를 가눌 수 없도록 병이 돋쳤다. 허벅다리만큼 부어오른 팔이 몸을 움직일 때마다 쑤시고 아렸다.

"아곰매에—아이곰매에—좌우간에 디져 싸여—죄 많은 년—아이곰매에—"

불길처럼 뜨거운 도선이의 환영 속에서 남은 손을 내저으며 끙끙 앓아대는 숫례의 신음소리가 후질후질 퍼붓는 빗소리와 대나무를 뿌리째 뽑는 모진 바람소리에 흩어지던 어느 날 밤. 최영감네 안방에선 세 사람이 마주 앉아 이런 말들을 했다. 우락스럽게 생긴 낯선 뱃사람은 무겁게 고개를 끄떡거리며 침통한 얼굴이었고, 나주댁은 바싹바싹 말라가는 입술에 침을 발라가며 말을 해대고, 최영감은 우는지 웃는지 일그러진 얼굴로 돌아앉아 있었다.

"아자씨는 그저 하란대로만 하면 된단 말이요……젤로 소문만 나면 큰일잉께……가슬에 쌀 열섬 드리디다! 알것소?"

"칠산바다에 나가서 그냥 밀어 던지란 말이요……젤로 소문만 나면 큰일잉께……"

"아믄이랍녀어……"

"내일 아침절에요잉?"

"야아! 하지랍녀어……"

뱃사람이 방을 나가고 나주댁은 숫례방으로 건너갔다.

최영감은 뚫어져라 천장만 보고 있었다. 소문이 나면 큰일이라는 나주댁의 말보다 몇 배 더 슬픈 이야기가 최영감의 머릿속으로 기어 들었다. 달례 엄마만 없대도 숫례가 도선이를 위해 손가락 자른 것쯤 별일이 아닐 텐데……오랫동안 잊어

버렸던 이야기가 최영감의 가슴을 갉았다.

··················

 스물세 해 전 최영감은 본처 강씨를 잃었다. 그때의 화당리는 열네 가호뿐으로 퍽은 쓸쓸했었다. 지금의 나주댁을 맞아들이기 사년 전, 교주리 나루터 주막의 신추희(申秋姬)는 달덩이 같은 얼굴에 퍽은 학식도 있는 계집이었다.

 어느 날. 최영감은 추희의 속치마를 점잖게 걷어 올려 자리에 눕히곤 호롱불을 껐다.

 그런 일이 있은 후 열한 달 뒤 추희는 딸을 낳았다. 물론 최영감의 딸애였다. 그때 최영감은 상투가 떨어져라 당황했다. 양반 가문에 벼락같은 추문이었다. 몇 번이고 찾아왔던 추희를 캄캄한 밤길에서 호통을 쳐 돌려 보내곤 최영감은 방 속에 틀어박혔다. 죽 방 속에 박혀 있는 동안 다행히 소문은 없었으나, 추희가 애를 낳은 지 그러니까 두 달 후, 추희가 강물에 빠져 죽었단 소문만 화당리를 시끄럽게 했다. 최영감은 눈썹 한 가닥 까딱하지 않았다. 그 뒤에 퍼진 소문에 애는 추희가 데리고 죽었느니, 그냥 없어졌느니 시끄러웠으나, 그 애가 누구의 씨인지는 아무도 몰랐다.

 이 년의 세월이 아무 탈 없이 흐르고, 나주댁을 맞아들이기 두 달 전, 뜻밖에도 최영감 앞에 달례 엄마가 나타났다. 아장아장 걷는 약하디 약한 계집애를 마루 위에다 올려놓곤

 "나는 입 봉하제라우! 입 봉하제라우······"

 하며 마당을 나갔고, 최영감의 눈에 어린 계집아이는 독 묻은 가시였다. 그때부터 계집애는 종이었고, 그렇게 죽기를 바랐건만 목숨은 질기기도 했었으니라.

 ··················

 담배를 재는 최영감의 손이 후들후들 떨렸다. 숨이 목에 찼다.

 "어어—숭헌놈의 팔자야—어어—"

솟례는 가슴이 뿌듯했다. 아픈 것쯤이야 참으리라 다짐했다. 도선이의 목에 바를 노루피를 가져오라는대야 통증도 가시는 것 같았다. 아직도 더 손질을 해야 완전히 낫는 대지……솟례는 마다리를 머리끝까지 눌러쓰고 앞사람을 따랐다.
 웬 놈의 비가 이렇게 억수로 쏟아지는지 모른다. 노루피에 빗물이 안 들어가야 할 텐데.
 꼭두새벽이어서 그런지, 바로 앞에서 서성대는 나주댁 외엔 아무도 보이는 사람이 없었다. 사랑채 앞 댓돌 위에 놓여 있는 저 고무신. 빨리 가서 노루피를 가져오리라.
 솟례는 빨리빨리 걸었다. 쏴아— 비바람이 마다리를 후려칠 때마다 빗물이 장판지로 튀어 올랐다.
 "웬 놈의 날이 이렇게 모지까잉! 노루피에 빗물이 안 들어가야 할 텐디……"
 솟례가 빗물이 드는 아픈 손을 감추노라 마다리를 추세우고 있을 때 앞에 가는 사람이 뒤를 돌아다봤다.
 솟례는 다시 걸었다. 점점 한쪽 몸이 쪼개져 나가는 듯 통증이 심해 왔다.
 뿌연 비안개에 봉우리가 잘리운 개바위를 작대기 같은 빗줄기가 사정없이 매질한다. 오늘이야말로 무슨 날씨기 이렇게 궂은지 모른다.
 톡 내민 마다리의 등이 마지막 모퉁이를 돌았을 때, 또 한 번 쏴아하니 비바람은 사나웠다. 모질었다.
 길기도 한 개바위 허리에서 철렁철렁 얼음이 녹아내리자, 용마산 산허리는 아지랭이에 못 견딜 듯 간지럼을 탔다.
 억새풀 우거진 곳에서 자지러질 듯 풀벌레가 울고, 떡갈나무 새로 달려가는 냇물 속으로 첨벙 첨벙 들쥐가 목욕을 했다. 개구리도 때를 씻고 솟아올랐다.
 얼챙이 머슴이 달례를 각씨로 맞아가고——도선이 순심과 산속에서 딩굴고——모진 빗발 질러 나루터 떠난 솟례는 통이 돌아올 줄을 몰랐다. *

봇물

 볕이 어찌나 따가운지 이마가 불에 덴 것처럼 욱신거린다. 찝찌레한 땀 냄새에 섞여 오르는 훈김을 날리노라 신경질적으로 부채질을 하고 있던 갑수는 견디다 못해 오기스런 안간힘을 뱉어 버리며 일어선다.
 진종일, 손바닥 만한 사철나무 그늘 아래서 팔베개를 하고 누워선, 멀뚱하니 하늘 속을 쳐다보고 있으려면 심심하다 못해 울화통이 치밀기 마련이었다.
 "지길헐놈의 불볕은……쯧쯧—"
 연신 혀를 차대며 실성한 사람처럼 바삐 마당을 서성대고 있던 갑수는 다시 한번 화가 불끈 치오르면서 온몸에 땀이 밴다.
 그렇지 않아도 자꾸 눈이 시린 판에 삼순이네 양철지붕 위에서 번쩍이고 있는 불꽃 같은 햇빛과 눈이 마주치자 이내 저절로 눈이 감기면서 금방 고이는 눈물이 따끔따끔 눈알을 쏜다.
 저놈의 양철지붕 위에서 이글이글 타고 있는 햇빛이 아니더라도 갑수에겐 애당초 삼순네가 여간 고깝지 않다.

 동네 싹 쓸어서 제일 보잘 것 없는 천수답 두 마지기이지만 그래도 몇 해를 두고 네 가마는 베어 먹었었는데 올해부턴 아무래도 싹수가 심상치 않다.

 등제 방죽 물을 푸짐하게 얻어먹을 때 말이지, 일년 전 삼순네가 등제 방죽을 사선 양어장인가 뭔가 한답시고 튼튼하게 보를 막아 놓고 난 뒤로는 벼잎이 타가도 물 한 방울 얻어먹질 못하고 있기 때문이었다.

 삼십리 길이나 되는 읍에까지 나다니면서 떡장사를 해가지곤, 언제 그렇게 큰돈을 모았는지 등제 방죽에 보를 막고는 잉어새끼며 붕어새끼들을 처넣는 삼순네를 보고 처음엔 그저 훼훼 혀를 내둘렀던 갑수이지만, 문득 등제방죽 보 옆에 거지 동냥자루마냥 천하게 들어박힌 논을 보면 그럴수록 오장 육부가 뒤틀리는 분통이 터지고 마는 것이다.

 아무리 오기스럽게 투덜대야 동네 사람들은 그저 삼순네 편만 들기에 주둥이가 닳아질 지경이다. 여자 몸으로 저렇게 큰 사업을 차리고 나서는 것을 봐라, 남정네가 본따야 쓸 것이네, 동네가 떠받들어야 할 삼순네를 왜 꼬집어 뜯기만 하나─이러면서들 갑수의 말엔 통히 귀도 안 기울인다.

"흥! 그것을 누가 몰라서? 그라제만 스그들겉이 상답 저수지 옆에서 부쳐 묵으면 누가 미쳤다고 이랄 것이여? 지길헐놈의 판! 그래 으짠다고 동네 가운데 가서 들어백혔냔 말이여! 저놈의 나락밭에다가 그냥 성냥이나 턱 긋어대서는 불을 처질러사 속이 풀릴랑가 원……"

 갑수는 간이 타게 투덜대며 연신 등제 방죽에다 오기 찬 눈길을 던진다.

 매미가 기세 좋게 울어댄다. 무심결에 포플라나무 끝으로 눈길을 올려 띄우고는 넋 나간 듯 서있던 갑수는 입 가장자리에다 슬며시 웃음기를 물고는 그 자리에 풀썩 주저앉는다.

 담배를 재는 손이 가늘게 떨리면서 숨이 점점 가빠 온다. 묘연한 생각 속에서 연신 히죽거리고 있던 갑수는, 그제야 정신이 든 듯 헛기침을 크게 해대고 나서, 잠

자리 머리통을 끌고 가느라고 바싹 궁둥이를 쳐들고 뒷걸음질 치는 개미에게 눈길을 박은 채 멀거니 앉아 야릇한 분통을 어금니로 씹고 있다.

 등제 방죽 때문만도 아니었다. 거울판처럼 햇빛을 태우고 있는 양철지붕 때문만도 아니었다. 갑수를 서운하게 만드는 데는 말 못할 다른 이유가 있었다.

"허참……청승맞게 먼놈의 생각이여……헛차암—끙—"

 연신 도리질을 해대며 오기스럽게 안간힘을 써대도 알 수 없는 것이 후끈후끈 가슴을 태우면서 대고 숨이 가쁘다.

 갑수의 눈에서 삼순네가 미운 적은 한 번도 없었다. 무거운 떡광우리를 이고 종종 참새걸음을 걸을 때면, 떨어져라 활개치는 팔을 따라 입으론 연신 싯싯 소리를 해대다간, 어쩌다가 치마가 좀 흘러내리면 잽싸게 치마 귀를 쥐어잡고 사방을 두리번거릴 정도로 몸간수가 말끔하다.

 유독 토실토실 살이 찐 몸뚱이에 저고리 섶이 두어 치나 들려 있을 정도로 젖가슴이 터질 듯 불룩했고 무우처럼 통통한 장딴지는 언제 봐도 물로 씻은 듯 반지르르했다.

 이러한 삼순네를 사철나무 가지 새로 훔쳐보면서

"이고! 저것이! 저것이……"

 화끈 달아오른 얼굴로 가슴을 텅텅 내려찍은 것만 해도 벌써 몇 번인지 모른다. 동네에서 정결하기로 이름난 삼순네고 보니 누구고 허튼 농 한번 못 붙이는 처지였으나 갑수에게만은 그렇지도 않았다.

 갑수와 눈이 마주치면 무슨 일인지 삼순네의 귀밑이 발그레 물들길 잘했다.

 작년 모판을 낼 때였다. 땀을 뻘뻘 흘리며 판을 다듬고 있는 갑수에게 삼순네는 물과 떡 한접시를 들고나와서는 몰래 논길에다 버려두고 가 버렸다. 뒤도 안 돌아보고 그냥 집으로 내닫고 나선 얼굴 한번 얼씬하지 않았.

 갑수는 떡접시를 들고 어쩔 줄을 몰라 망설이다가는 그대로 삼순네 집으로 갔다.

삼순네는 마루 끝에 앉아서 고무신 코만 뚫어져라 내려다 보고 있을 뿐 갑수에게는 눈짓 한번 줄 줄을 몰랐다.

"이거……까딱하면 쉬여 고부라지것는디……."

갑수는 떡접시를 마루에다 놓고는 멋쩍게 망설였다. 홀아비가 젊은 과부집에 들어온 것만도 말이 나면 큰일 날 일인데, 거기다가 삼순네가 주는 떡까지 받아먹은 것이 소문이나 돼서 동네에 퍼지면 어쩌랴 싶어서, 갑수는 그냥 되돌아오고 말았다.

모판을 다듬고 있던 갑수는 눈을 휘둥그렇게 뜨고 놀라지 않을 수 없었다.

성이 나서 온통 발개진 얼굴의 삼순네가 떡을 하나하나 집어서는 오기스럽게 등제 방죽에다 내던지고 있는 것이었다.

갑수는 멍청하니 그런 삼순네를 쳐다보다 말고는 이내 야릇한 웃음을 물고 다시 허리를 굽혀 모판 일만 해댔다.

가슴 속이 불을 논 것처럼 뜨겁게 달아오르면서 숨이 목에 찼다. 숨을 모으고 선 채 갑수 쪽을 노려보고 있는 삼순네의 얼굴에서 알 듯 말 듯 야릇한 것을 눈치챈 갑수는 연신 불같은 한숨만 쏟아져 나왔다.

전신에 후끈후끈한 열기가 솟으면서 허벅지가 뻐근하도록 심한 경련이 일었다.

"예에?"

삼순네의 앙칼진 소리에 놀라 고개를 든 갑수는 멋쩍게 뒤통수만 긁적거렸다. 삼순네의 이처럼 무서운 얼굴을 보기는 처음이었다.

여느 때 같으면, 잠이 온 듯 거슴츠레한 눈알이 두껍기도 한 눈꺼풀을 달고 그저 예쁘기만 하던 것이 세모가 나서 독기를 뿜고 있고, 보조개가 상처처럼 깊이 패이도록 입술은 울음을 참을 때처럼 꼭도 물었다.

한참을 그러고 섰던 삼순네는

"아조 논을 띠어 가시든지!……"

한마디 뱉고는 도망치듯 집으로 달려가 버렸다.

갑수는 정신 나간 사람처럼 그 말만 되뇌이고 있었다.

"논을 띠어 가? 논을 띠어 가라?"

멍청하게 삼순네 사립문을 쳐다보고 있던 갑수는 저도 모르게 자꾸 고개만 끄덕여댔었다.

그때, 삼순네가 한 번만 다시 나왔었더라도 갑수는 꼭 할 말이 있었었다. 꼭 해야 할 말이라기보단 안 하고는 배겨낼 수 없는 말이 입안에 한 모금이나 괴었었다.

그 뒤로, 삼순네나 갑수나 서로 눈치만 살피면서 말 한마디 못 건네고 있던 판에, 삼순네가 등제 방죽에 보를 막고는 고기새끼들을 잡아넣어 버린 것이었다.

"허어……"

갑수는 허탈하게 내뱉고는 벌떡 일어선다. 속이 버글버글 끓다 못해 음식에 체한 것처럼 생목이 오른다.

"보자! 지가 양어장을 해묵는지 내가 쌀을 비어묵는지! 갑수를 당할라고? 흥?"

흥건히 땀에 밴 주먹을 폈다 오므렸다 안절부절 못 하던 갑수는 이내 뒤안으로 돌아가 버린다.

속이 끓어 기분이 좋지 않을 때면 으레 뒤안으로 가서 한 두어 시간쯤 서 있다 와야 속이 풀리곤 했다.

덤불 위에 풀썩 주저앉아서는, 웃도리를 벗어 머리에 쓰고 나서, 휘이 주위를 휘둘러보고 나서야 갑수는 샐쭉 웃는다.

"흐음—"

갑수의 눈안으론 금방 순철이 녀석이 들어와 박히는 것 같다. 얼굴은 꼭 갑수를 빼고 나왔지만 성미는 갈 데 없이 죽은 제 에미를 닮았다.

한시도 손을 놀릴 줄 모른다. 일이 없으면 만들어서라도 해야 속이 풀리는 성미다.

다섯 달 전, 휴가 왔을 때, 웬 오리새끼 스무 마리를 사들고 와선 밤새 오리집을 짓는다고 또닥거려 놓고 갔다. 그래도 모자랐던지 두 달 전에 휴가 왔을 땐 또 병아리 열다섯 마리하고 돼지 새끼 한 마리를 사놓고 갔다.

 돈이 어디서 나서 자꾸 짐승들을 사들이는지 갑갑하다 못해 물을 때면, 담배 피우고 술 먹을 돈을 아껴서 틈틈이 모아둔 거란다.

 제대하고 나면 목장을 하고 말 거라고 다짐다짐했다. 순철이 놈 편지를 삼순이가 읽어 주는 소리를 들어 보면 밤낮 오리들 잘 크느냐, 닭들도 잘 크느냐, 돼지에겐 가끔 아랭이를 먹여야 할 것이다―그저 이 타령이었다.

"저석……저석이 깔끔하기는……꼭 지애미여……"

 갑수는 사뭇 대견해서 누런 이빨을 몽땅 내놓고 웃는다. 웃다 보니 가슴 한구석이 찌르르하다. 그렇게 당부하는 아랭이 한 번을 돼지에게 못 먹여서다.

 그렇게 생각해서 그런지 유독 돼지가 수척해진 것 같다. 돼지가 꿀꿀대기 시작하니까 오리들이 따라서 꽥꽥거린다. 납작한 주둥이가 바싹 말라서는 못구멍만 한 콧속에서 기껏 한 방울만도 못한 물기가 숨 쉴 때마다 바글바글 끓다 만다.

 하루에 두 번씩만 등제 방죽 속으로 몰아넣고 나면 오리 다리에 팽팽한 살점이 오를 것 같은데 기껏 한 평밖에 안 되는 우리 속에 갇혀서 더위에 살이 보트고 있는 것을 생각하니 갑수는 또 삼순네민 그지없이 밉다.

"고약한 놈의……쯧쯧―에이 속이 썩어서 원!"

 갑수는, 윗도리를 들어 땅바닥에다 도리깨질을 두어 번 해대고 나서 천천히 앞마당으로 걸어 나온다. 벌써 서너 차례 물을 뒤집어썼는데도 통이 더위가 가실 줄 모른다.

 여전히 햇빛에 거울판처럼 번쩍이고 있는 삼순네 양철지붕에 노기찬 눈길을 박고 서선 장승처럼 움직일 줄을 모르던 갑수는 시린 눈을 잠시 진섭 고개 쪽으로 돌리다 말고 눈을 휘둥그렇게 뜬다.

 우체부 곰배가 연신 이마 위의 땀을 닦아 내리면서 후적후적 이쪽을 향해 걸어오고 있는 것이다.

"순철이놈 핀지나 각꼬 온당가?……"

갑수는 괜히 가슴이 떨린다. 편지 사연이라야 기껏 짐승들 안부이지만 그래도 하루 세 때를 순철이 편지 기다리느라고 좀이 쑤신다.

"엣쏘! 아들 핀지요! 그나저나 날이 삶고 찌고 지랄인디……후우—"

곰배는 내던지듯 편지를 팽개치곤 터덜터덜 걸어 나가 버린다.

갑수는 덥석 편지를 받아쥐곤 먼저 씨익 웃는다. 그런데 속만 다급할 뿐 마음 같지 않게 얼굴은 초조해진다.

여느 때 같으면 하루에 한 번씩은 돼지 뜨물 가지고 오던 삼순이가 무슨 일인지 사나흘간 얼씬도 않는다.

삼순네 집이라야, 조금 큰 소리로 부르면 훤히 들릴 갑수네 집과는 등제 방죽 하나 사이의 지척간이지만, 그렇다고 편지를 들고 제발로 걸어서는 못 가겠고—갑수는 간이 타서 서성댄다. 눈은 삼순네 집에 박은 채 흡사 게처럼 옆걸음질만 쳐 대고 있던 갑수는 뛸 듯이 기뻐서 그 자리에 우뚝 섰다. 삼순이가 뜨물통을 들고 방죽 봇길을 걸어오고 있는 것이다.

갑수는 얼른 달려가선 뜨물통을 받아들고 수선스럽게 삼순이의 등을 도닥거려 준다.

"너만큼은 복받을 것이여! 사람이 맘씨가 고와사!"

갑수는 뜨물통을 아무렇게나 땅바닥에 세워 두곤 마루에 걸터앉아 편지를 삼순이에게 건넨다.

"이것 좀 봐 도라!"

삼순이가 겉봉을 뜯고 있는 동안 갑수는 부지런히 담배를 잰다. 드윽 성냥불을 그어 담배를 태워 물고서야 먼 하늘 속으로 눈길을 던진다.

"싸게 읽어부아!"

"아자씨 몸 성하게 잘 계시냐고 물었소야!"

"허참! 이렇게 멀쩡한디도? 저석이 애비가 걱정돼서는……또?"

"오리하고 닭하고 돼지하고 다 잘 크냐고……라우 그라고……"

"아암! 그란디 오리새끼들이 야윘어! 물 귀경이라고는 통 하덜 못 항께……진장 칠놈의 것! 쯧쯧―그라고?"

"그라고 저 오리한테는 더러 물고기 좀 잡아다가 맥이라고라우."

"물고기? 물고기라―"

갑수는 부시시 일어서선 등제 방죽에 눈길을 박는다.

삼순이가 뜨물통에다가 뜨물을 비워 놓고 가는 것도 모르고 갑수는 연신 고개를 끄덕여 대며 봇길만 오락가락한다.

갑수는 지금 한참 궁리에 바쁘다. 하늘을 봤다 땅을 봤다 골똘한 생각에 잠겨 있던 갑수는 별안간 철썩 허벅지를 쳐대고는 낯색이 환하다.

"흐응―봐! 논에 물을 안 대주면 고기새끼 씨 마르고 말 것잉께―히히 잉―"

매미가 자지러지게 운다.

"아, 시끄러어!"

기쁘다 못해 날아갈 듯 맘이 가벼운 갑수는 포플라나무를 향해 눈을 부라려 뜨곤 괜히 손가락 삿대질을 해본다.

도둑고양이처럼 사철나무 뒤에 숨어 삼순네 집 동정을 살피고 있던 갑수는 조심스럽게 부스스 일어선다. 살금살금 기어나가는데 옆구리에 매어 달린 삼태기와 겨드랑이 새에 바싹 오므려 낀 새그물이 영 방해물이다.

잠시 멈춰 앉아서는 옆구리에 매달린 삼태기를 더 바싹 조여매고 있던 갑수는 뭔가 이상한 소리에 흠칫 놀라 앞을 노려본다.

분명 사각사각하는 소리가 났었는데 컴컴한 시야엔 아무것도 없다. 오른쪽 봇길엔 탱자나무가 반쯤 서 있고 나머지 반쯤 갑수네 집 가까이엔 사철나무가 찝찝하게 들어섰다.

새로 보를 막은 갑수네 논과 면한 봇길만이 나무 한 그루 없이 휑하다.

갑수는 쥐를 노리는 강아지처럼 바싹 엎드려 조아리고는 양쪽 봇길을 번갈아 쳐다보며 생각한다.

'저쪽 봇길에는 나무가 없응게로 그물이 걸리지 않을 것인디 너머나 휑해서 잘못하다 들키는 날이면 오도가도 못하것꼬—저쪽 봇길은 숨기는 딱 그만인디 그물에 걸리는 것이 많아서 성가시고—으짠다?—'

퉁방울 같은 눈을 연신 디룩거리며 망설이던 갑수는 이내 나무가 선 봇길로 엉금엉금 기어가기 시작한다.

사철나무 가지 새에 바싹 몸을 숨긴 채 사방을 두리번거리고 나서야 후유 안도의 한숨을 내쉰다.

저만치서 바시락 하는 소리가 난다. 기겁해서 놀란 갑수는 달달 떨고 앉아서는 그쪽을 쳐다보나 컴컴한 속에서 무엇이 보일 리 없다.

"쉬잇! 쉬잇—쳐죽일 놈의 괴대기 새깅갑만— 그나저나—"

왜 이렇게 떨리는지 모른다. 꼭 순철이놈 말을 들어야 하겠기에 이러는 것도 아니다. 그렇다고 삼순네가 잡아먹고 싶도록 막무가내 미워서 이러는 것도 아니다.

갑수 논이 등제 방죽 물 얻어먹으면서 볏섬이나 베는 줄 뻔히 알면서도 하필이면 그 등제 방죽보를 막고는 양어장을 한답시고 토라진 삼순네의 마음이 괘씸해서다.

그렇다고 양어장이나 귀중히 간수하냐 하면 삼순네에게서 그런 눈치는 보질 못했다. 어떤 땐 읍 사람들이 와서 투망질을 해도 두어 번은 모른 체 말이 없다가 갑수만 나타나면 새삼스레 야단이다.

금이나 캐내는 땅이나 된 것처럼 애지중지 광고다. 그리고 말까지 딱 끊고 나설 건 뭐란 말인가.

갑수는 이런 생각 저런 생각을 하며 망연히 앉았다간 새삼스레 다시 다급한 숨을 몰아쉰다.

아무래도 선뜻 물속으로 들어갈 수가 없다. 자꾸 가슴에선 떡방아질을 해대고 발은 못 박은 듯 떨어지질 않는다.
 들키는 날엔 할 말이 없다. 고기를 잡아가는 것쯤 예사로 치고라도 하필이면 젊은 과부집 앞에서 홀랑 발가벗은 몸으로 멱을 감다니—말이 나는 날엔 얼굴을 못 들건 뻔한 일이다.
 "으짠다?—으짠다?—"
 연신 가슴패기를 문질러대며 안절부절 못 하던 갑수는 어금니를 꼭 깨물고는 한 발을 물속으로 슬며시 넣어 봤다. 시원한 게 온몸의 훈김이 금시 날은다.
 갑수는 기어코 홀랑 옷을 벗어 팽개치고는 조심조심 물속으로 들어간다. 단숨에 목까지 물이 찬다. 오랜만에 몸뚱이를 그득하니 담그고 보니 우선 시원해서 삼태기고 그물이고 마음에 없다.
 문뜩 죽은 순철이 어매가 생각난다. 까마득한 옛날 일이지만 언젠가 순철이 어매와 이 등제방죽에서 멱을 감은 적이 있었다.
 그날도 껌껌한 밤중이라서 대충 몸을 씻고는 봇길에 올라섰다. 옷을 입으려다 말고 갑수는 순철이 어매를 붙들고 늘어졌다. 그때만 해도 삼순네 양철집이 뭐냐, 방죽가에론 그저 찝찝한 솔밭이었다.
 필시 순철이 놈 태기는 그날 밤이 지나면서 있었넌가 그랬었다.
 갑수는 가슴이 쏟아질 듯한 한숨을 내쉬고 나선 이내 삼태기를 들고 수초 덤불 속을 뒤지기 시작한다.
 삼태기질을 수없이 해대도 잉어새끼는커녕 붕어새끼 한 마리 안 담긴다. 보이지는 않아도 습사 게가 거품을 뿜듯 자글자글하는 소리들이 나는 걸 보면 고작해야 송사리나 새우 몇 마리가 뛰고 있으렷다.
 갑수는 새그물을 들고 슬슬 수초 덤불 새로 몰아간다. 새삼스레 삼순네가 밉다. 어쩌자고 등제 방죽에 고기새끼를 쳐넣어서는 그렇지 않아도 시원찮은 천수답 논바닥을 바싹 마르게 만드는지 모른다.
 "이놈의 고기새끼들아! 어서어서 몰려라! 홀애미 까시락 통에 느그덜 성미도 별나다잉?"

 갑수는 자꾸 순철이 어매의 얼굴 위에 삼순네의 피둥피둥한 얼굴이 겹쳐 떠올라 견딜 수 없다.

 갑수는 목이 떨어져라 도리질을 해대며 대고 그물만 몰아간다. 잠깐 주의를 않은 통에 텀벙텀벙 물소리가 나고 만다. 갑수는 잠시 멈춰 서선 사방을 휘둘러 본다. 통이 보이는 게 없다. 다시 몰아가는 그물 속에 뭔가 좀 큼직한 고기가 들었다.

"옳체! 니가, 니가 뭣이냐? 으디―"

 주먹 안에 꽉 차는 고기다. 갑수는 고기를 꼭 움켜쥐어 코앞에다 세워 본다.

"흥! 그래 나락이 물을 못 얻어 묵어서 비실비실 마르는디 니가 뭣이라고 금줄 같은 물을 벌름벌름 생켜 묵어? 엉?"

 갑수는 저도 모르게 고기를 꾹 주물러 버린다. 창자가 터지는지 삐익 하는 소리가 난다.

"봐라! 물을 댈 것이냐, 아니면 고기 씨가 마를 것이냐, 둘 중에 하낭께!"

 갑수는 어금니를 바드득 갈아대고 나선 좀 사납게 그물을 몰아간다.

 그때였다. 갑수는 돌부처럼 그 자리에 우뚝 서선 몸 둘 곳을 몰라 넋 빼고 있다. 분명 삼순네의 기침 소리가 가깝게 들렸던 것이다. 또 한 번 기침 소리가 사철나무 근방에서 난다.

'이 일을 으째사 써? 이고, 이꼴이, 이꼴이―'

 갑수는 간이 타게 중얼거리면서 안절부절 못하다가 살금살금 봇가에로 걸어나와 옷을 집어든다. 사시나무 떨듯 후들후들거리는 발이 걸을 수 없도록 맥이 없고 숨은 목에 차서 헐떡인다.

"텀벙텀벙하는 것이 뭣이라냐? 개랑가?"

 삼순네의 말소리가 점점 가까와 온다.

"므, 뭣이? 개?"

 간이 타게 중얼거리던 갑수는 급한 김에 뽀골뽀골 물방울을 내뿜으며 물 속으로 가만히 앉아버린다. 숨을 쉴 수 없어 갑갑하기가 말이 아니다. 애써 숨을 참고 있던 갑수는 참다 못 해 불쑥 물 밖으로 솟아오르고 만다. 솟아오르자마자 갑수는 죽어라 기어가기 시작한다. 삼태기는 머리에 쓰고, 그물은 등에 얹고, 옷은 질끈 주둥이로 물고는 발바닥이 벗겨지도록 기어댄다. 사타구니 새에선 철렁한 것이 대고 이쪽에 가서 부딪치고 저쪽에 가서 부딪치고 거북하기 짝이 없다.

집에 와서 생각하니 기가 막히다. 이렇게 꼴 사납고 창피한 일이 또 어디에 있겠는가 싶다.

"뭇이라고? 개? 개라고? 허참!"

흥건하게 물이 묻은 몸뚱이에 억지로 바지를 꿰 입으며 불길 같은 울화통이 치밀다 못해 어이가 없다.

얼른 옷을 주워 입고는 태연한 채 앉아 있으려니 알 수 없는 한숨이 길게도 나오면서 엉뚱하게 씽 콧날이 운다.

"허어!"

갑수는 콧날이며 눈두덕을 밤톨만한 엄지손가락으로 사납게 문질러대며 멀거니 방죽께를 쳐다본다. 괜히 가슴이 뛰고 서럽다. 이럴 땐 순철이란 놈이라도 있었으면 그깐 놈의 보 같은 섯 한 스무 삽만 떠내 비리면 철철 논바닥에 물이 쏟아져 들 텐데, 오늘 밤 따라 도대체 용기가 생기지 않는다.

멀거니 천장 속을 쳐다보고 앉았던 갑수는 귀를 바싹 쫑그리다 말고 별안간 몸을 가누고 앉는다.

발자국 소리가 사립 밖에서 난다. 서성대고 있는지 발자국 소리가 거기서만 맴돌 뿐 좀체 가까와질 줄을 모른다.

"허엄—"

갑수가 크게 헛기침을 해대고 나선 고개를 닭처럼 사립께로 빼고 눈을 껌벅대고 있는데 삼순네가 슬쩍 마당으로 들어선다.

삼순네는 의외로 성난 얼굴이 아니다. 도리어 입 가장자리에 알 수 없는 웃음을 물고는 뒷짐을 진 채 멀거니 갑수를 쳐다보고 섰다.

 갑수는 몸 둘 곳을 몰라 안절부절 못 한다. 대고 삼순네의 눈길을 피하면서도 어쩌다 눈길이 마주치면 가슴이 찌르르 하고 전신엔 훈김이 확확 솟는다.

 갑수는 한두 번 깊은 숨을 내쉬어 가슴을 진정시키고 나선 괜히 퉁명스레 묻는다.

"어짠 일이지? 이 밤중에……"

"야아—"

 삼순네는 어디다 대고 하는 대답인지 건성으로 내뱉곤 컴컴한 하늘 속을 쳐다보고 섰다. 한참 그러고 있다간 고개를 숙여 고무신 콧날을 물끄러미 내려다보고 다시 하늘 속에 눈길을 던지다간 또 발밑에 눈길을 떨구고—.

 차라리 삼순네 입에서 날벼락이 떨어지든지 아니면 그냥 돌아가든지—언제까지 저러고 서있을 것인가 생각하니 갑수 마음은 더욱더 거센 풍파가 인다.

 오늘 밤 따라 삼순네의 얼굴은 달덩이처럼 희고 예쁘다. 불룩한 젖가슴이 아까부터 씨근씨근 무겁게 불룩거리고 탐스런 엉덩이가 얄팍한 인조견 치마에 감긴 채 터질 것 같다.

"후우—"

 갑수는 이마에 송글송글 매달린 땀방울을 손바닥으로 쓱 쓸어 버리며 불같은 한숨을 내뱉는다.

"예에?"

 연신 손톱만 깨물어대며 죽은 듯 말이 없던 삼순네가 힐끗 갑수를 쳐다보고 나선 입을 연다.

"말을 해보씨요!"

 갑수의 퉁명스런 말소리에 삼순네는

"집에서 개 키우시요?"

 하고 나선 두 손바닥으로 얼굴을 가려 버린다. 채 못 가리운 옆얼굴이 웃는다.

"아니, 내가 은제 개를 킵디까? 내 원! 무담씨 놀려묵꼬 싶응갑만?"

"아까 참에 황소만한 개가 우리 방죽에서 멱감고 이 집으로 들어가길래 물어본 말이지라우……"

"므, 뭇이? 개가 멱을 깜어?"

갑수의 가슴속에선 분통이 지글지글 끓는다. 삼순네가 알고서 하는 소리인지 아니면 정말 몰라서 묻는 말인지는 몰라도 그렇다고 개가 멱을 감다니―. 만일 삼순네가 다 알고 있으면서 농으로 하는 소리라면 이렇게 분통 터질 일이 다시 없다.

"나는 개가 아니라 쥐새끼 한 마리도 못 봤는디 삼순네 눈은 밤도깨비 눈이어서 그런 것이 다 뵈요? 흥! 내 원 별소리를 다 듣것네끄!"

갑수는 버럭 성을 내서 내지른다. 그 바람에 섬쩍 놀란 얼굴의 삼순네가 원망스럽게 갑수를 쏘아본다.

"……흥! 멱 좀 감으셨으면 으째서 그렇게 딱 잡어 떼시요?"

삼순네는 금방 울기라도 할 듯 목이 멘 소리다.

"아니, 내가 미쳤다고 멱을 깜어라우? 저 냥반이 별소리를 다……"

갑수는 이렇게 말하면서도 실은 눈을 둘 곳이 없다.

"치이―은제까지……은제까지 저렇게 놈의 속만 긁을 참이싱고! 히잉"

삼순네는, 끝에는 반 울음으로 말끝을 흐려 버리고 나선 잽싸게 사립을 나가 버린다.

"뭇이라고? 놈의 속을 긁어?……"

정신 나간 사람처럼 멍하니 밤하늘을 우러르고 서선 몇 번이고 되뇐다.

갑수는 별안간 사립께로 다가서선

"이보쑈! 삼순네!"

해놓고 장승처럼 서 버린다.

"으째라우? 예에? 예에?"

삼순네는 대들 듯 앞가슴을 더 불룩 내밀고는 버티어 선다. 눈엔 잔뜩 독기까지 품고 앞가슴으론 씩씩 연신 가쁜 숨을 몰아쉬고 있다.

 이 같은 삼순네의 기세에 갑수는 벙어리처럼 말을 잃고 서선 뚫어져라 삼순네의 눈만 쳐다본다.

 간지럽게도 풀벌레가 운다. 콩새가 서너 번 우짖다 만다.

 갑수는 자기도 모르게 덥석 삼순네의 팔뚝을 잡아끈다. 전신의 피가 터진 듯 봇물처럼 콸콸 머리끝으로만 흐르는 것 같다.

 삼순네는, 갑수의 얼굴에 그런 눈길을 여전히 박은 채 몸뚱이는 갑수의 힘대로 허깨비처럼 끌려든다.

 삼순네의 머리채에서 향긋한 냄새가 갑수의 코안으로 물씬 스며들자 갑수는 부들부들 떨리는 손을 힘없이 떨구어 내리며 설레설레 고개를 내젓는다.

 '내가, 내가……이러면 모, 못써어……'

 삼순네는 손가락 하나 까딱하지 않고 못 박은 듯 서선 그런 갑수에게 더욱더 증오에 찬 눈길을 쏟는다.

 "삼순네! 하루 저녁만 보를 터줘!"

 갑수는 간절하게 애원이다. 이런 때 어떻게 해서 이같이 엉뚱한 말이 터져나오는지 갑수도 모른다. 그러나 갑수는 이내 또 고개를 내젓는다. 사실 제일로 하고 싶은 말이 이 말인 것이다.

 얼마 전 온몸에서 후끈후끈 솟던 열기가 금시에 가셔 버린다.

 "하루 저녁만 물 묵어도 비오실 때까지는 걱정없것는디……"

 "……"

 "예에? 으짤 것이요?"

 "……그 말씀 뿐이지라우?"

 "아암!"

 삼순네는 그 큰 눈에다 금방 그득한 눈물을 담고는 별안간 큰 소리를 내지른다.

 "못하것소! 못해! 보를 터라우? 치이! 어림도 없어……"

"아니!"

"차라리 논을 띠어 가! 논을 띠어 가란 말이요! 그 논만 딱 보듬고는 평생 살어!"

삼순네는 툭 쏘아붙이고 나선 도망치듯 집으로 내달아 버린다.

갑수는 한참 동안이나 넋 빼고 선 삼순네가 사라져 간 어둠 속을 쳐다보고 있더니 별안간 우루루 마루로 달려가선 우악스레 성냥곽을 집어 든다.

"이놈의 나락을 싹 불 처질러 뿌러사 내 속이 안 썩어! 싸악 불 처질러 뿔고 말 것이여!"

헐레벌떡 봇길을 치닫던 갑수는 우뚝 멈춰 선 채 끊어질 것 같은 숨을 모은다.

"나락을 불 처질으다니! 농사꾼이 나락밭에 불을 놔? 안 되여! 안돼! 그여코 내가 이겨사······이겨사!"

갑수는 웃도리를 벗어 수없이 도리깨질을 해대면서 목이 타게 부르짖는다.

"내 나락밭에 물을 대! 어서 보를 터! 논을 띠어 갈 재주가 으디 있단 말이여! 어엉?"

몇 번이고 그 자리에서 뱅뱅 돌면서 골똘히 생각하던 갑수는 신경질적으로 머리를 쳐들곤 하늘을 쳐다본다. 아무래도 쉽게 비기 올 것 같지는 않다.

비 오기를 기다리다간 나락들을 다 태워 죽이기 망정이겠고 뾰족한 수는 없고―.

이럴 때 불쑥 순철이놈이나 들이닥치면 할 말이 없다. 그래 오죽이나 못난 농사꾼이 바로 옆에다 물을 놔 두고는 무슨 수가 없어 멀쩡한 나락을 태워 죽인단 말인가.

그저 방법을 캘라치면 우선 삼순네하고 말문을 트는 수밖에는 없다. 어떻게 해서라도 삼순네하고 말이 통해야 할 것인데 신통한 방법이 떠오르지 않는다.

오리들 우짖는 소리가 갈증처럼 답답하다. 멀거니 오리들을 쳐다보고 있던 갑수는 별안간 궁둥이를 철썩 때려붙이고는 씨익 웃는다.

오리들을 방죽으로만 몰아넣으면 삼순네하고 말문 트기는 첩경이다. 큰 싸움이 붙든지 어쩌든지 삼순네하고 말문만 터지는 날에는 대가리가 두 쪽이 나도 보를 트를 방법을 캐려니 하고 갑수는 단단히 마음먹은 것이다.
"그저 느그덜이 가서 으찌께든지 홀애미 말문만 터라! 그라면, 그라면………대고 고기새끼들을 줏어 묵어!"
 갑수는 오리울의 빗장을 드륵 뽑고는 오리들을 방죽께로 몰기 시작한다.
 오리들은 우루루 울 밖으로 뛰쳐나오더니 대고 사립 밖으로 치닫는다. 약속이나 한 것처럼 방죽을 곁눈으로 쳐다보노라 모가지를 빼고 멈칫 선다. 그러더니만 새끼손가락 길이만한 날개를 퍼득거리면서 우루루 봇길을 달려가더니 풍덩풍덩 방죽 속으로 빠져든다.
 "옳체, 옳체! 참말로 오지다아—"
 사철나무 뒤에 숨어 다급한 마음으로 오리들과 삼순네 집을 번갈아 쳐다보는 갑수는 연신 웃음을 짓는다.
 오리들이 동네가 떠나가게 꽷꽷거리면서, 설키질에 곤두박질에 갖은 재주를 다 부린다.
 "시상에 저렇게 좋은 것을……봐! 보를 안 트먼 고기새끼 씨 마를 것잉께! 내가 삼순네한테 져?"
 여태까지 삼순네 눈치만 보면서 진작 오리들을 방죽 속으로 못 몰아넌 게 새삼 억울하다.
 한참 온 방죽을 헤엄쳐 다니면서 꽷꽷거리던 오리들이 슬슬 봇가로 기어오르자, 아니다 다를까 방문이 텅 열리면서 삼순네의 성난 얼굴이 독살스럽게도 오리들을 쏘아본다.
 삼순네는 노기등등 한참 동안이나 오리들을 쏘아보고 있더니 벌떡 일어나 마당으로 내려서선 큼직한 막대기를 주워 든다.
 "흥! 오리만 다쳐놔 봐라! 내가 가만 있나!"
 연신 다짐하면서도 막상 오리가 다쳤을 때 삼순네에게 퍼부어야 할 말이 얼른 떠오르지가 않는다. 지금 같아선 삼순네에게 막말로 대들어질 것 같지도 않다. 무슨 일인지 막상 삼순네의 얼굴을 보고 나면 마음과는 달리 말문이 턱 막힌다.

'……옳체! 저보고 방죽을 띠어 가라고 대들어 사제! 나는 논을 띠어갈 재주가 없응께 저나 방죽을 띠어 가서 평생 보듬고 살으라고……봐라! 내가 이 말을 항가 안항가!'

이런 말을 생각하노라 골똘해 있던 갑수는 삼순네 바로 앞에서 한참 고개를 조아리노라 정신이 없는 오리 두 마리를 쳐다보다 말고 멋적게 쓴 입맛을 다시고 만다.

오리들은 연신 고개짓을 서로 해대면서 다가서더니 목에 꽃자주 테를 두른 놈이 다른 오리 등위로 어정어정 기어오르는 것이다.

"원! 저런 쌍것들! 아니, 해필이면……인— 쯧쯧—"

괜히 갑수의 얼굴이 확 달아오른다.

그러나 한 가지 이상스런 일은, 막무가내 막대기 찜찔을 먹일 줄 알았던 삼순네가, 가쁜 숨을 씨근덕거리면서 그런 오리들을 한사코 노려보고 있기만 하는 것이다.

오리들이 한참 동안을 길게도 그 짓을 하자 삼순네는 막대기를 힘없이 땅바닥에다 떨구어 버리곤 마루에 가서 풀썩 주저앉아 버리더니, 한숨을 몰아쉬는지 앞가슴이 불룩 솟았다간 천천히 가라앉는다.

갑수는 괜히 민망스러워서 연신 눈두덕만 멋적게 부벼댄다. 이상하게도 삼순네가 퍽 가엾은 생각이 든다. 그렇다 생각하니 저도 모르게 긴 한숨이 새어 버린다.

오리가 다른 오리 등에서 내려왔을 때였다.

여태까지 눈썹 하나 까딱 않고 오리들만 쳐다보고 있던 삼순네가 별안간 벌떡 일어서더니 사정없는 막대기 찜질을 먹이기 시작한다.

그것은 숫오리를 등에 얹고 있었던 암오리만 죽어라 쫓아다니면서 매질이다.

"여그가 으딘 줄 알고! 여그가 으딘 줄 알고? 으째 놈의 방죽에까지 기어와서는,

으째? 으째? 으응? 으째 고기새끼까지 잡아묵어? 이놈의 뻔뻔한 여펜네야? 으응? 다시 또 와? 올 것이여? 여기가 으딘 줄 알고 기어와서는 무담시 놈의 복장을 긁어놔! 으응?"

삼순네는 흡사 미친 사람처럼 대고 소리소리치면서 꼭 암오리 궁둥이만 철썩철썩 갈겨댄다. 첨벙 방죽 속으로 빠져들어서야 삼순네는 좀 성화가 풀렸는지 가쁜 숨을 모으고 섰다간, 이젠 우악스레 숫오리를 쫓아다니며 또 막대기를 휘두른다.

"어따, 똑똑하다! 똑똑하다! 으째 놈의 방죽에까지 기어와서는! 또 와! 느그 주인이나 대꼬 와! 느그 주인이나 대꼬 와! 어서 깔대 가랑께! 어서 어!"

엉덩이가 떨어져라 뒤뚱거리며 도망쳐 다니는 숫오리만 따라 줄줄 암컷들이 몰려다니자 이젠 또다시 암컷들에게 매질이다.

"따라댕기기는? 으쨌다고 줄줄 따라댕겨? 누가 잡아 묵는다고 눈 불쓰고 쫓아댕겨? 안 잡아 묵어? 안 잡아묵어?"

삼순네는 모를 소리만 연신 내뱉으면서 좀체 진정할 줄을 모른다.

울화가 치미는 것보다도 갑수는 우선 어이가 없다. 그 얌전하고 말수 적은 삼순네가 저렇게 수선을 피우다니―그만해 둘 법도 한데 무슨 일로 저렇게 끝없이 수선을 피우는지 알 수 없다.

유독 동네에서 멀리 떨어져 있기에 망정이지 이 꼴을 누가 본다면 우선 갑수가 고개를 못 들 것 같다.

어떻게 해서라도 삼순네 화를 달래 놔야 되겠고, 또 오리들도 견뎌나지 못하겠고, 더구나 타가는 논에 봇물이나 얻어 대려면 그저 삼순네를 달래는 수밖에 없다.

갑수는 한참 동안 숨도 제대로 못 쉬고 숨어 앉아 있다가 부시시 일어나며 헛기침을 쨍 뱉는다.

삼순네는 들은 체 만 체 연신 오리들만 쫓아다닌다. 오리 한 마리가 어디를 어떻게 맞았는지 금방 죽는 소리를 해댄다.

견디다 못해 갑수는 좀 바쁜 걸음으로 봇길에 들어서선

"이보쇼! 삼순네!"

해 놓고는 또 이마만 멋적게 쓰다듬고 만다.

"으째라우?"

삼순네는 발개진 얼굴에 흠뻑 땀방울을 달곤 갑수를 노려본다.

"말 못하는 짐승한테 문자 쓰면 알어묵는다우? 그만해 둡시다! 어서!"

"흥! 사람도 짐승보다 더 말귀를 못 알어묵습디다! 그런 사람보다는 낫제 머! 치이—"

 삼순네는 알아듣지도 못할 소리를 해대고 나선 획 돌아서 버린다. 흠뻑 땀에 밴 모시적삼 등어리가 바삐 들먹거린다.

 갑수는 겸연쩍어 몸뚱이를 주체할 수 없다. 울고 있는 여인네 마음은 사실 햇솜보다 부드럽다 했것다. 갑수는 이럴 때 아주 보를 트는 방법을 캐고 말 것이라 속으로 다짐다짐한다.

"이보쑈! 삼순네! 으짜다가 잘못해서 오리새끼들이 방죽에 밀렸기로서니 그란다고……"

"그란다고 으째라우? 오리늘이 빗장 빼고 나왔단 말잉게라우? 오리를 방죽으로 몰아 넣는 사람은 누군디? 치이—"

 삼순네는 사뭇 울먹거린다.

"아니, 내가 오리들을 방죽에 밀어 넣었단 말이요?"

"그람, 아니란 말이요? 오리 몰아 넣는다고 보가 터질 줄 아시요? 치이—그렇게 하면 보가 터질 줄 아시냔 말이요, 그렇게 하셔서는 절대 보는 못 터라우! 보는 안 터져!"

 삼순네는 완강하게 고개를 내젓는다.

"그람 으찌께해사 봇물을 얻어묵을 것이요?"

"내가 아요?"

"아니, 나락이 벌겋게 타가는디 그래, 봇물 좀 얻어 묵기가 이렇게 어렵단 말이요? 이래서야 으디 농사 지어묵고 살겠소?"

"내가 아요?…………"

삼순네는 돌아선 채 연신 헛소리처럼 되뇐다.

갑수는 기어코 울화통이 치밀고 만다.

"에끼 여보쑈! 그래 농촌에서 사는 양반 맘씨가 그래서는 못쓰는 것이여! 그렇게 모진 맘씨가 으디 또……"

"모르겠소! 누가 할 소링가……"

"아니, 그라면 삼순네 맘씨가 모질지 않고 누 맘씨가 모질단 말이여! 논을 띠어 가라니 그것이 으디 할 소리요?"

"후후―"

삼순네는 긴 한숨 끝에 부르르 몸을 떨어 버린다.

바람이 몰아가자 마른 벼잎들이 까실까실 소리를 내며 흔들린다. 갑수의 가슴 속에선 참지 못할 불길이 솟는다.

"아조 삼순네가 방죽을 띠어 가! 차라리 삼순네가 방죽을 띠어 가란 말이요! 그 방죽만 끼고 평생 살아봐! 오늘밤에 내가 보를 트는가 안 트는가! 대가리가 두 쪽으로 나도 보는 트고 말 것이여!"

"……므시라고우?……"

삼순네는 헛소리처럼 가느다랗게 부르짖고 나선 후적후적 걸어나가는 갑수의 흙색 나는 장딴지에 눈길을 박고 선다.

도리어 야릇한 웃음기를 머금은 입술 끝이 꼭 다물어지면서 깊기도 한 보조개가 움푹 패인다.

생각다 못해 결심한 것이다. 도대체 다른 방법은 없다. 오늘 낮에 그렇게 삼순네의 맘을 긁어 놓았으니 좋은 말로 사정해서 봇물 얻어먹긴 다 틀렸고 이젠 무슨 일이 벌어지더라도 보를 트는 수밖에는 없다. 까짓것 정 앙알대면 삼순네 너댓쯤은 메다 꽂아도 힘이 남는다.

 갑수는 삽자루에 퇴퇴 찰엿 같은 침을 뱉어 꼭 쥐고는 슬금슬금 사립문을 나선다. 아흐레 초생달이 제법 밝다.

 유독 진한 풀냄새가 슴슴히 코에 밴다. 바스락 하며 내닫는 들쥐가 써늘한 밤이슬을 장딴지에 튕겨 준다.

"잡것! 초랭이 방정하고는……쯧—"

 갑수는 섬칫 놀란 가슴을 쓸며 투덜대고 나선 다시 한번 삽자루를 쥔 손에 힘을 준다.

 이 생각 저 생각에 골똘해서 정신없이 걸어가던 갑수는 기겁해서 놀라 서 버린다. 바로 눈앞에 삼순네가 돌비석처럼 서선 까딱 않고 갑수를 노려본다.

'흥! 해보자! 인자 못 참겠어!'

 속으로 뇌까리며 갑수는 모른 체 있는 힘을 다해서 삽을 보에 꽂는다. 한 삽 두 삽 세 삽……이마에 송글송글 땀방울을 얹고 우악스레 삽질을 해대는 갑수는 가슴이 봇물 터질 때처럼 시원하게 트인다. 멀거니 그런 갑수를 노려보고 섰던 삼순네가 그제야 힘대로 갑수의 팔을 잡고 늘어진다.

"못 터! 못 터라우! 보만 트먼 뭇해! 보만 트먼 뭇해?"

"놔! 노란 말여!"

 갑수는 연신 삼순네를 밀어내며 힘대로 삽질이다.

"못 터! 이라고 나서는……못 터! 보만 트먼 뭇하냔 말이여?"

"보 터지면 내 나락이 살아나제 뭇은 뭇이 뭇이여?"

"므시라우? 내가 선불리 보를 터 줄 것 같아서? 못 튼당께? 못 터!"

 삼순네는 대롱 갑수의 팔에 매달려선 발버둥친다.

"안 터주면 으짜고? 식! 식! 식!"

 갑수가 있는 힘을 다해 세 삽을 떠내자 봇물이 흙을 쓸면서 콸콸 논바닥으로 쏟아져 들어온다.

 갑수가 삽자루를 팽개치고 봇길에 올라서자 삼순네는 갑수 발 아래 번듯이 드러누워 버리며 양팔로 갑수의 한쪽 다리를 보듬어 안고는 숨 넘어가는 소리를 한다.
 "못 가라우! 못 가! 날 죽이고 가! 차라리 날 죽여 놓고 가! 으째 보만 터? 으째……날 죽이고 가랑께?"

 논바닥으로 번쩍번쩍 빛을 내며 쏟아져 들어가는 봇물에 정신을 빼고 섰던 갑수는 그제야 발아래 삼순네를 내려다본다. 발을 빼려고 힘을 써 봐야 삼순네 몸뚱이가 끌려온다. 새삼 삼순네가 가엾다. 연약한 여인네에게 너무 한 것 같은 마음이 죄스럽다.

 갑수는 주저앉아 부들부들 떨리는 손을 삼순네 어깨 위에 얹는다.
 "삼순네! 밤중에 다시 보를 막아 놓지라우! 논바닥 갈증만 가시면……"
 "그것이 아니라우! 다아, 다아……어서 날 죽여 놓고 가시쑈! 어서!"
 삼순네는 간이 타게 속삭인다.

 갑수는 그제야 여태까지 꼭 막혔던 게 뭉클뭉클 제멋대로 가슴 속에서 솟는다. 후끈후끈 열기가 솟는다.
 "삼순네! 삼순네."

 불길같이 뜨거운 입김 속에 싸여 떨어지는 갑수의 이 말끝에 삼순네의 펄펄 끓는 뜨거운 팔이 갑수의 목을 감고 늘어진다.
 "……같이 살어어—같이 살어어—"
 삼순네는 연신 등어리를 들먹거리며 온몸을 바들바들 떤다.
 "므, 믓이?……삼순네! 차, 참말이여? 엉?"
 삼순네는 죽어라 머리를 갑수의 가슴패기 속으로 들이민다.

 갑수의 머릿골이 시끄럽다. 온몸의 피가 버글버글 끓는다. 오랜만에 아랫도리에 뻐근한 힘이 솟는다.
 "삼순네에—"

갑수는 삼순네를 부둥켜 안고 힘대로 딩굴다가 삼순네 얼굴을 아래로 보고 삽질할 때처럼 으흑—힘을 쓴다.

"몰라아—"

갑수의 힘쓰는 소리 바로 뒤에 삼순네도 타는 듯 가쁜 소리를 부르짖고 만다.

논바닥엔 벌써 한 치나 되는 봇물이 흥건하게 괴었다.*

포대령

 모서리 하나 성한 곳 없이 죄다 깨지고 부러져서는 회색빛으로 색이 바랜 거무튀튀한 옻칠 안에서 뿌연 횟가루가 솟는 낡은 밥상 하나. 그 밥상 한가운데 놓여 있는 장난감 야포(野砲). 그 뒤로 서글거리는 눈 아래 형언 못 할 그 무서운 악담들이 금방 쏟아져 나올 듯한 유독 두꺼운 입술을, 이를 갈아 댈 때처럼 밭두덕이 지도록 꼬옥 문 포대령(砲大領)의 사진이 서 있다. 그리고 벽에 걸린 너절한 포대령의 헌옷가지들과 눈물로 얼룩진 초췌한 나의 얼굴을 담고 있는 반쪽 난 거울. 헌 이불보를 뜯어 병풍처럼 둘러친 그 속에 누워 도시 믿기지 않게 포대령은 일체 말이 없고 예의 도구들이 포대령이 살다 갔다는 사실을 입증하는 것의 전부다.
 기껏 보름 남짓한 세월이었지만 나의 경우에 있어서는 차라리 기구(崎嶇)한 운명의 여인 그것에 비교해야 할 포대령과의 생활이 바로 어젯밤, 정말 어처구니없이 막을 내린 것이다.
 그토록 염원했던 지겨운 생활로부터의 해방이, 어떻든 일단 이룩된 지금, 반생을 통해 적어도 눈물에만큼은 지극히 인색했던 나의 눈이 아낌없는 눈물을 쏟느라 눈초리 짓물리는 통증 속에서 떤다. 그것은 지극한 슬픔 속에서 자연 분출되는 것이라기보다는 어떤 심오한 비극의 의식을 애써 떨쳐 버리려고 노력할 때 처하게 되는 감당 못 할 허탈 속을 솟구치는 것이다.

"가이새끼들! 보라우! 내가 시시하게 죽어 넘어디나 말야! 쫓기구설라무니 밀리구설라무니 해개지구 시시하게 뻗나 보라우! 젊어 요절도 없구 늙어 자연사도 없어! 이 김달봉(金達峰)이에겐 오직 전사만 있을 뿐이야! 하사! 내 말 알가서?"

천만 년 살 것 같던 포대령이 죽었다. 아니, 피가래가 끓던 포대령의 마지막 가쁜 목소리는 끝내 전사(戰死)라고 우겨 댔다.

김달봉이라는 이름은 숫제 팽개쳐 버리고 그를 안다는 사람들이면 모두 포대령이라 불렀다. 포탄으로 살다가 포탄으로 다져졌고, 끝내 포탄 속의 전사가 아니면 그의 죽음이 없다는 이 해괴한 역설이, 오히려 합당한 귀결이 될 정도로 과연 그는 생김새부터가 갈 데 없는 포탄이다.

송충이가 하품하듯 숱도 많은 눈썹은 눈꼬리를 지나기 바쁘게 관자놀이를 향하여 치켜세웠고, 눈깔사탕처럼 뻥 뚫려 버린 크나큰 눈에 늘상 일렁이는 섬광, 유독 두꺼운 입술을 숫제 덮어 버리고 돋은 무성한 수염 밑으로 아예 귀찮아 생기다 말아 버린 목덜미— 예의 이런 것들을 조화시키는 전체의 몸뚱이는 일 미터 오십팔이라는 한계 속에서 메주 주물듯 다져져 버렸다. 젓가락 같은 뼈대 젖혀 놓고 살덩이가 제아무리 비계인들, 체중 칠십 킬로라는 둔중한 장갑(裝甲)이 재건체조를 한답시고 펄쩍펄쩍 뛸 때는, 포구(砲口)를 떠나는 포탄처럼이나 그처럼 날쌜 수가 없다.

이런 모양의 포대령을 내가 제대한 후로 처음 본 것은 꼭 보름 전— 지금도 마찬가지지만 오갈 데 없는 나의 허탈이 엿가락처럼 기진한 보행을 명동의 한적한 다방 한구석에다 끝낼 때였다.

그저 모른 체 했어야 했을 상식이 지극한 예절로 둔갑해 버린 순간, 나와 포대령의 생활은 오랜 기일을 두고 진행돼 온 언약이나 이행하듯 쉽게 그 순간 속에서 매듭지어진 것이다.

낡은 선풍기의 열기 같은 바람을 통째로 받으며 느긋이 눈을 감고 앉아 있는 허술한 사복 차림의 사람을 알아차린 나는 우선 놀랐다.

연대장 김달봉 대령—폭약 냄새가 어지간히 코에 밴 사람이면 말단 사병에서 장교에 이르기까지 포대령을 모르고선 포병이 아니다. 그만큼 부대의 소속 여하를 막론하고 포대령은 포병의 상징적인 존재였다. 대포가 있는 곳에 포대령이 있었고 포대령이 있는 곳에 폭약 냄새가 있었다.

다른 곳으로 전속되기까지 한 달 남짓 포대령을 겪었지만 한눈에 그를 알아볼 수 있었던 것은 무엇보다도 그의 독특한 체구 때문이었다.

취직이라든가 하는 강렬한 생활의식이 포대령과 연관되어 날렵한 타산으로 거센 충동질을 했을 때 초라한 나는 때가 찌든 태피터 손가방을 공손히 사타구니 앞에다 받쳐 들고 이미 포대령의 좌석을 향해 걷고 있었다.

막상 포대령의 앞좌석에 겨우 궁둥이를 걸치고 났을 때 나의 등줄로는 예감했던 대로 선뜩 식은땀이 솟았다.

아무리 성의를 가지고 뜯어 봐야 결코 정상적인 얼굴이 될 수 없는 무서운 포대령의 얼굴에서 지금 내가 행사하려는 어설픈 타산의 애교 따위는 도통 통할 수 없다는 확신을 읽었고 아부라면 숫제 너 죽고 나 죽자는 식으로 질색인 포대령이 그 유명한 뜀박질 두탄(頭彈)으로 턱주가리가 으깨지도록 한 방 받아 댈 것만 같은 불안이 솟는 것이다.

포대령은 웬만해서 손찌검이나 발길질 따위로 부하들을 때리는 일은 없었다. 그 대신 통칭 재건체조라고 불리는 두탄으로 어지간히 비위가 틀렸다 하면 으레 삭신 눅처지도록 받아넘겼다. 부동자세로 세워 놓곤 바로 그 아래 딱 버티고 선 채 정확한 조준만 끝나면 이내,

"가이새끼! 너 정 죽어 봐야 알간?"

하는 앙칼진 욕설을 신호로 짤막한 양팔을 오리 날개처럼 퍼덕이며 상대의 턱주가리를 향해 펄쩍 뛰어오른다. 으레 한 방이면 상대는 반송장이 되게 마련이었고 포대령은 그때마다 꼭 단서를 붙였다. 지극히 태연하게.

"너희들 말야, 맞았다구 섭섭해할 것 없어! 송충이만 떨어져두 대포구 탄약이구 죄 팽가티구 놀래 도망치는 양놈식으론 남북통일 다 틀리는 게야! 기합이 없으면 군기는 뗄루 잡디? 보병이 빨갱이 한 놈 죽이는 시간에 포병은 일개 중대도 전멸시킬 수 있단 말야! 터지구 밟히구 포병은 억세게 커야 하는 거다! 인삼 녹용 먹었다구 생각하라우, 알갔디? 그럼 좋아서!"

꽤는 긴 말인데도 그때마다 이 단서는 토씨 하나 안 틀리고 정확했다.

의기등등 마땅히 포 진지를 누비고 다녀야 할 이 시간에, 초라한 사복 차림으로 더구나 명동 복판에서 고물 선풍기의 훈김을 받으며 졸고 있는 포대령에게 의혹이라기보단 어떤 불길한 상상마저 제멋대로 솟았다. 군인은 전선에, 지휘관은 전장에 있어야 한다고 항상 포성 같은 목소리로 으르렁대던 그가 이제야 새삼스럽게 육군본부 보직 따위를 얻어 서울 복판에 건재할 리는 만무했다.

여하튼 이 자리에서 다시 철수해야 한다는 시급한 생각이 들어 내가 막 좌석에서 궁둥이를 뗐을 때 공교롭게도 포대령이 눈을 떴다. 그는 안절부절못하고 있는, 아니 서 있다기보단 대변을 보고 난 뒤 마지막 항문을 닦을 때 같은 자세의 나를 섬광이 일렁이는 눈으로 물끄러미 바라볼 뿐 얼굴엔 표정 하나 없다.

멋쩍게 뒤통수만 긁적거리던 나는 어떠한 동요에도 체념한다는 각오를 내심 다짐하며 힘없이 다시 주저앉아 버렸다. 얼마 동안 그저 묵묵히 나를 주시하고 앉았던 포대령이 타이르듯 조용하게 엉뚱한 말을 뱉었다.

"어설프게 앉긴 뭘 앉아? 다른 데 가보라우! 나에겐 값진 거라곤 하나도 없어."

"……"

영문을 몰라 어리둥절 망설이고 앉았는 나에게 실실 웃음기까지 띄우며 포대령은 좀 언성을 높였다.

"똥까이 같은 새끼! 임마, 도둑질을 할려면 배땅이나 두둑히 개지구 하라우! 가라고 할 때 얼른 가는 게 상책이야. 너 정 안 갈 텐, 엉?"

일순에 좀도둑으로 둔갑해 버린 나는 걷잡을 수 없는 분통이 치솟았으나 어찌 생각하면 차라리 잘됐다 싶어 어색한 동작을 시작하려는데, 이 비참한 나의 철수를 방해하는 조건이 문득 있었다.

호기심이 가득 찬 눈으로 나를 응시하고 있는 우측 좌석의 집요한 관찰들—순간 언제나 나약한 나의 본성은 드디어 목멘 하소를 울부짖다시피 하고 만 것이다.

"절대 그런 것이 아닙니다! 절대 아닙니다, 연대장님!"

나의 말이 끝나자마자 포대령의 퉁방울 같은 눈이 바싹 나의 안면으로 근접해 왔다.

"뭬라구? 너 뭬라 해서?"

"……절대, 절대 그런 것이……도둑이 아니라고…….”

"뭬라고? 연대장님?"

"네! 오중대 삼포대에 있었습니다! 그때 연대장님을…….”

순간 포대령의 얼굴은 비참하리만큼 일그러지면서 수치감을 느낄 때처럼 주위를 휘이 둘러봤다. 어울리지 않게 긴 한숨을 청승스레 뱉고 나더니 지극한 허탈을 달래기라도 하듯 성냥개비를 분질러선 톡톡 연신 튀겨 댔다. 몇 번이고 그 짓을 하고 있는 포대령의 이마에서 가쁜 맥박이 뛰었다. 지극한 고뇌를 씹을 때처럼 끄덕끄덕 자위의 고갯짓을 해댔다.

뭔가 야릇한 동요, 메스꺼운 인내에 송글송글 비지땀이 솟고 있던 나는 일단 상식적인 절차부터 밟고 봤다.

"연대장님, 어떻게 서울엘…… 휴가중이신가요?"

물끄러미 나를 건너다보고 앉아 있던 포대령은 나의 언사에는 아랑곳없이 대뜸 허 탈하게 내뱉었다.

"너도 시시한 민간이가? 엉?"

한동안 영문을 몰라 망설이던 나는 잠시 후 포대령의 말뜻을 알아차릴 수 있었다. 그보다도 우선 궁금한 건 너도라는 단서였다.

"……네, 제대했습니다. 연대장님께서도……?"

대답 대신 길고 후끈한 포대령의 한숨이 나의 얼굴로 날아들었다. 연신 티테이블을 탕탕 내려찍고 있던 포대령은 하마처럼 크게 입을 벌리고 하품을 해댔다. 그 하품은 생리적인 것이라기보단 어색한 감정을 견제하는 작위적인 방법으로 연발됐다.

포대령이 일단 현역(現投)은 아니라는 예측이 확고해지자 나의 정신은 점점 몽롱한 의혹 속을 방황했다. 정확한 나의 상식으론 포대를 떠나서 살 수 있는 포대령을 도저히 상상할 수 없었다.

"도오타! 군기가 쑥밭이구나!"

쩌렁쩌렁 울리는 포대령의 목소리에 문득 고개를 든 나는 무의식 중에 대담하게 담배를 빨아 대고 있는 나를 발견하곤 흠칫 놀랐다. 포대령의 집요한 시선은 실연기를 내뿜고 있는 담배에다 오기스러운 불만을 못박고 있는 것이었다.

"죄송합니다! 무심중에 그만……."

황망히 담뱃불을 부벼 끄고 있는 나의 손을 포대령의 우악스러운 손이 덥석 붙잡더니 이내 그 손으로 내 이마를 두어 번 쥐어박아 댔다.

"이 새끼, 이거 엉망이구나. 임마! 군인에게도 무심중에라는 말이 이서? 정 무심중에 하고 싶거든 국군의 맹서를 외우는 거야, 임마! 알가서?"

"……네! 알았습니다!"

"우하하하— 좋아서! 돼서! 너 현역시에 계급과 직책은 뭬여서?"

"하사였습니다! 관측이었구요."

"뭬라구? 관측? 기기 도오타! 십 문의 야포보다 한 사람의 정예 관측병을 포대는 원하는 게야, 돼서! 너 전사할 때까지 나와 고락을 함께할래? 어드래?"

"연대장님, 영광입니다!"

기껏 메모지에 적힌 이름들을 찾아 하루하루 신세를 져야 하는 나의 형편에 포대령의 이 같은 제의는 구세주를 만난 듯 반가운 것이었다.

감격이 넘쳐 떨려 나오기까지 한 나의 말이 채 끝나기도 전에 이미 포대령은 나의 손목을 끌고 일어섰다.

"가자우. 어데 한번 같이 살아 보자우."

나는 좌우로 뒤뚱거리는 포대령의 둔중한 엉덩이 한 두어 발치 뒤의 거리에서 풀이 죽어 걸었다. 우선 숙식(宿食) 문제가 해결됐다는 지극한 안도감을 경솔하게 표면화시켜서는 안 된다는 쥐꼬리만한 자존심의 긍정이기도 했다. 그러나 그보다 더한 이유는 야릇한 불안의식이었다.

이미 제대를 한 나의 입장에선 '전사'라든가, '군기'라든가 하는 군대용어엔 어지간히 멀미가 난 것들이어서 포대령의 완고한 군인정신과 군대생활의 집념이 나에게 엄청난 영향력을 발휘할 때의 철저한 구속 그것이었다. 그러나 이런 불안이 요행이라면 요행일 수 있는 지금 그렇게 시급한 고민일 수는 없었다. 어떻든 나는 포대령을 따라 금호동행 버스에 올랐다.

버스에서 내릴 때까지 포대령은 시종 말이 없었다. 단지 두 가지 확약을 나로부터 받았을 뿐이었다.

그것은, 첫째로 포대령의 명령에 무조건 복종해야 한다는 것과 둘째, 어느 누구에게든지 자기의 거소를 알려서는 안 된다는 것 두 가지였고 나는 이 두 가지의 약속을 꼭 이행하겠다고 과감한 선서를 하고 만 것이다.

꼬불거리는 산길을 십여 분이나 치올라야 하는 산꼭대기에 포대령의 거소는 있었다. 데적데적 기워 놓은 듯한 보루가미를 지붕이랍시고 얹고 있는 블록집은 허술하기 짝이 없었고 그나마 셋방이었다. 가마니쪽을 들치고 역한 냄새가 풍기는 방 안으로 들어선 포대령은 망설이고 서있는 나에게 버럭 악을 써댔다.

"관측병! 뭘 어덩거리구 이서? 빨리 안 들어오면 기합이다, 임마!"

후끈거리는 등줄로 오싹 찬 소름이 돋음과 동시에 방 안으로 다이빙을 하다시피 한 나의 등을 포대령은 자랑스럽게 텅텅 두드려 주면서 호탕하게 웃어 댔다.
"우하하— 돼서! 돼서! 육이오 사변 같으면 귀관의 동작은 훈장감이다. 대체로 양호함! 본관은 심히 만족한다!"
 겨우 일어나 정좌한 나의 시야 속으로 투영돼 오는 방 안의 정경은 너무나 의외였다. 의외라기보다는 믿기지 않는 현실 쪽이 더 가까웠다.
 포대를 떠난 오늘의 포대령에 대해서 구체적인 전후 사정은 알 수 없으나 그래도 연대장 지냈던 포대령의 생활은 너무나도 비참했고 초라했다. 하긴 청빈한 장교로 소문이 쩡쩡 울렸던 그였지만 고학생 자취방만도 못한 이런 곳에서 생활하고 있을 줄은 정말 뜻밖이었다.
"뭘 그리 깊게 관측하나? 마아 냄새도 나구 좀 디더분할 게야. 기리티만 명동 통간나들이 풍기는 시시한 향수 냄새보다는 훨씬 더 본질적으로 아름다운 향기라는 것쯤 알아 두라우."
 포대령은 장난감 야포를 연신 쓰다듬으며 허탈하게 내뱉었다. 이내 장난감 야포의 포구에다 쩝쩝 입을 맞춰 대고 나선 그의 목소리는 갑자기 활기에 찼다.
"사변 당시 원주 포격 기맥혔디! 보병들은 이미 싸울 기력도 없이 지쳤댔구 적의 진격을 막을 수 있는 건 포병대 뿐이어서! 자그마치 총 이개 사단 병력으로 진격하는 되놈들을 돌대가리 구드릿시는 집중 포격만 고집해서! 김달봉이 고집이 결국 이겼구 내 작전이 맥혀들었대서! 사대대 야포 육십 문을 동서남북으로 분산 포진시켜 먼저 서쪽 포대가 적의 대갈통을 후렸디. 동강이 난 진격 부대가 예상대로 계곡으로 몰려들어서! 남쪽 포대가 또 때려서! 패주하는 적을 동쪽 포대가 박살냈디! 제일 통쾌했던 건 북쪽 포대의 포격이어서! 드디어 탄약을 만재한 주력 약 삼천 명이 견디다 못해 계곡의 굴곡부로 튀어나와서! 북쪽 포대는 한 방 손실 없이 전탄 명중으로 휘갈겨 대서! 포병이면 누구나 꿈에서도 그려 보는 교사(交射)가 완전무결하게 실현됐구 되놈은 전멸했디! 후우, 지금 김달봉이는 뭐야 뭐…… 싸앙!"

 포대령은 가슴에 안은 장난감 야포를 들어 눈앞에 세우고는 전신을 부들부들 떨었다. 그러한 포대령의 모습은 갈 데 없는 광인의 행동 그것이었다.

"그게 다 누구 덕이어서? 당시 한국 포병의 말단 장교 김달봉이의 작전 건의였다는 걸 누가 알아주간? 너만 보면 미친다, 미치가서!"

 뭐라 한마디쯤 위로라도 하고 싶었던 나는 이내 나도 모르게 흠칫 놀라면서 입을 다물어 버리고 말았다.

 뚫어질 듯 장난감 야포를 응시하고 있는 포대령의 눈 속에서 반짝이는 액체를 발견했기 때문이었다. 그 액체가 속눈썹에 걸리면서 영롱한 방울로 맺힐 때 포대령은 벌떡 일어섰다.

"싸앙, 시시하게 뭐가 눈 속으로 들어가서! 뭬야, 이거…… 이거 뭐가 티겁게 굴디?"

 포대령은 애꿎은 눈두덕만 대고 문질러 댔다. 그것은 분명히 눈물이었다. 그 눈물을 보이기 싫어 한사코 딴청을 부리고 서 있는 그의 등이 숨길 수 없는 충격에 들먹거렸다. 포대령의 충혈된 눈이 나를 돌아다봤다.

"하사! 본관이 귀대할 때까지 말끔히 청소 끝낼 것! 그카구 밥 맛있게 지어 노라우! 이걸루 장 봐올 것!"

 포대령은 일금 삼십 원을 획 내던지고는 총총 방문(방문이래야 가마니 쪽)을 나갔다.

 벽에 걸린 반쪽짜리 거울이 넋빠진 듯 멍청하게 앉아 있는 나의 상반신을 담고 있다. 집에 돌아온다면 그만이지 '귀대'는 또 뭔가. 나의 입에서 불안으로 반죽된 매운 한숨이 샜다.

 포대령과의 생활은 현역 시절보다도 더 엄격하고 고된 군대규율로 일관했다. 그의 감정에 따라 나의 호칭은 귀관, 하사, 이 새끼, 가이새끼 등 제멋대로 변했다.

그가 귀가할 때나 외출시엔 거수경례로 맞이하고 전송해야 했고 취침 전엔 반드시 부동자세로 그날의 총 보고를 해야 했다.

 포대령의 일과는 그가 나에게 강요하는 번잡스러운 것에 비해 극히 단조로운 것이었다. 외출하는 날은 열두시가 다 돼서야 인사불성 대취해서 들어왔다. 웬만큼 주정이 끝났다 하면 나에게 들려 준 사변 당시의 자기 무용담을 그대로 들려 달라고 해 지극한 자위를 삼았다.

 외출을 않는 날은 장난감 야포를 품고 앉아 건너편 채석장에서 터지는 다이너마이트 소리를 언제까지고 듣는 것이었다. 이때의 포대령은 차마 볼 수 없을 정도로 처참한 모습이었다. 으레 뭐가 눈으로 들어갔다고 부벼 대는 통에 눈두덕은 불이 났다. 그리고 못살도록 나를 들볶는 것이었다.

 며칠 전이었다. 포대령과의 생활 이후 처음으로 나는 그에게 항거했었다. 결과는 내가 두탄 세례를 받고 넉장거리로 퍼졌지만 그날 그의 발작적인 행위에서 우연히도 나는 포대령을 이해하기 시작한 것이었다.

 다이너마이트의 폭음을 들으며 처절하게 얼굴이 일그러지던 포대령이 불현듯 벌떡 일어나서는 실성한 사람처럼 마당을 서성대기 시작했다. 문득 내 앞에 이른 그는 느닷없이 불호령을 내렸다.

"차렷!"

 기겁해서 부동자세를 취한 나를 포대령은 무서운 눈빛으로 쏘아봤다.

"하사! 무슨 이유인 줄 알가서?"

"전혀 영문을 모르겠습니다!"

"뭬라구? 몰라? 정 모르가서?"

"네!"

"이 새끼, 맛 좀 보간? 사병의 머리칼 길이도 몰라?"

"그건 알고 있습니다!"

"기린데 네 머리가 뭬야? 당장 이발소로 구보해설라무니 머리칼을 티구 오라우!

구보 시작!"

"……"

"어? 너 왜 불복하디? 정 안 가가서? 엉?"

"못 하겠습니다! 저는 현재 제대한 몸입니다!"

"임마! 너 항명죄가 어떤 건 줄 모르나? 구보 시작! 구보!"

"못 하겠습니다. 차라리 오늘루 그만두겠습니다."

"가이새끼, 두구 보니까니 이 새끼가 이거…… 탈영하겠다는 게야?"

"탈영이 아니라 그냥 나가는 겁니다! 저는 제대했습니다!"

 순간 포대령의 얼굴 위로 착잡한 경련이 일었다. 그것은 분노라기보단 감당 못할 설움 같은 것이었다.

"뭬라구…… 뭬라구…… 똥가이새끼! 진급 못 하는 상관이라구 모독하는 게야? 앙? 이 새끼 나두 말야 제대루만 굴었어두 몇 년 전에 진급했대서! 뭬라구…… 뭬가 어드래…… 이 새끼야! 저 포성올 들어보라우! 영내야! 여긴 분명히 영내야, 이 새끼야! 김달봉이 옆에서 포성만 울리면 어디든지 영내야, 임마! 김달봉이 포탄에 몇만 명 괴뢰군이 쓰러딘 줄 아니? 엉? 김달봉이가 대포를 떠나 본 적 있어서? 네가 봤대서, 엉? 엉?"

 포대령은 말이 끝나기가 무섭게 나의 턱주가리를 향해 날아들었다.

"가이새끼! 너 정 죽어야 알간? 내가 밀려난 줄 아니? 내가 팽가티구 나왔다! 그래, 어드래서! 어드래서! 싸앙!"

 포대령은 가냘픈 나의 멱살을 움켜쥐곤 턱주가리를 연신 받아넘겼다. 막무가내 항거할 수만도 없는 일이었다. 기회 봐서 도망치더라도 우선은 무조건 빌고 봐야 했다. 성난 야수처럼 도시 진정할 줄을 모르는 포대령에게 반항해 봐야 결국은 대싸리 같은 내 몸만 요절이 날 것이고 그의 분노는 더욱더 열을 더해 갈 게 뻔했다.

"잘, 잘못됐습니다, 연대장님!"

 나의 입에서 가쁜 하소가 터지자 그제야 포대령은 멱살을 풀곤 황소 숨을 씨근덕 몰아쉬며 한 발 물러섰다.

"임마! 정식으로 하라우!"

나는 있는 힘을 다해 거수경례를 붙여 대며 크게 소리쳤다.

"잘못됐습니다! 용서해 주십쇼!"

"좋아서!"

나를 따라 힘있게도 거수경례를 받고 난 포대령은 다가와 나의 어깨에 손을 얹고 언제 그랬더냔 표정으로 말했다.

"하사! 다 인삼 녹용 먹었다구 생각하라우! 항명불복을 해서야 되가서? 알았디?"

내심 걷잡을 수 없는 분노와 멸시의 조소를 그에게 보내고 있던 나의 가슴속에서 뭉클뭉클 솟는 게 있었다. 포대령의 진지한 시선은 상관으로서의 위엄을 과시하는 게 아니었고 뭔가 애절한 하소와 동감의 요구를 절실하게 절규하고 있는 것이었다.

포대령의 분노는 곧 인정의 황막한 단절 속에다 끈을 대고 있었다. 그것은 그가 설정한 가정 세계에다 절대적인 자위로 뿌리를 박고 있는 것이었다.

그래서 군대사회에 대한 끈질긴 집념이 그의 생명을 유지시키는 한 지극한 우연에서 얻어진 하찮은 나나 채석장의 폭음 따위도 그에게 있어서는 필연 이상의 가치를 갖는 것이었다.

나는 아무 말 없이 이발소로 향했고 지켜 서선 나의 거동을 살피는 포대령에게 후회 없는 동정을 쏟았었다.

그날 이후 포대령과의 생활에 어떤 변혁을 바랐던 나의 기대는 역시 무너지고 말았다. 그는 조금도 변함없는 방법 속에서 나를 필요로 할 뿐이었다.

이 시간이면 어떻든 어정거려야 하는 약속된 곡예가 메스껍다 못해 따분했다. 조금 지나면 곤드레만드레 취한 포대령이 나타날 것이고 나는 거수경례로 그의 귀대를 환영해야 했다. 좀더 진지한 거수경례는 없는 것일까. 강요에 의해서 어쩔 수 없이 이행되는 나의 충성은 그때마다 더한 망집의 고뇌 속으로 그를 몰아

넣는 것인 줄도 모른다.

 사실 요즈음 들어 나의 고민은 좀더 인간적인 것으로 발전한 셈이었다. 장바구니를 들고 가파른 산길을 오르내릴 때나 개울가에서 세탁을 하고 있을 때, '식모 아줌마'라고 놀려 대는 동네 꼬마들의 합창에 감당할 수 없도록 치솟던 분노 따위의 수치감은, 이제 포대령의 과감한 인간적 재기를 갈구하는 집요한 관심으로 변한 것이다.

 "시시하게 뒈졌을래면 벌써 백 번은 더 뒈졌디! 수의 입구설라무니 시시하게 관 속에나 자빠져야 하는 죽엄이래면 수턴 번두 뒈졌데서! 쌍, 나의 끝장은 전사야, 전사! 온 몸뚱이가 박살나설라무니 형체가 없어두 조국이 태극기 한 장만 덮어 주면 되는 거야! 그카면 김달봉인 천국에 가는 게지 뭬 바랠 게 또 이서?"

 하루에도 몇 번씩 포대령은 이랬다.

 '포대령이여, 궐기합시다요! 그 용기로 좀, 달리 살아 봅시다요!'

 힘껏 쥐어 보는 주먹 안으로 질긴 땀이 솟는데 귀창이 떨어질 정도로 크나큰 고함이 터졌다.

 "임마! 보초병 태도가 뭬 그래? 새끼이, 형편없구나 이거ㅡ"

 벌써 숫구멍 골막하게 취기가 오른 포대령이 들고 있던 나무막대기로 나의 가슴을 쿡 찔러 댔다. 이마가 아플 정도로 나의 거수경례는 충성의 숨가쁜 반사작용을 했다.

 "수고하십니다! 하루 종일 아무 일도 없었습니다. 이상 무우!"

 "뭬라구? 수고? 우하하하ㅡ"

 갑자기 실성한 사람처럼 연신 대소하던 포대령이 고개를 설레설레 내젓더니만 이내 표독스러운 눈빛으로 나를 흘겼다.

 "새끼! 이거 뭐 도통 쑥밭이라니끼니! 임마, 여기가 신병훈련소인줄 아니? 그따위 서툰 보고가 어디서? 넌 하사야, 하사. 군대밥 그만큼 처먹었으면 임마 포성이 울리는 전선하구 후방 훈련소하군 구별해야 될 게 아니가서? 엉? 어드래?"

"……"

"대답해 보라우! 빨리 임마!"

"전 여기가 전선이 아니라구 생각합니다! 금호동입니다!"

"뭬라구? 이 새끼 벌통이 나야 알갔나, 이거…… 왜 전선이 아니야? 포성이 터디구 가차없이 포격이 진지를 후리는데두 새끼야, 전선이 아니면 뭬란 말이야? 너 영창 보내야 알갔니? 엉?"

"그건…… 그건 포성도 포격도 아니고 채석장 다이너마이트 폭음입니다, 연대장님!"

"이 새끼 이거 정 정신이 돌았디, 이거…… 제대하고프면 곱게 굴라우! 꾀병 부린다구 의병 제대가 될 줄 아니? 후방에서 간나들 사타구니나 핥다가 전선에 오니깐 아주 돌아버린 모양인데 정 죽어 봐야 알가서?"

포대령은 비틀걸음으로 다가와서 내 귓바퀴를 맵싸게 잡아 비틀어대고 나선 푹 마당에 고꾸라져 버렸다. 얼얼한 귓바퀴를 한두 번 문질러 대곤 애꿎은 손바닥만 비비적거리다 보니 문득 쨍 콧날이 울었다. 포대령이 부시시 일어나 앉았다.

"가이새끼들…… 이 김달봉이를 시시하게 생각들 하겠디이…… 진급 안 된 것에 불만을 품구설라무니 제대를 했다구 말야…… 흥! 별이 탐나서 이러는 건 아냐…… 김달봉이는 벌써 별이었어야 해서, 벌써 몇 년째야, 몇 년째…… 싸앙, 도오타아, 도아…… 난 포병이야! 전사할 때까지 대한민국의 포병이야…… 새끼들! 내 뭐 영 떠난 줄 알간? 체에! 기런데 새끼들이 송별금조로 동냥해 준 거 다 썼는데 이거 막연한데……."

혀꼬부라진 소리로 앞뒤 안 맞는 소리를 연신 중얼대던 포대령이 의미심장하게 나를 불렀다.

"하사! 하사!"

"네!"

"그런데 말야, 너 나한테 딱 한 가지 궁금한 거 없어? 그건 왜 안 묻디?"

"뭐 말씀입니까?"

"내 나이쯤 되면 자식 대여섯 마리하구 계집년 하나쯤 있을 게 아니가서! 새끼! 너 네 멋대루 생각한 거 좀 들려 줘보라우! 유행가식으로 뭬 있을 게 아냐?"

사실 제일로 궁금했던 일이었다. 그러나 이런 경우 바싹 대드는 걸 포대령은 제일 질색으로 여긴다는 상식을 알고 있는 이상 하는 수 없이 엉뚱한 뒷덜미부터 만져 봐야 했다.

"월남하실 때 부인과 이별하셨나요? 아니면……."

"아니면 뭬야? 우하하하— 우하하하— 새끼 갈 데 없이 유행가 짓누나. 임마, 뒈져라, 뒈져! 그런 해골루 관측 도오타! 너 같은 가이새끼 전선 관측시켰다간 포대 쑥밭 되기 망뎡이디! 우하하하— 곡조 좀 붙여 보라우. 그 유행가에 말야, 하하하—"

포대령은 미친 듯 껄껄 웃어 대고 나선 하늘을 보고 반듯이 누워 버렸다. 그의 가슴이 깊은 숨을 몰아쉬었다.

"낙동강 전투 때여서. 워커가 적의 낙동강 도하는 절대 불가능하구 아군 저지선은 철통 같다구 떵떵거리였디…… 야음을 타서 적의 이개대대의 특공대 병력이 도강에 성공했디. 그때만 해두 다부동 부락민들은 태평이었대서. 적의 공격이란 거의 산발적인 기총 공격이었구 다부동은 국련군 엄호하에 있었으니까니…… 그런데 도강한 괴뢰군들이 국련군 저지선을 돌파해설라무니 아군의 후방 다부동에 돌출한 게야. 적은 계속 도하해 와서. 전선이 이동되는 날엔 마지막이디. 위기여서. 보병이 도하해 오는 적을 공격하며 저지선을 정리하는 동안 드디어 포대가 불을 뿜어 대서. 다부동은 쑥밭 됐구 돌출한 적의 선발대는 전멸돼서…… 다부동을 쑥밭 만들던 내 얼굴은 땀인디 눈물인디 웬통 물기루 떴대서. 왜냐구? 더위 때문이었댔나? 글쎄……."

포대령은 느질거리는 눈빛으로 나를 올려다보고 나선 눈을 감았다.

"……그때 다부동엔……다부동엔……다부동엔 만삭이 다 된 내 에미나이가 있었대서! 끝이었디…… 김달봉이는 포병이 먼저였어! 한 에미나이의 사나이보단 분명 포병이 먼저였디!"

포대령은 어떤 감당할 수 없는 동요에 몸을 떨었다. 몇 번이고 마당을 뱅글뱅글 돌아 댔다.

나의 가슴속에서 뭔가 솟아오르는 게 있었다. 체증 같은 것이었다. 그것은 지극한 공감과 애착이 억류될 때 어쩔 수 없이 체념되어야 하는 관심의 여력처럼 무거운 것이었다.

연신 엎치락 뒤치락거리고 있는 포대령에게 나는 다가갔다. 그리고 그의 손목을 잡았다.

"연대장님! 들어가셔서 주무십쇼! 감기드십니다!"

"뭬라구? 너 뭬라구 해서?"

포대령은 지극히 못마땅한 표정으로 나를 올려다보며 물었다.

"술도 과하셨는데 들어가 주무시라고 했습니다!"

"뭬라구? 감기?"

"네! 이러시면 감기드십니다!"

"새끼, 이거 정말?"

순간 나의 볼에서 불벼락이 일었다.

"임마! 너 정 그런 시시한 말 또 할 텐? 이 새끼 이거 김달봉이 넉사를 모르구선 하는 소리 아냐? 임마, 이래봬두 대한민국 포병으로 뼈가죽이 다 굳은 놈이야! 아스피린공장 데릴사위라구 시시하게 감기 같은 걸 붙잽는단 말야?"

"전 연대장님 건강을 위해서 말했을 뿐입니다!"

"가이새끼? 밸길질루 뱃가죽을 뚫어 놓기 전에 썩 꺼디라우! 북극에다 알몸으로 갖다 놔보라우, 내가 죽나! 기리구 말야, 너 왜 상관의 말에 일일이 대꾸하는 거야? 엉?"

"잘못됐습니다."

"그럼! 기리야디! 하사! 내 항상 말하지 않았나. 여기는 전선이라구! 귀관의 정신 무장은 솔직히 말해서 십 점두 안 돼, 알갔나?"

"네! 주의하겠습니다!"

"돼서! 그래두 귀관이 내 밑으로 온 뒤 많은 진전이 있어 본관은 기분이 도오타! 기리구 영 점 일 초 내에 침구 퍼놓도록! 돌아가!"

내가 황급히 돌아서려는데 포대령이 다시 불러세웠다.

"하사!"

"네!"

포대령은 바지 주머니에서 아침에 쓰고 나갔던 등산모를 꺼내 쓰더니,

"하사! 어때?" 하며 여태 볼 수 없었던 환한 미소를 얼굴에 띠었다. 무심히 바라보던 나의 가슴이 감전당한 듯 찌르르 저려 왔다. 하나의 별. 그것은 완구점에 가면 다 있을 성싶은 함석으로 만든 별이었다.

"이 새끼야, 전방 사단장이 낚시질 한번 가면 취사반에서 의무반까지 다 현장으로 이동하는 법이야! 기린데 일개 하사가 감히 항명불복하구, 이 새끼! 엉?"

포대령은 심술궂게 툭 내 정강이를 걷어찼다.

등산모 한가운데서 희뿌연 빛을 발하고 있는 장난감 별 하나에 머무르던 나의 시선이 야릇한 한숨을 따라 밤하늘로 향했다. 완구점에서 저 별 하나를 흥정해 등산모에 달고 있던 초라하고 불안한 모습의 포대령이 수없이 깔린 별밭 속에서 외롭게 서 있었다.

내가 거의 가물가물 묘연해지는 의식으로 맥없이 땅바닥에 주저앉아 버리자 그제야 포대령은 움켜쥔 나의 멱살을 풀었다.

"이 새끼! 똥 처눌 때 네 사타구니 좀 자세히 살펴보라우! 얼마나 우람하고 거대한 야포가 포신을 세우고 있냐 말야! 사내 배땅이 말야. 기리케 옹졸하구 조잡하구 유치해 개지구설라무니 너가 포병이야? 엉? 거대한 사내철신에 이 가이새끼

야! 넌 군기를 뭬로 보니? 엉? 휴가라면 상관의 허락이 있어야 하구 귀대일자를 디켜야 하는 게야! 그런 유치한 탈영방법이 어디서? 임마! 현재는 모든 공간이 영내야! 모든 사람들은 모두 포병이어야 해! 모든 모순은 다 적이야! 생활하는 모든 순간은 치열한 전선이야! 정신상태가 기리케 돼개지군 넌 개죽음도 못 하는 게야! 왜 이유를 못 대나! 왜 정정당당하게 굴디 못해?"

포대령은 게거품을 물고 아직도 성이 안 풀린 듯 노발대발이다.

그의 안면에 처참한 굴욕의 경련이 일었다. 짙은 비애의 그늘이 졌다.

"도오타! 하사! 너, 너마저 정 기리기야? 도오타! 돼서! 쌍, 돼서! 너, 너……."

기적이었다. 포대령이 우는 것이다. 그것도 엄청나게 큰 목소리로 울어 대는 것이다.

얼마 전 나는 포대령이 변소에 있는 틈에 때절은 태피터 가방 하나만 들고 소위 탈영을 시도했었다. 야포 정비가 허술했다는 이유로 구타당한 데 대한 불만이 원인이었다. 장난감 야포에 들기름질을 안 한데서 비롯된 사건이었다. 결국, 산길 중도에서 나는 포대령에게 덜미를 잡혔고 나의 과감한 탈영은 일단 좌절되고 만 것이다.

포대령이 절규했다.

"하사! 너 분명히 선서했대서? 엉? 나의 전사시까지 고락을 같이한다구 선서했대서? 엉?"

벌써 세 시간이 넘도록 포대령은 한 치의 동작도 없이 요지부동했다. 한마디의 말도 없었다.

낡은 나무의자에 기대앉아 폭음이 연발하는 채석장 쪽을 바라다보고 있는 그의 모습은 여느 때와 달리 형언 못 할 비애에 차 있었다.

함석 별을 단 등산모를 눈썹 밑까지 눌러쓰곤 가슴에단 줄줄이 훈장을 달았다. 그런 포대령의 모습은 승승장구의 노장(老將)이 유유하게 전선을 관망하는 것 같기도 했고 패전(敗戰)의 지휘관이 격전의 전선을 뒤로하며 통분을 씹는 것 같기도 했다.

이틀 전 나의 탈영미수사건 이후 포대령의 일거일동은 확연하게 예전과 달랐다. 그 악지 세던 그의 성벽이 침묵으로 돌변한 이후 쉽게 말해 결코 정상이 못 되었다. 가령 남방셔츠 위에다 줄줄이 매단 훈장이라든가 일체의 함구라든가 식음의 전폐가 그것이었다.

나는 몇 번이고 망설이다가 그의 곁으로 다가갔다.

"연대장님! 식사를 하십쇼! 벌써 이틀째 안 잡수셨습니다!"

포대령은 여전히 채석장에다 섬광이 일렁이는 시선을 못박은 채 까딱할 줄 몰랐다.

꽝— 꽈앙— 꽝—

숨돌릴 새 없이 연신 다이너마이트의 폭음이 터졌다. 폭음은 긴 여운으로 산릉을 퍼져 갔다. 폭음이 터질 때마다 그의 눈빛은 살기로 일렁거렸고 지휘봉(지팡이 부러진 것)을 잡은 그의 손은 몇 번이고 경련했다.

"연대장님! 식사합시쇼! 저……."

나의 말이 채 끝나기도 전에 포대령은 지휘봉으로 나의 어깻죽지를 사정없이 내리쳤다.

"임마! 명령이 있을 때까지 대기하라고 하지 않아서? 누가 뭐래서? 포대장은 나야! 작전은 내가 한단 말야! 어느 가이새끼가 뭐래? 엉?"

나를 쏘아보는 포대령의 눈에서 불꽃이 튀었다. 급기야 그의 전신은 심한 경련을 일으키고 있었다. 그는 채석장을 바라보며 타는 듯 숨가쁘게 중얼거렸다.

"적은 우리 포대가 포격으로 침묵된 줄 알구 이서! 집중 포격으로 단숨에 침묵시키자는 게다! 포탄이 동이 날 때 공격하는 게야. 대기하라우! 대기하라우! 훗훗, 우리를 우회해서 아군 후방에 진출하여 오중대를 치구 전면에서 진격해설라무니 이사단을 포위하려는 게야! 똥가이새끼들! 관측병!"

"네!"

"전선 관측병에게선 아직 적이 진격을 개시했다는 무전이 없었디?"

"……"

"왜 대답이 없어? 이 새끼 너 지금 어느 판국인데 정신 빼구 서이서, 엉?"

"연대장님, 진정하십쇼! 적도 없구 진격도 없습니다!"

"뭐가 어드래? 임마, 잔소리 말구 빨리 전방 관측병을 부르라우!"

포대령은 간이 타서 내뱉었다.

꽝 꽝 꽝—

다시 한번 폭음이 연발했다. 그러자 포대령은 벌떡 일어서더니 목이 터져라 고함을 쳐대는 것이었다.

"전 포대 장탄! 전 포대 장탄! 발사! 발사아—"

포대령은 되는 대로 지휘봉을 휘두르며 연신 고함을 질러 댔다. 그의 동요를 따라 가슴의 훈장들이 칠렁대고 시퍼런 심줄들이 가쁜 맥박이 뛰는 모가지에 갈래갈래 가지를 뻗고 돋았다.

연신 채석장에서 울려 퍼지는 폭음이 밤하늘로 퍼져 갔다.

"임마! 빨리 내 명령을 포대에 하달하라우! 전 포대는 발사하라!"

나는 감당할 수 없는 충격으로 한동안 한마디의 말도 할 수가 없었다. 포대령은 거의 광인이었다.

"무얼 쳐다보구 있는 게야? 빨리 가서 명령 하달 안 카서?"

"연대장님? 채석장의 다이너마이트가 터지는 폭음이래니깐요. 어디에 적이 있습니까? 네? 진격이 어디 있습니까? 적이 없는데 진격이 어떻게 있겠습니까? 연대장님은 피로하셨습니다. 쉬시죠, 네?"

나의 목소리는 실로 오랜만에 격한 감정의 와류 속을 떨려 나왔다. 뜨거운 가슴 속에서 연신 설움 같은 불기둥이 솟았다.

"빨리 명령을 하달하라우! 이 새끼 불복하면 당장 군재에 회부해설라무니 목을 자를 테다!"

 나는 일단 포대령 앞에서 물러났다. 뒷집 담벽에 기대서며 수없이 머리통을 찧어대 봤다. 별다른 충격이 없다. 그저 망연할 뿐이었다. 야릇한 죄책감이 오한처럼 전신을 엄습해 왔다. 이유를 알 수 없는 실소가 깨물어 뜯은 입술 사이로 샜다. 허탈, 이것인가.

 이때였다. 멀리, 점점 멀리 나의 고막에 여운을 남겨 주는 소리가 있었다.

"전 포대에— 발사아— 발사아—"

 포대령의 목소리였다. 그 소리는 절명하는 짐승의 비명처럼 간거르며 자꾸 멀어졌다.

 나는 급히 집 마당으로 나갔다. 역시 포대령은 없었다.

 어슴푸레 달빛에 물든 주위를 휘둘러 보고 있는 나의 시야에 질주하는 포대령이 멀리 들었다.

 포대령은 채석장을 향하여 거침없이 내닫고 있었다.

"연대장니임—"

 나는 포대장을 부르며 산길을 타올랐다. 나는 치달으면서도 생각하였다. 도대체 어떤 애착이 이처럼 짐승 울부짖음 같은 절규를 허용하는가를.

 꽝— 꽝—

 진동하는 폭음이 울렸을 때 문득 나는 그 자리에 목석처럼 서버리고 말았다.

 희뿌연 흙더미가 연막처럼 산개하는 그 사이를 그대로 뛰어가고 있는 포대령을 공사장의 가설등이 똑똑하게 비춰 주고 있었다.

 꽝— 꽝—

 폭음과 함께 치닫던 포대령은 풀썩 그 자리에 쓰러졌다. 잠시 후 채석장 인부들이 우르르 몰려들었다.

 이 모든 것들이 나의 시각에 투영되는 동안 나는 몸을 가눌 수 없는 현기증 속에서 일체의 동작을 잃고 있었다. 점점 시야가 또렷해지고 걷잡을 수 없는 뜨거운 열기가 목줄을 타고 숨가쁠 때에야 나는 정신없이 치달았다.
 내가 밀집한 사람들을 비집고 포대령 앞에 쓰러지듯 했을 때 포대령은 피투성이가 된 얼굴로 물끄러미 나를 올려다봤다.
 포대령은 한동안 나를 그렇게 쳐다보고 있더니 겨우 피가래를 뿜는 입으로 말했다.
 "……하사아…… 적, 적은 격퇴됐, 됐디……?"
 "연대장님! 연대장님! 네! 전멸됐습니다!"
 나는 이미 오열하고 있었다. 접근할 수도 없었던, 아니 쳐다보기도 두려웠던 포대령의 피 엉킨 얼굴에다 나는 눈물로 얼룩진 나의 얼굴을 수세미 갉듯 부벼 대고 있었다.
 "돼서어…… 좋아서어…… 기리구…… 하사아…… 본관은…… 전, 전사다…… 시시하게 돼졌을래며언…… 백 번도 더 돼졌대서어……."
 나는 포대령의 손을 잡고 뜨겁게 절규했다.
 "연대장님! 분명, 분명 전사하셨습니다! 안심하십쇼!"
 "……기리티. 본관은 전, 전사다…… 전사다…… 기리구 이거어."
 포대령은 애써 정신을 가다듬듯 한두 번 눈알을 굴려 댔다. 그는 겨우 바지 주머니에서 뭔가 꺼내서는 내 손에 쥐어 주는 것이었다.
 꼬깃꼬깃 접어진 오백 원짜리 두 장이었다.
 "……그거 귀, 귀관의 봉급이다…… 귀관의……귀관의……."
 형언할 수 없는 감정의 격랑에 말을 잊고 있다가 내가 다시 그를 봤을 때 포대령은 이미 숨을 거둔 뒤였다.*

분홍색

 자지러지는 신음처럼 유독 경망한 소리를 내며 도어가 닫혔을 때 나는 별안간 겸연쩍어져 견딜 수 없었다.
 황량한 들판에 버려진 듯 한없이 쓸쓸해진다고 느껴지자 나의 민감한 모가지는 찬 소름을 일구면서 으시시 추워 왔다.
 몹시 불안하다든가, 어색하다든가, 아니면 울고 싶도록 슬플 때나 혹은 무척 기쁠 때—그러니까 모든 자극으로부터 감정이 동요하기 전, 일단 모가지가 추워 오면서 그 감정에 합당한 나의 행위는 시작되었다.
 마치 먼 곳의 주인을 향해 잡아 삼킬 듯 짖어대다가 가까운 곳에서야 주인임을 알아차리고 온통 허리뼈가 꺾이도록 꼬리를 쳐대며 좋아 날뛰는 그 개의 천진한 습관처럼.
 서른 넷의 쓸쓸한 나이에 파리똥처럼 퍼져 가는 주근깨와 더불어 마냥 슬프기도 한 한숨으로만 살던 누나가 드디어 결혼을 하게 됐다는 소식을 듣던 날도 먼저 으시시 모가지가 추워 오고 나서야 걷잡을 수 없도록 기쁨에 떨던 나의 웃음이 있었고, 아버지가 마지막 가시던 날, 천장을 흘기는 그의 새하얀 눈망울을 봤을 때도 한동안 저리도록 모가지가 춥더니 나의 오열은 터졌었고, 악수를 청한 나의 손을 무의식중에 외면해 버린 친구 때문에 한동안 허공에 떠 있어야 하는 나의 손이 너무너무 가엾었을 때도 예의 모가지 추위를 타고 나서야 나의 분노는 터졌었다. —개새끼! 입석이라도 끊어 천당으로 직행하라—. 나는 코우트깃을 바짝 세워 모가지를 감싼 채 좀 어리병병한 표정으로 서 있었다.
"어서 오세요. 앉으시죠."
 간호원은 판에 박은 친절로 나를 영접하며 고개를 갸우뚱 나의 얼굴을 살폈다. 간호원의 얄실한 입술이 어떤 병으로? 하고 묻기 전에 적당한 한마디쯤 내 편에서 지껄여야 할 텐데 모가지의 추위는 오늘따라 끈질겼다.
 나는 소오파에 가 털썩 주저앉았다. 석유난로의 이글거리는 불길에 언 손을 녹이며 나는 한마디 지껄였다.
"춥군요……."
"네네, 몹시 춥군요!"
 간호원의 서글거리는 눈망울이 어린애를 보듯, 아니 젖을 물린 아기를 내려다보듯이, 그런 조용한 눈빛으로 나를 내려다봤다.
 꽃얼음이 일궈진 유리창 밖으로 몹시 추위를 타는 플라타너스의 메마른 가지들이 광풍에 보채고 있었다.
 나는 시선을 돌려 간호원의 그 깊고 조용한 눈망울을 쳐다봤다. 좀 병적(病的)인 것인 줄은 몰라도 나는 여인의 눈을 세상의 상식과는 좀 다른 각도에서 무척 아끼고 사랑하는 편이었다.
 가령, 혹독한 추위나 그 추위 속에 떨고 있는 저런 메마른 가지들을 보면 으레 여인의 눈망울이 그리워졌고 여인의 조용하고 깊은 눈망울을 쳐다보고 있으면 괴롭도록 무척 추운 날이 그리워지는 것이었다. 흠뻑 비에 젖어 턱주가리가 떨려 올 때, 맵고 시린 추위로 온몸이 꽁꽁 얼었을 때, 이글거리는 질화로보다는 얼마나 여인의 그 눈빛이 따습고 포근한 것인가. 한없이 깊게 자는 동안 보송보송 마를 젖은 옷과 훈훈한 체온을 되찾을 몸뚱이와—. 아랫목 같은 것. 명주 이불 같은 것.

바들바들 떨고 있는 강아지에게 없는 어미개의 눈과 눈길을 걸어 도살장에 가는 아직 덜 큰 송아지에게 아직은 남아 있을 어미소의 눈과……

 이런 것들이 머릿속으로 떠오르는 동안 나의 모가지 추위는 점점 가셔가고 있었다.

 "선생님 환자예요."

 역시 간호원은 무척 오랜 시간을 인내한 것이다. 그녀는 몹시 불만스러운 목소리와 함께 진찰실 안으로 걸어 들어가 버렸다.

 나의 기대란 거의 이런 결말들로 나를 슬프게 만들어 주기 일쑤이어서 잠시 지극한 허탈을 씹고 멍청해 있는데 무척 몸집이 비대한 의사는 진찰실 안에서 큰 소리를 쳤다.

 "들어오십쇼 네네, 들어오세요 네."

 나는 진찰실 안으로 들어가 의사의 맞은편에 덩그렇게 놓여 있는 둥글의자에 앉았다.

 "후후후─부끄러움 없이 말하십쇼. 어느 것이든 다, 다 이해합니다. 흡사 홍역 같은 것이 어서……."

 의사는 연신 너털웃음을 웃어대며 수선을 피웠다.

 "홍역이요? 그건 세 살 적에 치렀읍니다."

 "오우 노우! 내 말은 그게 아니죠. 성병이란 걸 그렇게 대단한 수치로 생각할 필요가 없다는 겁니다."

 "선생께선 상당히 엉뚱한 방향으로 나를 웃기고 있읍니다."

 나는 불쾌하다는 내색을 가능한 한 짙게 말해 주기 위해서 쩌업 쓴 입맛을 다셔대곤 고개를 설레설레 내저었다.

 '할 수 없군! 자네는 역시 의사일 뿐일세, 그려. 좀 인간적인 것, 이런 거 들어봤나? 도대체, 도대체…….'

 나의 도리질은 이렇게 이 경망한 의사를 멸시하고 있었다.

"오우, 아이 씨이, 아이 씨이! 알았웁니다. 자 샘플을!"

의사는 알았다는 듯이 커다란 종이를 내 앞에다 펴 보이며 만족스럽게 웃었다. 한눈에 알 수 있었다. 각가지의 모양들로 성형(成形)된 남성 성기들을 주욱 훑어보고 나서 나는 다시 고개를 내저었다.

"아직까지론 그 정도로 타락하진 않았웁니다."

"오호? 그래요? 그럼?"

의사는 의외라는 듯, 아니 시원찮게 생긴 주제에 꽤 크게 나오는데? 식의 조소를 문 채 나를 응시했다.

"반생을 통해 처음으로 사랑할 것 같은 한 여성과의 성스러운 관계를 위해서 대비하는 겁니다. 인제 알겠소?"

"⋯⋯가만 있자 꽤 어려운데?⋯⋯오우 알겠어, 알겠어! 포경 수술이군?"

"그렇죠."

"증세가 대단합니까?"

"뭐 별루⋯⋯. 흐렸다 개었다 합니다."

"흐렸다 개었다라? 일기 예보처럼 난해한데요? 무슨 뜻일까⋯⋯?"

"심각할 건 하나도 없죠. 하여튼 흐렸다 개였다 합니다."

"우하하하―알았어, 반 포경이라 그 말씀?"

"그겁니다."

"하하하―재미있는데 재미있어⋯⋯. 간호원 수술 준비!"

나는 수술실로 들어가 수술대 위에 반듯이 누웠다. 또 한 번 모가지가 추워 올려다가 의사의 호들갑스러운 웃음소리에 다행히도 추위는 가셔갔다.

수술실 창문 밖으로 수많은 나비 떼처럼 함박눈이 흩날리고 있었다. 끊길 듯 광풍을 타는 메마른 나뭇가지 위에 한 마리의 참새가 앉아 둘레둘레 고갯짓을 해대며 가끔씩 지저귀었다.

문득 나는 영하(英河)의 조용하고 깊은 눈망울 속에 있었다. 지금도 N음악실 귀퉁이 자리쯤에 팔짱을 끼고 앉아 어찌 보면 바보스럽기도 한, 그래서 끝내는 지극히 천진하게끔 보여지는 그 무표정한 얼굴로, 벽의 단두상(斷頭像)을 쳐다보고 있을 것이다.

 '어떻든 이건 철저하게 나의 이득으로써만 끝나도 좋아. 어차피 포경은 불결하구 거추장스러우니까……그런데, 그런데 도대체가 난 영하를 모르겠거든. 아니 식별하지 못한다는 게 더 절실하겠지. 영하는 탕녀냐 순수한 처녀냐—생각 말기로 하지. 결국 포경은 불결한 거구 이 수술은 철저하게 나의 이득으로써 남을 테니까…….'

 내가 이런 생각들 속에 있을 때 의사와 간호원이 들어왔다. 나는 의사가 하라는 대로 옷을 벗었고 눈부신 수술용 전구가 나의 사타구니를 향해 불을 밝혔다. 나는 나의 성기에 따끔한 통증이 오자 한두 번 몸을 떨었다.

"선생! 선생의 이런 성의를 뭇 남성들의 입장에선 뭐라 표현하면 좋을까? 가령……."

"가령 유치한 거겠죠. 가령 할 일 없는 사내가 여가에나 할 수 있는 그런 것을 대단한 명제로 전제하는 썩은 사명감 같은 것. 그러나 어떻든 나의 이득입니다. 일기 예보는 영원히 맑겠읍니다, 일 테니까……."

 의사와 나는 수술하는 입장과 수술받는 입장의 숨가쁜 작업 속에서도 태연히 말들을 주고받았다.

"나야 단번에 알 수 있지. 과연 모범 남성인데?"

"무슨 말씀?"

"동정이구만! 한마디로 선생의 동정은 완전 무결하다 이거야."

"……그것만큼은 의사선생의 탄복을 긍정하기로 하죠. 난 아직까지 성교의 경험이 없으니까."

"그러니 선생의 애인은 무척 행복한 여성인데? 성스러운 첫 번째의 동정을 행사하기 위해서 포경 수술까지… 그거 보통 일이야?"

"후훗—."
"그런데 이 수술 문제는 어느 편에서 제의한 걸까. 물론 선생 편에서겠지."
"천만에요! 내 애인의 제의였죠."
"오호? 놀랬어! 하여튼 멋있는 연인들이야! 허긴 우리나라의 성도덕도 좀 대담하게 양성적인 것으로 계몽 돼야 해. 진실한 사랑, 그것을 전제로 할 때 성행위란 곧 궁극의 테마 그것이 아니겠소? 선생."
"동감입니다. 테마죠, 테마입니다."
"슈어—슈어—그러니 한마디로 선생의 태도는 얼마나 멋있구 떳떳하냔 말이야. 멋있어, 멋있어!"
"결국 시시한 거죠. 고가도로 공사장에서 일당을 버느라 뼈가 휘는 인부들이라든가, 생활하기 위해 출퇴근 시간을 엄수해야 하는 샐러리맨들에 비하면 이건 쇼우지 쇼우. 그런데두 난 어떻든 이 일을 상당히 엄숙한 비중으로 생각하고 있단 말요."
"오우 노우—왜 쇼우야? 무릇 모든 것의 평화와 질서는 가정이구 가정은 건전한 사랑으로 이룩되는 거구 건전한 사랑은 원만한 성생활을 기초로 하는 거니깐 선생의 이같은 정신은 크게 말해 국민정신이죠!"
"후훗—너무 큽니다. 후훗—안 보셨소? 사백만 땀 속에 기적은 핀다, 한강을 지배하자, 이런 절규들이나 부르도자의 캐터필러의 굉음에 비해 역시 한가한 잡역이지!"
"글쎄 모르겠는 걸……허허—."
"아직 남북통일도 안 됐지 않소!"
"허허허—그러나 선생! 선생의 이 정신은 어떻든 아름다운 거야. 성이란 아름다웁게 행사될 때 모름지기 그 목적을 다하는 거니깐. 안 그렇소? 선생……."
"어떻든 고맙습니다. —어떻게 잘 돼 갑니까?"
"오우, 곧 끝납니다 선생."

의사와 나는 한동안 지껄여댔다. 되는 소리 안 되는 소리 마구 지껄이면서 모가지로 퍼지는 냉기를 겨우 피했다.

 내가 창문께로 다시 눈을 돌렸을 때 여전한 광풍만 나뭇가지를 몹시도 흔들어댔고 두리번거리며 그 가냘픈 소리를 지저귀던 참새는 그곳에 없었다.

 참새가 날아갔을 성싶은 하늘 속을 나는 쳐다봤다. 눈이 그친 하늘은 온통 잿빛으로 찡그렸다. 무척 영하가 그립다고 생각되자 나는 한두 번 쓴웃음을 웃었다.

 어찌 생각하면 지금의 내가 너무나 어설픈 것이었다. 어떻든 벌개진 얼굴로 상당히 진지하게 말했던 것만큼은 분명하나 영하의 그 말에 얼마만큼의 진실성이 있었는지 그것을 알 길 없는 것이고 어쩌면 그 말은 전혀 농담이었던지 아니면 나의 유약한 태도를 꼬집는 한 번만의 용기 그뿐이었을 수도 있기 때문인 것이다.

 사랑하는 남녀가 몸을 나눈다는 것—. 천둥 치는 날의 비, 꽃밭 속의 매운 향기, 수초가 있는 못가의 송사리떼, 양지에서 올벼쌀을 씹을 때의 졸음, 달 밝은 밤 박꽃의 개화처럼 응당 있을 수 있고 또 있고야 마는 상식을 놓고 영하와 나는 지극히 어려운 수학 문제를 풀듯 고심하는 것이다.

 영하와 내가 정말 진지한 숨길들로 몸을 나누는 날 영하는 그 티 없이 맑고 큰 눈을 감아 줄 것인가, 아니면 조금은 추해 보일 수도 있는 그때의 내 얼굴을 물끄러미 올려다봐 줄 것인가. 무수한 영화의 스크린이 그러했듯이, 모든 이야기 속의 여자가 다 그러했듯이 영하도 그때만은, 그때만은 눈을 감아 주겠지.

 이런 생각들로 나의 숨길이 조금은 가빠졌을 때 의사는 수술 완료를 통고했다.
 "자아 일기 예보를 말씀드리겠소. 영원히, 영원히 맑겠읍니다."

 수선스러운 의사의 웃음소리가 끝나자 나는 수술대 위에서 일어났다. 나는 칭칭 붕대를 감고 있는 나의 성기를 한동안 신기하게 쳐다보고 나선 바지를 꿰입었다.

 문득 나의 눈 안으론 거즈에 묻은 새빨간 선지들이 아프게 들어와 박혔다. 그것들은 휴지통 속에 수북이 쌓여 있었다. 순간 나는 저 선지피의 색깔이 타는 칸나의 정열보다도, 아니 그 어느 것보다도 무척 아름답다고 생각하였다. 모가지에 소름이 돋게끔.

"의사 선생님! 저, 저 색깔보다도 더 아름다운 색깔이 또 있읍니까?"

어떻게 생각하면 지극히 바보스러운 나의 질문을 받자 의사는 핀셋으로 거즈조각을 들어 눈앞에 세우고는 좀 엄숙하게 말했다.

"있읍니다! 더 아름다운 색깔이 있죠. 그것은 분홍색입니다."

나는 몇 번 고개를 갸우뚱거려 보았으나 의사의 말이 선뜻 이해가 가지 않았다. 나는 수술비를 치르고 병원을 나왔다. 내가 거리에 나왔을 때 잿빛 하늘은 다시 함박눈을 날리우고 있었다.

지극한 우연 속에서 서로가 관심을 가졌던 날 나와 영하는 곧 사랑하게 됐었다. 존 봐이스의 흑인 올페가 실내를 흘렀고 나는 벽에 걸린 단두상을 쳐다보고 있었다. 단두상을 쳐다보고 있는 동안 나는 으시시 모가지가 추웠었다. 음악실에 들어오기 조금 전 K형과 술을 나누었을 때, 눈물이라든가 비관이라든가 하는 궁극적인 감정에서 무던히도 둔했던 편인 K형의 눈에서 속눈썹이 젖도록 흐르던 눈물과 울먹울먹 떨려 나왔던 그의 목소리 때문이었다.

단연 추남급에 속하는 그의 얼굴 때문인지 그는 모든 사회 범절에서 소외돼서 살았고 그의 행동 역시 자포자기의 거칠 대로 거친 것이어서 웬만한 오입쯤 밥 먹듯 하던 그였다.

"이봐! 자네처럼 대담무쌍한 동정으론 나의 이 절실한 오입담이 애당초 난해한 것이겠지, 자네가 사랑을 아나, 여자를 아나? 동정이 무슨 빌어먹을 훈장인가! 철저하게 무능한 사내의 명찰이지."

K형은 단숨에 소주잔을 비우고는 말했다.

"나 어제 저녁 오입을 했어. 나보단 십여 년 밑의 소녀와 말야…. 그런데 나는 슬퍼! 평생에 처음으로 미치게 슬픈 거야! 양귀비도, 추녀도, 탕녀도, 숙녀도, 성교할 때만큼은 누구나가 다 여자라면 눈을 감는 거야. 그런데, 아 그런데 이 소녀는 끝내 눈을 뜨고 있었어! 왜 눈을 감지 않았을까? 왜? 나의 이 흉한 얼굴이 단두상으로 보였을까? 피가 찍찍 흐르는……어지간히 성교에 멀미가 나서였을까? 천만에! 소녀는 기척도 없이 새벽에 나가 버렸어. 자리에서 일어나다 말고 나는 놀랬어! 아니 그때부터 슬퍼진 거야! 소녀는 너무나 아름다운 분홍색의 흔적을 요 위에다 남겼어! 아―눈을 감지 않았던 소녀의 항거는 뭐였겠나? 이 흉한 나의 얼굴이 얼마나 무서웠겠나? 아―그 소녀의 항거, 항거……. 슬픈 거야 이렇게 이렇게……. 소녀가 눈을 감지 않았던 이유를 알겠나? 신이 아니고서 누가 아냐! 그건 그건 절대주밖엔 아무도 모를 꺼야, 오직 절대주밖엔…….”

양손으로 턱을 받쳐 세운 채 속눈썹이 젖고 있는 K형을 놔두고 나는 술집을 나왔다. 나는 매서운 눈보라가 나의 목덜미를 후렸을 때 나는 바싹 코우트깃을 세우고는 정처 없이 걸었다. 몇 번이고 K형의 눈물을 이해하려고 아니, 그 뜻을 알려고 애쓰다 말고 나는 미친 사람처럼 연신 혼자 중얼거리고 말았다.

"누구 본 사람 있으면 나서 보라구! 본 사람 있으면 나오란 말야! K형이 우는 거 봤어! 봤어?……그러구 소녀여! 어서 돌아가거라 저 술집으로! 왜 저 K형을 울리는 것이냐! 저 무례한 남성을, 저 타락한 시인을, 저 구제받을 길 없는 탕남을 왜 울려 놓았느냐! 이 칼날같은 매운 추위 속을 뛰어 서서 네 항거를 말하라…….”

나는 한동안을 몽롱한 정신으로 걸었다. 조금씩 그 술집으로부터, 젖고 있는 K형의 속눈썹으로부터, 나의 관심이 멀어져 가고 있을 때 나는 N음악실의 계단을 오르고 있었다.

음악실 안에 들어와서도 한동안 나는 개운치 못한 뒷맛을 씹고 있었다. K형은 얼마나 절대주를 갈망할 것인가.

문득 고개를 들었을 때 단두상은 벽에 걸려 있었다.

'흑인 올페는 아무리 들어도 존 봐이스께 더 낫군. 마리안 앤더슨은 처절하긴 해도 애절한 맛은 없어.'

이런 생각을 하며 단두상을 쳐다보고 있던 나는 내 것이 아닌 또 다른 하나의 시선을 느끼면서 고개를 돌렸다.

앞좌석엔 언제 왔는지 한 소녀가 앉아 어떻게 보면 바보스럽기도 한 표정으로 망연히 단두상을 올려다보고 있었다.
 소녀의 코우트 양쪽 어깨 위론 수북히 눈이 쌓여 있었다. 그 눈이 녹아 한 줄기 두 줄기 물이 되어 흐를 때까지 나는 소녀의 발갛게 익은 볼에서 눈을 떼지 않았다. 금방 단물이 솟을 듯한 소녀의 사과 같은 볼에 정말 성스럽게만 입을 맞춰 주고 싶은 충동을 느끼면서 나는 약간 흥분하고 있었다. 그것은 너무나 아름다운 꽃송이를 보았을 때 자연히 발성될 수 있는 감탄 그것과 똑같은 것이었다.
 소녀는 두 손을 모아 호호 입김을 불어댔다. 그러면서도 단두상에선 눈길을 떼지 않았다. 그렇다치고 단두상을 보고 있는 소녀의 눈빛이 조금도 진지하다든가 하는 것은 아니었다. 그것은 마치 서어커스단의 울긋불긋한 선전 휘장이나 높은 망대 위에서 요란하게 터지는 나팔소리를 듣고 볼 때의 어느 소녀들이고 간에 지어 보일 수 있는 그런 표정과 같은 것이었다.
 나는 소녀의 빨간 부우츠를 장난스럽게 툭 차대고는 대뜸 한마디 던졌다.
 "단두상을 좋아하십니까?"
 소녀는 돌연한 나의 태도에 별로 놀라는 기색이 아니었다. 나를 향해 생긋 웃어 주는 소녀의 볼에 간지럼 같은 보조개가 패었다.
 "아아뇨. 좀 무서웁다 생각했을 뿐이에요."
 "아직 어리시군."
 "제가요? 글쎄요……. 전 스물 한살이 과히 어리다구는 생각지 않는데요."
 "어어……?"
 나는 잠깐동안 망연하였다. 나의 어깨가 맥없이 풀리는 것 같다는 느낌이 들었을 때 이것이 곧 가벼운 실망 그것이라고 나는 생각하였다.
 아직은 K형의 그 젖은 속눈썹이 나의 가슴속에 남아 있기 때문이었을까, 나는 당돌한 이 처녀를 철부지 소녀로만 여겼던 것이었다. K형 같은 그런 사람에게 질기기도 한 슬픔을 안겨준 그 소녀 같은―.

'끝내 감아 주지 않았던 그 소녀의 눈 안엔 가득히 가득히 별이나 떠 있어야 했을 거야. 아니면 무척 밝은 달이라도……. K형의 그 치열했을 얼굴은 아무래도 가혹해, 가혹했어. 나 같으면 별을 보게 했을 거야, 정말!'

 이런 생각에 머릿골이 시끄럽고, 나의 눈이 너무나 오랫동안 이 당돌한 처녀의 얼굴 속에 있다고 반성했을 때, 나는 별안간 이 처녀를 사랑해버리고 싶어 견딜 수가 없었다. 제일 짧은 시간 속에서 제일 크고 모질게 사랑해버리고 싶었다.

 나는 화끈화끈 얼굴을 달구면서 시를 외우듯 그렇게 말했다.

"아가씨! 밖엔 눈이 내리고 있을 겁니다! 지금도 내리고 있습니다!"

 처녀는 새끼손가락을 재금재금 깨물면서 빤히 나를 쳐다보며 말했다.

"……글쎄요……. 그럴 것 같군요……."

"아가씨! 이렇게 몹시 추운 날 조용하고 깊은 남자의 눈이 그립지 않습니까? 네?"

"선생님은 조용하고 깊은 여자의 눈이 그립지 않으세요? 정말 추운 이 밤에……."

"그립습니다, 미치게!"

"저두 좀 비슷한데요……."

"아가씨는 바들바들 추위에 떨고 있는 어린 강아지를 볼 때 무엇을 생각하겠읍니까?"

"제가 어미개라면 꼬옥 품어 젖을 물리겠죠."

"……아—어쩌면, 어쩌면 그것은 저의 생각과 그렇게도 꼭 같을까요?"

 나는 광화문 지하도에서 산 싸구려 보올펜으로 대고 낙서를 해대며 감탄했다. 이러한 나의 태도가 신기하다는 듯이 혹은 퍽 우스꽝스러웁다는 듯이, 그녀는 턱을 괴고 앉아 물끄러미 나를 건너다보고 있는 그녀의 시선에 어쩌면 무척 보채는 듯한 나의 시선이 못 박히자 그녀의 눈은 새글새글 웃고 있었다.

 나는 별안간 모가지가 추워 왔다. 그러면서 다소 조급한 갈망에 자꾸 몸을 떨었다.

"나는 지금 무척 춥습니다! 아니 못 견딜 것 같은 추위에 바들바들 떨고 있는 어린 강아지만 같아서요!"

"……허지만 제가 어미개가 돼보기는 너무 선생님께서 어른인걸요?"

그녀는 장갑을 만지작거리며 꼬옥 입술을 물었다.

나는 설레설레 고개를 내저으며 코우트깃 속으로 추워 오는 목을 깊이 움츠렸다. 그러다가는 벌떡 일어서 버렸다.

나의 후끈거리는 손이 그녀의 손목을 나꿔채듯 했을 때 그녀는 약간 찡그린 아미로 나를 향해 말하고 있었다. 흡사 타이르듯 조용하게, 아니면 조용하게 나무라듯 그렇게 깊디깊은 눈으로.

"무척, 무척 성질이 급하시네요."

그녀와 나는 밖으로 나왔다. 아까보다는 기세가 죽은 바람 탓인지 햇솜 같은 함박눈이 펑펑 내리고 있었다.

그녀와 내가 비슷한 한숨들을 내뱉었을 때 나는 그녀의 조막만한 손을 꼭 쥐었다. 훈훈한 그녀의 손안엔 군밤 한 톨이 꼬옥 쥐어져 있었고 나는 잠시 후 좀 무례하게 그 군밤을 뺏어 질겅질겅 씹어먹어 버렸다.

무교동 거리를 거닐면서 영하와 나는 똑같이 팔짱을 끼고 있었다. 그때 나는 퍽 다행스러운 일이라고 생각하였다. 이 낭돌한 처녀가 나의 영하가 되기까지 나는 시험 문제를 풀듯 그렇게 고심하지 않아도 됐었고, 파장의 동태장수 넋두리처럼 목이 쉬도록 나를 외치지 않아도 됐었다는 사실.

나는 잠시 멈추어 섰다. 술집 안엔 여전히 턱을 괴고 앉아 있는 고뇌의 K형이 있었다.

잠깐만, 이러면서 내가 술집 휘장을 걷었을 때 착한 영하는 은행잎이 무늬진 스카프로 감싼 조그만 머리통을 까딱해 보이면서 우뚝 멈춰 섰다.

나는 K형의 바로 앞에서 멈춰 선 채 조금은 길고 괴로운 한숨을 뱉었다.

이 아름다운 밤에, 펑펑 함박눈이 내리고 있는 이 추운 밤에, K형은 무엇 때문에 이렇게 괴로운 것인가. 턱을 받친 형의 한쪽 손에 흥건히 물기가 밴 손수건. 그 손수건이 K형의 눈을 훔쳐내고는 다시 턱밑으로 쪼그라져 붙었을 때 그의 한숨은 조금 떨리기까지 했었다.

"……K형!"

나는 멍청하게 선 채 말했다. 참으로 한참 만에야 고개를 든 K형은 나를 물끄러미 올려다보고 나선 다시 목이 메어 말했다.

"……이봐! 나는 무척 오랜 시간 동안을 마음껏 괴로워 해봤어. 그런대두 나는 지금 더욱 괴로운 거야! 지극히 하찮은 한 번의 오입이 왜 나를 이렇게도 미치게 만드는 것일까? 나 같은 놈에게 이러한 고뇌를 선물해 준 그 소녀가 얼마나 위대하냔 말야!"

나는 이런 때 꼭 한마디쯤 해야 한다고 생각했으나 이런 생각과 비례해서 으시시 으시시 추워오는 모가지 때문에 바싹 세운 코트깃 속으로 자라처럼 목을 움츠리곤 마냥 서 있기만 했다.

"소녀는 왜 눈을 감아 주지 아니했을까! 여자이면 누구나 눈을 감는 그때 왜 그 소녀는 눈 한 번 깜박거리지 않고 시종 나를 올려다보고 있었을까? 무엇을 생각했겠어? 뭐라고 나에게 대화했겠어? 그 어지러웁도록 아름다운 흔적의 색깔이 반드시 소녀의 표현은 아니었을 꺼야! 뭔가 곡해되고 너무나 정상화돼 버린 현세의 본능에다, 지성에다, 그 소녀는 무서운 항거를 해본 것일까?……자넨 웃고 있군! 너무나 유치한 센치라고. 천만에! 이건 너무나 괴로운 테마야! 소녀의 눈은 절대주의 계시야! 모르지 아무도 몰라! 오직 절대주밖엔……슬픈 거야! 나의 손수건이 젖다니 얼마나 슬프면 이러겠는가, 이러겠는가……. 나의 포켓에는 지금도 테라마이신이 들어 있어! 나의 본능은 만성 요도염의 오만하고 뻔뻔한 용기로 지극히 아름다운 것처럼 행사되고 있을 때 하찮게 보이던 그 소녀는 나를 올려다볼 수 있는 순종으로 지극히 아름다운 색깔의 흔적과 함께 그때, 그 순간 속에서 이미 나에게 저격당하고 만 거야! 암살되고 만 거야!"

K형의 속눈썹은 여전히 젖고 있었다. 나는 정말 기분이 나빠 이마를 찡그렸다.

건너편 좌석에 앉아 고뇌의 형을 손가락질하며 키득거리고 있는 여자들의 천박한 화장과 그 여자들의 허리춤을 껴안은 채 역시 키득거리고 있는 젊은 사내들의 너무나 짧은 바지 길이와 거기에 드러난 새빨간 양말과, 파마한 듯한 머리통들과, 손가락에 끼어진 기묘한 모양의 반지들이 무척이나 싫어서였다.

나는 다소 흥분된 듯한, 그러면서도 지극히 조용하고 침착하게 말했다.

"K형! 드디어 나는 한 소녀를 사랑하게 될 것 같소!"

K형은 고개를 들어 물끄러미 나를 올려다보더니 탄식처럼 뱉었다.

"이 눈 오는 밤에?"

"그래? 이 추운 날 나의 사랑이 시작될 것 같아……. 난 바들바들 추위에 떨고 있으니까."

K형은 한동안 나를 쳐다보고 나더니 이내 그 걸걸한 음성으로 헛소리처럼 되뇌었다.

"한마디 없이 왜 그 소녀는 눈을 감아 주지 않았을까? 소녀는 너무나 너무나 조용했었어! 숨도 쉬고 있지 않은 듯했어! 아, 어쩌면, 어쩌면 그렇게도 나를 올려다보고 있었을까? 그렇게 나의 얼굴만……."

'절대주여! 고뇌의 K형에게……..'

내심 경건하게 기원하며 나는 술집을 나왔다. 내가 영하의 가는 허리에다 팔을 감았을 때, 영하는 무척 발이 시렸었던지, 빨간 부우츠를 동동 굴러대고 있었.

한참을 그렇게 걷다가 나는 바보스러웁게 한마디 했다.

"무척 쉬울 것도 같은데 말야……. 사랑이라는 게 그렇게도 까다롭고 슬픈 것인가? 정말?"

영하의 조용하고 깊은 눈이 나를 봤다.

"그건 왜요?"

"무척 방탕하구 낙천적인 한 어른이 울고 있어. 울고 있다기보단 괴로워 몸부림치고 있어. 그것도 아주 어린 소녀 하나가 어른을 울려논 거야!"

"진실한 것일수록 쉬운 건 없잖아요. 소녀가 육순의 어른을 울릴 수도 있고 팔순의 노인이 소녀를 울려놓을 수도 있지 않아요?"

 순간 나는 너무나 영하의 말이 대견스러워 예의 좀 바보스러운 표정으로 영하를 쳐다봤다. 나와 똑같이 영하도 나를 쳐다봤다. 탐스러운 함박눈이 영하와 내 얼굴 사이를 나비 떼처럼 날았다. 나보단 영하가 먼저 웃으면서 고개를 돌렸다.

"영하!"

"네에?"

"여자는 어떤 때 눈을 감고 어떤 때 눈을 감지 않을까?"

"글쎄요……. 잘 땐 눈을 감구요. 안 잘 땐 눈을 뜨구요……."

 나는 뭐라 다그쳐 물어보려다가 이내 입을 다물어 버리고 말았다. 영하가 빨간 부우츠 위로 수북하게 얹혀진 눈을 통통 발을 굴러 터는 동안 나는 새삼스럽게 다짐하고 있었다. 나는 기어코 영하를 사랑해 버리겠다고. 그리고 어떻게 되든 영하로 해서 여자를 경험해 버리겠다고—

 눈발을 맞고 서 있는 충무공 동상이 너무 키가 커서 슬퍼 보인다든가, 떨이 군밤을 사가라고 외치는 군밤장수의 코 밑에 너무나 많은 콧물이 흐르고 있다든가, 어쩌면 영원히 절대주와는 만날 수 없는 K형의 젖은 손수건이라든가, 그리고 영하는 꽤 많은 사랑을 해봤을 거라든가 하는 생각들로 좀 더한 추위를 타며, 나는 영하와 함께 시민회관 앞에 서 있었다.

 오늘의 작별은 좀 허전한 것이었다.

"영하, 영하는 사랑을 해본 경험이 있어?"

"선생님은요?"

"난 아직 그걸 못 해봤어!"

 하는데 버스는 성급하게 들이닥쳤고 버스에 냉큼 오른 영하는

"전, 전 많이 해봤어요!"

 하며 심술궂게 혓바닥을 내밀어 보일 때, 덩그렇게 나만 남겨놓고 버스는 떠나

버렸다.

 일주일 동안을 꼬박 만나면서 우리는 다섯 번 포옹하였고 세 번 입맞춤하였다. 영하의 가슴을 안으려고 다가갈 때 나는 울고 싶도록 천진스럽기만 한 소년이었다. 소년 시절, 나는 꽃게라는 별명이 붙을 정도로 꽃게를 사랑했었다. 그 아름다운 분홍색깔의 집게발을 쳐든 채 바글바글 거품을 뿜고 앉은 꽃게를 잡으려고 무릎까지 빠지는 갯벌을 온종일 헤매다 보면 발바닥은 온통 조개껍질에 찔려 헤져 터졌었다. 꽃게는 어찌나 탄탄한 집 속에 사는지 연약한 나의 손으론 그 집을 헤칠 수가 없었다. 후벼파다 후벼파다 지쳐 서러운 눈물이 솟을 때면 꽃게는 어느새 갯벌 위에 나와 그 아름다운 집게발을 쳐든 채 다시 거품을 뿜어댔고, 나는 다시 다가가야 했고, 꽃게는 또 도망갔고—.
 수원의 서호에서 영하에게 첫 번 조심스럽게 다가가던 날 밤, 꼭 한 번만 잡아보고 싶었던, 그렇게 서러웁도록 가지고 싶은 꽃게 영하였다.
 내가 꽃게의 집을 후벼파듯 영하의 가슴을 헤적거렸을 때 영하는 꽃게가 거품을 뿜듯 바글바글 가쁜 숨을 몰아쉬고 있었다.
 나는 영하의 입술을 재빠르게 뺏었을 때 좀은 민망했었다. 나의 불안스럽도록 성급했던 행동에 비해, 영하의 입술은 따뜻하게 달아 나의 입술을 기다리고 있을 정도로, 무척 조용했고 평온했었기 때문이었다.
 "어쩌면, 어쩌면 영하의 입술은 이렇게 달지?"
 "흐음—전 설탕을 먹은 적이 없는데요······. 단 것은 질색이거든요!"
 "하여튼 달어!"
 "선생님의 입술은 왜 이렇게 맵죠? 제 입술이 타는 것 같아요?"
 "하하—난 고추가루를 먹은 적이 없어? 원래 매운 건 질색이니까······."
 "하여튼 매워요······."
 나는 영하의 입술을 빨면서, 또 나긋나긋한 영하의 입술에게 내 입술을 빨리우면서, 어두운 밤하늘을 향해 '절대주여 내려다보소서! 인간의 사랑들이 얼마나 아름다운가를!' 하고 크게 크게 외치고 싶었다.

"영하! 영하!"

 나는 영하의 입에서 으윽으윽 하는 신음이 샐 정도로 깊게 포옹하였다. 영하의 신음소리가 상당히 기진해서 다섯 번째 셋을 때 나는 격동쳤던 우리들의 포옹이 그동안 다섯 번이었다고 생각하였고, 맵고 달고 하는 숨 가쁜 말들이 분명 세 번이었으니 우리들의 입맞춤은 세 번이었다고 기억하고 있었다.

 들쥐가 별안간 영하의 슬랙스 위로 뛰어 달아났을 때 영하는 상반신을 완전히 나의 가슴에 묻어오면서 질겁했다. 그 바람에 나는 영하를 꼬옥 안은 채 언 땅 위를 딩굴었다.

 문득 내가 밑으로 보는 곳에 영하의 얼굴이 있었다. 나를 올려다보고 있는 영하의 얼굴엔 여태 느낄 수 없었던 당황과 불안이 서려 있었다.

 그 순간 나는 갑작스럽게도 가슴이 뛰었다. 지금, 꼭 지금 궁극에까지 영하를 소유해 버리고 싶었다. 나의 호흡이 점점 거칠어져 가고 얼굴에 결의 같은 경련이 있었을 때 한두 번 몸을 떨던 영하는 무척 조용한 목소리로 말했다.

"선생님! 너무 죄송스러운 말씀 같지만요 전 여자예요! 억지로 꺾는다는 건 죽이는 거예요! 제발 자중해 주세요! 전 선생님께 살해당하긴 싫어요! 선생님을 사랑하고 싶은 거예요!"

"영하! 치사한 얘기일 수도 있는데 말야, 난, 아직까지 동정이야! 날 그렇게 봐? 이럴 때 우리는 별안간 성스러웁게 승화해 버릴 수 있잖나?"

 나는 풍만한 영하의 허벅지를 꼬집어 뜯으며 잠투세하는 어린애마냥 앙탈을 부렸다.

"언젠가는 다 드리겠어요! 제일 선생님을 사랑하는 날 제가 먼저……."

"영하 더 치사한 얘기로 난 아직까지 포경 수술도 못한 완전한 동정이란 말야! 너무 잔인해 영하!"

"그럼 포경수술을 하시고 나서요! 선생님! 제가 선생님을 사랑하는 이상 전 선생님께서 기왕이면 완전한 남성이길 바랄 수도 있잖아요, 네?"
"······영하는 벌써 여자였던가?"
"그래요! 날 때부터 여자였어요! 음탕하구 교만스럽구······."
"실망인데······. 나는 순수한 처녀 영하이길 좀 기대해 봤었는데······."
"부디 실망 말아 주세요! 언젠간 제가 선생님을 위해 스스로 눈을 감겠어요! 그때 저를 승화시켜 주세요. 제일 아름다운 것으로······."
순간, 나의 머릿속으로 K형의 젖은 손수건과 그의 눈물이 생각되었다.
"그럴 경우, 한마디의 말도 없이 눈을 감을 줄 모르는 소녀가 있다면?"
"죽어 가면서의 마지막 기억 그것이겠죠!"
나는 잠시 그대로 있었다. 한숨도 아니고 신음도 아닌 야릇한 발성이 목구멍에서 꽤는 뜨겁다 느꼈을 때 나는 부시시 일어서 버리고 말았다. 그리고 나선 돌멩이 하나를 들어 호수를 향해 힘껏 던졌다. 잠시 후, 꽁꽁 언 호수가 가운데선 빙판을 구르는 차디찬 파열음이 났고 영하는 조용히 다가와 내 어깨 위에 손을 얹었다.

영원히 맑다, 로 기상 개황을 혁신시켜 준 위력의 수술 자리에서 실을 뽑아낸 지 사흘째—.
나는 영하와의 약속 시간에 늦지 않게끔 좀 분주히 걷고 있었다. 차도에서는 줄을 지은 차량들이 느릿느릿 기어가듯 했고, 보도 위의 행인들은 조심스러운 동작들로 참새걸음을 걸었다. 눈은 무척 많이 내려 쌓여 있었다. 지붕 위에, 앙상한 가로수의 가지 위에, 그리고 안 꺼진 수은등의 머리 위에.
나의 트랜지스터에서 챠이코프스키의 트로이카아 피아노솔로가 흘러나왔다. 어젯밤 영하는 바로 이 곡을 들으면서 오늘을 허락해 주었지. '내일은 영하가 말했던 소위 완전한 남성으로서 영하를 만나야 하겠어, 꼭!' 했던 다분히 위협적이면서도 조심스러운 나의 뜻을—.

나는 영하와 만나기로 약속한 다방 앞에 이르러 내가 약간 당황해하고 있다는 생각을 하였다. 그것은 독감을 앓을 때 같은 상당히 뜨거운 숨결로서도 알 수 있었다. 어떻든 오늘의 이 초조한 기대는 다소 답답한 것이었다. 너무 늦어서 슬픈 나의 누나가 맞선을 봤을 때, 그때 나는 지금의 나와 어느 모로 비슷했던 누나의 태도에 몹시 답답함을 느꼈었고, 끝내는 쓰다듬어 주고 싶도록 누나가 가엾어 견딜 수가 없었다. 죄나 진 것처럼 발아래만 쳐다보던 누나의 시선이. 누나의 손톱 위에서 빛나던 그 분홍색의 생소한 매니큐어가. 화장한 누나의 얼굴이. 그리고 가쁜 숨결에 보채는 유독 좁은 누나의 앞가슴이—.

나는 아름다운 꽃송이를 보고 무척 망설이다가 별안간 그 꽃송이를 따들고 도망치듯 그렇게 다방문을 밀고 들어섰다. 구석진 자리에 앉아 영하는 깊게 팔짱을 끼고 있었다. 내가 영하의 옆자리에 앉았을 때 영하는 무척 추운 듯 어깨를 추세우며 으시시 몸을 떨었다. 그리고는 생긋 웃어 주었다.

"목욕을 했더니 춥군요……."

칠칠한 영하의 머리칼에서 물씬물씬 비누냄새가 풍겼다. 나는 그 비누냄새가 하도 좋아서 오래도록 영하의 머리칼에다 코를 묻고 있었다.

코오피 한 잔씩을 다 마시는 동안 영하도 나도 한마디 말을 하지 않았다. 파아란 형광등을 쳐다보며 영하의 속눈썹이 가끔씩 깜박거리고 있을 때 나는 다시 한번 생각하고 있었다. 천둥치는 날의 비와 꽃밭 속의 매운 향기와, 수초가 있는 못가의 송사리 떼와, 양지에서 올벼쌀을 씹을 때의 졸음과, 달 밝은 밤 박꽃의 개화와…….

"나가죠 선생님."

영하의 빨간 스커어트 자락이 내 얼굴 앞에서 가벼운 바람을 일었다. 향긋한 비누냄새는 그 바람 속에도 있었다. 코우트깃을 세운 채 조금 모가지 추위를 타고 있던 나는 터질 듯 팽팽한 영하의 장딴지를 바라보며 따라 걸었다.

거리에 나왔을 때 영하는 문득 걸음을 멈추곤 코우트깃을 세우고 따라 걷고 있는 나를 잠시 깊게 쳐다보았다. 그리고는 실로 오랜만에 한마디 하였다.
"……잘은 모르는 편이에요! 어떻게 하죠? 전 선생님을 따르고 싶은데요……네에?"
 나는 영하의 눈이 어찌나 깊고 조용했던지 하마터면 또 바보 같은 감탄을 해버릴 뻔했다가 다행히도 영하의 앞을 질러 아무 말 없이 걸었다.
 영하의 말뜻을 대강 알 수 있었을 때 나는 조금 대담해지며 생각하였다.
 '……영하는 많은 경험을 가지고 있는 소녀야. 그런 의미에서 나의 동정이 필요 이상으로 신성하게만 행사될 수는 없지. 바보짓일 수도 있으니까……. 어차피 포경은 불결한 거구 거추장스러운 것이 아닌가.'
 나는 '여관'이라 쓴 아크릴 간판 앞에서 걸음을 멈추었다. 그리고는 사육견 훈련사가 훈련견을 쳐다보듯 그렇게 영하를 쳐다보았다.
 우뚝 선 채 아크릴 간판을 쳐다보던 영하는 너무나 무례하고 대담했을 성싶은 나의 시선을 받더니 몸을 떨었다. 그러더니 돌아서 걸으면서 말했다.
"싫어요! 너무나 비슷하잖아요, 많은 영화 속의 장면과……."
"그럼 도대체 어떻게 하잔 말야! 참! 차암—."
 어처구니없는 말을 병신스럽게 내뱉고 섰는 나의 얼굴을 바람에 불리운 눈가루들이 후욱 건드렸다.
"눈이 쌓인 산쯤……정릉, 우이동, 뭐 많잖아요….."
 영하는 뒷짐을 쥐고 선 채 어린애처럼 빨간 부우츠를 통통 굴러댔다. 뒷짐에 쥐어진 가지색 핸드백이 그때마다 달랑거렸다.
 나는 얼굴에 묻은 눈가루를 털며 또 앞장서 걸었다.
 으시시 모가지가 추워 오면서 다시 걱정하고 있었다. 영하의 조그마한 눈, 그 눈의 조그마한 동작에서, 나는 K형처럼 고뇌의 심연으로 울기도 할 것이고, 무척 다행스러운 만족감을 얻기도 할 것이다. 절대주는 왜 어린 소녀들에게까지 그처럼 어려운 동작과 생각들을 주었을까. 그저 어느 때 어느 곳에서건 아름다웁게만 이룩되도록 내버려 둘 일 아닌가.

'가혹한 건 아무래도 절대주야!'

이런 생각을 하며 뒤를 돌아다보았을 때 영하는 여전히 뒷짐을 쥔 채 땅을 내려다보며 걸어오고 있었다.

우리가 정릉행 버스에서 내렸을 때 하늘은 하나 둘 눈송이를 날리우고 있었다. 저리도 고운 흰나비들의 낙화―.

한적한 산길을 오르다 말고 영하는 총총 걸어와 내 앞을 막아섰다.

"선생님! 사실 전 아무것도 몰라요! 어떻게 해주셔야죠……어떻게……."

영하의 새까만 눈망울은 촉촉한 물기에 떠 있었고 발그스름한 영하의 입술은 새끼토끼가 클로버잎을 뜯을 때처럼 퍽은 서툴게 결의를 씹고 있었다. 눈송이 하나가 영하의 긴 속눈썹에 걸리는가 싶더니 이내 영롱한 물방울로 맺혔을 때 나는 별안간 영하를 안고 눈밭 위에 넘어졌다.

이상한 일은 뭐라고 마구 말해질 것 같으면서도 말문은 자꾸자꾸 막혀지는 것이었다.

눈밭 위에 내동댕이쳐진 나의 트랜지스터는 또 한 번 챠이코프스키의 '정경'을 연주하노라 목이 쉬었고, 참으로 숨 가쁘게 영하는 소근대고 있었다.

"선생님! 존경하고 있다는 이유로, 그보다두 사랑하고 있다는 증거로, 모든 괴로움을 한마디 없이 참겠어요! 참겠어요! 그래야 선생님이 조금은 편하실 것 같아서요!"

영하가 감기들면 어쩌나, 어쩌나, 하면서도 나는 영하와 만난 이후 처음으로 모질고 우악스럽게 영하를 다루고 있었다. 빨간 스커어트 자락이 걷힌 그 속에서 남색 팬티를 보았고 그 팬티 아래를 쭈욱 뻗은 새하얀 다리를 보면서 너무 어지러워 나는 잠깐 눈을 감았다.

나는 향기 짙은 꽃밭 속에 꿀벌의 소리를 들으며 조는가 싶었지만 영하는 모질게도 몸을 떨고 있었다. 영하는 곧 죽어 가는 듯싶었다. 해일을 맞는 방파제처럼 격동의 소요에 떨며….

 누가 나에게 이런 아름다운 동작을 알려 준 것일까. 어쩌면 이렇게 손 닿기 쉬운 곳에마다 영하의 매운 향기의 자리들은 있는 것일까. 빛나다 못해 어질머리 이는 자리들이 —.

 나는 무척 어지럽고 격한 숨결 속에서 애써 하늘을 쳐다보고 있는 영하의 뜬눈을 보았다.

"영하! 영하! 눈을 감아줘 어서! 눈을 감겠다 하지 않았어!"

영하는 잠시 후 꼬옥 눈을 감았다. 영하의 감은 눈 밖으로 눈물이 흐르고 있었다. 나는 속으로 미치게 영하를 사랑한다고 숨가쁜 절규를 해대다가 조금씩 나른하게 지쳐갔다. 잠시 후, 나는 소스라쳐 일어났다. 그리고는 멋적어져서 몇 발자국 내달았다. 하늘을 향해 얼굴을 똑바로 들고 시원하기도 한 눈발을 맞고 서있을 때 영하는 나를 불렀다.

"선생님! 눈싸움 안 할래요? 내가 먼저 던질래요!"

영하는 나를 향해 공처럼 뭉친 눈덩이를 던졌다. 그리고 나선 털썩 눈밭 위에 쭈그려 앉으며 양 무릎 사이에다 얼굴을 묻는 것이었다.

 나는 황망히 받아쥔 눈덩이를 되던지려다 말고 으시시 모가지가 추워 견딜 수가 없었다. 어지러웁도록 아름다운 색깔, 새하얀 눈덩이 속으로는 루비의 광맥처럼 아름다운 분홍색의 핏물이 번지고 있었다.

 나는 너무나 아름다운 눈밭 위의 영하를 보고 조용히 부르짖었다.

 —K형! 나는 얼마나 다행하오! 이 흔적을 준 나의 소녀는 그때 꼬옥 눈을 감았었소—.*

종선(從船)

 밤섬을 질러 동구로 내몰리는 갯바람은 으레 모질었다. 산채 같은 물결들이 내는 소리는 금방 섬 하나쯤 떠다밀어 버릴 듯싶게 으르렁거렸고 그때마다 바다는 하늘에 닿아 미친 듯 날뛰었다. 밤섬 허리께까지 희뿌연 물기둥이 치솟고 물기둥은 명주천이 바람에 내리듯 그렇게 스르르 내리다가 치솟는 물결에 떠받쳐 다시 소나무가지 끝까지 뛰어올라서는 투망질을 하듯 쏴아 하고 흩어졌다.
 벌써 나흘째나 바다는 시끄러웠다. 밤섬 허리께까지 물기둥이 치솟다니, 노루섬 사람들은 처음 보는 물사태였다. 몇십리나 뻗친 파래더미가 줄줄이 내밀려 나루 제방을 채웠고 헤아릴 수 없이 많은 해파리들이 삽짝 앞까지 떠밀려 여들거렸다.
 숨줄이 컥컥 막히도록 갯바람이 휘몰아와서는 뒤집어 쓴 당목치마를 사정없이 걷어 올렸다. 제방을 때리는 물기둥이 머리끝에서 발목까지 쏴아 적셔 놓고는 모래톱을 팠다.
 "이고, 지랄은! 상투귀신 잡을라고 이 난리인 게벼! 대체 믄 재앙이데여…."
 꼭찌는 다시 후줄그레 젖은 치마를 들어 얼굴을 싸고는 먼 수평선을 바라다봤다. 밤섬 머리가 기우뚱 기우뚱 상사춤을 췄다. 고막이 따가웁도록 물사태소리가 한바다 꽉 찼다. 이 난리에 기선이 올 리 없었다.
 갯바람에 절이기라도 했듯이 후우 내뿜는 한숨 속에 간기가 묻었다. 또 한차례

바람이 몰아와 옷섶을 들치적거리자 이내 퉁퉁 불은 앞가슴이 뻐개질 듯 저리고 쑤셔 왔다. 벌겋게 얼은 손을 앞가슴 속에다 넣고 대고 문질러 봤다. 젖무덤은 돌덩이처럼 굳어서는 도시 풀릴 줄을 몰랐다.

"이고 내 새끼여! 에미젖이 이렇게 팅팅 불어터지는디 뭇하냐 뭇혀!"

새삼 설움이 불길처럼 목줄을 타고 올랐다. 바람이 몰아칠 때마다 청승맞기도 한 울음이 헉 막혔다간 터지고 가슴속까지 싸아하게 스몄다간 다시 터지곤 했다. 간밤 꿈속에서였던가, 꼭찌는 돼지란 놈 주둥이에 젖꼭지를 물렸고 돼지는 신명 나게도 젖줄을 빨아댔다. 명주 강보는 누가 만들어 주었던가, 돼지놈 얼굴은 뿌옇게 촌티가 가셨고 훈훈한 명주 강보에 싸여 돼지놈은 쌔근쌔근 잠도 달게 잤다. 그런데 돼지놈을 누가 꼭찌에게 건네주었었는지 그것을 알 길이 없었다. 하여튼 기선을 타고 왔던 것만큼은 분명했었다. 그런데 이상스러운 일은 그 명주 강보를 턱부리 영감이 안고 있었던 것이었다. 꼭찌가 산채 같은 물결 속으로 뛰어들어 명주 강보를 뺏듯 나꿔챘을 때, 턱부리 영감은 무슨 말인가 한마디 해 놓고는 간데온데 없었고, 꼭찌는 소름이 돋도록 무서운 소리로 끓는 바다를 태연하게 딛고서서 돼지놈에게 젖을 물렸던 것이다. 종선이 곧 뒤집어 질 듯 꼭찌 옆을 지내흐르면서 노를 쥔 뚜껑이가 다 내덕이여! 꼭찌야 내 덕이란 말여, 하면서 실실 웃고 있었다. 뚜껑이의 그 소리는 물사태소리 보다도 더 크게 자꾸자꾸 울렸었다.

"으떤 놈이든지 내 새끼에다 손만 대부아! 칼로 뼈속까지 다 도려놓고 말 것잉께! 안가? 얼른 안가아?"

꼭찌는 사나운 바람에 머리칼을 날리고 선 채 고래고래 악을 써댄다. 그러다가 잠이 깨었던 것이다.

"아그야, 초아흐레 종선이 뜬데여! 초아흐레…."

기피실댁은 식은 땀이 송글송글 솟은 꼭찌의 이마를 슬슬 쓸어주며 헛소리처럼 중얼거렸다.

"성님! 워찌께 알어유? 예?"

"나사 다 안다. 오늘이 사흘이제? 꼬막섬 물제사가 아흐레단 말여. 시상 없어도 물제사 때는 기선이 오지야."

"그래유? 초아흐레유?"

"그랴…."

 기피실댁은 몇 번 가슴을 쳐대며 돌아눕는가 싶더니 이내 강글어지는 해소 기침이 터졌다. 웃목으로 어정어정 기어가 요강에다 대고 꽥꽥 헛기침을 삼키던 기피실댁이 눈물 콧물이 범벅된 얼굴로 꼭찌의 눈길에다 맞추고 겨우 중얼거렸다.

"노루섬 다 띠어가그라아— 다 띠어가그라아— 웬수놈의 종선에다 실어 싸악 띠어가그라아—"

 봉창이 찢어질 듯 바람에 울고 용마루가 더덜더덜 흔들렸다. 대나무가 뿌리째 뽑혀 엎어지는지 뒤안이 컹컹 울렸다.

"성님은 으찌께 종선 뜨는 날을 안댜! 날 보고 뭇을 으찌께 하라고 속모를 소리만 한댜!"

 꼭찌는 줄줄이 끝없는 산채 같은 물결을 바라보며 긴 한숨을 뱉었다. 그제야 사타구니 밑에다 감추어 둔 조청 그릇이 생각났다. 이 떼바람에 나루에 나올 사람도 없건만, 꼭찌는 한동안 두리번두리번 사위를 살피고 나서야 조청그릇을 바다에다 비웠다. 자줏빛 조청이 치받는 물결 위로 잠시 솟는가 싶더니 이내 형체도 없었다.

"안 묵어! 안 묵는단 말여! 젖 보트라고 주는 조청을 뭇났다고 묵는댜!"

 꼭찌는 부러 창자까지 뒤틀리는 헛구역질을 해대다가 간냄새가 밴 가래침을 퇴퇴 뱉고 나서야 자리에서 일어났다.

 후들후들 떨리는 몸뚱이를 사나운 갯바람이 사정없이 날려 내꽂았다. 꼭찌의 어릿어릿한 시선 속으로 동구 앞을 돌아가는 너댓 사람이 들어왔다. 핑경소리가 간간이 울리고 산발한 염소네가 꺼이꺼이 목을 놓고 뒤따랐다.

 금순이가 죽은 모양이었다. 꼭 자기의 신세가 돼서 하고많은 날 울기도 하더니 기어코 죽은 모양이었다.

"병신 같은 년! 시상에 자석 생각나서 으찌께 죽는다냐? 억척같이 살아서는 자석이나 품어보고 죽제는. 치이—."

 저도 몰래 뜨끈한 눈물이 줄줄이 흘러내렸다. 가뜩이나 매운 눈 속으로 튀는 물거품이 들어가자 식초가 튀어 박힌 듯 눈 속에 불이 났다. 꼭찌는 핏물이 배도록 입술을 깨물고 섰다가 염소네가 담모퉁이를 돌아서자 그만 자리에 풀썩 주저앉아 목을 놓고 울어 버린다. 아무리 서럽고 크게 울어도 눈앞의 밤섬이 상사춤 추듯 기우뚱거리는 물사태 속으로, 우는 소리는 기척도 없이 말려들고 만다.

 노루섬 사람들은 종선 없이는 못 살았다. 한 달에 세 번씩, 추자도로 가는 기선이 노루섬 먼 물길 앞에서 멈췄다간, 많은 날 두세 명 숫제 없는 날은 뗏물쩌린 봇짐 몇 개만 종선에다 던져놓고 가 버렸다. 기선이 오는 날은 으레 나루터에 사람이 들끓었다. 떠나고 오고 하는 부산함이 아니라 그 매끈하게 쪽 빠진 하이얀 기선을 먼 곳에서라도 구경하기 위해서였다.

 급할 때는 갓난 갈매기의 울음처럼, 시간이 느긋한 날은 바람 먹은 소라퉁수처럼, 그렇게 가쁘고 또 길게 고동을 울리면서 뒤뚱뒤뚱 떠 있는 기선이 그렇게들 좋았다. 깨알 만한 종선이 뱃길을 바꾸고, 기선이 싸래기 같은 물줄을 가르면서 다시 떠나면, 사람들은 저마다 깊은 팔짱을 끼고 불같은 한숨을 뱉어놓곤 돌아섰다. 돌아오는 종선은 기다릴 것이 없었다. 기껏해야 파마머리에 동백기름을 반지르하게 바르고 입술에다 선지 같은 연지를 더덕더덕 바른 새댁들이 쌀 몇 가마에 팔려 오는 것이었고, 이 새댁들이 나루에 떨어지면서부터 뉘집에선 기필코 청승맞은 넋두리들이 터져 나왔다. 그러다가 며칠 지나면 꼭 핑경소리가 울렸고, 그래서 좁은 만덕산 허리는 못자리로 파헤쳐졌다. 옴팍네는 새로 온 마님에게 '성님' 소리 못하다가 우물에다 명줄을 끊었었고, 팔례는 새댁이(새댁이라지만 거의가 다 유모) 잠든 새에 퉁퉁 불은 젖줄을 제 새끼에다 물렸다가, 한줌이나 되는 머리칼을 뽑히고도 동구 앞을 개처럼 질질 끌려다니다가 갯물을 마셨다던가. 엊그제 죽은 금순이만 해도 갓난 것 뭍에다 뺏기고 젖살이 도져 죽었지 않았던가.
 사람들은 하늘이 복을 내렸다 했다. 노루섬은 유독 농사가 잘 되었다. 가뭄도 모르고 홍수도 몰랐다. 천수답 마지기마다 오진 볏톨이 톡톡 영글었다. 그래서 그런지 노루섬 사내들은 계집질이 칠팔월 깨알 털 듯 쉽고 예사였다. 동네 안 가난한 집은 기껏 해파리나 서른게를 주어 끼니를 이어 갈 정도로, 사는 것도 먹는 것도 또 달랐다. 물사태로 뻘길이 막히면 으레 가난한 집 처녀들은 쌀 몇 말에 팔려 남의 집 부엌에 들어앉았고 얼마 있으면 꼭 애새끼를 내지르고 나섰다. 낳은 애는 달포도 채 못돼 퉁퉁 젖통이 불어 온 새댁들에게 뺏겨야 했다. 들리는 말로는 새댁들이 완자도의 술집 여자들이라 했다. 파시 때 거위떼처럼 몰려 뱃사람들을 가리지 않고 받다가, 애가 들면 열달 채워 낳고, 낳은 애는 목포 고아원으로들 간다 했다. 노루섬에 비하면 완자도야 하늘처럼 넓은 땅 아닌가. 그래서 노루섬 사내들은 완자도의 색시를 꿰차면 벼슬이라도 한냥 기골들이 기승스러웠다.
 꼭찌만 해도 그랬다. 뻘판에서 서른게를 줍다가 헐레벌떡 뛰어온 자은댁의 간곡한 사정을 가려들을 새도 없이, 우물물로 허벅지의 간기만 씻어내곤 턱부리 영감의 어정거리는 꽁무니를 따라 나섰었다. 무엇보다도 자은댁의 그 벌겋게 닳은 얼굴과 웃음기까지 번지던 그 눈길이 참을 수 없도록 서러웠다.
 "꼭찌여……니 에미 모질다 말고 새겨 들어봐여……저……."
 "워째 수선이댜? 말해부아."
 바싹 마른 허벅지 위에서 분가루 같은 비늘만 긁적긁적 문질러대며 자은댁은 한사코 말이 없었다.
 "복장 터지게 으째 장승같이 섰기만 한댜? 엄니도 참……."
 꼭찌는 퉁시리를 팽개치며 팩 하곤 등돌아섰다. 물새 떼가 밤섬 앞 바다를 띠 두르듯 안고 날았을 때 자은댁은 깊기도 한 한숨을 내뱉었다. 그리고선 불쑥 숨가쁘게 말을 해댔다.

"쌀 세 가마면 일년은 살겄다! 파래죽에다가 한줌씩만 섞어 묵어도 창사에 기름 찌겄다! 나도, 나도…… 니 애비만 살았어도 이런 말 못하지야. 턱부리 영감 뒷줄 잡아서 손해 될 것 씨도 없어……씨도 없어."

 꼭찌는 가물가물하는 수평선에다 눈길을 박고선 채 아무 말도 안 했다. 뻔한 말이었다. 서른게 한 마리가 어정어정 발밑으로 걸어오자 잽싸게 발바닥으로 눌러 잡고는 자은댁을 돌아다봤다. 자은댁은 벌겋게 상기된 얼굴로 실실 웃다 말고는 너불대지도 않는 머리칼만 자꾸 쓸어 넘길 뿐 그냥 그대로였다. 꼭찌는 통시리 속의 서른게를 한 마리 한 마리 집어내선 뻘판에다 놔주며 돌아서 걸었다. 등뒤에서 자은댁의 우는 소리가 찔벅거리는 뻘소리에 묻어왔다.

"치이— 믄났다고 운댜? 치이—."

 그만 목줄이 댕겨 울먹하며 돌아보는데, 자은댁은 얼굴을 뒤로 돌려 아무것도 없는 바다를 향해 중얼댔다.

"믄놈어 물새 떼가 저 지랄이라냐? 기선이 온당가?……"

"치이— 헛 것만 뵈능게벼! 물새가 워디 있다고! 기선이 워디 있다고!"

 그러나 자은댁은, 얼굴은 뒤로 돌린 채 예의 헛소리를 연신 해대며 꼭찌의 뒤를 따라 걸었다. 뻘판으로 쏙 내민 쩍날이 칼끝처럼 솟아 있었다.

"아, 앞을 보고 걷제는 뭇한당가? 쩍날 밟는 데두 그랴!"

 말이 채 떨어지기도 전에 자은댁은 쩍날을 밟고 피식 엎어졌다. 꼭찌의 통통한 장단지를 붙들고 몇번 일어나려고 애쓰다 말곤 자은댁은 와락 울음보를 터뜨렸다.

"위이고으 꼭찌여으—위이고 내 딸년어으—시상에에, 이년이 늘그막에 혼불을 썼구나아—위이고오—."

 자은댁이 우는 소리는 모질게도 크고 사나왔다. 자은댁이 뻘판을 텅텅 칠 때마다 바글바글 거품을 뿜고 섰던 서른게들이 다리가 떨어져라 구멍 속으로 기어들고 뻘물은 자은댁의 얼굴 위로 사정없이 튀어 올랐다. 발바닥에선 연신 선지피가 흐르는데도 자은댁은 먼 수평선을 향해 앉아 그저 목놓고 울어만 댔다.

 숨줄이 막히도록 울컥 울음보가 치미는데 꼭찌는 그만 깨물고 서 버렸다. 개옹(썰물 때의 뱃길)을 따라 기우뚱 기우뚱 배가 갔다. 종선이었다. 꼭찌의 등덜미에 식은땀이 흘렀다. 자은댁의 울음도 뚝 그쳤다. 자은댁의 눈길도, 꼭찌의 눈길도, 종선에 박혀 불길처럼 탔다.

 종선 위의 뚜겅이가 노를 잡은 채 흥얼흥얼 가락을 뽑았다.

 "천심 인심 사납다 해도오―노루섬 종선 이제에―물가르고 간다마는 꼬막섬 잿밥이 또 모자라네에―바람불어 달지며는 이놈 몸도 시드는디이―노루섬 사람들아 헤꼬지는 가려 허세에―"

 물제사 날도 아닌데 종선이 떴다. 턱부리 영감이 삯주고 뱃길을 돌린 것이다.

 꼭찌는 그만 뻘판을 치달려 마을로 갔고 자은댁의 울음은 더욱 모질게 종선을 따라갔다. 이년이 다 흘렀다. 꼭찌는 물줄 같은 아들을 낳았다. 돼지놈이 억척스레 젖줄을 빨던 보름 전, 잠에서 깨어나니 돼지놈이 없었다. 실성해서 동네 안팎을 다 뒤졌지만 아무도 몰랐다. 삽짝 앞에 피식 쓰러지는 꼭찌의 머리채를 쥐어 잡고 턱부리 영감은 게거품을 물었다.

 "이년! 벌써 새암질이여? 엉? 방구석에 안백힐라냐? 오지를 발겨댈 것! 엉?"

 산발한 기피실댁이 버선발로 쫓아 나와 꼭찌를 업어 갔다. 턱부리 영감의 세도가 무서워 노루섬 사람들은 귓속말도 삼가했고 자은댁은 삽짝도 못 나와 보며 몸져누웠다.

 "아가! 그냥 죽었다 하고 끽 소리 말어! 나는 물줄 같은 아들놈을 둘이나 도둑맞고도 이래 산다! 보름도 못 돼 두 놈 다 떼었어. 끽 소리 말어! 완자도에 새댁 얻었단다. 꼬막섬에 가제나 올려라. 부디 장수 무병 성히 되라고……."

 기피실댁의 꺼칠꺼칠한 손바닥이 퉁퉁 부은 꼭찌의 얼굴을 연신 쓸었다.

 "성님! 내 돼지 내놔유! 어서유! 워디 있데유? 예에? 성님!"

 꼭찌는 기피실댁의 깡마른 가슴팍을 어린애처럼 헤집으며 죽을힘을 다해 보지만, 기피실댁은 가래를 그렁그렁 끓고 앉아 넋 나간 듯 되뇌일 뿐이었다.

"노루섬을 띠어 가그라! 다아 띠어 가그라아— 웬수놈의 종선에다 실어 싸악 띠어 가그라."

 종선이 뜨는 날은, 웬만한 세도장이 영감들은 콧수염이 씰룩씰룩 기세가 더 했고 아낙들은 마냥 슬펐다. 그래도 종선 없이는 꼼짝없이 생활이 묶이는 노루섬이었다. 고기를 잡아 사는 사람은 섬 안 다 쓸어 딱 네 집뿐, 농사 때 씨앗도 연장도, 하찮은 고무신 한 켤레까지 종선 없이는 만져볼 수도 없었다.

 하늘의 별따기처럼 어려운 뭍과의 소식도 종선 없이는 들을 길이 없었다. 한 달이면 세 차례 꼭 종선은 떠야 했다.

 하늘 속에 둥둥 뜬 듯 정신은 마냥 끝간데 없이 어지러웠다. 미음 사발을 놓자마자 꼭찌는 피식 옆으로 쓰러졌다. 젖이 보트라고 조청을 들이밀 때는 언제고 젖이 불으라고 서숙죽을 강제로 퍼먹일 때는 언제인가.

 어제부터 턱부리 영감은 극성스러웠다. 돼지놈이 심상치 않게 아프단다. 젖을 가려 먹여 그렇다 했다. 그래서 며칠만 다시 제 어미 젖을 먹여 보라는 완자도 한의사의 말을 좇아 물사태가 멎는 대로 돼지가 온단다. 이 말도 기피실댁이 그 그렁거리는 가래를 끓으며 겨우 해준 말이지 턱부리 영감은 말 한 마디 없이 토방 빗자루만 들고 나섰다.

"안 묵을래야? 아, 더 묵어! 못된년 같으니라고. 니가 종선 띄울라고 했다면? 못된녀언— 이년아 묵어사 젖이 불제! 조청만 묵었단봐. 섯바닥에 똥물을 얹칠 팅께 엉?"

 염소턱처럼 길기도 한 턱부리 끝에다 붓 같은 수염을 달고, 게슴츠레 감은 눈에다 혼불 같은 독기까지 담고는, 연신 토방 빗자루를 꼭찌의 코앞에다 삿대질하며 영감은 성화였다.

"조청을 묵었어도 몇 말인디 그래유? 인자 서숙죽 묵는다고 젖이 돌아유? 안 묵어유! 차라리 디질레유! 돼지놈 얼굴이나 뵈줘유?"

꼭찌는 가슴으로 가쁜 숨을 몰아쉬며 겨우 앙탈을 해보지만 토방 빗자루는 꼭찌의 얼굴에다 사정없는 상채기만 내갈기며 미친 듯 날뛰었다.

"이년! 뭇이라고! 엉? 안 묵을 테야? 안 묵어? 그래도?"

게거품을 물고 날뛰는 턱부리 영감의 소매깃을 붙잡고 늘어지며 기피실댁은 죽을 힘을 다한다.

"짐승이라고 대구 퍼 묵인데유? 그만 둬유! 지발로 그만해 둬유! 내가 묵일텡케 안방에 가셔서 고정허세유."

또 한 차례 강글어지는 해소기침이 터지면서 기피실댁은 숫제 마당을 딩굴었다.

"자네만 믿어. 한사코 묵엿! 에잉 고얀녀려 것! 안 묵으면 맷돌에 메서는 용강 앞에다 처박을팅께!"

턱부리 영감이 돌아가자 꼭찌는 미친 듯 죽사발을 거푸 비웠다.

"아그야 그만 묵어! 퍼묵는다고 젖이 금방 터진데야? 응?"

"그래두 알아유? 젖줄이 더 돌지 누가 알아유? 묵을레유. 돼지놈 주둥이에다 젖줄 다 빨리고는 그냥 디질레유!"

어지간히 미음을 마신 배퉁이는 사뭇 항아리였다. 이제는 들어갈 자리도 없다. 목줄에선 연신 끄르륵하며 넘어가던 죽이 되넘어 왔고 그 때마다 가슴은 곧 터질 듯 답답했다. 멀거니 꼭찌를 바라보고 앉았던 기피실댁이 예의 기침을 내뱉으며 또 헛소리였다.

"다아, 다아 띠어 가그라아—웬수놈의 종선에다 실어 노루섬 몽땅 띠어 가그라아—."

"성님!"

"……"

"성님! 으찌게 한데유? 예에?"

"글씨……글씨……뚜껑이놈만 들으면……그놈만 들으면……"

"예에? 뚜겅이가 워째서유?"

"다아 간다아—싸악 간다아—"

기피실댁은 꼭찌가 답답할 때쯤 으레 뜻도 모를 소리만 했다. 그리고선 기침으로 그냥 강글어지는 것이었다.

사나운 바람이 꼭찌의 목덜미를 후리고 나선 기피실댁의 헝클어진 머리칼을 뽑아댈 듯 날렸다.

송장이나 다름 없는 기피실댁의 모가지에서 콩튀듯 가쁜 맥이 뛰었다. 먼바다를 향한 그녀의 눈엔, 너무 고인 것이 많아, 눈물인지 물눈꼽인지 분간할 수도 없었다.

멀거니 앉아 무릎에 떼적떼적 붙은 때를 쓸고 있던 꼭찌는 순간 야릇한 생각에 가슴이 뛰었다. 돼지놈을 잃던 날 실성해서 종선 자리에 갔던 꼭찌를 쓸어안고 막 돼지 모양 정신을 못 차리던 뚜겅이었다.

뭐라고 했었던가. 숨넘어 갈 듯 지껄여대던 말이었다.

"종선 줄티여! 한물만 니 줄티여! 이래도 몰라? 꼭찌여! 응?"

먼 빔섬은 여지 물사태가 모질었다.

"성님!"

꼭찌는 엉겁결에 기피실댁의 앙상한 팔목을 쥐어 대고 뺨에 문질러 댄다. 꺼실꺼실한 손목이 와락 울음이 솟게끔 명주천보다 좋았다.

"성님!"

"왜 그랴."

기피실댁은 여전히 사태난 바다를 보고 앉은 채 넋나간 듯 건성 대답이다.

"성님! 성님도 뚜겅이 만나봤어유? 애기 도둑맞고 만나봤어유? 예에?"

"싸악 띠어 가그라아—어서어—."

기피실댁은 잠시 보채듯 두 다리를 꼬으다간 이내 또 그 헛소리였다.

꼭찌는, 유독 툭 내민 광대뼈에 빈틈없이 들어찬 주근깨를 슬슬 쓸고 있는 기피실댁의 얼굴을 보다 말고 기피실댁의 고쟁이 가랭이에다 얼굴을 묻으며 헉 느껴 울고 만다. 똥을 재렸는지 오줌을 질겼는지, 기피실댁의 가랭이에선 갯바람 냄새보다 더 싫은 냄새가 역하게 풍겼다.

"성님! 워쩌면 좋테유…예에?"

"뚜껑이는 밤에도 종선에서 자니라. 그놈도 어지간히 딱히여……"

 기피실댁은 사타구니를 더덕더덕 긁어대고 나선 다시 바다에다 눈길을 모둔다.
 꼭찌는 삽짝을 나와 모래톱을 어정어정 걸었다. 바람은 여전 모질고 해파리는 더 많이 모래톱에 몰렸다. 갑자기 꼭찌의 발목이 저린 듯이 서버렸다. 해파리들 곁에 끼어 넘실넘실 모래톱을 오르내리는 것이 있었다. 통통 불은 갓난 것 시체였다. 꼭찌는 눈안이 싸아 매워오는 것을 애써 참으며 눈길을 돌렸다. 그다지 놀랄 일도 아니었다. 달포만이면 한두 차례 으레 갓난 것이 죽어 떠밀렸다. 어떤 것은 배퉁이가 터져 머리통만 크게 남기도 했고 어떤 것은 숫제 모진 고기떼에 뜯겨 발목만도 떠밀렸었다. 물길로 팔십리면 완자도가 그리 멀지도 않았다.

"워디 간댜?"

 상순이가 산발한 머리칼을 바람에 날리고 앉아 힐끗 꼭찌를 살폈다. 엊그제 온 완자도 새댁에게 얼굴을 뜯겼는지 왼통 상채기 투성이었다.

"엄니는 그저 앓는댜?"

 꼭찌는 그래도 자은댁이 궁금했다. 생각하면 모질고 분하기도 했다. 그래도 더러 꿈속에서 보이는 사람은 자은댁과 돼지놈 뿐이었다. 가보고 싶어도 갈 수가 없었다. 들키는 날엔 턱부리 영감의 매질에 삭신이 짓뭉개졌었다.

"그저 그런댜. 나도 몰라여."

 상순이는 먹던 해파리를 탁 팽개쳐 버리고는 먼 바다를 향해 다시 턱을 고였다. 그러더니 앞섶을 헤집어 불은 젖통을 내놓더니 자꾸 젖을 짜냈다. 젖줄은 실같이 외줄로 뻗치다가 바람에 날려 상순이의 얼굴로 튀어 올랐고, 그때마다 상순이는 꼭 한 번 손바닥으로 얼굴을 쓸고는 다시 짜댔다. 젖줄은 다시 얼굴로 튀어오르고 한 번 얼굴을 훔쳐대고 또 짜대고는 다시 그러고……그래도 상순의 눈길은 요지부동 먼 바다였다.

꼭찌는 모래톱을 헤집고 앉아 섬찍한 생각을 하고 있었다. 오늘밤엔 기어코 종선을 내몰고 완자도로 가리. 돼지놈을 찾아 발길 닿는 대로 어디든지 가리라.

노루섬의 밤은 그대로 도깨비 속이었다. 한발 내디딜 수 없도록 바다도 땅도 다 먹물처럼 캄캄했다. 오늘 밤은 유별나게 밤 물새가 울었다. 이 바람통 물새가 나는 것일까.

꼭찌는 연신 떡방아질을 해대는 가슴을 대고 쓸며 비탈을 타내렸다. 종선은 언제나 나루섬 속에 있었다. 제방 끝이 말발굽처럼 돌아 섶을 이룬 자리 닻을 내려 아무리 바람이 불어도 종선은 그저 넘실댈 뿐이었다.

꼭찌는 가만가만 다가가 닻줄을 힘대로 끌어당겼다. 열 번을 해봐도 닻줄은 팽팽하게 끄떡없었고, 이러다가 돼지놈도 보기 전에 죽고 말 것인지, 가슴은 곧 터져 나갈 듯 불길로 찼다.

간이 타서 서성대던 꼭찌는 그새 젖통을 헤집어 내어 젖줄을 짜댔다. 오랜만에 먹은 미음 탓인지 젖무덤은 바람만 스쳐도 저리도록 퉁퉁 불었다.

다섯 번째 젖줄을 짜댈 때였다. 꼭찌는 그만 숨이 막힐 듯 비명을 질러대며 뒤로 나동그라졌다. 억센 뚜껑이의 팔이 꼭찌의 좁은 어깨를 싸안고 모질도록 조여댔다.

"일르지 말어유! 일르지 말어유! 턱부리 영감한테 고해 바치면 나는 죽어유! 돼지놈도 못보고 그냥 죽어유!"

"누가 모른댜? 내 말 들어여! 응? 난 니 한 번 품어보기가 평생 소원이었단 말여! 꼭찌여! 응?"

뚜껑이는 불길 같은 입김을 꼭찌의 목덜미에다 뿜어대며 연신 종선으로 꼭찌를 끌었다. 꼭찌를 안고 뚜껑이가 좁은 종선창으로 몸뚱이를 굴렀을 때 꼭찌는 마냥 울고 있었다. 뚜껑이의 손길이 사나웁게 꼭찌의 아랫도리를 헤집었다. 발버둥쳐

봤지만 허사였다. 그러나 당하기 전에 꼭 할 말이 하나 있었다.

"어쩔테유? 응?"

"멀 말이여?"

"아흐렛날 종선은 내가 끌어유? 잉?"

"그려! 그려!"

"그짓말하면 턱부리 영감한테 다 고해 바칠탸! 나 죽고 뚜겅이도 죽어! 꼭 내가 끌게 해줄탸? 예?"

"아, 그런데두 그랴! 난 모른 체할텨! 정말이데두 그려!"

 꼭찌는 사지에 힘을 풀고 늘어졌다. 아랫도리가 뿌듯해지며 가슴은 뻐개질 듯 뛰었다. 뚜겅이의 몸뚱이가 거세게 요동을 칠 때마다 종선은 삐그덕삐그덕 뒤뚱거렸다.

 꼭찌는 생시인 듯 꿈인 듯 먼 먼 바다로 자꾸 흘렀다. 죽은 아버지가 노를 젓고 있었다. 바다는 쥐 죽은 듯 조용했다. 갈매기 떼가 머리 위를 날고 튀는 멸치 떼의 하이얀 비늘들이 바다 위로다 깔렸다.

"이고 내 딸년. 이고 이뻐러으!"

 아버지는 자꾸 꼭찌의 통통한 볼에다 쩝쩝 입을 맞추어 댔다.

"내가 널 뺄 때 살짝 앞 박넝쿨에서 터억 하구는 박이 떨어지잖어? 꿈에도 으찌나 좋던지 그놈의 박꼭찌를 품고 노루섬 다 뛰어 다녔단다. 꼭찌야. 너만큼은 애비가 명줄을 걸고라도 호사시킬티여! 뭍에다 시집 보내서 호사시킬티여! 이놈의 종선 땜에 노루섬은 망하지야! 종선이 없어지든지, 노루섬이 깔아앉든지, 완자도가 깨지든지……이고 내 딸년 이뻐러으! 이고 이뻐러으!"

 아버지는 연신 입을 맞추어 대고 종선 밑창에선 잔물살이 철렁댔다. 꼭찌는 마냥 서럽다. 꺼실꺼실한 아버지의 구렛나루가 이렇게도 좋은 것이다. 좋은 것만큼 또 서러운 것이다.

노루섬 아낙들은 그저 멍하게 팔짱만 끼고 있었다.
 상순이는 다 죽어 가는 듯 비명을 질러대고 완자도 새댁은 움켜 잡은 머리칼을 맷돌질하듯 돌려쳤다.
"이년! 으디를 간다고? 엉? 썩을 년아 으디를 간다고, 응?"
 완자도 새댁은 모질게도 상순이를 매질하지만 누구 하나 말리는 사람도 없다.
"애기가 욕심나서 그런 것이 아니유! 젖이 아파서 젖줄이나 줄일려고 그랬다니껴유! 어이고 아퍼! 어이고, 어이고! 그만 때려유! 어이구우—."
 상순이는 두 손을 허공에다 내저으며 곧 숨이 넘어갔다. 그러면서 알고 있는 노루섬 아낙 이름은 다 불러대며 말려달라 호소했다. 코에서는 연신 검붉은 핏방울이 떨어지고 모진 바람에 날리는 머리칼이 얼굴을 다 덮었다.
 눈깜짝할 사이였다. 상님이가 식칼을 들고 언니와 완자도 새댁의 가운데로 달려들었다. 다들 떠억 입을 벌린 채 넋이 나간 듯 서 있기만 했을 때 상님이는 완자도 새댁의 가슴에다 식칼을 꼽았다. 상님이의 눈에선 퍼런 불이 일렁이고 완자도 새댁은 칼날 같은 비명을 지르며 쓰러졌다. 금시 적삼을 다 적시고도 솟는 핏줄은 펑펑 땅으로 배었다.
 상님이는 한마디 말도 없었다. 피 묻은 식칼을 들고 선 채 알 수 없는 웃음기까지 물고 있었다. 한동안 그러고 섰던 상님이가 황소 내달리듯 모래톱을 향해 치달려 갔다. 노루섬 아낙들은 사시나무 떨듯 몸뚱이를 떨고 서서 갯바람에다 머리칼을 날리며 섰다.
 마주치는 눈길들은 그저 헛소리들만 되물으며 떨고 있었다.
"워쩐댜! 이 일을 워쩐댜아!"
"무슨 일이지유 이 난리가!"
"아이고 이젠 워쩌! 으디 가서 살어!"
"아이고 이 일을! 이 일을!"
 멍청하게 서서는 몸을 떨고 섰던 상순 어미가 오장 육부가 뒤틀리는 비명을 지르며 내달은 것은 한참 후였다.

"상님어 이년아아—차라리 날 죽여라아—이년아 그 칼로 어서 날 죽여라아—"

상순이는 죽어뻗은 완자도 새댁의 가슴 위로 엎어지며 와락 울음을 터뜨린다.

"워이고 워짠데유우—이 죄를 워짠데유—잘못했어유, 그냥 용서만 해줘유—나는 정말 젖줄만 줄일려구 그랬어유—참말이유, 참말이유우—"

이날 밤이었다. 노루섬의 세도 부리는 영감들은 다듬이질하듯 아낙들을 후려 팼고 담모퉁이만 돌아도 지르는 비명소리들은 다 달랐다. 꼭찌라고 예외일 수는 없었다. 한 가지 다른 것은 기피실댁까지도 덩달아 모질게도 매를 맞았다. 그래도 기피실댁만큼은 때리지 않던 영감이었다. 갓난 것들을 뺏기고 실성했을 때 한줌이나 생머리가 뽑혔다는 자리, 앞머리 중간쯤에 돼지 속살처럼 희뿌연 비듬으로 찬 그 흔적 이후로는 한 번도 맞지 않았다는 기피실댁도 이날 밤만큼은 모진 매를 맞았다. 턱부리 영감의 본마누라 나주댁까지 합세해서 마구 매질이었다.

기피실댁은 숫제 마당에 반듯이 누워 매질을 받으면서 어디서 그런 큰 소리가 나오는지 연신 '싹 쓸어 가그라아—종선에다 실어서 노루섬 딱 떼어 가그라—' 하고 고래고래 악을 써댔다. 꼭찌는 그런 기피실댁의 가랭이 속에다 머리를 묻고 한사코 젖무덤만은 매질을 피했다. 돼지놈이 와서 빨아댈 젖이었다. 젖무덤이 상하면 꼭찌도 돼지도 그냥 죽을 수밖에 없다고 생각했다.

멍석에 핏자국이 띠엄띠엄 배어들었을 때에야 턱부리 영감과 나주댁은 매질을 멎었다. 방 속으로 엎어지듯 그렇게 쓰러지면서 기피실댁이 말했다.

"아그야! 니, 니만큼은 살아서 가그라! 디질라면 당장에 섯바닥 물고 디지든지……니만큼은 가란 말여!"

"성님! 워디로유? 알으켜 줘유!"

"몰라여……하옇든 가란 말여……물제사날……물제사날…"

기피실댁은 싱거웁게도 정신을 잃었다. 꼭찌는 엉겁결에 꼬옥 다문 기피실댁의 주둥이를 애써 열구는 젖줄을 짜 넣는다. 젖은 입안에서 흥건히 고인 채 넘어갈

줄을 몰랐다. 초저녁 닭이 울었다. 닭 울음소리가 전에 없이 무서웠다. 와글거리는 물사태 소리에 섞여 봉창 앞에서 우는 듯 가깝다가, 그새 먼 곳으로 흘러 없어지는 닭 울음소리는, 용마루 더덜거리는 소리보다 더 무서웠다.

꼭찌는 불현듯 죽은 완자도 새댁의 부릅뜬 눈을 생각하며 부르르 몸을 떨었다. 금방 달려들어 목을 조일 것만 같았다. 방 속보다는 그래도 동네 안이 더 덜 무서울 것 같았다.

꼭찌는 방을 나왔다. 기피실댁은 여직 정신을 잃고 있었다. 푸욱 꺼진 눈두덕에 퍼런 멍이 들었다. 눈꺼풀은 숨소리를 따라 파들파들 떨었다.

방문을 닫고 막 돌아서는데 누군지 덥석 꼭찌를 안았다. 턱부리 영감이었다. 턱부리 영감은 꼭찌의 팔목을 잡고 대숲으로 끌었다. 꼭찌는 따라가면서도 우선 후후 안도의 한숨을 내쉬었다. 죽은 완자도 새댁의 혼이 아닌 것만도 얼마나 다행이었는지 몰랐다.

꼭찌는 연신 헛기침을 해대며 중의 띠를 풀며 섰는 턱부리 영감 앞에 발랑 나자빠졌다. 마음이 동할 때면 으레 헛기침을 하고 서선 흡사 죄인이나 다루듯 하는 영감이었디.

'오늘은 웬일여! 흥! 그래도 기피실댁한테 미안해서 이 지랄이여? 대밭에서……은제는 성앞에서 이 짓 안했던가?' 턱부리 영감은 그 짓도 언제나 뻔뻔스러웁고 모질었다. 기피실댁은 기미를 차리곤 부러 헛소리를 하는 척 등돌아 눕고 했었다. 그럴 때 기피실댁의 헛소리는 으레 끌끌 혀를 차대는 것이었다. 퍽은 서럽고 안타까와 차대는 그런 헛소리였다.

턱부리 영감은 곰방대 끝으로 꼭찌의 사타구니를 쿡쿡 찔러댔다. 아랫도리를 거두라는 말이었다. 언제나 하는 버릇이었다.

꼭찌는 아랫도리를 걷어내리고 그냥 밤하늘만 쳐다보며 손 하나 까닥이지 않았다. 등골이 써늘하게 한속이 들었다. 무엇보다 영감이 요동칠 때마다 온 몸뚱이가 쑤시고 아파 견딜 수 없었다. 꼭찌는 세상에서 제일 이 짓이 싫었다. 감은 눈꼬리로 쉴 새 없는 눈물이 흘렀다.

 턱부리 영감은 중의를 올려 입고 예의 헛기침을 해대며 앞마당으로 돌아갔다. 꼭찌는 한동안 그대로 누워 있었다. 온몸이 모진 한속을 탔다.

 "에이 드러워! 드러워! 오살놈!"

 꼭찌는 침을 퇴퇴 올려 뱉고는 부시시 일어나 아랫도리를 걷어 올렸다. 오늘따라 가랭이에 똥질이나 한 듯 밑이 꺼림칙했다. 모래톱에 이르자, 꼭찌는 아랫도리를 까고 앉아 밀려오는 바닷물로 밑을 씻어댔다. 연신 드러워! 에이 드러워! 하며 퇴퇴 침을 뱉는다. 한결 물사태가 잤다. 와글거리는 소리도 기가 죽었고 밀려오는 파도도 기껏 허벅지까지 튀다가 되밀려 갔다.

 젖줄을 짜대며 걷던 꼭찌가 동구안 삼거리에 이르렀을 때였다. 사각사각 땅을 헤집는 삽소리가 눈앞에서 났다. 희뿌연 그림자가 꼭찌를 알아보고 삽질을 멎는다. 꼭찌는 허겁지겁 옷섶을 가리고 숨이 차 물었다.

 "뉘레유? 예에?"

 "……"

 "아 뉘랑께유? 예에?"

 그제야 그 희뿌연 그림자는 꼭찌께로 다가오며 몹시 떨리는 소리로 되묻는다.

 "꼭찌제? 나, 나여!"

 상순이 어머니였다. 상순이 어머니는 꼭찌의 손목을 꼬옥 쥐고는 애타게 흐느꼈다.

 "삼거리에 묻어야 제일 사내들 발길이 잦을 것 아닌가아! 불쌍한 년 사내 냄새나 원없이 처맡으라고오―어이고오 시상에에―상님어으, 이 에미가 니를 묻는다아―팍팍한 땅 속에다 니를 묻는다아―"

 꼭찌는 말 한마디 못 하고 장승처럼 선 채 몸을 떨었다. 그제야 길목 개나리숲에 숨어 있던 아낙 너댓명이 팔짱을 낀 채 조심조심 다가왔다. 아낙들은 약속이라도 한 듯 바다를 향해 서선 낮게 흐느껴댔다. 어느 한 사람도 한마디 없었다. 상님이가 그 길로 잿물을 사발 채로 마셨단다. 완자도 새댁이 숨이 멎은 지 한참 잘 그 짧은 시간에 상님이도 죽었단다.

 어느 때부터인줄 모른다. 노루섬에 한 가지 독특한 풍습이 있었다. 처녀가 죽으면 제일 사내들 발길이 잦은 곳을 골라 묻었다. 그것도 남몰래 묻어야 했다. 사흘 뒤에 남몰래 다시 파내어 관 속에다 넣고 본장을 치렀다.

 혓바닥을 깨무는지 안으로만 조여드는 상순이 어머니의 흐느낌을 부축하고 선 채 아낙들도 저마다 낮게 흐느끼며 바다를 향해 서 있었다.

 꼭찌의 귀에 밤섬의 소나무숲이 떠는 소리가 우수수 밀려온다. 정말, 정말로 노루섬이 싫었다. 한시라도 딛고 서고 싶지 않은 노루섬 땅이었다.

 미쳐 날뛰던 바다는 요술이라도 피우듯 죽은 듯이 잤다. 밤섬 소나무 위로 하이얀 물새떼가 솜처럼 덮고 앉았다. 튀는 숭어 떼를 쫓아 물돼지가 물을 가르며 솟았고 덕지덕지 엉킨 뭉게구름들이 하늘을 싸고 떴다.

 오늘따라 종선은 두 차례나 바빴다.

 기선이 올 시간은 다 됐지만, 꼬막섬 물제사의 잿밥을 한 차례, 물제사에 가는 노루섬 아낙들을 또 한 차례 나르고 나선, 뚜겅이는 배퉁이를 움켜쥐고 곧 죽어갔다. 노질에는 뚜겅이를 당해낼 사람이 노루섬에 없었다.

 마을은 텅 비었다. 기껏 삼십가호―. 아낙들이 섬을 떠나면 노루섬은 비었다. 상순이도, 상순이 어머니도, 염소네도 칠복네도 모두들 다 꼬막섬으로 떠났고, 마을엔 나주댁처럼 시앗거느리는 마님들이나 늙은 세도장이 영감 몇이 남았을 뿐이었다. 장정들도 죄다 물제사를 지내러 꼬막섬으로 갔다.

 턱부리 영감은 온다는 완자도 새댁을 기다리느라 마당을 서성대며 배를 기다리고 꼭찌는 물제사에 갔으려니 생각하며, 차라리 물길에나 풍덩 빠져 영 돌아오지 않았으면 하고 애가 탔다.

 뚜겅이가 갑자기 배를 앓는 연유를, 꼭찌가 나루섶 덤불 속에 숨어 참새숨을 쉬고 있는 것을 노루섬 안 사람들은 까맣게 몰랐다. 꼬막섬 제암에 앉아 그렁그렁 가래를 끓고 있을 기피실댁이나 알까.

배퉁이를 움켜쥐고 대굴대굴 구르던 뚜껑이가 꼭찌를 향해 숨가쁜 손짓이다. 배 시간을 대서 떠날 수는 없었다. 아무래도 뚜껑이보단 노질이 서툴렀다.

꼭찌는 종선을 향해 황소처럼 내달았다. 종선에 오르자마자 노를 들어 제방을 떠다밀었다. 종선은 기름을 뿌린 듯 잔잔한 물 위를 스스로 미끄러졌다.

꼭찌는 노를 틀에 끼자마자 부산하게 노질을 했다. 온몸이 뻐개질 듯 쑤시고 아랫도리는 후들후들 떨렸다. 뱅그르 돌아 종선이 물길을 바로 잡았을 때 허겁지겁 뛰어오는 턱부리 영감이 눈에 들었다.

뚜껑이는 연신 땅을 구르다 말고, 그제야 벌떡 일어서선, 부러 놀랜 체 기승이고, 턱부리 영감의 악쓰는 소리가 고래고래 물 위로 번져온다.

"네이녀언—후딱 안 올레여어?—엉? 꼭찌야아 네이년아아—안 올래여? 어엉?—"

꼭찌는 어깻죽지가 떨어져라 노질을 하며 어릿어릿한 정신을 애써 모두었다. 등어리로 물줄 같은 땀이 흘렀다. 연실 땀이 내려 눈알은 뜰 수 없도록 매웁다. 금시 손바닥이 불어 터졌다.

나루터는 벌써 사뭇 멀었다. 턱부리 영감의 악쓰는 소리도 무슨 소리인지 분간하기 어렵게 멀었다.

돼지놈을 받자마자 그냥 뭍으로 가리라. 어디에고 가 닿아 굴이라도 파서 그 속에서 살리라. 뭍이 어디인지 그저 바알간 황토벽만 드러나면 배를 대리라. 거기서 살리라.

꼭찌는 힐끗 뒤돌아봤다. 노루섬의 두툼한 만덕산이 사뭇 멀고 나루터 위의 사람들도 점처럼 작았다. 문득 가슴 한구석이 저려오면서 왈칵 울음이 솟았다. 자은댁은 그만 우물에 빠져 숨줄을 끊을는지도 모르고 기피실댁은 또 얼마나 매질을 받을 것인가. 또 상순이, 칠복이, 소출이 같은 동네 시앗들은 얼마나 울어야 할까.

"그저 복이나 푸짐허게 내려 줘유! 하느님, 꼬막섬 수신님, 그저 운이나 담뿍 내려주세유! 노루섬 아낙들 잘 살고 매 안 맞게만 해줘유! 계집질 좀 고만허게 해줘유! 수신님, 하느님! 빌어유, 정말 빌어유!"
 꼭찌는 헉헉 느끼면서도 마냥 외워댔다.
 죽은 아버지와 종선에 같이 타고 쩝쩝 입을 맞추어 댔던 곳이 이쯤이었으리 생각하는데 빼엥 빼엥 고동이 울려왔다.
 땀물, 눈물이 거푸 내려 뜰 수 없도록 아픈 눈을 부라리며 앞쪽을 본다. 하이얀 기선이 뱅그르 그 날씬한 몸체를 돌리며 스르르 멎었다.
 꼭찌는 그만 숨이 막힐 것 같아 저도 몰래 노질을 멈추었다. 저 기선 안에 돼지놈이 있을 것이다. 더덕더덕 입연지를 바른 완자도 새댁이 돼지놈을 품고 있을 것이고, 강보는 꿈속에서처럼 정말 명주 강보일까. 그리고 새댁년은 어떻게 생겼길래 남의 자식도 제 마음대로 할까 하는 생각들로 꼭찌의 머릿속은 터질 듯 어지러웠다.
 기선은 연신 고동을 울려댔다. 갓난 갈매기의 울음처럼 빼엥빼엥 가쁘게도 울었다. 그 소리는 마치 보챌 때의 돼지놈 울음이었다.
 꼭찌는 이를 악물고 노질을 서둘렀다. 기선에 실어 추자도로 보낸다는 석유 양철통이 곧 엎어질 듯 덜컹거렸다. 기선이 점점 가까와 왔다. 갑판에서 서성대는 사람들의 옷색까지 뚜렷했고 얼굴마저 대강 짐작이 갔다. 기선에 가까와질수록 종선은 거센 물결을 탔다. 기선이 갈라논 물결들이 뱃전을 때리며 꼭찌의 얼굴로 튀어 올랐다.
 꼭찌는 점점 신들린 사람처럼 정신이 어지러워 갔다. 꼭찌의 가슴은 또 한 번 철렁 내려앉았다. 가슴 속에서는 활활 불기둥이 솟는다.
 갑판에서 서성대는 한 아낙이 강보를 안고 섰다. 한눈에 완자도 새댁이었다.
 종선이 갑판 바로 곁으로 스르르 밀리다가는 기선의 뱃전을 받고 툭 한 번 튕겼다.
 "왠놈의 여자레야?"

뱃사람은 고개를 갸우뚱해 보이더니 밧줄을 걸려고 한 번 허공을 내젓는다.
"애기 먼저 받구유! 애기가 먼저 내려야지유! 자아 애기 먼저 건네유, 어서유!"
꼭찌는 숨가쁘게 부르짖었다. 눈 안에 넣어도 아프지 않을 돼지놈이었다. 돼지놈을 안고 선 아낙은 못마땅한 듯 꼭찌를 흘기더니 강보를 건넸다.
"영감님은 어디 편찮으시데야?"
 첫마디가 말을 놓았다.
"야아! 자아 어서 건네유! 애기 먼저 자아, 자아!"
 꼭찌는 떨리는 팔을 내밀어 강보를 받는다. 받자마자 피가 머리끝으로 몰리는 듯 눈앞이 어지러웁더니 그냥 울음이 터진다. 대고 돼지놈의 얼굴에다 제 볼을 부벼대며 신들린 듯 부르짖는다.
"내 새끼여! 이고 내 새끼여! 자네가 그저 살았네그랴! 이고, 이고!"
 고막이 찢어지게 고동이 연신 울어대고 갑판이 수선스러웠다. 완자도 새댁이 치마귀를 치켜들고는 내릴 참이었다.
 꼭찌는 강보를 종선 안에다 아무렇게나 놓고는 재빨리 노를 들어 죽을 힘을 다해 기선의 뱃전을 떠다 밀었다. 돼지놈이 강그러지는 울음을 터뜨리고 종선은 스르르 기선을 떠났다.
 뱃사람이 떠드는 소리며, 아낙의 앙칼진 목소리며, 꼭찌의 귀에는 듣기 싫은 물사태 소리보다 더 지겨웠다.
"오지 말어! 누구도 손대지 말어! 오기만 하면 다 죽인다! 다 죽인다!"
 꼭찌는 목줄이 아프도록 소리를 질러대며 미친 듯 노를 젓는다. 종선은 마침 썰물 때라 빠르게도 흘렀다.
"여봐유! 저 종선을 잡어유! 종선을 잡아도랑께유!"
 완자도 새댁이 째지는 듯한 소리로 부르짖는다. 그러자 기선의 기계소리가 와르릉 울려왔다. 꼭찌는 뱅그르 물살을 가르기 시작하는 기선을 향해 또 부르짖는다.
"오기만 해여! 다 죽어! 다 죽어! 놔둬! 가게 나둬!"

어깻죽지에 맥이 풀리면서 노질이 더뎌졌다. 혀를 질끈 깨물며 신들린 듯 노질은 더욱 거칠다. 선지가 입술 새로 연신 떨어지며 노를 잡은 손등 위로 얼룩졌다.

 기선은 점점 다가오고 있었다. 꼭찌의 부릅뜬 눈 속으로 덜컹대는 석유통이 들어왔다. 꼭찌는 후들후들 떨며 노질을 멈췄다. 무서운 생각이 머리 속으로 꽉 찼다.

 꼭찌는 석유통을 들어 마개를 바삐 뽑았다. 종선 위로 석유를 뿌려대며 꼭찌는 핏물이 솟도록 소리쳤다.

 "노루섬에는 다시 안 간다! 오면 다 죽어! 다 죽는단 말여!"

 그래도 기선은 다가왔다. 꼭찌는 배창을 들치고 성냥을 찾는다.

 갑성냥이 눈에 들었다. 엎어진 석유통에선 연신 석유가 콸콸 흘렀다.

 돼지놈을 넋나간 듯 내려다보고 섰던 꼭찌는 이를 갈아대며 성냥을 드윽 그었다. 불똥이 떨어지자 금방 불이 붙었다. 불길은 삽시간에 종선을 뒤덮었다.

 꼭찌는 황급히 노를 잡고 갈빗대가 저리도록 노질을 한다. 불길은 점점 꼭찌에게로 번져들었다. 머리칼이 비지직비지직 탔다. 화끈대는 얼굴이 이젠 피적대며 그슬렀다.

 강보에 불이 붙었다. 강그러지는 돼지놈의 울음은 자지러지고 불길에 싸인 강보는 억세게도 파득거렸다.

 꼭찌는 점점 아련아련 혼이 빠져 갔다. 자꾸자꾸 누군가가 노랫가락을 뽑아댔다. 아버지의 목소리였다. 꼭찌는 죽을 힘을 다해 아버지를 불러댔다.

 "아부지이—아부지이—"

 불길에 싸인 꼭찌는 비틀비틀 배안을 돌더니 다시 노를 잡으려다 말고 피식 쓰러졌다. 강보를 더듬는 손이 파들파들 떨리다 멎는다.

 썰물은 으레 노루섬 물목으로 흘렀다. 툭툭 나무가 타며 뛰어도 종선은 아직 거센 불길을 싣고 노루섬 물목을 향해 흘렀다.*

그날의 초록

 솜사탕처럼 보송보송 부푼 뭉게구름들이 무척 많이, 얕게 떠, 손을 뻗으면 가슴에 들 듯 가까웠고, 써늘한 들국화의 향내가 온몸에 배어 끈덕지던 황혼. 새끼 양의 턱 밑 몽실거리는 새하얀 털 속으로 차츰 물줄이 되어 번지는 오랜 동안의 초록처럼, 그날의 초록은 그렇게 질기게도 울다가 먼먼 곳으로 사라졌다. 애잔한 한 방울의 눈물, 아니면 이마 위로 버얼건 흥분의 열기가 사르는 기쁨의 한 조각, 그 어느 곳이고 간에, 그늘이 먼저 번져와 눈꺼풀이 열리던 그 초록은 이제 새하얀 영원보다 더 먼 곳에서 시야(視野)가 되어 펼쳐져 있는지도 모른다.

 조약돌이 깔린 시냇물은 풀이끼 없은 징검다리도 채 못 미쳐 남실대다간 전나무 숲속의 암반을 비집어 산곡을 발기발기 찢으며 흘렀다. 다섯 손가락 사이로 다 들어앉은 몇 가호의 초가집들, 영광 앞바다가 버얼겋게 불이 붙으면 그 빛줄들의 살이 퍼져 와 노을이 되는, 그리고 퍽은 흔한 산새 소리로 아침이 열리는,

그런 답답한 마을이었다. 이런 흔한 정경들 외에는 농촌과 좀 다른 풍경이 있다면 그것은 시냇물 속에 떠 있는 어항들이었다. 한 줌 소나기가 뿌리고 지나간 뒤면 진한 초록의 그늘들이 떨어져 잠긴 시냇물 위로 으레 어항들이 떴다. 어떤 날은 대여섯 개, 많은 날은 열 개도 넘는 어항들이 줄을 지어 떴다. 어항 속에다 된장을 넣고, 그 속의 거품들을 보릿대로 쪽쪽 뽑아내고, 뒤쪽으로 뚫린 구멍에 풀잎들을 돌돌 뭉쳐 막아두면 한 시간쯤 뒤에는 펄펄 뛰는 피라미나 중고기 따위들이 어항 속으로 가득 들었다.

 신경쇠약이라는 진단을 받고 이곳으로 온 후, 매일의 생활은 거의 지루하고 답답한 것이어서, 한의사가 지어준 새까만 환약들을 스무 개씩이나 숭늉에다 넘기고 나면 나는 으레 이 시냇물이 얕은 둑에 앉아 애들이 어항으로 고기를 잡는 것을 해 지도록 바라보는 것이 유일한 즐거움이었다. 이 마을 아이들은 나를 박사 아저씨라고 불렀다. 쉬운 수학 문제나 자연 문제 같은 것을 묻는 대로 가르쳐 주었더니 그만 이런 엄청난 이름이 붙어 버렸던 것이다.

 조심조심 다가간 아이들이 어항을 들고는 나를 향해 '박사 아저씨 이봐유!' 하기 전에 대개는 내 편에서 먼저 바보 같은 탄성을 지르기 일쑤였다. '와, 많이 잡혔다' 한다든가 '어휴 싱싱하네!' 라든기 하는. 무엇보다 아이들의 서툴고 앳된 행동들이 좋았다. 어항을 놓을 때도, 어항 속의 거품을 보릿대통으로 뽑아 올릴 때도, 그리고 양쪽 손을 얼굴 뒤로 모아 세우곤 조심조심 돌아설 때도, 아이들은 저마다 꼭 둑 위의 나를 향해 씽긋 웃어주는 것이었다. 어항을 놓고 돌아와서는 내 곁으로 주욱 둘러앉아 그 싱거웁고 귀찮은 질문들을 해댔다. 귀찮다 생각될 때는, 번듯이 누워, 보던 책으로 얼굴을 가리곤 부러 코를 골아대면, 아이들은 저마다 낮은 목소리들로 '시끄럽게 하지 마, 박사 아저씨 잔다으' 하며 시냇물 속의 어항들에 집요한 시선들을 모두었다. 쨍쨍한 햇빛이 기계총자리에 반질거리는 살 위로 돋은 땀방울들을 끓이는데도 아이들은 조금도 더위를 타지 않고 마냥 그대로였다.

 나는 책갈피를 비스듬히 들어 이런 아이들의 진지한 모습들을 훔쳐보면서 나도 모르게 쿡 웃음을 터뜨리고 만다. 자세히 관찰하면, 아이들의 속눈썹들은 약속이라도 한 듯 똑같이 깜박깜박하면서 한 곳에다 눈길을 떨어뜨린 품이 그렇게 속절없이 우스운 것이었다. 거기다 언제 싸웠는지 얼굴 한복판에 말라붙은 핏자국이라든가, 누런 고름이 엉켜 마른 머리통 속의 기계총자리라든가, 꼭 못구멍만큼 콧물로 좁혀져 뽕 뚫린 콧구멍으로 숨을 쉴 적마다 흠찔흠찔 드나드는 콧물이라든가 하는 것들이, 그렇게 우스웠다.

 비녀풀에다 잡은 고기들을 주렁주렁 꿰매 들고, 배리착지근한 벼잎냄새가 물씬 풍기는 비좁은 논길로 아이들과 줄줄이 서 걸으면, 으레 영광 앞바다는 불을 지피기 시작하고 그 빛줄들은 살이 되어 비녀산 낮은 허리에다 노을을 심었다.

 아이들은 꼭 돌아가는 길목에서 한두 차례 치고받고 싸웠다. '박사 아저씨, 아까 아저씨 잠잘 때 저 영돌이가 방귀 꿨대유, 몰랐지유? 누군가 이런 새삼스러운 말을 고자질이라고 하면내가 은제? 박사 아저씨, 내가 말 안 했지만유 쟤가 아까 아저씨 잠잘 때 종다리에서 털 뽑았대유, 몰랐지유? 하면서 두 아이들의 '은제? 내가 은제?'는 급기야 아이들 죄다의 입들로 합치면서 싸움이 시작되는 것이었다. 여간해선 아이들의 싸움을 말리기는 퍽 어려운 일이었으나 '너희들 아저씨는 병 앓잖아. 너희들이 싸우면 아저씨 병 막 더한다' 하는 이 말엔 싸움질도 뚝 끊고 나섰다. 싸움통에 눈물 속으로 달아나선 뻐끔뻐끔 더운 숨들을 내쉬는 고기들을 다시 잡아 비녀풀에 꿰는 아이들의 천진한 동작들 위로, 이젠 퍽은 짙게 번진 황혼이 잔자누룩하게 입혀지는 것이었다.

 이렇게 유일한 정양이 되던 시냇물가의 둑이나 아이들의 재롱들이, 몹시 비가 내리던 어느 날 이후부터, 나와 무관한 것이 되고 말았다. 시냇물 징검다리를 건너 비녀산을 오르는 바쁜 나의 걸음을 두 팔을 벌려 막고 서선,

 "박사 아저씨! 오늘은 고기 더 많이 잡을께유. 고기가 쬐끔 잽히닝게 재미없어 그러지유?"

 하는 이런 속절없는 투정을 당할 때마다 나는 어설프게 웃고 서선 머리통만 긁

적거렸다. 이렇게 어설픈 웃음을 물고 고무신 끝으론 땅만 파작거리고 있는 내가 몹시도 답답했던지, 아이들은 서로의 눈들로 무슨 다짐이라도 하는 듯하다가
 "우리들보다 큰애기가 더 좋지유? 그래서 인저는 우리하고 안 놀지유?"
 해놓고는 뿔뿔이 흩어져 도망가 버리는 것이었다.
 아이들의 함성들이 포플러 진초록 그늘이 내린 시냇물 둑 위로 얀정없이 길게 몰아갈 때까지 나는 멍청하게 선 채 손으로는 비녀풀을 뽑고 있었다.
 허긴, 어젯밤에도 아이들의 저 소리로 꿈속 내내 버르적거렸었다. 첫닭이 울 때야 다시 잠을 이루었던가.

 후질후질 내리는 비가 어지간히 질겼다. 뿌연 비안개에 묻혀 비녀산 산자락도 뚝 끊겼다.
 소녀는 징검다리에 이르러 잠시 머뭇거렸다. 한쪽 다리를 앞으로 펼쳐 앞의 돌멩이를 가늠하고 나선 훌쩍 뛰었다. 다리 하나를 건너뛸 때마다 소녀는 두 손을 모아 가슴에다 대고는 후—하고 긴 한숨을 몰아쉬었다.
 허리께까지 늘어진 머리카락은 그대로 비에 젖어 쉴 새 없는 빗물이 낙수졌다. 소녀는 징검다리를 건너뛰는 짓이 무척 즐거운 것이었던지, 그때마다, 앵두빛이 도는 볼과 입술이 퍽 조용하게 웃고 있었다.
 나는 그런 소녀의 모습을 신기한 구경거리라도 되는 양 쳐다보고 서선 소녀의 두 눈을 가리운 짙은 밤색 색안경을 원망했다. 저 소녀의 두 눈은 지금 어떤 모양으로 웃고 있을까. 저 안경만 아니면 그 눈을 볼 텐데. 그리고 소녀의 눈은 무척 새까맣고 클 것이라는 생각들로 좀 멍청해 있을 때, 바로 내 앞 돌멩이로 훌쩍 뛰어선 소녀가 불쑥 내 손을 움켜쥐었다. 그리고 나선 연약한 어깨를 들먹이며 가늘게 웃었다.
 "미안해요. 하마터면 빠질 뻔했네."
 나는 다소 당황해하며 눈 안으로 스미는 따가운 빗물들을 닦았다. 그러다가 새삼

스럽게 놀랬다. 소녀의 갑작스러운 행동에 놀란 게 아니라 가슴까지 서늘해지는 소녀의 차디찬 손 때문이었다.

 무엇보다도 궁금한 일은, 여태까지 한 번도 본 적이 없는 이 소녀가 하필이면 이렇게 모진 빗속을 우산 하나 없이 거닐고 있는 것과 또 상냥하기 그지없는 소녀의 서울 말투였다.

 징검다리를 건너는 동안 소녀는 예의 차가운 웃음을 어깨로 웃으며 무척 오랜 친구의 손목이라도 잡은 양 지극히 태연하게 아무 말이 없었고, 나는 무릎까지 차는 시냇물을 짐벙지게 걸으며 소녀의 차디찬 손을 잡고 있었다.

"박사 아저씨, 고마왔어요."

 꼭 무슨 말인가 해야 될 때의 그 망설임처럼 한동안 두 손바닥을 비비적거리며 헛눈을 팔고 섰던 소녀의 입에서 나로서는 실로 놀랄 수밖에 없는 이런 인사를 들었을 때, 하마터면 바보스러운 감탄을 해버렸을 듯한 조바심을 나는 용하게도 참고 견디고 있었다.

"……나를 알고 있었다니, 참, 참 이상한데."

 소녀의 손목을 놓고 나는 한두 번 고개를 내저었다. 소녀는 내 손아귀에서 빼낸 조그만 손을 허리 뒤쪽으로 돌려 깍지를 끼고는, 흡사 전혀 무관한 사람의 헛소리라도 듣는 양 천천히 돌아서 산길을 올랐다.

 전나무 애가지에 빗무놀이 쫘아 하고 머물더니 젖은 나의 얼굴로 진초록 물방울들이 튀었다. 한동안, 무척 서투른 소녀의 걸음걸이를 지켜보고 선 채, 소녀는 어쩌면 동네 조무래기들 중에서도 유별나게 나를 따르는 영돌이 누나일지도 모른다는 다소 역빠른 단언을 하며, 소녀가 일구고 가는 바람결에 묻어오는 아릿한 그의 향내를 맡고 있었다. 그 향내는 조금도 나의 성인을 자극하는 그런 매운 것이 아니었다. 막 머리를 감고 들어온 어머니의 그 젖은 머리칼에서 풍기는 비누 냄새의 여운 같은. 조금 더 욕심을 부리자면, 훌쩍훌쩍 울고 난 어린 조카의 마른 눈물 자국으로 번지는 고소한 입김 같은.

소녀의 걸음이 키만한 높이의 바위 앞에서 멈춰섰을 때 나는 황망하게 다가가 소녀의 흠뻑 빗물에 밴 손을 움켜쥐었다.

 앞을 분간키 어려울 정도로 점점 세차지는 빗발. 그 빗줄기 속으로 열리고 닫히는 무서운 초록. 끝내는 내뿜는 입김에도 진한 풀냄새가 섞여 내가 한 그루 전나무의 고된 몸부림으로 영원히 서버릴 것만 같은 아찔한 무섬끼가 하늘처럼 눌렀을 때, 나의 이같은 용기는 상치잎처럼 야들거리는 그리움의 마디마디로 자라는 것이었다.

 "어딜 가는 거야. 응? 산에 뭐가 있다구. 더구나 이렇게 막 비가 오잖아."

 어쩌면 나는, 울음을 터뜨리기 전의 착잡한 얼굴로 소리쳤는지 모른다. 소녀의 밤색 색안경, 그 짙은 색깔 속의 눈빛은 이런 나의 조급함을 나무래고 있었다. 쿡―하고 터뜨리는 소녀의 짧은 웃음은 곧 전나무 가지 끝에 열려 모진 빗발을 맞고 있었다.

 "오늘 찾아가기로 했는걸요. 무척무척 기다릴 거에요."

 소녀는, 돌아서며, 그 차디찬 손아귀에 힘을 줘, 약간은 떨리고 있었던 나의 손을 잡아끌었다.

 "집이 산속에 있었나."

 "아뇨. 비 오는 날이면 무척 허기져 있는 내 친구를 찾아가는 거예요. 밥을 가지구요."

 "그럼 친구의 집이 산속에 있군."

 "글쎄요……말하자면 그런데요……하여튼 나와 처지가 비슷해요. 보긴 보는데요 친한 건 몰라요. 가엾잖아요? 그렇죠?"

 소녀의 수수께끼 같은 물음에 나는 건성으로 고개를 끄덕이며 산길을 올랐다. 팔과 팔이 닿은 그 사이로 나의 체온과 소녀의 체온이 섞였을 법한 따뜻한 빗물이 흘렀다.

 어린 소나무들이 다문다문 앉은 좀 낮은 산자락에 이르러 소녀는 문득 걸음을 멈추었다. 그리고는 발아래 조그만 돌멩이를 집어 들더니 서너 차례 주위로 던졌다. 푸드득 멧새가 날았다.

 소녀는 멧새가 날은 어린 소나무께로 조심스럽게 다가가더니 그 곁에 바싹 쪼그려 앉았다. 소녀는 소나무 가지 위로 연신 손가락을 뱅글뱅글 돌려대며,

 "들리죠? 안 들려요?"

 했다.

 "무슨 소리가? 빗소리?"

 "피이─내 친구가 날 부르는 소리 말에요. 그래도 안 들려요?"

 그제야 나는 귀를 쫑그리며 소나무께로 다가갔다. 빗소리에 섞여 가녀린 찌이─찌이 소리가 연달아 났다. 나는 소리 나는 쪽을 향해 고개를 돌리다 말고 바보스러운 웃음을 몇 번 웃고 말았다. 꼭 쥐면 손안에 들 듯한 조그마한 멧새둥치 속에서 멧새새끼들이 우짖고 있었다. 소녀의 손가락이 움직일 적마다 퍼런 핏줄이 분홍빛 살 속으로 드러난 몹시 어린 멧새새끼들은 누런 입가의 테두리를 세모꼴로 벌리고는 찌이찌이 우짖는 것이었다.

 "밥을 줘야지."

 소녀는 젖가슴 속에 감춘 네모꼴 종이를 꺼내 들고 한겹 한겹 종이를 벗겼다. 성냥갑 속에는 파리가 가득했다.

 소녀는 파리를 손가락 끝에 쥐곤 훼훼 고개를 내두르는 멧새새끼들에게 차례차례 밥을 줬다.

 나는 그런 소녀의 어깨에 턱을 얹고 앉아, 기실 멧새새끼보다는, 소녀의 하이얀 목덜미나 가쁘게 들먹거리는 젖가슴에 눈길을 모으고 있었다. 약간 빗발이 멈춘 잿빛 하늘에다 왠지 자꾸 닳아 오르는 얼굴을 식히며 나는 한가지 기억을 더듬었다.

 국민학교 육학년 때던가 그랬다. 다리를 절어 무척 애들의 놀림을 받던 혜원이라는 소녀가 있었다. 그 소녀는 항상 아이들의 눈을 피해 혼자 놀았다. 여름이면 집

앞 조그마한 사철나무 그늘에 앉아 돌줍기로 해를 보내고 겨울이면 헛간 앞의 손바닥만한 양지에 무릎을 세우고 앉아 혼자 보자기받기를 하고 놀았다.

 어느 날이었다. 혜원이는 돼지울 앞에 앉아 여느 때와 달리 무척 불안하고 조급해 보였다. 한번 놀려줄 심산으로 양팔을 벌려 날개를 세우고는 〈따따따따〉 총 쏘는 시늉을 하며 우루루 그에게 다가갔다. 그런데 여태까지 한 번도 본 적이 없는 혜원이의 글썽한 눈과 곧 울 듯 상기된 얼굴을 보고, 나도 몰래 의아해 섰는데, 혜원이는 양팔을 둥그렇게 해서 자기 앞을 막고는,

"그러지 마! 그러지 마!"

 애타게 호소하는 것이었다. 혜원이의 그 둥그렇게 짠 팔아름 속을 들여다보다 말고 나는 "어?"하고 놀래 서 버렸다. 등어리를 활처럼 굽혀 엉거주춤 섰는 어미쥐의 배밑으로 일곱 마리나 되는 새끼쥐들이 억척스레 젖을 빨아 먹고 있었다. 금방 땅바닥으로 툭 떨어져내려 구슬처럼 데굴데굴 구를 것만 같은 불안한 눈알을 부라리며 어미쥐는 한사코 앞발을 뻗치지만, 그럴 때마다 일곱 마리의 새끼쥐들은 얄미웁기도 한 팥알만한 눈들을 초롱초롱 뜨고 억세게 매달렸다.

 나는 이미 눈물이 맺힌 채 나의 눈을 똑바로 쳐다보고 있는 혜원이의 눈을 향해 몹시도 매서웁게 흘겨주고는 주먹보다 큰 돌멩이를 집어 들었다.

"병신……쥐는 죽여야 해! 안 배웠니? 쥐가 얼마나 해로운 동물이라는 것을 말야!"

혜원이가 외마디 소리를 지르며 내 손을 잡고 일어섰을 때에는 이미 돌멩이는 내 손을 떠나 아주 기분 나쁜 소리로 어미쥐의 머리 위에 떨어진 뒤였다.

 깨진 어미쥐의 머리에서 선지가 흐르고, 뒷다리가 파들파들 떨더니, 지렁이 꿈틀대듯 긴 꼬리가 몇 번 꼬였다 늘어졌을 때는, 한 마리의 새끼쥐도 보이지 않았다. 그러자 그 순하기만 하던 혜원이가 어디서 그런 용기가 생겼는지 내 팔목을 꼭 물고 늘어졌다. 나는 "어? 이 병신 안 놔? 안 놔" 하다 말고 힘대로 혜원이의 가슴팍을 내질렀던 것이다. 혜원이는 강그러지며 쓰러졌다.

그런 일이 있은 뒤 몇 달간을, 혜원이는 사철나무 그늘 아래도, 돼지울 앞에도, 도무지 그 모습을 나타내지 않았다. 눈이 펑펑 쏟아지던 어느 겨울날, 혜원이네의 낮은 초가집에서 울음들이 터졌다. 앓던 혜원이가 피가래를 쏟고는 죽은 것이었다.

"박사 아저씨 추우세요?"

소녀의 조용한 물음에야 내가 그동안 무척이나 떨고 있었음을 알았다.

나는 순간, 애써 소녀를 혜원이라 생각하며, 성급하게 소녀의 허리통을 꼬옥 안으며 젖가슴 속에다 얼굴을 묻었다. 이런 나의 갑작스런 행동에도 소녀는 조금도 당황하지 않고 또 쿡—하고 웃을 뿐이었다. 밤색 짙은 색안경이 타이르듯 나를 내려다보고 있었다.

"이봐, 눈을 보여 줘! 안경 좀 벗었으면 좋겠다. 응?"

소녀는 설레설레 고개를 내저었다.

"왜?"

"쌍꺼풀 수술을 해서 다 나을 때까진 숭해요."

"그래? 그까짓 시시한 짓을 뭣 때문에 한단 말이야! 여잔 도무지 시시하거던!"

피식 웃다 말고 나는 좀은 뻔뻔스러울 수도 있는 나를 타이르고 있었다. 마을에 온 지 달포가 지나는 동안 한 번도 본 적이 없었던 소녀의 젖가슴에 안겨 나는 먼 먼 혜원이의 추억까지 되새긴 것이다. 소녀는 지금 어떤 마음일까. 아니 그것보다도 도대체 이 소녀는 누구람. 나는 이런 생각을 하며 무척 어색해 있었는데 소녀의 차분한 한 마디의 말로 이내 기특하리만치 당당해질 수 있었다.

"박사 아저씨! 모두 다 비 탓으로 돌리면 어떨까요? 사실 전 그리운 게 너무 많거던요? ……그래요, 꼭! 죄다 비 탓으로 돌려요, 네?"

소녀의 참으로 기특한 이 말로 나는 금세 무례한 사내가 될 수 있었다.

"맞았어! 비 탓이야. 그리구 꼬마놈들이 먼저 토라졌었구. 그러구 말야 나는 병자니깐 잠잘 때 빼놓고는 매양 성한 사람들이 그립거든. 난 신경쇠약 환자야,

난……"

"피이—고까짓 거."

 소녀의 후끈한 한숨이 내 얼굴 위로 번졌다. 소녀의 볼에다 꼭 입을 맞추면 어떨까, 화낼까, 하는 생각으로 새끼손톱을 지근지근 깨물던 나는 이렇게 소나기가 걷혔을 때의 그 시냇물 어항들이 생각나 일어서고 말았다.

"명함이나 한 장 놓고 가시지 그러세요. 엄마 아빠한테 할 말이 없을 텐데요. 네?"

 갑작스런 소녀의 이런 말에 나는 잠을 못 이뤄 고생하다가 문득 거울 속의 나를 향해 지어 보이는 그런 멍청한 얼굴로 망연히 서 있었다.

"명함이라니?"

"멧새둥지에다 명함 한 장 놓고 가는 게 뭐 그리 어려워요. 엄마새가 돌아오면 이런 사람이 왔다갔다구 말할 게 아녜요? 좀 시시해요?"

 그제야 나는 소녀의 말을 알아들었다. 그런 소녀가 무척이나 대견스러웠다.

"그러지. 그것 멋있는데."

 마침 뒷호주머니에 흠뻑 비에 젖어 글자도 알아보기 힘들만치 닳고 닳은 명함 한 장이 있었다. 소나무가지 새에다 명함을 꽂아놓고 돌아섰을 때 소녀는 앵두빛 입술을 열고 크게 웃었다.

 구름 사이로 하늘 한쪽이 열리더니 눈이 시릴 만큼 밝고 찬연한 햇살이 산자락으로 뻗쳐 왔다.

"해가 떴죠?"

"그렇군."

"참 이상해요. 다른 색깔들은 보이는 곳에 그 색이 있는데요, 왜 초록색은 감은 눈꺼풀에 와서 그늘을 느리우죠?"

"초록은 희망이니깐. 그리구 포부구 의욕이니까……"

"그래요! 안 봐도 애당초 사람의 감각 속에 초록이 있나봐요."

 산을 내려오면서 소녀는 두 번이나 발을 헛디뎠다. 두 손으로 나의 허리를 감고, 나의 가슴에 얼굴을 묻은 채, 소녀는 비녀풀을 뽑아 꼬옥꼬옥 깨물고 있었다.

 소녀를 만난 뒤로부터는 지겨울 정도로 답답하고 단조로웁기만 하던 나의 정양생활이 다소 새 물을 가르는 물고기의 지느러미처럼 나날이 활기스러워져 갔다. 불면증으로 고생하던 무서운 밤도 소녀의 얼굴을 생각하는 것만으로 깊은 잠에 빠질 수 있었고, 체증마냥 가슴 한구석에 걸렸던 시냇물가 그 둑의 초록도 이젠 싱거운 코웃음 하나로 달래버릴 수 있었으며, 무엇보다 기실 아무 상관도 없었던 초록색 그 하찮은 그늘을 두고 무척이나 고심해가며 나의 철학을 가꿔가는 일이었다.
 이런 갑작스러운 변화들이 나의 정양생활에 되려 해가 되는 것인지 아니면 나의 병은 이 변화들로 하여금 나도 모르는 새 다 나아 버린 것인지는 몰라도, 예를 들면 소녀의 쌍꺼풀진 아름다운 눈을 곧 보게 될 거라는 심심찮은 기대 따위로 날마다 나의 의식이 선명해져 가고 활달해져 가는 것만큼은 사실이었다. 그리고 소녀로 하여금 색깔 하나만이라도 분명히 알아두자고.
 소녀는 내가 생각했던 것과는 너무나 판이한 조건 속에서 생활하고 있었다. 영돌이의 누나도 아니었고 이 마을 처녀도 아니었다. 소녀의 말로는 이모네 집에 정양하러 왔다 했다. 무슨 병이냐고 물으면 소녀는 예의 앵두빛 입술을 보조개가 패이도록 꼭 다물어 물고는 언제나 쿡—하고 한번 웃을 뿐이었다. 그럴 때의 소녀는 정말로 귀여운 것이어서 자칫했으면 소녀를 사내로서 갖고 싶은 여러 번의 충동을 애써 참아내곤 했던 것이다.
 콩새의 눈꺼풀에 진하고 찬 초록 물방울이 뒬 때쯤, 그러니까 산자락에 물김 같은 안개가 축축히 젖어 흐르다가 해돋이와 함께 거짓말인 양 걷히고 마는 그 사이면 으레 소녀는 멧새둥지 곁에 앉아 있었고, 내뿜는 입김에도 초록의 진한 냄새가 묻어나게끔 왼통 그 속에서 젖다가, '쌍꺼풀진 눈은 언제 보여 줄 것이냐'고 졸라대며 산길을 내릴 때면 영광 앞바다는 벌겋게 불김이 오르고 있었던 것이다.

나는 소녀를 품에 안을 때마다 되지 못하게도 꼭 혜원이가 생각나는 것이었다. 소녀는 항상 검정 코고무신을 신고 있었다. 너무나 하이얀 색깔이 되려 서러움마저 드는 그 가늘고 긴 다리. 숨쉬기에도 무척 고되 보이는 좁은 젖가슴에 손을 얹고 있을 때면 헛간 앞 조그만한 양지에 양무릎을 세우고 앉아 혼자 보자기받기를 하던 그 핼쓱한 혜원이가 왜 그렇게도 생각나는 것인지—.

"살려줄 걸 그랬어! 어미쥐를 살려줄 걸! 그렇지? 그렇지?"

나는 소녀의 가슴을 파고들며 불현듯 이러기를 잘했고 그때마다 소녀는

"뭘요? 어미쥐가 뭐에요, 네?"

하며 짙은 밤색 색안경으로 찬찬히 나를 내려다보다가 그 차디찬 손으로 나의 뒷덜미를 쓸어주는 것이었다.

나의 병도 사실은 쥐덫을 놀 때마다 생각나는 혜원이의 얼굴로 생겼는지 모른다. 아니, 그랬다. 그렇기때문에 걸핏하면 생각나는 혜원이의 얼굴이, 그 까마중 같던 눈알을 부릅뜨고 등어리를 활처럼 굽혀 선 채 앞발을 뻗치던 어미쥐가, 조금도 새삼스러운 것은 아니었다.

하여튼 나는 혜원이의 생각을 반쯤은 그 몸속에 가지고 있는 소녀와, 소녀의 고된 숨소리가 살강거리는 좁은 젖가슴에다 내 병을 묻고는, 꽤 많은 날들을 그렇게 열심히 사는 편이었다.

비녀산 낮은 산자락, 그 모도록이 깔린 잔솔밭의 멧새둥지가 빈 달빛만 그득히 담고 조는 그때부터, 소녀는 다른 사람처럼 말도 몸짓도 전혀 달랐다. 멧새새끼들은 왜 자라서 어디로 날아가 버렸을까. 소녀의 애잔한 한숨소리를 들을 때마다 나는 이렇게 안타까운 원망을 하며 소녀의 차디찬 손에, 앵두빛 입술에, 그리고 가늘고 긴 다리에다 입을 맞춰 주었지만, 소녀는 꼭 혼이 나간 듯 산 사람 같지가 않았다.

여느 때 같으면 힘을 줘 나의 목덜미를 안아주었을 법한 그 차디찬 손으로 마냥

비녀풀만 훑어내고 있었다. 쿡—하는 웃음은 멧새새끼가 날아간 후로 한 번도 들을 수 없었다.

 그날, 종아리를 넘어 훤칠하게 자란 들국화들이 사태로 무더기져, 그 써늘한 향기가 온몸에 배이도록, 나는 수심에 찬 소녀를 안고 진종일 들국화밭 속에 누워 있었다.

 무척이나 답답한 마음으로 얕게 떠 있는 눈부신 금빛 뭉게구름에다 허망한 눈길을 꽂고 있던 나는 진초록 블라우스의 그 바삐 들먹거리는 소녀의 등을 두들기며 낮게 말했다.

 "하여튼 말야, 태어나는 것은 죄다 자라구말야, 자라선 어른이 되구말야, 그러다간 또 죽는 거야. 멧새새끼는 지금쯤 어미새가 되려구 무척 바쁘고 즐거운 거야. 안 그래?"

 내가 생각해도 이렇게 멋없고 싱거운 말이, 소녀에게 털끝만큼의 위로가 될 수는 없었으나, 하늘을 향해 반듯이 누운 소녀의 너무나 태연한 태도가 몹시 못마땅하다 못해 서러웁기까지 했다.

 "……그럼 나하구 서울 갈까?"

 짐짓 가슴속을 떨려나온 이 말에 소녀는 여태 볼 수 없었던 완강한 힘으로 고개를 내저었다.

 "그럼?……"

 "서울엔 아마 영원히 안 갈 거예요!"

 "그럼?……"

 바보스러우만치 다급하고 맥없는 나의 질문에 소녀는 한마디의 대꾸 없이 이번엔 등마저 돌아누웠다.

 순간 나의 가슴속으로는 야릇한 욕심이 물결처럼 일면서, 그것은 제일 정직한 열기의 바다로 하늘 끝과 맞닿아 펼쳐지는 것이었다.

 소녀의 입에서 감당하기 어려운 신음이 자지러질 듯 연신 새어나왔으나, 나는 꼭 이때, 들국화 꽃더미 속에 그렇게 이름을 붙여주고 싶던 소녀의 초록 블라우스가 하늘을 향해 있을 때, 어떻게든 소녀를 가져야 한다는 엉뚱한 울먹임으로 조금도 힘을 풀지 않았다.

소녀는 죽을힘을 다해 나의 성급한 욕망과 싸우고 있었다. 아니, 여태까지의 내게 준 소녀의 애정으론 감히 이런 냉대가 어디 있는가 싶게, 나의 정직을 있는 힘을 다해 거부하고 있었다. 나의 우악스러운 손끝에서 소녀의 초록 블라우스가 찢겨 속살이 드러났을 때 나는 그 속살의 색깔을 보고 한동안 어지러웠다. 얼마나 이 옷만 입고 지냈으면 소녀의 속살은 진초록 물이 배었을까.

소녀는 애써 앞가슴을 여미며 애타게 부르짖었다.

"박사 아저씨는 절, 절 아주 죽이실 마음이군요! 네? 그렇죠?"

"아냐! 아냐! 그렇지 않어! 난 그렇지 않대두!"

몹시 몸부림을 쳐대는 소녀의 몸짓에 들국화 무더기가 줄기를 꺾고 그 꽃더미들은 꽃다발마냥 나의 머리통 위로 소녀의 얼굴 위로 쓰러져 내렸다.

소녀의 갑작스러운 비명이 소름이 돋게끔 처절했을 때, 잠시 고개를 들고 거친 숨결을 다스리던 나의 시야로 들국화 꽃더미 위에 팽개쳐진 그 진한 밤색 안경이 들었다. 소녀는 두 손바닥을 펴 꼬옥 얼굴을 가린 채 그 소름이 돋게끔 강그러지는 비명을 지르고 있었다. 나는 소녀의 아랫도리를 헤집던 손을 멈추고 바삐 딩굴어, 꼬옥 막은 소녀의 두 손바닥을 펴려고 무척 애를 썼다.

좀 전까지의 무서운 내 가슴속 물 이랑은 차츰 평온한 하늘끝을 가면서, 먼저 소녀의 그 쌍꺼풀진 아름다운 눈을 보라고 타이르고 있었다. 기실, 어느 것보다 더 성급한 나의 갈원이었다. 나는 잠시 들국화더미 속으로 열린 샛파란 하늘을 목이 아프도록 치켜 올려다보면서, 사람은 얼마나 착하게 살아야 되겠는가 하고 엉뚱하게 되뇌었다.

기를 쓰던 소녀의 두 손이 파르르 떨리는가 싶더니, 두 손은 곧 힘없이 가슴 위로 내려졌고, 그와 때를 같이하여 참으로 서러운 소녀의 긴긴 울음이 터졌다.

그 크고 새까만 동공, 그 위로 반달처럼 열려 내린 쌍꺼풀을 보려고 얼굴을 가까이하던 나는, 하마터면 큰소리를 지르며 나자빠질 듯 놀랐다.

 눈두덩만 앙상하게 솟아 그 깊은 눈자위 속으로 꺼질 대로 꺼져버린 두 눈. 바들바들 떨고 있는 눈꺼풀을 다 덮고 내린 깊디깊은 초록의 그늘. 황혼의 여린 빛살이 들국화 줄기 새로 퍼져와 그 깊은 소녀의 초록 그늘 속으로 고였다.

 "저에게 남은 건요, 아니 세상의 제일 뚜렷한 마지막 기억은요, 탱자나무의 진초록색 그것 하나뿐이에요! 전 탱자숲으로 날아간 빨래를 주으려고 사다리를 탔다가 그 초록색 탱자숲의 창끝 같은 가시에 죄다 다 뺏겼어요!"

 소녀는 온몸을 뒤틀며 몸부림쳤다. 소녀의 울음소리가 비끼는 나의 귓전으로 이제는 다 익은 가을이 따라 울었다.

 "미안해! 미안해! 잘못했어. 정말! 다시는 안 그럴꺼야!"

 나는 몹시 들먹거리는 소녀의 등을 힘주어 조여안고 몸부림쳤으나 소녀는 아까보다 더 차가웁게 내뱉을 뿐이었다.

 "죽어선 꼭 별이 되겠어요. 아주 진한 초록색 별이 되겠어요! 그래서 언젠가는 제일 높은 곳에서 내 눈을 찾을래요!"

 소녀의 볼에 몇 번이고 밑불처럼 닳은 나의 볼을 비벼 보다가, 그 차디찬 소녀의 손에다 호호 입김을 불어 보다가, 아무래도 소녀를 달랠 수 없는 지금 이 가을을 뉘우치며, 나는 이 소녀에게 그리고 먼먼 혜원이에게, 무척 많은 말로 용서를 빌고 있었다.

 소녀는 열흘이 넘도록 한 번도 비녀산을 찾지 않았다. 내 방 봉창으로 처음 보는 풀각시가 떨어지던 날 그 밤부터 소녀는 이 마을에 없었다.

 비녀풀로 만든 풀각시는 봉창 문풍지 틈에 끼워, 소녀가 징검다리를 건너갔을 법한 그 밤을 홀로 새웠던 것이다. 까만 밤길을 걸으며 나는 이런 생각을 하고 있었다. 소녀에게는 어떻게든 멧새새끼를 구해 주었어야 했고 혜원이에게는 어미쥐를 죽여 미안하다고.

 나는 조무래기들 집 앞에 이르러, 일일이, 좀은 떨리는 목소리로, 크게크게 소리쳤다.

"애들아 놀저으—놀저으—고기잡으러 가자으—"

 조무래기들의 대답 소리는 어느 곳에서고 없었다.

"나 잘 때 누가 방귀 꿨니이? 누가 종다리에서 털 뽑았니이?"

 아무 대답 없는 사립문을 돌아서면서 나는 불현듯 울먹이고 있었다. 저 많은 별자리에서 소녀의 초록을 찾기는 아직 이른 것이라고 애써 다짐할 때, 대답 없는 조무래기들의 기계총 자리에서 마을의 대낮이 끓었다. 그 초록의 대낮들이—.*

감루연습(感淚演習)

 나는 세상 사람들의 상식과는 좀 다른 각도에서 항상 사람들의 슬픔을 감상해 온 편이었다. 지극한 서러움을 애써 참고 섰던 여인의, 끝내는 모질게 들먹거리고 마는 등어리와, 그 슬픔의 씨앗들만 뭉치고 고여 흐르는 듯한 질긴 눈물들의 하염없는 허탈을 당할 때에도, 나는 어금니가 시큰해 오는 어색한 스스로의 견제를 물고 그 순간을 넘기기에 열심이었다.

 절친했던 친우의 주검 옆에서도, 아주 억울한 요절의 목멘 슬픔을 들으면서도, 금붕어마냥 몸을 뒤틀며 가쁘게들 입을 모으고 울음을 터뜨리는 그 순간에서부터, 나의 슬픔은 전혀 예기치 않았던 평범한 자탄을 선택하고 마는 것이었다. 손수건들이 젖다 못해 입술 새로 마른 침방울이 튀고 끈질긴 콧물마저 송진처럼 길게 줄을 이을 때쯤, 대개의 아주 열심스러운 문상객들은 '어휴우, 이게 무슨 일이람! 세상에, 세상에……' 하며 그제야 나의 얼굴을 향해 설움의 동감을 구하기 일쑤인데, 나는 물기 하나 없이 깨끗한 눈망울을 초롱초롱 뜨고는 퍽은 미안스러운 웃음까지 흘리며 '글쎄요……훨씬 더 살 텐데 그랬네요'라든가 '참, 참 그렇군요. 너무 억울한 일 아닙니까?' 같은 평범한 자탄으로 내 슬픔의 전체를 대변하고 마는 것이다.

 이런 것들은 물론 눈물에는 좀 인색한 편인 나의 천성 탓도 있겠지만, 서러움의 절정을 가던 문상객들이 갑자기 울음을 뚝 그치고 지극히 태연한 얼굴들로 다시 자기네의 사업 얘기며 상가의 건축에 관한 고견들까지 피력하며, 마지막으로 얼룩진 얼굴들을 소제하는 그 모습은, 흡사 말 못하는 교감 선생이 졸업생들 앞에서 약간 울먹거리다가는 아직도 더 할 얘기가 많을 것 같은데도 '……여러분들을 마지막 전송하는 이 가슴 할 말은 태산 같으나 시간 관계상 이만 갈음합니다……' 하는 식의 그런 맹숭한 겉치레의 끝과 같은 착각을 감지하는 때문임도 자명한 사실이었다.

 다소 선명한 기억을 들추자면 꼭 두 차례, 그 바라고 염원하던 질긴 눈물을 흘릴 수 있는 기회가 있었다.

 그러나 그 눈물들도 막 누선(漏線)이 따끔따끔 쏘면서 싸아하니 아픔이 돌 때쯤, 역시, 나는 구구법을 외우면서 그 순간을 넘기고 말았지만.

 꽁꽁 언 아스팔트 위로 루비의 광맥 같은 선지가 줄줄이 얼룩져 굳은 그 옆으로 가마니 한 장도 넓은 조그만 시체가 누워 있는 듯했다. 평범한 교통사고이겠지 하고 그냥 지나치려는데 몹시 아픈 색깔이 시야에 남았다. 가마니 끝으로 쏙 내민 아주 조그마한 발이었다. 그 발엔 반쯤은 벗겨진 작은 양말이 신겨 있었다. 문득, '저 어린애가 그동안만이라도 부자로 살았었어야 할텐데. 바나나도 맛보고 잣죽도 먹어보고……그런데 만약 저 짧은 삶 동안 무척 가난하게만 살아왔었다면 어떡허나! 참말로 그랬다면 이걸 어떡허나!' 하는 상식과는 다른 생각이 조그마한 양말의 빨간 색깔에 묻어 배일 때, 나의 가슴속으로는 설움의 격랑이 일면서 소금을 뿌린 듯 눈이 매워 왔다. 이때, 바로 이때, 하필이면 동행하던 C시인의 그 월남산 도마뱀의 기침소리 같은 웃음소리가 무척 매정스러운 말과 함께 터졌다.

 "갈갈갈갈……보아하니 계집애인 모양인데, 적어도 자궁암 같은 병은 영원히 안

앓게 됐군. 참으로 다행스럽고 깨끗한 시체야. 갈갈……."

 나는 흡사 어린애마냥 분출 직전에 저지당해 버린 그 갈원의 눈물을 애타하며 '짜시익 너도 사람이니? 너도 사람이니?' 하며 눈을 부라려 뜨고는 꼭 한번 싸울 참이었다. 용돈 백원을 달라고 졸라대는 그에게 꼬기꼬기 접은 백원 한 장을 팽개치듯 내던지곤 등돌아 걸었다. 어쩌면 못 먹어봤을 잣죽과 바나나와 그리고 너무나 짧게 끝난 어린 소녀의 일생을 애써 생각하며 자꾸 자꾸 서러웠으나, 잠시 후 나는 버릇대로 구구법을 외우고 있었다. '이이는 사아—이삼은 유욱—'.

 그리고 무척 추운 어느 겨울밤이었다. 참으로 애련한 곡조로 외쳐대는 어린 찹쌀떡장수의 목소리는 그날따라 사뭇 울고 있었다. '찹쌀떡이나아 우유요오오' 언제 들어도 곡조의 가사는 이것뿐이었지만 이 찹쌀떡 장수의 외침에서 항상 콧날이 찡 우는 슬픔을 느껴온 것은, '찹쌀떡이나아 우유요오'의 그 끝 '……요오'의 곡조가 한 번 텀블링을 하며 꼭 기타의 발레 주법처럼 모질게도 떨다가 잦아드는 그 대목에서 서러움이 솟는 것이었다. 그 밤 따라 전선들은 을씨년스럽게도 울어댔는데 어린 찹쌀떡장수의 목소리는 전선들의 울부짖음에 섞여 도시 이동을 모르고 떨고만 있었다. 쫄쫄이 파카를 줏어입고 대문을 나섰을 때 가로등의 차디찬 불빛 속으로는 눈보라의 원무가 한참이었다. 예의 그 애절한 외침은, 어쩌면 광풍에 낙화를 날리고 섰는 듯한 나무 같은 그 전신주께서 밥 다한 유성기 소리처럼 잦아들다간 다시 커지곤 했는데 사람의 형체는 찾아볼 수 없었다. 내가 전신주 앞에 문득 섰을 때 내 배꼽쯤의 높이로 바들바들 떨고 섰는 어린 찹쌀떡장수는 그냥 그 곡조를 외우듯이 소리치고 있었다. 나의 목줄에 인절미가 걸리는 듯 거센 울먹임이 퍼지고 맵게 우는 콧날을 물고 누선이 저려 온 것은, 참으로 너무나도 가혹하게 그 소년은 어렸던 것이었다. 두 눈만 빠끔히 내놓고 머리에서 목덜미까지 칭칭 동여맨 헐은 머플러는 허리께도 지나 장딴지에 감기우며 매운 눈보라를 타고 있었고 소년은 빠끔히 나를 올려다본 채 '찹쌀떡이나 우유요오—'를 좀더 선명하게 외치고 있었다.

나는 대뜸 그 조그마한 소년을 볏단을 안 듯 그렇게 푹 싸서 감싸안으며 다소 떨리는 목소리로 외쳤다.

"도대체 넌 몇 살이니??"

"……여섯 살이요."

"누가, 누가 널 이렇게 내보낸 거야 응?"

"엄마가요."

"가잔 말야! 당장 네 엄마한테 가잔 말야. 가서 네 엄마를 혼내줄 테야."

 소년은 한동안 부들부들 떨며 나를 쳐다보더니만 '엄마 장사 나갔어요. 가도 없어요.' 하는 소리와 함께 재빨리 내 팔아름 속을 빠져나 강아지 뜀박질처럼 서툴게 도망쳐 갔다. 저만치서 우뚝 멈춰선 소년은 '치이, 아저씨가 뭔데요? 치이, 우리 아빤 해병대였어요. 아저씨는 해병대한테 이겨요? 군함한테도 이겨요? 치이' 고래고래 악을 써대고는 가로등의 불빛 밖으로 사라졌다.

 만약, 소년과 함께 몇 발자국만 같이 걸었었다면, 나는 꼭 그 질긴 울음을 한 번 시원히 울었을 것이다. 돌아와 이불을 뒤집어쓰고 누워서는 백 번도 더 넘게 그 소년의 흉내를 내보며, 잘 안 되는 '……요오' 대목을 되뇌어 보면서, 나는 엉뚱한 곳에다 미수에 그친 나의 울음과 눈물을 떠맡기고 있었다. '누구든 꼭 울어 줄 거야. 소년의 어머니가 밤마다 소년을 껴안고 울어줄 거야. 그리고 많은 문상객들의 그 한동안의 울음들은 나 아니더래도 한 동네에 천명씩은 더 될 텐데…….'

 이처럼 나의 눈물이란 생리적 감동은 언제나 순간적인 당위성을 벗어나 무척 고심하고 생각해야 하는 결과에서 겨우 몸짓이라도 해온 것이다. 많은 사람들이 목을 놓고 우짖는 번연한 이유에서는 한치의 슬픔도 모르면서 엉뚱한 정상에서는 청승스럽게도 콧날이 울었다. 가령, 조그마한 단팥죽집의 간판 밑에 전화번호는 없는 TEL( ) 같은 여백. 상당히 근사해 보이는 다방 레지가 나는 분명히 위스키 더블을 시켰는데도 술잔을 갖다놓으며 '위시키 따블류 시켰죠?' 할 때의 그 평범한 의외의 무식. 신장 개업한 다방의 손님 하나 없는 무료를 자위하며 앉았는 얼굴마담의 고독. 오랜만에 치장을 하고 따라 나온 조강지처가 대로에서 맘보차림의 남편에게 호된 꾸지람을 들을 때의 그 여인의 '호호' 웃는 어색한 웃음. 소도시의 소꼽장난 같은 교통정리대 위에 선 교통순경이 오랜만의 자동차 한 대를 만나 신이 나는 그 요란한 교통 신호와 호각 소리 같은 하찮은 것들을 듣고 볼 때, 나는 병신스럽게도 홀로 쨍쨍 콧날이 우는 것이었다.

나에게 있어서의 눈물이란 대개의 경우 무척 거추장스럽고 까다로운 것이어서 열심히도 슬퍼있는 사람들을 볼 때는 '미안하고 수고스럽지만 2인분만 대신 울어 주세요.' 속으로 부탁하며 얼른 자리를 뜨기 일쑤였다. 한마디로 너무나 약삭빠르고 영악한 요소들로 정돈돼있는 현대에서 울래야 울 수 있는 일이 별로 없는 것 같은 것이다. 자명한 사실로는, 내가 만약 닐·암스트롱이었다면, 생명이라고는 하나도 없는 그 황량한 달을 딛는 순간부터 울다 울다 지쳐 죽었을 것이다.

남 국장이 죽었다. 오랜 세월을 두고 유별난 우정을 주고받으며 사귀어 온 처지는 아니었지만 남들은 상식쯤으로 돌려 버릴 수 있는 조그만 순간들의 예의와 공감 속에서 우리는 무척 가까운 편이었다.

어느 겨울날 새벽, 야근을 마치고 회사문을 나섰을 때 뿌연 김이 서리는 나의 시계는 네 시를 지나 열심히 채칵거리고 있었다. 방한 마스크에다 카빈총을 세워들고, 무척 발이 시린지, 가끔 왜가리처럼 한쪽 발을 접고 섰다 다시 다른쪽 발을 접고 서는 헌병의 집요한 고독. 거기다 정문 앞 수은등의 그 맵고 차디찬 불빛은 가슴 다 찢어발긴 슬픈 이별쯤 처치해 버린 뒤처럼 그렇게 무뢰하게 빛을 펴고 있는 아주 흔한 겨울 새벽이었다.

나는 돌연한 노랫소리에 문득 발길을 멈추었는데 그 소리는 세상의 모든 모순에다 대고 빈정대는 듯한 다소 답답하면서도 무척 허탈한 음색이었다. 세워 추킨 오바칼라 사이로 살을 에일 듯한 삭풍과 함께 찬 소름을 돋구며 젖어드는 노래는 '그린 필드'였다. 이 추운 겨울의 새벽에 '그린 필드'를 노래하는 사람은 누구일까, 그리고 그 사람은 어쩌면 상당히 멋을 가진 사람일 거라는 생각으로 나도 몰래 그 사람의 뒤를 쫓고 싶었다. 통성명도 필요없고 설령 서로의 얼굴은 안 쳐다보기로 약속해도 괜찮아. 단지 한 잔의 술잔만 비우고는 서로 또 등돌아 떠나기로 하지, 하는 생각으로 그 사람의 등 뒤에 바짝 이르렀을 때 갑자기 나는 좀 싱거워져 버렸다. 양쪽 바지 포켓에 깊숙이 손을 찌르고 허술한 잠바의 그 크고 넓은 등을 들먹이며 노래를 하고 가는 사람은 바로 회사의 상관인 남 국장이었다. 바로 얼마 전까지 부장의 퉁방울 같은 눈과 그 눈빛이 뿜어내는 괴망스러운 호통을 들으며 몹시 기분이 상했던 터라 '기껏 시시한 상관 나부래기였군, 체에!' 하는 조소와 함께 그의 곁을 가능한 대로 좀 외람되게 앞질러 지나쳐 버렸다. 바로 그 때, 한 번도 정식으로는 인사조차 한 적이 없는 남 국장이 죄송스러울 정도의 존칭으로 나를 불러세운 것이다.

"차아, 이거 춥습니다. 천선생과 함께 소주를 딱 한 잔 하고 싶은데."

"네에, 네에. 그렇게 하십시다. 차아, 이거 춥습니다…."

나는 다소 민망스러워 건성으로 그의 호의에 답하며 그와 어깨를 나란히 해 걸었고 그는 다시 '그린 필드'를 무척 많이 틀리는 곡조로 불러대며 걸었다.

우리는 가까운 해장국집의 딱딱한 나무의자에 마주 앉아 시선이 부딪칠 때면 그때마다 서로를 씨익 웃어 주며 소주잔을 홀짝거리고 있었다.

"이 추운 날 하필이면 그린 필드 연습입니까?"

"아, 그거요. 난 원래 노래를 못 부르는데 말요, 저 인왕산 민둥바위에 풀나기를 기원하는 마음으로 한 곡조 꽝 한 거요. 천선생은 목소리 자체부터 노래를 잘하실 것 같더군요. 내 노래 많이 틀립디까?"

"네에. 몇 군데 틀린 곳이 있었읍니다. 주로 반음으로 말입니다."

"과찬인데? 죄다 다 틀리고 몇 군데가 어쩌다 좀 맞았겠지. 하하."

성급한 두부장수의 핑경소리와 거세게 돌아가는 자전거의 페달소리에 섞여 삭풍은 모질게도 유리창을 두들겼다. 삭막한 겨울의 아침이 서서히 트여올 때까지 우리는 기껏 두 잔의 소주를 마셨을 뿐이었다.

"천선생! 우리 이만큼만 더 삽시다. 꼭 더두말구 이만큼만 말야."

남 국장은 흡사 오랜동안의 친구에게나 하듯, 양쪽 팔을 아코디온 치듯 벌려대며 '이만큼만, 이만큼만'을 되뇌었다.

"그만큼이면 햇수로 따져 몇 년쯤이라고 예상하시나요?"

"예상이 어디 있소? 그냥 이만큼이지. 아무려면 육갑은 다 채우는 거리 아니요."

나는 바보스러울 정도로 크고 깊게 고개를 끄덕거려 주며 이 새벽의 다행한 우정에 대해 경의를 표하고 있었다.

남 국장은 해장국집을 나오면서 사뭇 아플 정도로 내 어깨를 두들겨 댔다.

"다 틀리고 몇 군데만 바로 가더래두 참아 주슈. 꾹 참아 줘요. 나 인왕산 민둥바위에 풀 돋으라고 그린 필드 한 번 더 부를 모양이니까."

내가 인사말도 채 하기 전에 그는 고래고래 '그린 필드'를 뽑아대며 나를 향해 손을 흔들어댔다. 삭풍을 가운데 두고 나도 손을 흔들어 주며 뒷걸음질을 쳤다.

이날 이후, 남 국장과 나는 퍽 가까와진 편이어서, 내가 소변을 보고 있노라면 한 번의 내 기침소리에도 나를 알아차리곤 대변 칸막이 속에서 대뜸 허물없이 말을 건네게끔 됐다.

"천선생, 이제 낚시질 떠야지?"

"대변이나 푸욱 잘 보십쇼. 말은 나중에 하고."

"하하하—말에서 냄새나? 냄새나?"

하루의 일과 속 그 톱니바퀴처럼 여유없이 짜여진 각박한 세정틈을 살면서, 이런 남 국장과의 허물없는 대면은, 무척 크나큰 위로가 될만큼 내 편에서 더 남 국장을 좋아하고 있었다.

초봄부터 한 주일에 한 번씩은 꼭 남 국장과 낚시질을 떠났다. 어쩌다가 나 혼자 다른 곳으로 떠난 날이면 그 이튿날 남 국장은 꼭 내 어깨를 툭 치고는

"어이, 지가 없으면 조라도 있어야지. 지조를 사수하라! 천선생이 여자로 태어났

으면 아무한테나 대주는 갈보가 됐을 꺼라.”
 그의 악담은 도무지 불쾌한 것이 아니어서 이러한 그의 허물없는 언행 속에서 두 엄냄새 같은 텁텁한 인정과 구수한 우정을 항상 느껴 오고 있었다.
 낚시터에서도 고기를 잡는 편보다는 그 나름대로의 철학이나 문학이론 등을 피력하며 산수 정경을 즐기는 편이었다.
 "쯧쯧, 다루마까지 다 들어엎었는데 그걸 놓쳐 그래? 낚시꾼이 찌는 안 보고 민둥바위 인왕산 생각했소?"
 이젠 이쯤 허물없이 터져 나오는 나의 말에도 그는 예의 덥수룩한 머리통을 긁적거리며 당황치 않았다.
 "조국의 장래와 약소 대한의 민생고를 생각하던 중이었어. 놔둬, 그놈 더 커서는 알·카포네나 되라고. 끓여먹을 바에야 슈바이처 같은 대위어는 싫으니까…."
 돌아오는 길엔 언제나 예의 '이만큼은 더 살아야지, 이만큼은.' 하고 아코디온을 쳐댔다.
 다음 주에는 청라로 낚시질 가자고 약속한 바로 그 이튿날 남 국장은 변소에서 쓰러졌다. 그가 들것에 실려 나갈 때 나는 웅성대는 사원들의 틈을 비집고 행여나 그의 눈이 나를 봐줄지도 모른다는 유일한 기대에 몇 발자국 들것 옆을 따라갔지만 그의 감은 눈은 계단을 다 내려갈 때까지 꼬옥 감은 채였다.
 나는 내 자리로 돌아와, 제발 무사해 주기를 무척이나 빌었다. 가는 도중에라도 깨어나 '허허? 내가 이따위 고급 구급차를 왜 탔어? 당장 세워! 나 걸어갈 테니.' 하고 그 호기스럽던 정의를 외쳐 주기를.
 그러나 이튿날 밤 남 국장은 숨졌다. 그러니까 남 국장이 나에게 해준 마지막 말은 '이만큼만 더 살자.'는 헤어질 때의 인사와 '청라로 갈 땐 말야, 깻묵덩어리를 숫제 가지고 가자구. 낚시회 떡밥으론 안 되겠어.' 이 말뿐이었다.
 회사 버스에 실려 문상을 가는 도중 차창에 뿌옇게 번진 입김 위에다 나는 무심코 낙서를 하고 있었는데, 잠시 후, 그 낙서의 글자를 알아보고 나는 새로운 열

망을 다짐하며 땀 밴 손을 꼬옥 쥐었다. '남 국장을 위해 꼭 울자! 남 국장의 죽음을 감루로 보답해야지!' 실로 나도 모르는 새 나는 이렇게 긴 낙서를 입김 위에다 새겼던 것이다.

기실 남 국장의 요절 앞에서는 통곡이라도 할 수 있을 것 같았다. 버스 안은 도무지 허황한 희망들로 들떠 있었다.

'거참 좋다. 저런 곳에다 오백평만 가지구 있다면 갑부지.' '말해 뭘하나? 아, 그래서 화곡동 농군이 땅팔아 캐딜락만 타잖아.' 이런 류의 한담들이 어쩌면 그렇게도 여유만만하게 들끓는지 나는 스스로 온몸을 부르르 떨며 각박한 인정에게 항거하고 있었다. '어쩌면 저럴 수가 있담. 문상 버스 안에서 도대체 이럴 수가 있담.' 깊게 팔짱을 낀 채로 나는 '그린 필드'를 나직이 부르고 있었다. 나는 꼭 울어야 하는 것이다. 이 죽음 앞에서만은 그 데데하고 쓸모없는 나의 누선에서 핏줄이라도 터져야 하는 것이다.

상가에 이르러 버스가 멈췄을 때 나의 가슴은 곧 터질 듯, 아니 출렁이는 울음은 곧 봇물처럼 쏟아질 듯 겨우 인내하고 있었다. 스무 개도 훨씬 넘는 조화들이 질서 정연하게 늘어서 있음을 보았을 때 이런 나의 서러운 격랑은 금시 한풀이 꺾이는 듯했다. 지극한 서러움의 문전치고는 너무나 정돈돼 있는 품이 흡사 박람회의 상품 선전 휘장을 보는 듯해서 나는 안타깝게 중얼거렸다. '조금만, 조금만 더 어수선한 정돈의 여유마저 없는 그런 슬픔들이었으면 좋았을 걸 말야, 참.' 이런 나의 기대는 물론 여간 까다로운 나의 누선을 감정대로 자극시키기 위한 비정상의 기대임을 스스로 질책하며 '도대체 난 할 수 없군! 그래 꼭 안 울 참이야?' 하는 생각으로 크게 도리질을 해댔을 때는, 벌써 나는 수많은 문상객들의 일렬종대에 끼어 겨우 한발 한발 떼어놓고 있었다. 그냥 뛰쳐나가 남 국장의 유영 앞에 아무렇게나 엎드려 통곡하고 싶었지만 어느 한 사람도 그런 눈치는 안 보였다. 그들은 한발 한발 다가가면서도 '이집은 윗집보다 크군?' '아니야, 같은 집장수집이야. 이집은 증축한 거잖아.' '아, 그렇군.' 하는 소리들을 나직이 주고받고 있었으며,

뜰안의 조그만 연못 속을 가르며 노는 붕어들을 바라보며 '어휴, 그놈 꽤 크다. 일곱 치 되나?' '아니, 내 짐작으론 여덟 치야.' '저놈 나꿔챌 때 신났겠지.' 따위의 귓속말들을 예사로 해대고 있었다.

 나는 이같은 분위기가 너무나 역겹고 싫어 속으로는 '제군들! 제발 이러지들 말아 주게. 아주 억울하고 아까운 한 죽음 앞에서 사람인 이상 이럴 수가 있나! 제발, 제발!' 하는 부탁을 진심으로 하소하고 있었다. 그러면서도 이런 태도들이 어쩌면 진정한 문상인 줄 모른다고 무척 부럽기도 했다. 그러나, 잠시 후 나는, 사뭇 놀라면서 마루를 올라서야 했다. 예의 그런 한담들을 해대던 몇몇의 문상객들이 빈소를 나오면서 손수건으로 감루를 훔치는 것이었다. 안경을 쓴 사람은 안경까지 벗고 손수건으론 눈두덩들을 훔치는 것이다. 하여튼 눈물은 안 보이나 분명 그들은 눈물을 흘린 모양이었다.

 그들이 마루로 물러서자 나의 크나큰 시야 안에서 남 국장의 유영이 나를 향해 웃고 있었다. 그의 입에선 금방 '다음 주엔 청라로 말야…' 하는 말이 뜨겁게 떨어질 것 같았다. 나는 불이 붙는 가슴을 심호흡으로 인내하며 어쩌면 반생에 처음 있을 진지한 내 눈물을 위해 '남 국장! 청라는 어떻게 하잔 말야! 참! 참! 그런 약속이 어디 있소! 어디 있어!' 하는 뜨거운 말을 애타게 되뇌며 막 허리를 굽혀 무릎을 꿇으려는데, 바로 이때, 누군가가 나를 제지하며
"여러분들이 시간도 바쁘고 하니깐 그룹을 정해서들 하시지요."
 했다. 말이 끝나기 무섭게 열 명쯤은 될 법한 사람들이 나의 좌우전후로 우르르 몰려서 서성대는데 그 기특한 발성의 주인공은 또 '제일 앞 분이 대표로 분향하지 뭘.' 또 이랬다. 순간 나의 가슴속에서는 그 출렁이는 서러움이 뚝 그치고 '어휴, 억울해!' 하는 탄성과 함께 또 시들어 버린 나의 눈물을 후회하고 있었다. 여러 사람들의 동작을 따라 큰절을 하는 바로 내 머리앞에 겹겹이 들어찬 둔중한 둔부들이 버티고 있었다.

 남 국장을 위한 나의 이 처절한 감루의 미수. 이것은 '그룹'이라든가 '대표'라든

가 하는 삭막한 단어를 예사로 뱉은 그 장본인의 망발에 기인한 것이라는 것을 다짐하며, 그 얼굴을 찾았으나 너무나 많은 사람들의 그 많은 얼굴들의 표정들은 틀에 찍어낸 듯 한결같아, 입술을 질끈 깨물면서 물러나오고 말았다.
 귀로에서 나는 나의 인간됨을 위해, 아니 나의 평범한 인간적 본성을 위해, 그리고 좀은 유별스러웠던 남 국장과의 우정을 위해, 한 가지 견고한 맹세를 하고 있었다.
 그것은 남 국장을 무척이나 좋아했던 진지한 나의 한 부분에 대한, 그리고 어느 누구보다도 필연의 진한 동기로 울겠다는 맹세였다. 남 국장의 그 호탕한 웃음소리보다 더 크게 울겠노라고 몇 번이고 맹세하는 뜨거운 가슴 안으로 어쩌면 과용일 수 있는 열기마저 타는 것이었다.

 나는 변기를 타고 앉아 서 기자의 기척만을 기다리고 있었다. 남 국장은 꼭 이 자리에 나처럼 앉았다가 쓰러진 것이었다. 나는 애써 내가 남 국장임을 자처하며 벌써 이십 분이 넘도록 소변만 찔끔거리고 있었다.
 내가 약간 흥분된 어조로 서 기자에게 속마음을 털어놓았을 때 서 기자는 그 괄괄한 웃음을 복도가 쩡쩡 울리도록 터뜨리고는
 "천형, 문제는 말이요, 누가 누구 때문에 울어야 한다는 그 경솔한 약속보다 자연 분출되는 눈물에게 자기의 진실을 맡기는 편이 나을 꺼요. 유치원 학생들처럼 이러지 말기로 합시다. 남 국장은 이미 아무 것도 모를 테니까."
 퍽은 상식적인 논리로 나의 부탁을 물리쳤었다.
 "서형, 다, 다 알겠는데 말야. 이건 정말 어린애 짓이 아니야. 하나의 슬픔을 경험하겠다는 사실보다 범상한 인간적 요소를 발견할 때 내가 나에게 주는 긍정의 가설을 설정하고 싶은 거야. 때로 살아 있는 사람들의 노력이란 이렇게 하찮은 객관에 묻혀 빛을 잃는 것 같애. 서형! 안 그래? 응?"
 나는 사뭇 애절하게 그의 합죽한 턱 아래서 하소했는데, 무척 시시한 듯 실소를

물고 나를 내려다보던 서형은 '…살아 있는 사람들의 노력이 하찮은 객관에 묻혀 빛을 잃는다?…'하며 몇 번이나 되뇌더니, 결국 '그래 하기로 합시다. 가령 내가 진지한 마음을 통째로 열었을 때 그녀는 항상, 취하셨군요, 로 묵살한단 말야… 좋았어! 어쩌면 같은 고뇌의 동포 같아서 말야.' 하고는 나의 결행에 동조했었다.

 나의 결행이란, 서형이 살아 있을 때의 남 국장이 되어 소변을 보고 섰는 나에게 대변기를 타고 앉아 말을 주고받아보자는 지극히 치기스러운 것이었다. 그러나 나는 무척이나 열심이었다. 별다른 이유는 없었으나, 남 국장과의 추억 중에서 제일 감동적인 순간이 화장실 속에서의 대화이던만큼, 조그마한 동화의 재현으로 하여 나의 누선을 절실하게 자극시켜 보자는 욕망은 절대적인 것이었다.

 내가 소변기에 이르렀을 때 대변 칸막이 속의 서형은, 아니 그날의 남 국장은 퍽 다정스럽게 말을 건넸다.

"천선생, 이제 낚시질 떠야지?"

"대변이나 푸욱 잘 보십쇼. 말은 나중에 하고."

"하하하—말에서 냄새나? 말에서 냄새나?"

 한 오 분쯤 시간이 흘렀을 것이다. 나는 기대했던 감동과는 너무나 다른 허전한 마음으로 소변기 앞에 풀이 죽어 서 있을 뿐이었다. 대변 칸막이 속에서 나온 서형은 나의 뒤쪽 널찍한 거울을 향해 연신 터지는 웃음을 참는가 싶더니

"…여전해요?…도대체가 불가능한 거지. 먼저 슬픔이란 감정의 화장 않은 얼굴과 대면해야죠. 난 참으로 어색한 광대일 뿐이란 말입니다. 참, 전혀 다른 종류의 슬픔에다 남 국장을 오버랩시키면 어떨까?……"

"…어려워! 잘 안 될 것 같애……."

 나는 풀이 죽어 돌아서면서 나의 이런 하찮은 일에 무척 열심으로 동조해 주는 서형의 등어리를 툭툭 두들겨 주고 말았다.

 허탈한 마음으로 복도를 걸으며, 서형이 내가 되고 내가 남 국장이 되어, 다시 한 번 화장실의 대화를 재현해 보리라 생각했었다.

지금, 나는 애써 남 국장을 기억하는 제일 합당한 요소들을 생각해 내며 고심하고 있는 것이다.

비어 있는 그의 책상. 그 황량한 자리로 빛살을 펴는 매일의 해돋이. 없는 그의 그림자. 그의 책상 옆의 옷걸이에 걸려 있는 낯설은 옷가지들. 그의 책상 위로 떨어지는 신문지만한 매일의 낙조. 그리고 이제는 한 번도 그의 이름이 쓰여지지 않는 편집국 안의 칠판.

무한한 겨울 바다의 수평선 앞에 오우버깃을 세우고 홀로 섰는 듯한 고독감에 연신 불 같은 한숨이 떨어지면서도, 그 적절한 슬픔의 기억들은 나의 누선과 하등 연유가 없는 먼 거리에서만 손을 흔드는 것이다.

"서형은 왜 안 와! 왜 안 와…."

나는 남 국장이 그랬듯이 한쪽 손으로 휴지를 말아쥔 채 부러 스스로 맥을 풀어 봤다. 남 국장은 손에 쥔 휴지가 자기도 몰래 스스로 떨어졌을 때 땅강아지 기어가듯 그렇게 긴 긴 복도를 기어나오다 의식을 잃은 것이었다.

화장실문이 세차게 열리는가 싶더니 서 기자의 기척이 났다. 그는 소변기 앞에 선 채 연신 기침을 해대며 오늘의 재현을, 그리고 나의 감루를 재촉하고 있었다.

나는 다소 떨리는 목소리로 남 국장이 되기 전, '나의 벗 남욱! 나의 친구 남 국장!'을 몇 번이고 외웠다.

"…천선생, 이제 낚시질 떠야지?"

"대변이나 푸욱 잘 보십쇼. 말은 나중에 하고."

"하하하—말에서 냄새나? 냄새나?"

나는 이 말을 맺기가 바쁘게 대변기에서 일어서고 말았다. 바지춤을 올리다 말고 나는 무척 깊게 나를 뉘우치고 있었다. 한 방울의 감루는 이렇게 어려운 것인가. 슬픔을 감당해낼 힘으로만 충만해 있는 나를 발견한 것이다. 감루를 위한 몸부림보다는 그보다 앞서 나의 단절이 필요했다. 나는 너무나 많은 판단과 정상에 손을 뻗고 있었고 그것들은 겹겹이 나의 어깨를 짜고 있는 것이었다.

일주일 전, 나는 남 국장을 위한 분수 같은 내 설움을 다짐하며 남 국장과 함께 갔던 낚시터를 찾아 걷고 있었다.

'이 자리에서 우리는 그린 필드를 합창했었지. 막 해가 돋을 무렵이었어. 아, 남 국장은 꼭 어린애마냥 제비풀포기를 뽑아 제기를 차댔었는데, 그리고 이곳에서 그는 소주병을 따 걸으면서 꼴꼴 들이켰었어. 고혈압에 새벽부터 무슨 소주냐고 핀잔을 줬을 때 뭐라고 대꾸했던가…그렇다. 아, 남 국장은 양팔로 아코디온을 쳐대며, 걱정말아, 이만큼은, 이만큼은 상기 남았어! 했었는데?……그런데?……'

나는 스스로 무척 서러운 자탄을 해가며 가능한 한 나의 누선을 자극하기 위한 무서운 노력을 하고 있었다. 그가 마지막 회사를 떠나던 날, 사원 고별 분향식이랍시고 향불을 통째 붙여 이 사람 저 사람에게 나눠 주던 그 바쁘고 간소한 시간에 양복깃에다 꽂았던 까만 천쪽을 그와 내가 앉아 낚시질하던 자리에다 놓고는, '지금 나는 남 국장과 낚시질하고 있는 거다. 그래 지금 우리는 떡밥을 개고 찌를 올리고 줄이고…' 이런 상상을 하며 한시바삐 누선이 아파 오기를 기다리고 있었다. 그러나 산릉을 따라 물감이 번지듯 눈에 보이는 낙조가 부챗살처럼 호반을 덮었을 때, 나는 번듯이 누워, 어쩌면 조물주는 이렇게도 오묘한 색깔과 시간들을 구석구석 나름대로 폈을까 하는 엉뚱한 감격으로 하늘을 쳐다보고 있을 뿐이었다.

나는 까만 천쪽을 검지에다 반지처럼 감아 끼고 그 무겁고 침통한 색깔을 정관하며 이 색깔 속에 다 스며 버린 슬픔의 절대적 표현을 생각하다가 피식 웃어 버렸다. '그렇기도 하겠지. 슬픔이란 하나의 정리야, 이 멍청아! 망각을 위해 베푸는 정돈의 집약이야. 억지로 울 수는 없는 것 아닌가. 죽은 사람보다도 산 사람들을 위해 한정된 시간 속에서 예의를 정리해 보는 거야. 조화가 그렇고, 문상이 그런 거고, 조의금이 그런 거고….'

나는, 이 시간, 어차피 쉽게 울어질 것 같지 않은 나의 본성을 위로하며 좀 멋쩍어 있었다. 많은 사람들이 느끼는 그 슬픔의 당위성을 떠나 좀 더 자질구레한 설움의 조각들을 주워 모으며 실컷 울 참이었다. 어린애 잃은 어머니가 걸레쪽으로 쓸려고 기저귀를 모으다간 새삼스럽게 터지는 그 질긴 울음 같은…. 걸신이 든 훈련병이 식사 배급을 기다리며 일렬 종대에 끼어 섰다가, 자기는 무척 자중하고 있다고 스스로 자위했을 때, 문득 나란히 굴곡 없는 그림자 틈에서 불쑥 열외로 튀어나와 있는 자기 그림자를 대면했을 때의 그 콧날 매운 설움 같은….
 '아, 이런 요소와 부딪친다면 얼마나 좋을까. 지성의 허영을 깔아뭉개는 본성의 우직함, 그 앞뒤없는 다급함 말이다.'
 나는 뿌옇게 물김이 오르기 시작하는 수면 위를 보다 말고 참으로 남 국장에게는 죄스러운 전혀 다른 슬픔을 느끼고 있었다. 조그마한 물오리였다. 그 가냘픈 자맥질을 보면서, 저 물오리는 왜 떼에 섞여 날아가지 못하고 이 큰 호수에 혼자 남았을까, 잠은 어디서 자는 것일까, 그리고 이 깊은 물 속에서 저 하찮은 자맥질에 잡혀먹을 물고기가 어디 있을까 하는 생각을 했을 때 찡찡 콧날이 저려 온 것이었다.
 나는 돌멩이 하나를 들어 있는 힘을 다해 물오리께로 던졌다. 물오리는 수면 위를 파득대며 미끄러지더니 무성한 갈대숲 속으로 사라졌다.
 나는 까만 천쪽을 그 바위에 올려놓고 등돌아서며 '남 국장, 나는 꼭 울 거요. 당신이 죽었는데 안 울다니, 이게 말이 돼요? 말이 돼?' 속으로 애타게 되뇌이곤 물러섰다.
 돌아오는 길, 혼잡한 시외버스의 맨 뒷자리에 박혀 앉아, 사람 틈새 어느 자리에 헌걸찬 남 국장이 앉아 있을 거라는 다짐을 해대며 나의 슬픔을 일깨워도 봤으나, 서울에 돌아와 남대문에서 중앙청 앞에 이르는 동안, 나는 설움 같은 것과는 전혀 다른 생각 속에서 오히려 장난스러운 웃음기마저 물고 있었다.
 '서울엔 삼대 원칙이 있구나. 하소와 공략과 방어. 물샐틈 없는 천년 도읍 한양성을 알 것 같군.' 무심히 차창을 내다보며 나는 중얼대고 있었다.
 남대문 뒤의 유 관순 동상은 존망지추의 위기를 하소하고 섰고, 그 앞의 김 유신 동상은 꼭 중앙청을 향해 쳐들어가는 듯 공략의 풍운이 일고, 그러나 중앙청 앞의 이 순신 동상이 칼을 빼들듯 김 유신의 진공을 막고 섰다.
 나는 곧 나의 헛눈팔았음을 스스로 꾸짖으며 다시 남 국장 생각을 하려고 무진 애를 썼다. 어쩌면 이런 헛생각만 해대는 것일까. 기어코 실증해야 할 우정의 감루를 놔두고.
 나는 회사 앞에서 내려 '대전발 0시 50분'을 고래고래 부르며 가는 술취한 막벌이꾼 뒤를 따르며 절실한 확증에 몸을 떨었다.
 '슬픔이란, 그리고 그 질긴 감루는, 역시 스스로 단절을 절감할 때래야 터지고 치솟는 것이겠지. 말하자면 정확한 고독 그거야. 가위에 눌릴 때처럼 완전한 진공, 그 속에서 초토화 돼버리는 영원한 희망의 좌절. 그런데 나에겐 내일을 살 희망 비슷한 게 있거든….'
 남 국장이 앉아 있을 법한 그 자리에 허연 형광등빛이 연기처럼 다 차 있었다. 이 부단한 감루에의 미수는 다소 허기진 것이어서 짖다 짖다 지친 삽살개의 졸음처럼 퍽 쓸쓸한 결과일 뿐이었다.
 나는 곧 터질 듯 뒤뚱대며 다가선 시내버스에 올라타, 젖줄 헤집는 강아지처럼 사람 틈새를 비집고 서선, 슬픔이란 황량한 단절임을 알았다. 그 단절 뒤에 감루가 있음을.

 땟물 저린 테피터 가방 하나만을 달랑 들고 나는 서울역 삼등 대합실의 딱딱한 나무의자에 앉아 한쪽 다리를 연신 떨어대며 기적소리들을 듣고 있었다. 긴긴 기적의 여운 속에 깔리는 황량한 고독이라든가, 반 잘린 드럼통 속에 밀집한 미꾸라지 떼의 회유 같은 역 구내 풍경에서 옴짝달싹도 할 수 없는 진행의 단절을 감상하는 게 아니라, 도대체 어디를 가도 남 국장을 위한 나의 눈물은 무척 어렵지 않겠느냐는 허탈감에서였다. 어떻든 회사 안의 그 딱딱하고도 따분한 분위기보다는 가능하면 황량한 간이역쯤에서 내려 스산한 들국화 더미 속에라도 누워 본다면 나의 천성에 알맞은 의외의 슬픔도 맛볼 것이고, 그때 서슴없이 남 국장의 죽음을 끌어들여 나의 설움을 실증하리라는 속셈이었다.

 나의 신이는, 그 크고 조용한 눈을, 볼에 밭두덕이 지도록 어금니를 물고 방정맞게 발을 떨고 앉았는 나의 얼굴에다 못 박고, 아까부터 무척이나 고심이었다.

"코스모스가 이울지는 쓸쓸한 간이역쯤에서 내리면 어떨까요?"

"…글쎄……."

"그러면 그분과 함께 갔던 낚시터는요? 참 그게 좋겠네요."

"안 돼. 벌써 가봤거든. 물오리의 낙향을 서러워하다가 되돌아왔어……."

"…그럼 어떡하나……어떡하나……."

 나는 신이의 근심스러운 얼굴을 한동안 살피다가 슬며시 일어나 매표구로 다가갔다. 교외선을 타고 가다가 제일 적절한 곳에서 내릴 참이었다.

 나는 신이의 낮은 어깨에다 턱을 괴고 앉아 신이의 긴 속눈썹 밖으로 열린 차창 밖 풍경을 바라보고 있었다. 그러면서 속으로 만약 오늘을 넘기면 남 국장을 위한 나의 감루는 영원히 없을 거라는 생각을 하고 있었다. 그것은 여러 가지의 경험들로 미루어 자명한 사실이었다.

"나는 확신합니다. 남 국장을 위한 천형의 감루는 절대 불가능해요. 도대체 무슨 이유로 이제야 때늦은 감루를 부르는 거요? 누선이란 게 그처럼 질서정연한 걸로 착각하는 모양인데 그거 영물입니다. 얼마나 공리 타산에 민감한 본능이라구……."

 남 국장 석의 해돋이 앞에서 테피터 가방을 든 채 부신 눈을 가리우고 섰던 내 옆을 제식훈련을 하듯 그렇게 장난스럽게 맴돌이하며 턱이 긴 서 기자는 빈정댔었다.

"이건 말야. 어느 누구하고도 상관없는 철저한 내 본성의 훈련일 뿐인 것이고 더구나 자네 말대로 그 공리 타산에 민감한 질서의 누선이 아니라는 것을 실증해 보고 싶은 마음에서지. 왜 말했지 않나, 인간의 성실한 노력이 하찮은 객관에 묻혀 빛을 잃는……."

서 기자는 나의 말끝을 가로채 편집국이 떠나가도록 한바탕 웃어댔었다.

"하하하하―도대체 시시한 아침이군! 퍽 지루한 연습인 것이며……하하하."

나는 이마가 화끈해 오는 미열 같은 해돋이 앞에서 한동안 눈을 감고 서 있었다. 남 국장이 죽은 뒤, 남 국장을 애도하는 나의 관심 속에서 제일 못 견디게 괴로운 것은 이 국장 석의 해돋이였다. 말하자면, 편집국 안의 아침 햇살은 남 국장 석 바로 위의 조그마한 한 줄의 유리창에서 영롱하게 타다가 그 빛살들은 빈 의자에 번져 차차로 책상 위를 다 번진 다음 갈래갈래 찢기며 아침임을 알렸다.

언젠가, 야근을 끝내고 근처 다방에서 이른 커피를 마신 다음 편집국에 들어왔었는데 그때 편집국 안은 막 해돋이가 시작됐었다. 나는 국장석에 앉아 책을 뒤적이고 있는 남 국장의 그 둔중한 상반신으로 활활 타던 해돋이를 무척 감격스럽게 바라보았던 것이었다.

신이는 무척 다행스런 일이라도 당한 양 황망히 나를 부르고 나선 사뭇 비통하게 소근거렸다.

"저길 보세요, 저길! 아주 초라한 상여가 나가네요! 얼마나 슬픈 일인가요. 조그만 논길로 동네 사람들이 꽉 찼네요……"

흐르는 차창 밖 멀리 꽃상여가 갔다. 신이는 그 상여와 나를 번갈아 살피며 열심히도 나의 감루를 부르고 있었는데 나는 민망스러울 정도로 한 번 픽 웃고 말았다.

나는 교외선의 동차가 서울의 외곽을 돌아 다시 서울역에 들어올 때까지 어느 곳에서도 내리지 않았었다. 내리지 않았다는 것보다는 한 번도 객석을 떠난 적도 없었다.

신이는 무척이나 걱정이 되었던지 풀이 죽어 걷는 나의 손목을 꼬옥 쥐고는 애타게 소근거렸다.

"확실히는 모르지만요, 진정한 눈물이라는 건 퍽 어려울 것 같아요. 아예 포기하시고 차라리 웃으시도록 해보세요."

"……동감이야……."

나는 번잡스러운 서울역 앞 가로수에 몸을 기대고 선 채 건성으로 신이의 호의에 답하며 그녀의 마른 볼을 꼬집어 주었다. 그리고 나선 발밑에서 바직거리는 가로수 낙엽들을 한 발로 쓸어 모으며 말했다.

"신이, 미안해. 사실 이런 짓은 어른이 할 게 못돼. 너무나 유치하잖아? 그리구 한편으로는 너무나 어려운 일이야. ……안 될 것 같애! 이 연습은 이걸루 포기하는 거야, 정말……."

나는 그림자처럼 조그맣게 남아 있는 신이에게 뒤로 손을 흔들어 주고는 버스에 올랐다. 때늦은 가을비가 차창을 후리기 시작했다.

'서 기자에게는 드디어 감루를 쏟았다고 거짓말을 하기로 하지. 그리고 앞으로는 가능한 한 남 국장과의 관심을 버리기로 하고. 그리고 남 국장석의 해돋이나 그린 필드 따위는 다 잊어버리면 어떨까. 화장실의 대화는 제일 평범한 대로 또 제일 끈질긴 정이 흐른단 말야……하여튼 내 본성의 일상만 따라가면 되는 거야. 자아, 한숨 자기로 하자.'

나는 실로 오랜만에 결박을 푼 듯 가슴 한구석이 후련해 왔다. 어느 겨울날, 무척 많은 눈이 내려, 남 국장의 묘소 이르는 길에 단 한발의 발자국도 생기지 않는 그런 새벽을 택하여 나 혼자 그의 고적한 둘레에다 수없는 발자국 꽃무늬를 새겨 놓으리라.

내가 이런 생각을 하며 버스에서 내렸을 때 가을비는 억수가 되어 쏟아지고 있었다. 나는 테피터 가방 속에서 소주 한 병을 꺼내어 남 국장이 낚시터에서 그랬듯이 꼴깍꼴깍 마셔대며 억수 같은 빗속을 걸었다.

나는 차츰 남 국장을 잊고 있었다. 무척이나 가까왔던 사람의 죽음을 두고 한치도 요동할 수 없는 단절을 기대했던 나의 감루는 뜨끈한 술기운에 휩싸여 전신에 잦아들고 있었다.

'남 국장! 잘 가시오! 난 역시 안 울기를 잘한 것 같군! 당신을 위한 눈물이라면 나의 누선 속엔 없는 것 같아. 해괴망측한 광대로 말구 말요, 내가 정말 당신을 위해 울려면 황량한 단절 속에서 내 본성이 요절나던가 말야…….'
 나는 다리께까지 걸음이 미쳤을 때 먼발치로 지금쯤 이불이 다 젖고 있을 내 집을 바라보며 난간에 기대서 버렸다. 어쩌면 마지막 기억일 성싶은, 그리고 그를 위해 흘릴 수 없는 이 초라한 연습 속의 마지막 눈물을 위하여, 나는 빗발에 떨고 섰는 가로등 속에다 그의 잔영을 그리고 있었다.
 여름 장마가 한창일 때였다. 취재 나갔다가 독에 빠진 생쥐꼴이 되어 들어온 나의 귓바퀴를 맵싸게 꼬집어 쥐고 남 국장은 역한 술냄새와 함께 소근거렸다.
 "이봐! 천선생이 시치밀 떼두 내가 다 알지. 쓰러지기 전에 붙들고라두 있어야지! 안그래? 내가 추산하기로 당신 집은 보나마나 셋방에다 지금 물난리일 거야! 가서 붙들고 섰으라구, 어서요."
 남 국장은 나의 귓바퀴를 놓고는 한바탕 껄껄대더니 기우뚱대며 자기 자리로 돌아갔었다.
 나는 몇 번이고 꺼지는 담뱃불에다 성냥을 그어대다간, 담배와 성냥을 다리 밑으로 내던져 버림과 함께, 크나큰 소리로 〈그린 필드〉를 불러대며 빨리 걸었다. 새삼스럽게 다소 선명한 기억의 남 국장을 더듬어 이제 막 꺼져 가는 감루의 충격을 자극해 보자는 심산은 아닌 것이, 나의 보행은 남 국장의 죽음을 두고 고민해 오던 그 후 처음으로 무척 활달스러운 귀가를 서두르고 있는 것이었다.
 희뿌연 가로등 밑을 막 지났을 때였다. 뭔가 아주 조그마한 것이 빗방울이 튀는 땅 위에서 허우적대는 듯한 감각을 옆눈으로 느끼며 나는 돌아서 멈추었다. 완강한 몸짓으로 허우적대고 있는 아주 조그마한 것은 땅강아지였다.
 땅강아지는 짓이겨 터진 몸뚱이를 질질 끌며 삽자루 같은 양손을 아코디온 치듯 그렇게 허우적대면서 바늘귀만한 눈알에 번뜩이는 인광을 담고 떨고 있었다. 땅강아지는 나의 발길에 짓눌려 죽어 가고 있는 것이었다.
 나는 바들바들 떨고 있는 땅강아지를 손가락으로 집어 눈앞에 세웠다. 어렸을

적, 우리 고장에선 이 땅강아지를 가지고 재물점도 치고 명(命)점도 쳤었다. '내가 얼마나 부자가 되겠니이?' 하면 땅강아지는 아코디온 치듯 양손을 벌려 대답하는데 그 손의 거리에 따라 지고 이기곤 했던 것이다.

나는 다 죽어 가는 땅강아지에게 참으로 서러움에 차 물었다.

"얼마나 더 살 뻔했니이?"

땅강아지는 양손이 찢어져라 대고 벌려대며 아코디온을 쳐댔다. 나는 문득 땅강아지의 그런 모습을 보다 말고 빗방울이 튀는 머리통을 자꾸 도리질하고 있었다. 남 국장이었다. '이만큼만 더 살지. 이만큼만' 처음 만난 해장국집에서부터 죽기 전 날까지 남 국장의 인사는 바로 이 땅강아지의 아코디온질이었었다.

눈을 감고 가로등을 올려다보는 나의 얼굴은 화끈거리는 열기가 번지고 가슴 한쪽에서부터 일기 시작한 경련이 체증처럼 목에 걸린다.

"남 국장! 남 국자앙."

형언할 수 없는 격랑이 가슴을 태우더니, 그 불길은 봇물처럼 터지면서 급기야 울음으로 자라나던 것이다.

이것이 감루인지는 나도 모른다. 그 어렵던 눈물이 이 하찮은 벌레로 하여 터질 수는 없는 것이라고 생각하면서도 나는 빗물보다 더 많이 뜨겁게 내리는 눈물로 범벅이 된 채 '얼마만큼 더 살래에—얼마만큼 살았니이—' 하는 오열을 땅강아지의 아코디온질에 따라 한없이 터뜨리고 있는 것이었다.*

주례기(主禮記)

 버스정류장과 잇대어 있는 조그마한 빈터 안으론 백개가 실히 넘는 화분들이 꽉 들어차 어느 동네초입보다는 한결 삭막한 느낌이 덜했다. 게다가 바로 옆에 있는 전파상 스피커는 하루 온종일을 이름깨나 설치는 일류가수들의 간드러지는 유행가 가락들을 뽑아내, 말하자면, 사람들이 살아가기 알맞게 소란했던 것이다. 그 사십이 갓 넘었을 성싶은 미친 사람은 항상 이 노변화원과 전파상 사이쯤에 서 있었는데 그의 행동범위는 다소 답답하리만큼 좁았다.
 대개는 전파상 앞을 출발하여 노변화원의 끝까지 유유하게 걷다가, 전파상에서 흘러나오는 유행가 가락을 따라 나직이 흥얼거리며 그 보행을 반복하는 것이었고, 아주 드문일이지만, 어떤 때는, 노랫가락이 절정을 갈 때쯤 해서 그의 유별난 지휘가 터지기도 했는데 이럴 때도 그의 보행은 전파상과 노변화원의 거리를 좀 더 빠르게 왕래할 뿐이었다.
 그가 분명히 미친 사람이라는 확신도, 손가락으로부터 시작하여 끝내는 두 주먹이 도리깨질처럼 허공을 내지르는 이 드문 지휘 때문인 것이, 나직이 흥얼거리며 그 거리의 왕래를 반복하는 대개의 거동은 점잖은 중년이 자택의 정원을 산책하는 그 진지한 정상과 한치도 다름이 없었다.

 나는 두 가지 이유에서 이 사십이 갓 넘었을 성싶은 미친 사람을 무척 좋아하고 있는 편이었다.

 전파상 앞에서 노변화원의 끝—기껏 열 걸음 남짓한 거리 안에서 한치의 변화도 없이 이행되는 그의 거동이 그 하나이었는데, 좀 더 자세히 말하자면, 그의 조용히 들먹거리는 입술의 모양으로 유행가 가사를 그냥 알아차릴 수 있다는 것과 입술의 동작과 함께 한 얼굴 다 차는 진지한 표정으로 그 노래가 다소 즐거운 것인지 혹은 무척 애절한 것인지를 알아낼 수 있는 정확한 확률이었다. 사실 그는 미친 사람답지 않게 너무나 조용했던 것이다.

 그리고 그는 분명 어지간히 예술적인 감흥에 심취해 있다는 사실, 그러니까 그가 정말 미쳤다면 음악과는 필연적인 원인이 있어 오늘의 그가 저 유유한 소일을 하게 됐을 것이라는 나대로의 자명한 추측 그것이었다.

 나는 벌써 보름쯤 이 미친 사람 곁에서 서성대고 있었는데 우스운 말이지만, 그의 안전을 지키고 싶은, 퍽 드문 인정에서였다.

 언젠가 그가 그 유별스러운 지휘를 〈만리포 사랑〉의 곡조에 따라 시작했을 때 전파상 주인이 한 바께쓰가 다 되는 물을 그의 머리에다 퍼부었다는 소문을 듣고 난 이후부터 나는 정말로 밤잠도 제대로 못 이루었던 것이다. 그때 그는 그 열의의 지휘를 계속하면서 무서우리만큼 태연했었고 무척 강경하게 '미친 자식!'이라고 꼭 한번 내뱉더라는 것이다. 이 말을 전해주면서 까르르 웃어대던 아내가 끝내는 '얼마나 기맥힌 일이우? 미친 놈이 성한 사람더러 미쳤다니'했을 때 나는 버럭 소리를 내지르고는 줄곧 노변화원으로 내달았던 것이다.

 만약, 또 한 번 물벼락 소동이 일어나면 나는 기꺼이 그를 위해 전파상 주인과 싸울 참이었지만 다행스럽게도 그런 일은 일어날 낌새가 없었다.

어린 시절, 나는 엉뚱한 누명을 받아가면서까지도 꼭 해내고야마는 괴벽이 하나 있었다. 교미 중인 개들을 지켜주는 일이었다. 옴싹달싹도 할 수 없는 진행의 단절 속에서 밀리고 끌리우고 하는 그것을 서커스단의 삼류곡예쯤 구경이라도 하는 듯, 어린애들은 고사하고 끝내는 시퍼렇게 젊은 아낙네들마저 뜨거운 물을 퍼다 대야째로 내던지는 꼴을 볼 때면 나 혼자 동동 발을 구르다간 집에 돌아와서도 다락 위나 장독대 같은 곳을 골라 마냥 울었었다. 꽁지발이 땡기도록 그 처절한 자리를 엿보다가 두 마리의 개가 천만다행으로 떨어져 제 갈 길을 갈 때면 나는 '만세 만세!'를 서슴없이 불러댔었다.

"꼼짝할 수 없는 것들을 왜 때린담! 비겁하게, 치이—"

이런 괴벽은 내가 대학을 다닐 때에도 하냥 변하질 않아, 언젠가 무척 추운 날, 바직바직 얼어붙은 휑한 논 가운데서 두 마리의 개가 꼼짝할 수 없게 됐었을 때도, 막대기를 휘두르며 달려드는 조무래기들을 쫓느라 진땀을 빼다가 종내는 절친한 친우와의 약속시간마저 저버렸던 것이다.

그는 언제나 깊은 목례로 나의 방문에 답했다. 어떤 날은 그 진지한 표정으로 낮게 흥얼거리다가도 시선이 나에게 오기 전 검지를 세워 까딱해 보이며 먼저 인사를 해왔고 어떤 때는 무심한 눈길에 퍽 세심한 웃음을 곁들여 나를 맞아주었다. 그뿐, 언제나 그는 나에게 말을 붙이지 않았다.

담배를 권하는 나에게 '아, 미안하오. 담배를 못 피워서'하며 그 유유한 보행을 계속하기 일쑤였고, 언젠가 비가 오는 날, 비닐우산을 사 건네준 나의 손목을 두 손으로 꼬옥 잡아쥐며 '오, 노우. 비는 맞을수록 좋은 거랍니다. 나처럼 채 덜 자란 화초에게는'

하며 사뭇 서운할 정도로 가볍게 사양하고 말았다.

주위의 사람들도 그보다는 나에게 더 의아한 관심을 갖고 있는 것이 그와 내가 서로 반대의 방향에서 유유한 보행을 반복하기 시작하면 그제야 '또 왔군' 하며 나에게 더 집요한 관심들을 가져주는 것이었다.

나는 그와 좀 더 진지한 말문을 트기 위하여 벌써 보름째나 무척 고심하는 편이었으나 그는 섣불리 나의 이런 계획에 동조할 것 같지 않았다. 어지간히 못난 얼굴이었다. 언제나 그는 검정색 티셔츠에다 색이 바랜 회색바지를 입고 있었는데, 짙은 자주색 양말보다 더 검어버린 흰 고무신의 꾀죄죄한 땟물처럼, 얼굴을 장식하는 이목구비가 한 사람의 것이 아닌 듯싶게 저마다 다른 구질구질하고 못난 것이었다.

 사실, 아내가 그리도 싫어하는, 그리고 이 많은 시선들이 도리어 나에게 의혹의 관심을 쏟는 매일의 내 보행은, 어찌 생각하면 도저히 상식일 수 없는 한가닥 희망으로 무척이나 열심인 것이다.

 벌써 사흘째나 이사도 못 가고 있었다. 그가 분명히 이 동네 사람이 아니란 사실을 알았고 또 그 맑고 아름답던 황혼의 여운이 아직도 나의 계획 속에 남아 있기 때문이었다.

 '조그마한 차질, 그리고 엄연히 정상일 수 있는 막대한 정신의 가능을 얼음이 언 휑한 논 가운데의 개들처럼 그렇게 버려둘 수는 없지. 조금만 돌아앉으면 되는 거야, 아주 조그마한 거리만……'

 나는 그가 나직이 흥얼거리는 노래를 입김처럼 뜨겁게 귓가로 느끼면서 나도 중얼거렸다. 참으로 어처구니없는 열심인 것이다. 나는 한시라도 빨리 이사를 가야 하는 것이다.

 서늘한 개울가로 무척 속 닳이는 가을이 내리고 있었다. 저녁을 먹고 항상 내가 찾는 그 개울가의 편편한 바위에 올라앉아 시린 발목으로 물장구를 치고 있었을 때, 놀은 산불처럼 능선 위로 활활 타고 있었다.

 내가 막 얼굴을 씻으려고 허리를 구부렸을 때였다. 서른이 채 못 되어 뵈는 여인 한 사람이 나 있는 곳으로 다가왔다. 여인은 깊이 팔짱을 낀 채 나와는 아주 오랜 사이의 친구나 되는 것처럼 바싹 내 등 뒤에 올라서선 엷은 웃음기까지 흘리며 개울 위로 번지는 놀을 깊은 눈으로 내려다보고 있었다.
 훤칠한 키에 발끝까지 끌리는 검정색 롱스커트를 입고, 그대로 개울 위를 내려다보고 있는 여인의 얼굴은 퍽 준수한 편이어서, 돌연하고도 어색한 이 여인과의 시간 속에서 몹시 당황하고 있는 사람은 오히려 내 편이었다.
 잠시 후 나는 더욱 놀라고 있었다. 그녀가 바로 내 곁으로 살포시 앉았을 때 코가 저리도록 확 풍기는 퀴퀴한 땀냄새와 울퉁불퉁한 바위를 퍼런 힘줄이 돋도록 딛고 앉은 그녀의 맨발이었다.
 예의 감당해 내기 어려운 악취나 온통 상처투성이인 하얀 맨발 같은 것은 그녀의 얼굴과는 너무나 어울리지 않는 것이어서 나는 한참동안을 흡사 바보처럼 그냥 앉아 있을 뿐이었다.
 "실례합니다만 비누 좀 빌려 주시겠어요? 이거 죄송합니다."
 "아, 네네, 어서 쓰시지요."
 나는 뭔가 망연해지는 관심으로 여인의 말에 건성으로 대답하며 여인이 하는 꼴을 멍청하니 바라보고 있었다.
 여인은 한참 동안 머리를 감는 듯싶었다. 물방울이 튀는 긴 머리채를 쓸어 올리며 여인은 머리핀을 질끈 문 입으로 다소 분명치 않게 또 말했다.
 "수건도 좀 빌려주세요. 이거 죄송합니다."
 "아, 물론 다 다 드리지요, 네."
 나는 수건을 여인의 손에 건네주면서 여인의 그 악취가 생각나 어차피 수건을 되돌려 받을 수는 없지 않겠느냐고 스스로 다짐하고 있었다.
 여인의 곱디고운 얼굴, 그리고 깍듯한 예절, 어느 것을 뜯어봐야 여인이 미친 여자라고 단정할 수는 없었다.
 "수건과 비누는 다 드리기로 하겠읍니다. 필요하시다면 가지시죠."
 여인은 내 말에는 아무 대꾸도 없이 엷은 웃음기를 띤 얼굴을 들어 한동안 나를 바라보더니 비누를 수건으로 둘둘 말아들었다.

잠시 후였다. 그러니까 내가 속으로 이런 생각을 하고 있었을 때였을 것이다.
'여인은 무척 좋은 가정의 주부일 게다. 부부싸움을 해 뛰쳐나왔나? 그래서 몸에서는 저리도 어울리지 않는 악취가 풍기는 것일 게고 신발도 안 신었겠지. 그냥 들어가지 왜 저럴까, 참!'
"이거 실례하겠어요. 용서하세요."
"아, 네네. 전 관여 마십쇼, 네."
이내 나는 나의 이런 말이 얼마나 부질없는 것이었는지를 알고 무척 후회하기 시작했으나 이미 일은 벌어지고 난 뒤였다.
여인은 바로 내 곁에서 롱 스커트자락을 걷어 올리더니 쐐애쐐애 소변을 보기 시작한 것이다.
여인이 분명 미쳤다는 확신을 얻었을 때 나는 걷잡을 수 없도록 슬퍼지기 시작했다.
'무슨 필요로 저런 여자가 미쳤단 말인가 참! 차암—'
나의 뜨거운 탄식을 댕경 바위 위에다 남겨놓고 여인은 아까보다 더 태연한 모습으로 유유히 걸어나갔다. 내가 준 수건 뭉치를 깊이 감싸 팔짱을 낀 채 사뭇 어두워지기 시작한 산속으로 여인은 절름절름 걸어 들어갔다. 그 여인이 산속 낮은 언덕 아래에다 가마니쪽을 쳐 움막을 짓고 산다는 것과, 간혹 밥을 얻으러 동네에 내려왔다가 조무라기들로부터 호된 돌파매질을 받기도 한다는 사실을 안 것은, 노변화원 앞 그 사십이 갓 넘은 미친 사람이 전파상 주인으로부터 물벼락을 맞은 바로 그날이었다.
밤마다 아내는 이사 갈 채비를 서두르느라 나의 이런 상식 밖의 행동에 대해 무척 불만이었지만 나는 흡사 큰 죄라도 진 양 아내 앞에서 풀이 죽었다.
"아주 조그마한 차질에서말요, 멀쩡한 두 사람이 버려져 있단 말야. 따지고 보면 한뼘도 못 되는 오차로 어떻든 미쳐 있단 말요. 공교롭게도 남녀가……"

노변화원 앞의 남자도, 산속의 그 여인도, 그 막막한 단거리의 집요만 벗어나면 멀쩡할 수도 있다고 나는 꽤 어려운 수학을 풀이하고 있었다. 말하자면 지극히 당연하게 소란한 현실의 정상에다 눈을 뜨게만 하면 그들이 멈추고 있는 한적한 진공이 얼마나 더 못 견딜 권태인가를 느끼기도 할 것이라는 계산인 것이다.

 남자는 왕복하는 거리에서 한 열 걸음만 더 밖으로 나와 보면 무슨 일인가 터지고 말 것이요, 여인은 사내 앞에서 소변만 참을 수 있다면 되는 것일 게다. 하여튼 나는 이들의 변화를 위해 누구도 찬성할 수 없는 노력을 계속해야 될 것 같고, 만약 그들이 나의 노력에 의해 열 걸음을 더 진행해 보고 소변만 참을 줄 알아진다면, 그들이 무슨 짓을 하든 누구도 미쳤다고는 말 못하리라. 안 미친 사람이 어디있담—

 '사실 나는 당신들의 외로움을 달래주고 있는 거요. 아니 어쩌면 기쁨을 주기 위해 이렇게 부질없는 열심을 부리고 있는지도 모른단 말요.'

 이제는 사십을 갓 넘은 이 남자보다 거동의 모든 것이 훨씬 더 세련돼 버린 나의 보행에 대해 주위 사람들은 적절한 판단쯤 내려버렸을 것이다.

 아까운 사람 또 하나 미쳤다든가, 미치기는 간단하군, 구경나와서 있더니 도리어 제가 미쳤다든가 하는.

 벌써 두 시간째나 먹은 현기증마저 느껴지는 유유한 보행을 계속하면서 어쩌면 꼭 이룩되고야 말 내 계획의 예감을 스스로 단정하며 나는 자신에 차 있었다.

"아, 볕이 따갑군!"

 그가 보행을 우뚝 멈추고 파들파들 떨리는 손바닥을 펴 햇볕을 가렸을 때 나는 또 한 번 쾌재를 불렀다.

"볕을 가릴 조그만 모자 하나가 있었으면 무척 다행할 텐데요."

 나는 실로 오랜만에 그의 얼굴 앞에서 크게 소리치다시피 했는데, 더욱 감격스러운 일은, 내가 그와 얼굴을 익힌 이후 처음으로 그는 제일 길게 나와 말을 한 것이다.

"그렇군요. 기막힌 영감 속에서 나의 예술이 한창 피크를 가다가도 이 따갑군 한 마디에 제로가 된단 말입니다. 이럴 때 느끼는 나의 미진한 정상이야말로 지겨운 것이지요. 오늘은 꼭 베토벤의 초청을 받을까 했는데."
 그가 다소 미쳐 있다는 사실을 고려할 때 그의 이같은 말은 도무지 황당한 헛소리임은 자명한 사실이었으나 어쩌면 내가 빨리 이사를 가게 될 것도 같다는 충동으로 나는 퍽 기뻐 있었다.
 어제 저녁때였다. 나는 그 여인의 움막을 찾아 여인을 억지로 끌다시피 해서 동네로 내려왔다.
 큰길 위에 여인과 내가 나란히 해 걸었을 때 여인은 언제나처럼 깊은 팔짱을 낀 채 엷은 웃음을 물고 있었고 사람들은 눈이 휘둥그래져 이 진귀한 데이트를 보려고 우르르 몰려들었다.
 나는 여인을 끌고 다방으로 들어섰다. 시선의 밀림 속에 둘러싸이다시피 했을 때 여인은 맨발의 하얀 발가락을 연방 까닥거리며
 "약간 챙피하네요. 사람들이 왜 자꾸만 날 보죠? 내가 미친년인가"
 하고 투덜댔다. 나는 대꾸할 말이 궁해 잠시 망설이면서 티끌만큼도 이상할 수 없는 여인의 의연한 태도에 새삼 놀라고 있었다.
 어렸을 적, 시골바닥을 쩡쩡 울렸던 세 사람의 광녀들. 비만 오면 홀랑 벗은 알몸으로 온거리를 누볐던 금단이며, 울긋불긋한 천쪽을 수십 개나 주워 잡고는 부러 사람들이 많이 모인 자리만 찾아 발랑 나자빠져서는 자꾸 속옷가랑이를 내리던 칠칠이와, 깊디 깊은 눈으로 연신 하늘 속만 쳐다보며 '하늘이 내려다본다. 하늘이 내려다본다!'를 목이 타게 외어댔던 청백이와는 달리, 이 여인을 광녀라고 믿을 만한 조건은 기실 하나도 없었다. 그러나 알맞게 미쳐 있는 것이 사실임은, 하이얀 맨발과 늘상 얼굴에 젖어 있는 엷은 웃음기와 그리고 내 앞에서 예사로 소변을 봤던 사실이 그랬다.
 금단이나 청백이나 칠칠이가 행차했던 날이면 그녀들을 해치는 조무래기들을

쫓느라 줄창 같이 따라다니며 학교수업도 빼먹던 때의 그 말 못 할 설움이나 의분과는 달리, 이 여인과 함께 커피를 홀짝거리고 있는 나는 무척이나 평온한 것이었다.

 아내나 주위사람들이 나를 손가락질하는 이 어처구니없는 열심은, 좀 더 솔직히 말해, 무척 무척 추운 겨울 때문이었다. 여인의 맨발, 이 하냥 같은 웃음기나, 노변화원 앞 미친 사람의 그 한결같은 보행 앞에 그대로 닥칠 맹렬한 바람과 추위와 눈보라는 생각만 해도 무서운 것이었다.

 여인은 커피 한 잔을 다 마시고 난 뒤 묻지도 않은 자신의 과거를 또렷또렷한 말로 이야기했다. 삼년 전 자기를 범하려던 의부를 어쩌다가 떠민 것이 넘어져 뇌진탕을 일으켰고, 끝내는 반신불수의 폐인으로 만들었고, 완고한 기독교신자인 어머님을 따라 기도원에 갇혀 정신병치료를 받다가 한밤중 발목에 채인 쇠사슬을 끊고 도망쳐 왔다고 했다.

 "난 내가 미쳤는지 성한지 도통 모르겠어요."

 여인은 푸우—하면서 긴 한숨을 뱉더니 스르르 눈을 감았다.

 나는 묻고 싶었던 말을 스스로 해대는 여인이 어찌나 대견하고 고마운지, 사뭇 가쁜 숨결로 이야기를 듣다 말고 몇 번이나 '아, 그랬었군요!'

 '저런! 어쩌다가 그렇게 됐을까요!'

 등의 다소 바보스러운 탄성을 내뱉곤 했던 것이다.

 나는 다방을 나오기 바로 전에 일금 삼백 원에 산 등산모를 여인의 품에 안겨 주면서 말했다. 나의 목소리는 사뭇 떨려 나왔을 것이었다.

 "이 모자를 가지고 내일 낮에 한 번만 더 나와 줘요! 당신이 만약 이 모자를 누구에게인가 선사하면 그는 무척 행복하다 생각할 것이고, 그리고 말입니다, 또 당신은 절대 외로워지지 않을 겁니다. 꼭입니다, 네에?"

 "........."

 빤히 나를 올려다보며 가뜩 영문을 몰라 더욱 백치 같은 표정의 여인 앞에서 나는 더욱더 진지하게 말했다.

"겨울이 무섭지 않으세요? 이제 조금만 더 있으면 그 무서운 겨울이 온단 말입니다! 그 지긋지긋한 기도원에라도 간다면 모르지만 그 무서운 겨울을 어디서 나겠읍니까? 이 모자를 꼭 안고 나오세요, 내일!"

여인의 깊게 끄덕거리는 목을 다소 흥분해서 내려다보고 있는 나의 시선 속으로 조소에 절은 무수한 시선들이 맞들어와 박혔던 것이다.

그는 두 번째 "아, 따갑군!" 하며 파들파들 떨리는 손을 들어 햇볕을 막다가 그 손으로 다시 조용한 지휘를 시작했을 때 나는 용기를 내어 그의 깡마른 손목을 잡아끌었다. 갑작스러운 나의 행동이 무척 무례했던지 그는 나의 손안에 잡힌 손목을 신경질적으로 뿌리치며 별안간 언성을 높였다.

"이거 왜 이러오? 못 놓겠소?"

"참으로 바삐 선생께 알릴 일이 있어 이러는 겁니다. 자 나를 따라오세요."

"흥! 이거 놓으라니깐. 뭐요, 선생은 뭐요? 사복경관인가?"

"천만에요. 나는 선생께 기쁨을 전해 줄 산타크로스올시다."

그는 버둥대던 손에 갑자기 맥을 풀면서 나는 고사하고 그를 보아 온 모든 사람들이면 아마 처음 보는 큰 웃음을 터뜨렸다.

"하하하―미친놈이군, 이놈. 그래 적막강산에 초추가 완연한데 엄동설한이라고 산타크로스가 어디 있어? 하하―"

"여보시오 선생. 너무나 무례한 말 아닌가요, 네?"

그가 불쑥 내뱉은 "미친놈"이라든가, 너무나 당돌하게 행해 버린 그의 웃음이라든가 하는 실례보다는, 내편에서도 인정하고 있는 광인의 호통을 따라 손뼉까지 쳐대며 호들갑을 떠는 주위사람들의 수선에 나는 꽤 짙은 수치감을 느끼고 있었다.

그는 몹시 계면쩍어 있는 나를 아랑곳없이 예의 보행을 계속하면서 나직이 중얼거렸다.

"충무로에서 많이 당했지. 일당을 벌려고 길가에서 서성대는 악사들을 대구 잡아가더군. 도로교통법 위반이라던가……뭐라던가. 대로에서 교통에 방해가 되는 수단으로 앉거나 서거나 서성대는 자! 그렇소?"

그가 이러면서 내 앞에 우뚝 멈춰 섰을 때 나는 다시 그의 손목을 아까보다 더 세게 움켜쥐었다. 그리고 촌각의 여유도 주지 않고 그의 귓바퀴에다 대고 소근댔다.

"자아, 이것과 선생에게 절대 필요한 모자와 바꾸지 않겠소? 선생은 아 따갑군! 하면서 예술적 영감을 안 흐려도 되는 것입니다. 자아 보세요, 밑을!"

그는 이미 그의 바른손에다 쥐어주다시피 들이민 일백 오십 원짜리 빨간 여자용 비닐 슬리퍼를 내려다보고 있더니 다시 고개를 들곤 왠지 모르게 송알송알 땀이 맺혀 있는 나의 얼굴을 물끄러미 건너다볼 뿐이었다.

나는 다소 성급하게 그를 보도 위로 끌어내면서 길 잃은 유치원 아동을 달래듯 그의 등을 토닥거려 주며 여전히 소근대고 있었다.

"선생의 산보는 너무나 너무나도 짧은 거리 안에서만 행해진단 말입니다. 매일 열 걸음씩만 더 연장해 보면 어떨까요. 산에도 오르구요. 아, 산은 얼마나 좋은 가요."

그는 도무지 생소한 곳에 던져지기라도 한 듯 나를 따라 서툴게도 보도 위를 걸으며 불쑥 뱉었다.

"도대체 내 모자는 어디 있는 거요. 불볕을 가려줄 내 모자는 말이오. 그리고 이 슬리퍼는 대체 어디다 쓰는 거요?"

나는 그의 손을 붙잡고 재빨리 차도를 건너뛰어서는 다방문을 밀고 들어섰다.
여인은 좀 전에 내가 시킨 대로 그렇게 얌전히도 앉아 있었다. 어항 속 열대어들의 회유를 진지하게 바라보고 있는 여인의 맞은편 자리에다 그를 앉혀놓고 나는 무척 간절하게 연설하듯 말했다.

"이 선생께서 당신에게 슬리퍼를 선사하는군요. 선생을 위해서 이분은 모자를 샀답니다. 아, 세상은 생각하는 것보단 정말 아름답군요. 어쩌면."

나는 부러 바보 같은 탄성을 연방 내뱉으며 그들의 눈치를 살폈는데 그들의 시선은 이미 나를 잊은 듯 무척이나 조심스러운 눈빛으로 눈싸움할 때처럼 서로를 열심히도 관찰하고 있었다.
 나는 부시시 일어나 카운터로 가 커피 두 잔 값을 치르면서 몹시 불만에 찬 마담에게 그럴싸한 거짓으로 또 바보처럼 지껄였다.
 "사실은 서로가 오래전에 헤어졌다 만난 부부라는군요. 아, 얼마나 기막힌 일인가요! 가능하면 음악은 조용한 걸로……그리고 저 부인은 간혹 만중 앞에서 소변 보는 버릇이 있다는데 그럴 리도 없지만 혹 그럴 땐 마담께서 이해하셔야 되겠지요. 아 기쁘군요, 나의 일처럼……"
 내가 이렇게 지껄이고 있는 동안 그들은 서로가 아무 말도 하진 않았을 것이다. 여인이 슬리퍼를 신은 채 이리저리 맵시를 재보고 그가 모자를 눌러쓴 채 또 그렇게 우쭐대는 틈에 나는 다방을 나왔다.
 다방 문 앞에는 서른은 넘을 성싶은 사람들이 웅성웅성 모여 섰다가 내가 나오자 서서히 흩어졌다.
 내가 집에 돌아왔을 때 아내와 전파상 주인은 꼭같이 몹시 불만스러운 얼굴들이었다.
 "아니 이사 갈 채비는 않구 당신은 도대체 무슨 망녕이 들어 미친것들 시중만 들구 다니우? 아니 꿈도 아니지 이거……저이헌테 필경 귀신이 씌었다구! 굿을 해야 할까요, 차암—"
 나는 아내의 불만스러운 투정을 귓가로 흘리며 전파상 주인에게 퍽 공손하게 인사를 했다.
 "웬일이십니까, 여길……"
 "딱 잘라 말씀드리죠. 그 사람 때문에 영업상 지장이 많은뎁쇼. 근데 박정하게 쫓을 수 없는 것이 선생 때문이란 말입니다. 도대체 어떤 관계인가요?"
 "그는 유명한 악사였을 것입니다. 오갈 곳 없이 돼버린 유명한 악사……"

"그런 소리 듣자는 게 아니굽쇼……그냥 몽둥이 찜질이라도 맥여 쫓읍시다. 뭐 상관 없으시겠죠?"

"아무렵요! 그야 댁의 사정대로 허는 거죠 뭘."

 나는 전파상 주인의 단언과 아내의 말을 완강하게 저지하며 나도 모르게 돼지발목처럼 투실투실 살이 오른 전파상 주인의 손목을 꼬옥 잡아쥐었다.

"절대 안 되지요! 사람이 사는 동안 제일 슬픈 것은 뭔지 아시나요?"

"그래서요?"

"미친 사람입니다. 미친 사람처럼 슬픈 동물은 없는 것입니다. 그런데 그런데……그 사람은 지금 곧 미치려고 한다는 말입니다."

"아니, 그 사람이 돌아두 천만번은 돈 사람인데 미치려구 한다니요?"

"……하여튼 곧 가게 될지도 몰라요. 아참, 이틀만 참아 주시지요! 꼭 이틀만."

 나는 마루 위로 벌렁 나자빠지면서 실로 제일 솔직한 뜻을 한숨처럼 내뱉고 있었다.

"난 그 사람의 중매를 서고 있는 겁니다. 겨울이 오기 전에 떠나보내고 싶은 겁니다. 교미 중인 개를 두들겨보신 적이 있나요? 네에?"

 이삿짐을 싸느라 끙끙 안간힘을 써대는 아내의 입에서 너무나 아연한 이야기가 새어 나왔다.

"공들인 젯밥에 곰팽이 핀다구, 글쎄 이사는 엿새나 미루고 망녕이더니 꼴 좋구랴! 화원 앞에 굿 났대요. 미친 것들이 치고 받고 싸운대잖아."

 나는 꾸리던 짐을 팽개치고 그냥 내달았다. 내가 화원 앞에 이르렀을 때 그들은 엉겨붙은 채 난투를 계속하고 있었고 개싸움 구경하듯 겹겹이 둘러선 사람들은 저마다 한마디씩 뱉는 것이었다.

"허참 고것들 맹랑헌데? 한참 사이좋게 서성대더니 별안간 치고 받고 야단일쎄 그려."

"어려운 싸움이야. 서로 미쳤대니 원 이런 환장할 일이 또 있담!"

 나는 잠시 밀집한 사람들 틈새를 비집고 선 채 사뭇 즐거운 충격을 받고 있었다. 우선 여인이 슬리퍼를 신은 채 이 노변화원을 찾아왔었다는 사실이 그랬고, 저 치열한 난투가 어떻든 그들 사이의 퍽은 친근했던 경위의 발전임이 틀림없을 것이라는 확신으로였다. 그러나 이들의 싸움은 이 같은 나의 기대와는 달리 섣불리 끝날 것 같지는 않았다.

 그것은 응당 터져 나와야 할 욕설이라든가 고함보다는 서로 치고 맞는 그 동작들에 온갖 열의를 쏟는 것으로 다소 불길한 짐작이 가는 것이었다.

 나는 사람들을 비집고 나가 재빨리 그와 여인의 사이에 끼어들었다. 여인은 가쁜 숨을 내쉬며 그새 내동댕이쳐진 슬리퍼를 주워들 생각도 않고 깊은 팔짱을 끼며 멈춰 섰고 그는 언제 그랬느냔 듯이 등산모를 고쳐 쓰더니 이내 질서의 보행을 시작했다.

 여인의 그 엷은 웃음은 오늘따라 사뭇 비통한 설움을 담고 하이얀 얼굴에 골고루 퍼지고 있었으며 그의 보행도 여느 때보다 더 지겹도록 차분히 가라앉아 들었다.

 나는 다소 허기졌다.

 애당초 상식이나 정상을 가지고는 한 가지도 이해할 수 없는 관심만으로 얼마나 이들을 위해 열심이었던가.

 나는 막 내 앞으로 다가와 다시 서서히 돌아서는 그를 우악스레 붙들어 세우고는 좀은 성이 나 물었다.

"도대체 왜들 이러는거요? 왜 싸우느냔 말요."

"이거 보오. 아 글쎄 저 미친것이 자기가 성녀라는구먼. 제가 예수라나?"

 여인도 지지 않고 빈정댔다.

"제까짓 게 뭐 베토벤이라나? 흥! 미치긴 네가 미쳤지 누가 미쳐?"

 나는 그들을 번갈아 쳐다보며 또 바보처럼 되뇌었다.

"그렇습니다. 당신같진 않죠, 예수는. 그렇지 않구요, 베토벤이 선생같진 않습니

231

다. 그는 훨씬 더 선생보다 위대하고 또 잘났지요. 우선 귀가 먹었지 않았읍니까? 베토벤은 제일 모자를 싫어했답니다. 예수는 슬리퍼를 신지 않았구요. 그렇습니다. 당신들은 그 누구도 아니에요. 그렇지 않구요!"

 사람들이 제멋대로 까르르대는 소리를 소음처럼 들으며 이제는 어쩔 수도 없는 일이라고 그 자리에 못 박은 듯 서버렸을 때, 여인은 언젠가 무척 속 닳이는 가을이 내리던 날, 활활 타던 놀을 어깨에 지고 절름절름 산속으로 들어갔을 때처럼 이미 저만큼 걸어나가고 있었다.

 나는 여인을 뒤쫓으려다 말고 문득 서버리고 말았는데, 그것은 사십을 갓 넘은 보잘것없는 그가, 보행을 중지하고, 유심히 여인의 뒷모습을 바라보고 있었기 때문이었다.

 나는 그의 팔을 붙들고 다시 한번 애타게 소근대고 있었다.

 "선생. 겨울이 무섭지 않습니까? 그리고 이 많은 사람들의 관심이 두렵지 않으세요? 여인은 지금 무척 서러워 있을 거예요. 조금만 도리질을 해보시지요. 당신이 왜 이 무서운 관심들 앞에서 교미중인 개처럼 꼼짝 못 해야 할까요, 네에? 그리고 말입니다, 사실 나는 지금이라도 이사를 가야 할 형편인데요. 그런데 나는 선생 때문에 꼼짝도 못 하고 있는 겁니다."

 누가 봐도 그보다는 내가 더 미쳐 있을 것이었다. 여인의 모습이 골목길로 감추어져 버리고 그가 그 얄밉고 지겨운 보행을 다시 시작했을 때 나는 눈앞이 아찔한 현기증마저 느끼며 걸음을 옮기기 시작했다. 이젠 서늘해 버린 가을 하늘 속에 눈길을 담그면서 나는 그동안 내가 얼마나 밑져 버렸는가를 속셈하고 있었다. 내가 더덜거리는 삼륜차에 몸을 실었을 때 후질후질 가을비가 내렸다.

 그 좋은 날 다 보내고 하필이면 비가 오는 날 이사냐고 투덜대는 아내의 등을 도닥거려 주며, 사람이 사는 동안 무척 엉뚱한 일에 한두 번 밑지는 것이라고 몇 번이고 타이르고 있었다.

 삼륜차가 그 동네초입을 돌 때쯤 나는 실로 무심코 그곳으로 눈길을 보냈는데 잠시 후 나는 기쁨인지 슬픔인지 분간 못할 격랑을 한가슴 뿌듯하도록 일렁이며 몹시 떨고 있었다.

 어쩌면 다시는 못 볼 그 사십을 갓 넘었을 성싶은 사내가 보행의 한계를 백보는 더 벗어나 골목길을 접어들고 있는 것이었다. 그보다도 사실 내가 떨고 있는 절대의 원인은 그의 손에 들려가는 새빨간 비닐 슬리퍼였다.

 후둑후둑 빗방울로 얼룩지는 백미러 속으로 그가 점처럼 멀리 작아질 때까지 나는 부끄러움도 없이 큰 소리로 되뇌고 있었다.

 '꼬옥 껴안고 겨울을 나야 하네……무서운 관심들 앞에 따로들 서 있지말고……행여 횅한 겨울 논 위의 개들처럼 그렇게들 되지 말고……하여튼 사람들 틈에 같이 끼여서들 살아야……'

 말 못하는 주례의 간곡한 끝말이 이럴 것이었다.*

배밭굴 청무구리

 장판지가 얼얼하도록 튕겨 오르는 새벽 이슬이 춘삼월 이엉줄을 타고 내리는 낙수마냥 어지간히도 차다.
 강아지풀이며 제비풀이 풀풀 털리는가 싶더니 가뜩 시려빠진 장판지 위로 울뭉줄뭉 기어오른다.
 관솔 풀무질하듯 주둥이를 앞산만하게 쭈욱 빼물고는 연신 장판지를 쓸어 보이지만 이슬에 포옥 젖어서는 여간해 안 떨어지는 제비풀 꼬리가 따끔따끔 쏘고 찌르고 야단이다.
 오늘은 그중 빨랐지 싶은 것이 샘가에 놓인 두레박 몸뚱이를 휘휘 감고 들나팔꽃이 한 무더기가 폈다.
 "우짠댜……그새 두레박을 휘휘 처감구서나……우짠댜, 이것을?"
 뚜껑례는 포오—한숨을 내뱉고는 적이 울상이다.
 새벽부터 죽장 행보 한다는 경산댁의 수선도 수선이지만 그렇다고 두레박을 칭칭 감고는 제멋대로 핀 나팔꽃들을 돼지밥 젓듯 한손에 휘청거려 버리기엔 뚜껑례 속마음이 그리 모질 순 없다.
 "심통도 꼭 누구 닮구나서나 지랄이여, 차암—"
 뚜껑례는 발가랑을 막 푸덕대며 날아 오르는 메추리를 보다 말고 투덜댄다.

두레박을 옴싹달싹 못하게 칭칭 감고 나선 나팔꽃 덤불이 꼭 곰배 속 마음을 닮았다 싶다 생각하니 왜가리 미꾸리 물고 사지를 털듯 허리통이 싸아해서, 그여코는 그 자리에 풀썩 주저앉아 한 말이나 좋이 되는 웃음보를 터뜨리고 만다.

그새 등뒤에서 인기척이다. 고구마 순을 또옥또옥 딸 때처럼 얼른 주둥이를 꼬옥 다물어 보지만 억척같은 웃음기는 탱자울타리 빠져드는 앞바람 만큼이나 풀풀 샌다.

"말만한 것이 이슬도 안 말랐는디 믄 청승이데야? 물은 안 푸구서나."

뒷집 똘랭이어미다.

"글씨 좀 보레니깐유."

"멀?"

"이 나팔덤불 심통 좀 봐유."

"얼라? 대체 믄 지랄이데야?"

"……먼저 푸세유……"

"그랴."

똘랭이어미는 말이 끝나기 무섭게 두레박을 칭칭 감은 나팔꽃 줄기를 참깨 털듯 털어내고는 두레박을 우물 안으로 처 박는다.

첨벙―하는 소리가 이슬보다도 더 춥다.

갈기갈기 찢겨 헝클어진 나팔꽃 줄기를 쓸어모아 명주를 풀듯 한 올 두 올 쓸어내던 뚜경례는 밭가랑 위에서 두런대는 소리에 흠칫 놀라 일어선다.

면사무소에서 측량 나온 사람들일 성싶은 것이, 삼줄같은 긴끈을 들고 밭가랑을 온통 후적대며 농굿날 상모 놀듯 하는 꼴에다, 이장 아들 사봉이는 삼발이를 한 그 천리경인가 뭔가 하는 조그만 쇠붙이에다 눈을 처박고는 등어리는 잔뜩 휘어 꽥꽥 소리지르는 품이 쥐약장수 억만이의 곱추 등이 다 됐다.

뚜경례는 또 피식 웃음기를 몰고는 아랫배를 움켜쥔다.

"아니, 믄 일이데야? 허패쪽에 상투바람이 들었제, 믄 일이데야? 읍내 최주사 봉침 한 대 꾸욱 쑤셔서나 바람기를 빼사……"
 말은 삼단 깁듯 오지게도 하지만 똘랭이어미도 영문 모를 웃음기를 따라 물고 우정 해 보는 심사렸다.
"아니유. 아니유. 저어, 저 사람이 사봉이 아닝게유? 그치유?"
 밭가랑이 천정에 매달렸다고 꽁지발은 잔뜩 추세워 수선이람―한참 동정을 살펴보던 똘랭이 어미가,
"그려, 맞구만은―"
"킥킥―"
"아니, 이 큰애기가 대체 믄 일이랴? 물 풀 생각은 않구서나 웃음보따리는 오가리채 마셨당가?"
"저 말이유, 저 천리경인가 뭔가는 눈 한 쪽은 감어야 뵌다지유?"
"그랴."
"사봉이는……사봉이는 편한 일 하니께 그러치유, 안 그래유? 킥킥."
 그제야 똘랭이어미는 덩달아 허리통을 쥐어잡는다.
"이고 잡것! 잡것하고는, 이고―"
 똘랭이어미의 웃음소리가 사뭇 밭가랑을 타자 뚜겅례는 짐짓 모르는 체 두레박 끈을 잡고 일어선다. 까치가 빼갔다는 희끄무레한 사봉이의 한쪽 눈이 쪽제비처럼 뚜겅례를 흘겨보는 것 같아 소름기마저 쏘옥 돋는다.
 첨벙 첨벙―찰찰 넘치는 샘물이 두레박을 쳐올릴 때마다 얼굴이고 허리께고 가리지 않고 더듬듯이 튀어 오른다.
"차거러으 이고 차거러으―"
 뚜겅례는 푸우푸우 요란스럽게도 세수를 해대다가, 섬칫 멈췄다간 또 퍼득퍼득 목덜미에다 샘물을 앵겨 붙이며 머리통을 조아리는 품이 꼭 가뭄에 오리멱질이다.
"큰애기 시수가 뭇이 이렇게두 요란하대여? 죽장 파장 때처럼 시끌시끌 지랄이

구서는—"
 똘랭이어미가 끙하고는 물지게를 지고 일어서는데 목덜미로 촉촉하게 엉겨붙은 머리칼을 쓸고 섰던 뚜겅례는 기겁을 하며 돌아선다.
"왜? 왜 그랴?"
"천리경 좀 봐유, 저 천리경 좀 보라니까유?"
 뚜겅례는 사뭇 발까지 동동 구르며 병아리 모래찜질하듯 방정이다.
"빙신이 새벽부터 기분을 내누라구, 쯧쯧—아, 퍼뜩 가재니까는 그랴."
 똘랭이어미는 이쪽으로 향했다가 그제야 슬며시 돌아서는 천리경을 흘겨보며 수선이다.
 뚜겅례는 온 얼굴을 발갛게 태우고는 끄응 물지게를 진다.
"저번 때두 저 병신이 '이가 네 마리, 빈대가 여섯 마리, 겨드랑이에는 벼룩이가 알을 삼천 개나 품구 있네그랴' 하구서는 막 놀리지 않아유? 천리경을 내 몸뚱이로 돌려대구서나!"
"저도 막대고 놀려주지 그랴!"
"뭇이라구유?"
"니 아랫도리에는 감자가 서말이라구 말여! 힛힛—"
"그게 믄 말이댜? 응?"
 똘랭이어미는 대꾸도 않고 허리통을 다 흔들고는 웃어제치더니 알자리 찾는 오리처럼 뒤뚱뒤뚱 사뭇 위태롭다.
"그러다가 넘어진대두 그랴!"
"힛힛—이고—힛힛—이고 아랫도리에 맥이 빠지는데, 이고 이고—"
"얼라? 얼라?"
"이고 나 모른대두!"
 방댕이가 사뭇 턱 빠진 수레바퀴처럼 뒤뚱뒤뚱 좁은 논길을 타더니 그옇고 똘랭이어미는 물지게를 진 채 개구리처럼 발랑 나자빠지고 만다. 그 풀에 뚜겅례라고 온전할 리는 없다.

"이고 몰라여! 내가 믓이라고 했남!"

뚜겅례는 똘랭이 어미의 가슴께다 얼굴을 파묻으며 걸죽하게도 엎어져 늘어진다.

"새벽참에 믄 일이냐? 팔자에 없는 멱질을 다 하구서나!"

"누가 아니래유! 아침이 재앙 맞어서나 이꼴이지 뭐래유!"

뚜겅례 치마폭을 잔뜩 거머쥐고는 끙 일어서더니 똘랭이어미가 다시 풀썩 고꾸라지는 통에 둘이는 맞부둥켜 안고 또 한번 질퍽하게 자빠진다.

"……그런데 저 천리경은 왜 신바람이 나 저러지유?"

"청무우밭으로 길이 뚫린대지 않어."

"청무우밭으로유? 아니 왜 하필이면 청무우밭으로유?"

뚜겅례 놀라는 품이 심상치 않다.

"내가 아남? 죽장으로 막 뚫리기가 그 중 순한 길이라서 그렇대지 아마."

"……순하기도 하겠네유……"

퍼진 죽사발처럼 댕그렇게 가랭이를 벌리고 앉어서는 송편 한개쯤 좋이 얹게시리 주둥이를 쏘옥 내밀며 청승맞은 한숨 한가닥까지 길게도 곁들인다.

"좋지 않구서나……행보길도 해 안이면 네 행보는 하겠구 또 시글거리는 청무구리도 없어지구……"

똘랭이어미가 퍼뜩 일어서면서 수선스레 치마폭을 털어대는 통에 섬뜩섬뜩한 물방울이 사정없이 돌개바람 비서리처럼 얼굴을 싸아 때린다.

"믄 생각이냐? 어서 일어나지 않구는. 글씨 뚜겅례 꼴 좀 부아! 밤도깨비도 상감이랴! 힛힛—"

뚜겅례는 무슨 일인지 곰배가 안스럽다.

청무우밭이 길로 뚫린다고 하필이면 곰배가 이렇게도 안스러울까.

"아휴 깜짝이야! 잡것, 저 잡것!"

메추리가 푸득 나는 통에 그만 혼줄이 빠진 뚜겅례는 드문드문 맨살이 드러난 메추리의 앙증맞은 엉덩이에다 대고 연신 가당찮은 돌팔매질이다.

 아직도 축축하게 이슬기가 밴 검불단을 깔고 앉아 맵싸한 눈물을 한바재기쯤은 좋이 쏟으며 불을 지피고 있던 뚜겅례는 이내 신들린 듯 싸립을 차고 나간다.
 거렁거렁 가래 삭히는 소리에다 잔뜩 청승맞은 가락으로 육자배기를 흥얼거리는 녀석은 틀림없이 곰배였다.
 아니나 다를까, 벌써 누렇게 기름기가 든 탱자울타리의 얽히고 설킨 틈을 발기발기 찢으며 곰배가 간다.
 하냥 그랬었지만, 이제 겨우 갓 스물인 곰배가 터억하니 곰방대를 물고는, 훨훨 한량 두루마기 자락처럼 까불까불 활개를 쳐대며 동네 마슬다니는 꼴이란 우습다 못해 기가 찬다.
 그래도 이같은 거동이 한서리 맞은 호박넝쿨처럼 여물게도 틀이 째여서는, 지나가는 눈에 언제고 밉지 않은 것은, 워낙 녀석이 부지런하기로 배밭굴 쩡쩡 울리는 소문 하나만으론 아니다.
 곰배녀석 넉살 앞에 서면 누구고간에 삭신이 나른해져 지레 뜬다. 포옥 곰삭은 멸치젓국처럼—.
 이내 돌아와 검불단을 지피노라 생눈물을 짜보지만 뚜겅례의 마음속이 편치 않다. 바직바직 횃불 타듯 억세게도 불기가 없는 불질만큼 속이 답답하다.
 가슴을 쭈욱 펴고는 큰숨을 몇 번 들여마셔 보지만, 그도 감질만 나, 이젠 터엉터엉 앞가슴께를 한두 차례 쳐대고 나서야 뚜겅례는 가랭이를 모로 세운다. 이내 허리통이 저리도록 힘을 줘본다.
 세상천지에 별난 동네도 다 생겨났지 뭔가. 사방이 훤한 황토들판에다 나무 한 포기 억세게도 못 키워 마냥 삭연한 서러움만 키우는 풍치다.
 게다가 꼭 한 군데 만구산(산이라지만 기껏 일년생 소나무가 드문드문 서 있는)

으로 향하는 길목엔 천수답 목줄 축여주는 열댓 가량쯤의 방죽이 터억 길목을 눌렀다.

동네 싹 쓸어 외진 곳이라곤 배밭들 뿐인데, 동냥자루 봄마슬 나듯한 세상인심 때문인지, 그나마들 어찌나 튼튼한 쇠줄들로 담을 잘랐는지 겨우 족제비 나들이나 족하렸다.

겨우 몸이라도 뉘일 곳이라면 기껏 장딴지를 차는 꽤 넓은 청무우밭이다.

뚜경례는 청무우밭을 생각하며 제풀에 젖꼭지가 시리도록 모진 소름을 탄다.

모로 세운 무릎코에다 밥사발만한 젖통을 터억 얹고는 꾸욱 등뼈에다 힘을 줘 보지만 어지간히 뼛대힘께나 염출하는 곰배의 팔아름 또아리를 생각할랴 치면 그나마 미친개 지난 자리에 솜털 앉기다.

그런데 하필이면 청무우밭이 왼통 들춰엎힌다니 생각만 해도 숨이 목에 찬다.

"차암……내가 엄니 말마따나 요새 신살이 들었남……"

제풀에 화끈한 불김을 귀밑이 찌르르 하도록 일구는데 경산댁이 허리통을 다 휘고는 갓 캐낸 고구마를 한 말이나 쏟아놓는다.

"그새 불김도 못 지폈능게벼. 후딱 처질르고는 곡마단 귀경이나 허제는."

"싫네유. 엄니나 허세유. 삭신이 저려서는 한 잠 포옥 시드는 게 더 나을 성싶구유."

경산댁이 뚜경례의 포동포동 단물이 오른 몸뚱이를 핥듯 훑어 내리더니만 금새 푸우 긴 한숨을 내뱉는다.

"시집갈 때가 돼서 그랴."

"치이—엄니는."

"뭣이 치이는 치이데여? 동네 너만한 것들 한 년이라도 남았나 봐여. 서리 지난 상수리마냥 저 혼자 달랑 남아서는……안 그랴?"

"그려서 워쩌라구? 치이—"

이제는 뚜경례가 경산댁의 상기 젊은 몸매를 마냥 훑는다.

배밭굴 싹 쓸어 딱 한 손가락에 꼽는 인물이다. 배밭굴만인가, 삼십리 밖 죽장까지 쩡쩡 울리는 미모다.

기껏 약탕재 짜다가 다 못쓰게 된 갈포수건으로 머리를 씌우고는, 가랭이가 너줄거리도록 다 헐은 고쟁이로 몸뚱이를 쌌지만, 마흔이 넘은 경산댁의 얼굴은 이제사 한참 농익는 기껏 삼십이나 갓 채올렸을까 싶게 터무니없게도 젊다.

주둥이가 병치입이 되도록 얌전하게 주름을 모아 새우고는 포오—긴 한숨을 뺄 던 뚜껑례는 흠칫한다.

고구마를 움켜 쥔 경산댁의 손이 파들파들 떨리는가 싶더니, 눈 가장 자리로는 잔뜩 명주주름을 잡고는, 장난기 서린 입술을 몇 번이고 얍싸하게 들먹들먹 하더니, 끝내는 한바탕 꺼렁꺼렁한 웃음보를 터뜨려 놓으며 뒤로 나동그라진다.

"워째 저런댜? 얼라? 얼라?"

경산댁은 이제 사뭇 토방을 대굴대굴 구르며 웃음을 웃노라 무진 수선이다.

고쟁이 허리춤을 잔뜩 움켜 쥔 하이얀 손목이 힘을 풀 때마다 박살같은 허리통이 다 드러난다.

"심심하던 판에 한 판 자알 웃었구먼. 그것 참 그것 참, 워째 그렇게도 똑같댜? 힝힝힝—"

경산댁은 연신 웃음을 참지 못해 안달이고 뚜껑례도 겉모양 같지 않게 속으론 다 안다. 경산댁이 강그러지는 연유를 백번인들 모를까.

뚜껑례는 아예 경산댁의 호들갑 따위에는 정신이 없다.

뚜껑례는 몇번이고 망설이다가 그여코는 묻고 만다.

"……지금도 청무우밭에는 청무구리가 시글시글하데여?"

"청무우밭에 청무구리가?"

"그려……여지 그러는가 싶어서."

"건 워째서?"

"……그냥……"

"누가 청무우밭엘 들어가 봤어야지. 청무구리인지 청개구락인지 내가 워찌 안댜!"

경산댁이 건성으로 지나치는 게 뚜껑례에겐 여간 다행스럽지 않다.

청무우밭 생각만 하면 으례 경산댁이 가엾다.

경산댁 혼줄은 한 해면 스무 번도 넘는 일. 뚜껑례 하나 때문에 백사 마다하고 저렇게 늙어가는 경산댁이 못내 안스럽다.

그냥 하루 빨리 곰배의 말을 듣는 편이 상책일듯 싶고, 그러면 두 집이 다 여느 인심들 같지 않게 화목태평하게 한판 살아 볼 것도 같다.

뚜껑례 머릿속으론 처렁처렁한 청무우밭이 그대로 짙푸르다. 서르르 서르르 밭가랑을 가르며 춤추는 그놈의 청무구리는 제발 씨가 말랐으면 싶다.

곰배네와 뚜껑례와는 퍽도 가까와서 배밭굴은 제쳐두고 죽장까지 그 의좋은 인심들은 벌써 다 깔린 소문이다.

곰배아버지도 건장한 홀애비였고 사람 좋기로야 읍내까지 쩡쩡 울리는 인품인데다 핏줄이라곤 곰배 하나만 달랑 꿰찼고, 경산댁도 청청 젊은 과부에다 뚜껑례 하나만 달랑 열렸다. 사정도 같았지만 사이 좋기로도 두 집이 서로 다를 바 없다.

봄부터 가을까지 행세깨나 하는 동네가문으로부터 읍내 터줏대감까지 경산댁의 혼줄을 달고 중신애비만도 서른은 넘게 행보했지만 그럴 때마다 경산댁은 그저 뚜껑례만 보고 성화였다.

"내 걱정은 씨도 말고 니나 어서 짝 찾아 가래두그랴! 나야…나야……혼자 살면 어쩌고……어떻든 니가 짝을 만나사……."

뚜껑례는 순을 딴 고구마를 한바구리 광속에다 쏟아 부으며 제단으론 심히 큰 결심을 해본다.

'곰배 말을 들어사 될까부아. 그냥 엄니를 위해서라도 눈 딱 감고 들어사 될랑게벼. 청무우밭 길 뚫리기 전에 곰배 얘기를 다 털어놓을까 부아. 그래서 엄니가 심간이 편하겠잖남!'

뚜껑례는 광문을 닫다 말고 저도 모르게 숨죽인 도둑방귀마냥 안타깝게 내뱉는다.
"청무우밭에는 지금도 청무구리가 서글댄댜?"
"…………?"
"오살것들 믄 지랄이댜?"
"아니, 오늘사말고 니는 으째 청무구리타령만 한댜? 응?"
"비암은 무섭고 징그랍고……"
뚜껑례는 고개를 설레설레 내저으며 가시마냥 아프게 박혀 오는 경산댁의 눈길을 피하노라 목덜미가 뿌듯하도록 한사코 도리질이다.

아흐레 눈썹같은 달이 갓 열린 오이꼭지처럼 파랗다 못해 차가웠다.
장딴지가 흥건하도록 찬 이슬이 젖었다. 만구산 중턱쯤 될 것이렷다. 부엉부엉 부엉이가 울었다.
갓 잡아다 논 때까치새끼 나불거리듯 뚜껑례는 청무우밭 가랑에 앉아 곰배의 억센 팔아름 또아리를 빠져 나오지 못해 여간 성화였다.
"이봐! 곰배여, 부엉이는 워째서 운댜?"
"저거? 지 애미는 잊어뿔그는 슬퍼서 지랄인게벼."
"치이―우는 부엉이는 새끼가 아니란디?"
"차암―그라면 저저 곰배가 우는겨……"
"아니 워째서? 응? 워째 니가 부엉이가 돼서는 운댜?"
"저놈의 부엉이가 곰배라면 말여, 바로 뚜껑례 부엉이 찾느라고 저러잖어?"
"이고, 우뭉스럽기는! 말도 요리저리 잘도 갖다붙이는 것 좀 부아."
말이 채 끝나기도 전에 곰배의 불김같은 입김이 뚜껑례의 폭 젖은 목덜미를 태웠다.
순간, 그만 나른하게 풀리는 사지를 감당 못해 뚜껑례는 정신을 뺏고 곰배는 꼭

뿔 자른 황소마냥 대구 날뛰었다. 곰배의 발길에 채여 뚝뚝 청무우대가리가 부러져 나갔다. 뚜껑례는 간이 타게 종알댔다.

"곰배여! 이러지 마아! 으째 이렇게도 무섭게 군댜?"

"인제는 절대적으루 못 냐준다니께는! 이참 가슬은 안 노친대두 그랴! 뚜껑례여! 니 내 말 듣는다구 하구서나 또 이러기남? 엉?"

 꼭 어린애마냥 애가 타서 날뛰는 곰배의 더벅머리를 손바닥으로 쓸어주며 어차피 있을 일을 어쩌랴 싶어 속을 태우다간, 그냥 하냥 어지러운 별밭을 담고는 꼬옥 눈을 감아버리려는 바로 그때였다.

 사각거리는 소리가 바로 뚜껑례의 발치에서 일며 그 소리는 곧 뚜껑례의 귓전을 스칠 무렵이었다.

"곰배여! 믄 소리댜? 누가 왔능게벼!"

"응? 누가? 누가? ……아무것도 아녀!"

 곰배의 우악스러운 손길이 모질게도 뚜껑례의 아랫도리를 헤집는가 싶더니 이내 싸아하니 허벅지 위로 찬 이슬이 될 때였다. 그 소리는 또 사글사글 을씨년스럽게도 일었다.

"누가 왔대두그랴! 싫대두! 싫대두! 그랴!"

"헛참, 오긴 누가 왔다구그랴?"

"왓대니깐그려! 봐여! 저 소리! 내일 밤에! 꼭! 꼬옥!"

 잠시 땅을 짚은 양어깨로 바글바글 가쁜 숨을 내쉬며 앞을 내다보던 곰배가 그 옇고는 가쁘게 소리치고 만다.

"쉬! 쉬잇! 저놈의 청무구리."

"에메메메, 나, 나 죽어! 나 죽어!"

 뚜껑례는 소스라쳐 일어나 아랫도리를 추켜 입고는 곰배의 널짝만한 가슴팍을 파고들었다.

 길기도 한 청무구리 한 마리가 꼿꼿이 선 채 여들여들 모가지 춤을 추고 있었고 곰배는 뚜껑례의 손목을 이끌고 뒷걸음치며 간이 타게 중얼댔다.
"저놈의 뱀이 하필이면 오늘밤에 웬 지랄이냐! 저놈의 비암이!"
희뿌연 달빛을 받고 서선 흐느적 흐느적 목춤을 추고 있는 청무구리가 둘이에겐 가슴을 다 찢는 설움만큼이나 원스러웁고 한스러웠다.

써늘하게도 하이얀 햇살이 붉은 고추 멍석 위에 다 깔렸다. 만구산 머릿봉에 두어 뼘 남짓 겨우 해가 걸려 이맘때면 게으른 장끼가 컹컹 날개를 턴다.
"나 싸게 댕겨올 테니까 검불이나 구둘 닳도록 넣어두구서……그래야 한밤이라두 불김이 가지 요샌 새벽참으로 제법 한기가 들어서나……"
"으디 갈려구 그랴?"
"죽장 최가헌데 가서는 참깨나 곡석되로 바꾸구선 그냥 달음에 내쳐온대두 그랴."
"새벽참에 가제 인제 행보해서 은제 올려구."
"홧걸음이면 새로 한시면 돌아오지 뭘."
뚜껑례는 여느때 같지 않게 반지르르 동백기름까지 입히고는 서둘러대는 경산댁을 바라보며 딴 생각 하나로 벌써부터 가슴속은 풀무질이다.
'죽장 최가라면 돈푼두 만지구……그 아저씨도 사람좋기로 이름난 홀애비니까 서로 의문없을 테구……근데 대체 언제 저렇게들 됐댜?'
뚜껑례는 죽장 최씨의 얼굴을 생각하다 말고 쿡 웃음기를 문다.
장농감으로 심은 미류나무 한 삼년 큰 짐작만큼 껑충한 키에다 터억 뼁코 구두를 걸치고는, 낙지발처럼 긴 팔을 흐늘흐늘 거니는데, 보면 볼수록 미운 데 없는 얼굴은 어쩌자고 잔뜩 수염으로 풍년이다.
뚜껑례는 피식 웃다 말고 자근자근 입술을 깨물어댄다.
'오늘은 좀더 차분히 얘기도 허구, 아주 약조사항도 받구……그리고 곰배가 하자는 대로 꼭 다 허구 말아야지. 하루라도 빨리 내가 곰배와 짝지어 나서야 엄

니는 죽장 최씨허구 거동도 자유스럽구……제발, 제발 엄니를 위해서도 오늘은 꼭…….'

싸립을 나가는 경산댁의 활개짓에 오늘 저녁따라 모진 힘이 밴다. 뒤풍거리는 엉덩이가 농익어 터진 무화과처럼 단물을 쏟는다.

해는 벌써 만구산 머릿봉 밑으로 떨어졌고 어름어름 말문을 여는 뚜경례는 오늘따라 경산댁에게 미안한 마음이 찰엿처럼 걸쭉하다.

"엄니, 나도 좀 마슬 나갔다 들어올 참인디."

"어디를?"

"그냥 동네마슬."

"워째서?"

"아니, 그냥 집을 비워놓구?"

"그럼 엄니는 은제 온대유?"

"……좀 늦을지도 모르제만."

"……그랴?……"

"방문만 단속허구 핑 갔다 들어오면 돼잖어? 동네마슬은 뭣헌더구……참! 곡마단귀경이나 허재는 그랴! 오늘이 끝날인디."

"싫네유!"

"동네마슬이면 내일 가지 그랴. 오늘은 집이나 보구서나."

"꼭 나갔다 들어올 일이 있대두그랴. 내일부턴 일년내내 마슬 안 나가두 되여."

주둥이를 뾰족히 내밀고는 딱따구리 떡갈나무둥치 파듯 그렇게 조임질을 하고 섰는 딸이 오늘따라 경산댁도 더욱 가엾다.

저것이 필경은 제 어미 때문에 여태 짝도 못 찾아 나서구 고명 호박처럼 달랑 매달렸나 싶다.

경산댁이 싸립을 나가는데 향긋한 크림 냄새까지 곁들였다. 꼭 일년은 쓰나 싶지. 작년 이맘 때 고구마 두 말하고 바꾼 크림 생각이 번뜻 난다.

뚜껑례는 줄창 우물가로 내달아서는 푸우푸우 수선스레 세수질을 해대고 나선 미끈미끈 기름기가 오른 허연 허벅지도 정성스레 땟물을 뺀다.

콧잔등에다 물컹 크림을 떠 먹이고는 밀가루 반죽 쓸 듯 대구 밀어댄다. 크림이라고는 기껏 세 번인가 쓰는 걸 봤나 싶다. 그토록 경산댁이 아끼는 크림을 어깨 너머로만 눈동냥하다가 듬뿍 칠을 하고 나서니 참빗질 서캐 뽑듯 여간 시원해야 말이지.

기껏 지금쯤에—곡식되나 바꾼단 말이 사실이라면 콧대 높은 죽장 최씨의 서슬 높은 부리 아래서 얍실한 입술을 꼬옥 물고 앉았을 경산댁을 생각하면 죄스러운 맘이 괜히 불길같다.

뚜껑례가 싸릿을 나섰을 때 저만치 앞 탱자울타리 쪽에서 예의 귀에 익은 인기척이 난다.

바람결에 확 풍겨오는 독한 담배냄새가 어지간히 코에 밴 곰배의 썰거리 냄새다. 곰배는 싸리울타리를 벗어나기 무섭게 번쩍 뚜껑례를 안아 올린다.

"웬일이여? 구라분냄새가 천지진동하게! 휘이 상내여!"

"하옇든지 말 갖다붙이기는 천년 묵은 이무기여! 믓이 또 천지진동이남."

곰배는 뚜껑례의 훈김 밴 손을 이끌고는 조심스레 청무우밭 가랑을 탄다.

"청무구리가 나오면 또 워쩐댜! 워쩐댜!"

하며 벌써 열 번은 더 방정맞게 치를 떤 뚜껑례가 아니더라도 우선 제 편에서 더 가슴이 바직바직 조여들어 애꿎은 헛기침만 간이 타게 뱉어 본다.

"쓰르르 쓰르르 치이 치이."

밤벌레들 눈치가 상달을 넘었는지 고무신 콧날 한 뼘 앞에서만 땅이 울려도 뚝 그치곤 한다.

족제비 닭장 대들보 타 내리듯 그렇게 조심조심 청무우밭 가랑을 타던 둘이가 흠칫 놀라 그 자리에 푸석푸석 주저앉는다.

웬일인가. 그럴 리가 없으련만 분명 청무우밭 속에서 누군가가 속닥거리는 소리다.

 바싹 귀를 쫑그리며 참새들처럼 숨을 할딱거리던 곰배도 뚜껑례도 그만 가슴 속으로 싸아 하니 서릿발이 선다.

"이봐유! 좀 고정허세유! 아휴, 좀만 고정허시레니깐유!"

"헛참, 딱두허네그랴! 뚜껑례어미만 좋다면 우리 둘이 합하는 거야 동네에서들 다 찬성합의할 일 아니남!"

"곰배아버지 생각 좀 해 보세유! 말만한 자석들이 그저 제 짝들도 못 찾어 저꼴인데 우리가 워찌께 먼저 이러남유? 생각 좀 해 보세유!"

"차암―자네는 그 중 헛생각만 푸짐허게 해싸쿠먼은! 아, 어련히들 제짝들 찾아 나설려구 걱정이남! 이봐! 경산댁! 경산댁!"

"……아휴우―몰라유! 난 몰라유!"

"내가 싫으남?"

"……모른대니깐유! 이러지 마세유! 아휴 이러지 마세유! 누가 싫다구 했남유, 차암―"

"경산댁! 이봐! 이봐!"

 한참 실랑이하는 소리들이 솥 끓듯 덥더니 이내 꼭 그날 밤처럼 뚝뚝 청무우대가리들이 부러져 나간다.

"경산댁! 경산댁!"

"몰라유! 아휴……난, 난 어쩌면 좋지유? 난 난 몰라……몰…"

 청무우밭 속은 그냥 거센 훈김들만 바람 같다.

 곰배가 뚜껑례를 빤히 바라다본다. 희뿌연 달빛에 곰배의 속눈썹으로 금세 또록 또록 크기도 한 눈물방울들이 매달려 반짝인다.

 곰배의 떨리는 목소리가 바짝 뚜껑례의 귓바퀴에다 대고 사뭇 운다.

"뚜껑례여! 뚜, 뚜껑례여!"

"…………"

"뚜껑례여! 우리는 워찌 된댜? 응?"

"……몰라! 몰라!……"

"말 좀 해부아! 믓이라고 제발 말 좀 해부아!"

"……모른대두……모른대두 그랴아……"

뚜껑례는 곰배의 팔아름 속을 슬며시 나오며 꼬옥 쥐었던 손아귀에 스르르 힘을 푼다.

"인자는……인자는 우리는 남남 아녀? 안 그렇남?"

곰배는 더욱 더 목이 멘다.

"워디가 남남이남?……자석들이제는! 자석들이제는……"

"……차암! 그려! 그려!"

뚜껑례는 핏물이 솟도록 잴금잴금 입술을 깨물어대며 용케도 설움을 참는다. 그리고는 양 무릎 사이로 휘장처럼 널린 치마폭으로 찬이슬보다 더한 눈물들이 송알송알 떨어져 내린다.

곰배는 바들바들 떨리는 손으로 연신 들먹이는 뚜껑례의 등줄을 가만가만 쓸어 본다. 뚜껑례가 섬찟 놀라 물러 앉는다.

"가여! 후딱 가여!"

"으디로?"

"뚜껑례는 뚜껑례집으로 가구……나는……나는 내 집으로 가구……"

뚜껑례는 애써 눈물을 삼킨다. 샐쭉 토라져 보지만 이내 몽당 빗자루마냥 꼬옥 묶은 뒷머리가 할미새 꽁지 방정처럼 모질게도 떨며 대구 설움이 솟는다.

소리를 죽여가며 애써 큰 소리를 참는 뚜껑례가 이렇게 측은할 수가 없다.

곰방대에 썰거리를 재보지만 곰배라고 뚜껑례와 다를 게 없다.

"부엉부엉."

부엉이가 운다.

앞서 걷던 뚜껑례가 한눈 다 젖은 채로 곰배를 돌아다보며 우뚝 선다.

"……워쩐댜?"

"……뭘……"

뚜껑례는 금새 울듯 목구멍까지 치솟는 설움을 참노라 두 손바닥으로 꼬옥 입을 틀어막고는 다시 후적후적 걸어나간다.

뒤따라 풀이 죽어 걷는 곰배는 그만 가슴을 싸쥐고는 숨을 크게 몰아쉰다.

꼭 한번만 저 불쌍한 뚜껑례를 꼬옥 안아주었으면 싶다.

그만 억센 도리질에 목줄이 뿌듯하다.

"참말로 워쩐댜?"

뚜껑례는 다시 돌아선 채 간이 탄다.

"…………?"

"부엉이가 울면 청무구리가 설친대잖남?"

곰배는 그제야 섬칫 놀래 선다.

"차암! 그려……워쩐댜?"

"청무구리가 설치면 우리엄닌 워쩐댜?……워쩐댜……"

둘이는 똑같이 지나온 청무우밭 속을 향해 나란히 돌아선 채 애가 탄다.*

달무리

　좀산이 떨도록 어멈의 울음은 질겼다. 푸석거리는 땅으로 흥건한 핏줄이 흐르고 당산고개 밑을 쟬쟬 넘는 당산천 물줄 속으로 멱딴 선지처럼 멍울멍울 굳어 섞이는 선지였다.
　쑥골이 오대광신을 빼앗아, 물꼬불 산꼬불 태극의 영험을 싹 눈돌림질하고 곳간 속 알자리처럼 오붓한 씨골을 틀어앉은 죄 때문이라던가, 짐승 미간이나 패고 각살을 푸념해서 살아가던 백정이란 백정은 죄다 어깨를 쳐서 씻줄을 잘랐더니라. 태극을 돌림질한 푸짐한 얘깃거리 속에 백정이 좀산 용머리를 자른 것이 연유라 하는 어른들 말씀이고 보매, 쑥골 안 백정들이 좀서리를 맞던 옛날도 그렇게 달무리만 훤히 꼈었다. 세 사람이나 되는 백정이 가지런한 짚단결처럼 누워 죽었는데 그 위로 써늘한 달빛이 내려, 머리에는 용갈을 씌워 섬찍한 대창질로 난도질 당한 희뿌연 허벅지들이 흡사 멱 따고 늘어선 짐승들이었다.
　어멈이 당사춤을 곁들일 정도로 온 몸을 부들부들 떨며 아범을 업어 좀산 금송굴 속에다 숨길 때만 해도 돼지네는 기껏 열 넷을 치어 올라, 한창 넋뺀 설움만 허망했을 따름이었다.

"어멈, 가스네라도 무명지 핏줄이여. ……행여래두 달밤에 마슬 돌리지 말구 아조 방속에다가 갈을 씨워. 이런 변에야 씨가름이 있을 택도 없구……"
 초고치불에다 옴폭 패인 광대뼈를 드러내고는 금송굴이 컹컹 울리도록 한숨이 잦던 아범이었다.
 열 이틀 달이 가락지같은 달무리에 싸여 노는 물방개처럼 팽이질을 하던 날이었다.
 구질스런 갈포 쪽에다 저녁참을 싸들고 좀산을 올랐던 어멈의 울음소리가 좀산 안에다 컹컹 산울림질을 했다. 입술만 떠도 쉬쉬 지레 자즈러지던 어멈이 저렇게도 맘놓고 퍼져서는 꺼이꺼이 울음을 터뜨릴 리 만무였다. 목구멍에다 엿물을 설쿠고 섰던 오라비가 기어코 줄달음을 놨다. 오라비 손길에 끌려 금송굴로 치달은 돼지네는 헉 인중이 당기도록 신기를 물고 말았다.
 사시나무 떨듯 쪽이 틀리도록 바들대며 벌써 혼이 나간 어멈은 따글따글 골추를 떨며 달무리에다 눈길을 박았고, 오라비는 숨어있던 숲가마 속에서 묻은 검댕이들이 눈물에 떠서는 지방 쓰고난 붓끝에서 지는 먹물처럼 온얼굴을 적신 꼴이, 서리맞은 까마죽 터지듯한 몰골이었다.
 "미친놈아아. 워디를 깔대나와아 불짐 속에다 에미 던져넣지 말고오……퍼뜩, 퍼어뜩 안 갈텨어?……이구우, 이구우…….”
 희끄무레한 당산고개 위로 끌려가는 복날 개처럼, 그저 땅바닥에 굳는 발을 억지로 끌면서, 오라비는 당산고개를 내처 넘었다. 달빛이 허옇게 실린 오라비의 등줄이 줄 나간 참연 꼴로 고개마정을 넘었을 때, 돼지네는 어멈 가슴패기에 메주 묻듯 머리통을 처 박고, 그제야 용트림질 같은 울음을 내 쏟았다.
 그새 금송굴에 숨은 아범 동태를 눈도둑질한 사람이 있었을 터였다. 그러려니 해서 그런지, 금송굴에다 아범을 업어 나르던 날 밤 자진골 샛길에서 불쑥 지나쳤던 강생이 아범이 떠올랐다. 그 옆에 장돌뱅이 꼽추가 흘낏 눈짓을 하며 따랐었다. 소장수 강생이 아범이야 백정에다 비기면 토방 위에 앉은 양반꼴이었다. 골목쟁이마다 헛괭이질로 담벽이 헐리고, 서너차례 용심 쓰는 소리가 "으싸 으싸" 했다하면 강글어지는 비명을 물며 담벽에 붙은 백정은 푸석 무릎을 꿇고 말았다. 밑도 끝도 없이 물난리처럼 쑥골을 쓸고 간 재변은 금단이년 무당사설 때문이었다. 백정 통천이 녀석의 한 대 얼림질에 고치불 꺼지듯 사지를 늘이고만 제 영감 원귀가 그리도 성성했던 참이었겠지만, 주막집 사발투정이 사람 명줄을 끊고 만 것은 골백번 입을 봉해도 백정 편엔 된서리였다. 돼지네는 달빛만 깔려도 치마를 뒤집어 쓰고 움메— 울었다.

 헛간 추녀께까지 널름대며 타작마당 보리멸 튀듯 연신 피직 피직 기세좋게 타오르던 검불단 불김도, 한 고비는 다 가, 희뿌연 연기만 감질나게 외줄로 솟는다. 이슬을 받아 눅눅하게 젖은 산 속에서 또그르 또그르 굴러오는 밤벌레 소리만 아니라면 상여집 간막처럼 오싹 소름이 치도록 고즈녁한 밤이렷다.
 숨죽은 팟단처럼 질퍽하게 깔려, 풀섶마다 맥빠진 베네메뚜기를 얹고, 이따금 몰아가는 샛바람질에도 거푸 초랭이를 떨고 마는 질펀한 풀밭 위로 희미한 달빛만 억세게 녹는다.
 별다른 기척도 없는 동구 안은 한식경 전에 마슬들을 끊어 이엉줄이 굽도록 속살이 차가는 박넝쿨만 샛바람을 타고 대글데는데, 빈 멍석 위로 깔리는 풍치라는 것이 밤새들만 허기지게 저어가는 퀭한 달무리였다.
 대숲이 띠를 두른 삽짝 아래 허리춤 풀은 개울이 찰랑찰랑 징검다리를 넘었다.
 오진 기지개 한 차례에 그만 참숯불 일굴 때처럼 어지러운 별똥이 튀어, 포오 포오 마른 한숨질을 해대던 돼지네는 휑 돌아눕고 만다. 코가 맵도록 아릿한 탱자 냄새가 풋풋한 겉살을 익히는 낌새로 비릿한 대바람에 섞여 묻어오는 판국에도 유독 역하다.
 돼지네는 엉거주춤 겹다리를 꼬고 앉으며 멀거니 상방(喪房)을 훔쳐본다. 기껏 대추씨만해서 문지방을 넘는 설바람끼에도 호들 호들 떨어대는 고치촛불이며, 궤연을 모신 휘장이 느실느실 춤추는 품이, 섬찍하도록 식는 가슴 속에다 오싹 저려오는 성에를 일군다. 눈이 부시도록 새하얀 휘장께로 가 닿는 파란 향불 연기가 물 위에 떨어진 기름방울처럼 확 퍼져 부서지면서 고미 서까래 모서리로 뭉실 뭉실 모여든다.

돼지네는 낫을 쥔 손에다 끄응 힘을 주고는 한 차례 걸죽한 침질까지 먹여보지만 마음 속이야 가을비 맞는 연잎처럼 억세게도 시끄럽다.

돼지아범 혼귀도 오늘이면 상방을 떠나려니 생각하매 소상 대상 다 치르고 벌써 탈상인가 하여, 탕기와 면기를 채운 소여물같은 밀밥이며 어금니에서 신물이 지레 솟도록 시어빠진 삽초나물이 그 어느 때보다도 민망스럽고 죄스러운 돼지네다.

유별나게 억척스러운 흉년 속이라 탈상 대제라는 것이 동냥집 아침상 같은 꼴에다, 더욱이 손이 걸지 못해 아홉살배기 돼지놈 혼자 상복 채로 달랑 곁마루에 올라 누워 한잠 푸짐하게 늘어져 있는 꼴이, 상방을 나가는 아범 혼귀 눈에 크나큰 설움의 가시가 되기는 십상이렷다.

돼지네는 땅이 꺼지게 늘축한 한숨을 또 한차례 쏟아놓고는 그만 허리통을 꾸욱 눌러대다 말고 자지러지는 신음을 물고 만다. 써늘한 땅섶에서 오르는 한기를 통 채 씌워 받고는 그새 방정맞은 새우잠을 꼬박 시들었던 탓으로 사골육신이 저마다 저려온다.

벌써 이틀째를 꼬박 뜬 눈으로 새운 참이었다. 탈상 날 제찬거리라도 푸짐하게 올릴 양으로 막주뜸 강생이를 찾아 갔다가 되려 혼불나게 허리춤이나 붙들려 실랑이를 한 탓인지 혼귀가 나설 때를 못 참아 깜박 눈꺼풀이 지레 감겼던 터다.

멀거니 앉았던 겹다리마저 젤젤 저려와서 새끼 잃은 암소 꼴로 껌벅껌벅 넋 놓고 있으려니 새삼 장대같던 훤칠한 키에 대골사지가 쏘옥 빠진 돼지아범의 생각이 한없이 몰려 온다.

궤연 속에 삼년간이나 혼귀로 죽어 있다니 망정이지 사실로야 돼지아범이 어디

죽을 사람이었던가.

 공진회를 떠들썩하게 했던 금쪽같은 황소를 장리쌀 다섯가마에 그만 강생이한테 뺏기고는, 막주뜸 당산고개를 어정어정 넘어가던 황소 엉덩이에 달랑 올라 한사코 고삐를 되돌려 채려다가, 기어코는 강생이가 휘두르는 삽자루에 명치가 벼락치더니 시름 시름 앓아 누웠었다. 삽골은 고사하고, 막주뜸에서 백리는 실히 빠져 기피실 장터까지 쩡쩡 울리던 용심허우대는 어디다 두고, 마냥 퍼런 육모초즙이나 홀짝대며 핏기가 가셔가던 아범이었다.

 삽골 종우(種牛)로 씨를 줘서는 애송아지 한마리 받을 것이 있어 그것이라도 돈으로 셈해 약첩이라도 살 양이었다.

 오진 가뭄 때라, 짭짤한 간수나 다름없이 바닥이 뒤집힌 샘물도 콧잔등만 씻어내 벼락질같은 세수를 끝내고 막 삽짝을 벗어나는데, 그렁그렁 가래를 끓이면 아범이 목줄이 떨도록 힘없게 돼지네를 불렀다.

"어머엄 워디 가능겨?"

"송아지 씨값이나 미리 염출해서나 약첩이라도 써야 허잖어."

 아범은 미간맞은 막돼지 면상이 다 되도록 이마에다 사태주름을 다 잡고는 방정맞게 손을 내저었다.

"쌀매들년허구는, 쯧쯧 고걸 씨값으로 쳐서 월매나 쥐겠다구 지랄이여! 내가 워찌께 벌어서 키운 소구 워찌께 불려서 묻어논 송아진디. 안되여! 씨값으로는 못받어. 송아지루 받어야 재산이 되지"

 망설이고 섰는 돼지네의 허리춤을 슬며시 끌어서는 정수리를 발발 떨며 꼬아보더니 이내 숨가쁘게 내뱉는 것이었다.

"그여 죽나부아……그여 죽을 모양이여……"

"오두방정을 다 떠네 그랴. 죽긴 누가 죽는다구 그랴. 돼지놈 연줄에 걸친 모생이 종자처럼 달랑 앵겨놓구는 죽을 참이유? 나를 두구?"

 꿈도 그렇게 허망할 수는 없었다. 허리춤을 아범 가랭이에다 맡기고는 싸아 도는 눈물을 막 훔치는데 허리춤을 감았던 아범의 장단지가 푸석 방바닥으로 떨어지는 것이었다. 설마해서 펀뜻 뒤돌아보는데 아범은 흰창을 뒤집어 까고 고미 모서리를 오기지게 흘기고 있었다.

"왜 그류? 돼지아부지 왜 그류? 눈이 왜 이래유? 이봐유, 이봐유…"

돼지네가 비사리단처럼 아범의 가슴패기로 엎어지는데 아범은 그만 꼴꼴대는 숨줄을 축 풀린 얼레처럼 잇더니 시름시름 사지를 뻗는 것이었다. 아범은 끓던 죽물 불김 잃듯이 허망하게 숨을 꺼버렸다.

싸래기꽃이 질펀하게 깔려 싸락눈밭을 걷듯, 시오리길 좀산을 치어 올라 아범을 묻고도, 돼지네는 그저 깨어날 꿈만 같은 심사였다.

삼년 동안을 상방을 지키면서 궤연 속에서 불쑥 일어나 와락 허리춤을 껴안을 것같은 생각으로만 푸짐하게 서러움을 달래봤으나 역시 아범은 영 죽고 만 것이었다.

돼지네는 탱자울타리 아래로 서걱대는 기척을 듣고는 잽싸게 낫을 들어 팍팍한 마당을 찍어댄다.

"워떤 요귀랴! 훠이, 훠이— 현벽학생부군 혼귀나신다, 혼귀나신다아 훠이, 훠이—"

눈물을 되로 받아 냈다면 몇 말도 넘었을 것이었다. 상방에 들어 설 때마다 아릿한 눈속에다 못이 박힐 정도로 담아왔던 지방 글귀가 돼지놈 이름 부르듯이 거침없다.

혼줄이 빠지게 탱자울타리 곁을 빠져나는 쥐 잔등 위로 잔물살처럼 실린 히끄므레한 달빛이 얹혀간다.

마음같아서야 가슴패기가 무너지도록 텅텅 벽용을 치며, 상방 안을 파장구렁창 미친개처럼 엎어져 대곡을 쏟아놔도 모자랄 것이지만, 명색이 탈상인데 몸간수 정히 갖고 혼귀출방이나 지켜봐야 도리이거니 하는 생각이, 밀리는 명치밑 땟국처럼 갑갑하다.

탈상날 궤연답회는 고사하고 날이 시퍼런 낫자루를 든 손이 웬일이며, 가슴 속은 복날 보신국 끓듯 버글대며 식은 땀을 삼줄 빼듯 쏟고 있는 처지가 사뭇 꿈 속 같지만, 탱자 울타리 밑에 숨어 상방을 훔쳐보는 연유도 돼지네 가슴 속에선 의당한 것이렷다.

 깜박 눈꺼풀이 감긴 동안이라야 기껏 마슬참 정도인데도 오십리 밤길 속처럼 길고 소름끼치는 것이었다.

 궤연 속에서 기척이 있을 리 만무했다. 그런데도 궤연을 친 휘장이 흐늘 흐늘 흔들리더니 불쑥 아범이 솟는 것이었다. 웬일로 상투는 틀었는가. 헐렁한 마포적삼 소매 속으로 앙상한 손목을 길게 내 뻗고, 엽송 긁는 갈퀴날처럼 듬성하게 오그려 붙인 손가락에다 파들거리는 사레질을 담고, 상강날 씨포도같이 잔뜩 물기를 빼 오그라진 누런 눈망울을 치뜨곤 피어오르는 향불 연기를 가르며 다가드는 것이었다.

"아버엄"

 그저 육신만 제대로 놀았을 것이고, 이미 혼줄은 다 빼 와락 아범의 허리통을 쓸어 안는데, 얼음장처럼 선뜩한 아범의 갈비뼈가 가래가래 허물 벗듯 부서져 나가는 것이 아닌가. 한아름 잡히는 것이라야 헐렁한 한줌의 적삼이고 아범의 얼굴만 상방 안을 둥실둥실 떠다니는데 머리골까지 텅텅 울리는 아범의 목소리가 사뭇 운다.

"워쩐 일이랴, 그저 퍼져만 누웠게. 암소는 뺏기지 말어! 종우 가래를 떠서나 만든 거여, 뺏기지 말어어— 낫으로 칵 찍어 그놈을……갈비에다 벼락을 쳐 꽂으란 말여……"

 돼지네는 둥실둥실 떠다니는 아범의 얼굴을 따라 사묵 미쳐 맴돌며 숨넘어가게 묻는다.

"누구를? 누구를?"

상방을 나가며 추녀귀에 잠시 머무는 아범의 옆 얼굴이 소몰이 하던 오라비들 쏙 뺐다. 막주뜸 좀산 벼랑 아래 자는 듯 죽어 누웠던 오라비는 목줄에서 쏟아낸 선지만 아니라면, 상기 손아귀에 꼬옥 쥔 몰이채 하며 의당 소장터 파장길에 억센 소몰이를 끝내고는 한잠 깜박시든 꼴이었다. 오라비의 피엉킨 상투를 풀면서 여물 삼키는 소처럼 꺼이 꺼이 울음을 참던 아범이 그때 그 좀산 벼랑에서 하던 말을 모가지만 둥둥 떠다니며 또 내뱉는 것이다.

"아니 누구를 누구를?"

돼지네는 그만 기진해서 거품을 물고 만다. 소스라쳐 일어난 돼지네의 부라려 뜬 눈안으로 향불 연기만 휘장에 가 닿아 외줄로 오른다. 자욱한 향불 연기에 그만 숨이 막혀 한동안 떡가래질을 해대는 숨줄이고 그때마다 떨리는 사지로 흥건한 식은 땀이 솟는다.

느닷없이 외양간이 시끄럽다. 새끼 떨친 암소가 산이 울리도록 운다. 돼지네는 한달음에 내달아 외양간 속으로 쓰러진다. 고리채가 뽑히도록 낫을 벗겨들고는 어둠 속에 다 눈길을 세운다. 어석거리는 소의 새김질소리에 따라 늘축한 힘줄이 돼지네의 목덜미를 적신다. 눈앞에 몽실거리는 암소 콧잔등이 푸우 푸우 더운 숨을 뿜는다. 돼지네는 사지에 맥을 풀고 탱자울타리 밑에 동냥자루 처럼 비식 쓰러지고 만다.

"후유— 꿈도 요상해라— 오래비 상투는 왜째 꾸어 달구서는……"

가물거리는 어리짐작질에도 좀산 마정테 위로, 기껏 석발이 빠져 기우뚱 걸린 열사흘 달이고 보면 상기도 자시는 사뭇 먼 낌새다. 부우— 부우— 가슴 속 풀무질이 또아리를 틀게끔 을씨년스러운 부엉이 울음이 오늘밤따라 좀산을 다 울린다. 자시면 틀림없이 아범 혼귀가 상방을 날 것이고 도굿대 뒤에 숨어 집안 살림 푸닥거리를 훔쳐보다가 처마줄을 타고 이엉 위에 스름스름 오를 것이었다. 백번이고 '쌀매들을 년!'을 그 합죽한 주둥이에다 물고 골패쪽 같은 훤한 인중이 논골이 다 돼도록 혀를 차 댈 것이었다. 숨꺼지던 날 아범도 증서쪽처럼 환한 집안꼴을 익히 알고 세상을 떠났을 것이지만 그래도 삼년 썩은 싸리 빗자루 꼴이 다 된 추녀춤만큼은 영 가슴에 걸리는 돼지네다. 탈상 혼귀는 꼭 추녀춤을 타고 이승에 난다는 이치렷다.

 무심코 추녀춤을 바라보고 있으려니 그새 얼이 빠져 잊은 것이 한 두가지가 아니다. 빈 멍석 위에다는 달빛만 살리고는 제귀 목 축일 정수 한 그릇 떠 논 것 없고, 그보다 추녀춤에 버선짝 거는 것을 깜빡 잊었다싶어 연신 혀질을 해대며 안방 속으로 들었다.

 좀벌레들이 한창 알자리를 긁는지 헐은 반닫이문이 열리자마자 퀴퀴한 탕냄새가 오장을 다 긁는다. 버선짝이라고 보름날 장터 윷판 나들이 할 때만 골라 신던 겹올당목 버선도 그새 누렇게 겨찜을 먹어서는 걸레쪽이나 다름없다. 중니가 시리도록 꾸욱 눌린 버선코를 물어 발을 세우고는 툭툭 털어 두 짝을 골라잡았지만 상방을 나는 혼귀의 입성에 굿거리나 안될지 모를 일이어서 돼지네는 또 한차례 매운 눈물이 싸아 눈알을 쏟는다.

 추녀춤 정수리를 잡아 버선을 걸면서 꽁지발을 섰노라니 허리춤께까지 찌르르 경련이 인다.

 "순바람 타구 극락입성허세유— 보선코에다 진명을 실쿠 지름길로 퍼뜩 나세유—"

 활대가 다 되도록 허리를 굽혀 서너번 큰절을 올리니 눈앞으로 다가오는 눅눅한 땅기운이 선뜩하도록 이마 위에 실린다. 정작 영영 마지막이다싶은 인사 같아 새삼 상방 속이 허전한데 풀풀 새는 향내음이 왈칵 설움을 키운다. 돼지네의 도리질이 여간 초췌하지 않다. 꿈자리속의 아범도 그렇지만 하필이면 오라비까지 합작해서 상방 원귀로 노는 품이 아무래도 심상치 않은 심사다. 쪽이 뒤틀리도록 억세게 도리질을 해 보지만 갈순 잦는 얼레속처럼 끼어드는 것도 하고많다.

 달무리는 물김처럼 허옇게 동구안에 다 차 개울물 넘는 소리까지 써늘하게 식히고, 퍼런 낯날에 엇갈리는 섬찟한 신귀가 돼지네 가슴 속을 아작아작 다 긁는다.

갑작스러운 원귀마당에 상모굿이라도 일 참인가.

 목줄에서 끈끈한 감냄새가 일도록 오라비의 느긋한 용트림질 속에는 얼큰한 술기운이 푸욱 떴다. 장터 행보가 벌써 두번, 소 판 장날은 으레 심값 명색에 명치에서 당골질소리가 나도록 싸움질이 일기 마련이지만, 중도세를 벌써 두심이나 느긋하게 얹혀먹은 뒤라서 그런지 오라비 장터 두 행보는 여느 때 같지않게 상모굿처럼 기분이 들떴다.
"그만 결탁하구 쉬지 그류. 두번 심에 중매심값이 삼천원을 얹혔으면 다 됐지 그여 말값이나 더 벌려구 또 장엘 갈려구유?"
 아범이 한사코 팔목을 나꿔 챘지만 오라비는 가당찮게 도리질만 푸짐하게 해댔다.
"놔 둬. 에미년이 쑥골로 봇짐만 안 져날랐어두 모르지만 강생이놈 수작에 내 팔짜가 언덕 굴른 골패실이 다 됐는데 사정볼게 뭐여. 소판이야 내 말 한마디면 결탁금이 일할은 더 뜨는데 제놈이 그저 편할줄 알았남. 한정놋쿠 뿔을 세울참이니까 이번 판에는 제놈이 헛다리 짚구 넘어지능겨. 자손 대대가 백정으루다 짐승 미간만 패고 산대두 좋아, 좋아—"
 막주뜸에서 읍까지 한점 육기라도 오라비 손질 안거치고 각을 뜬 고기는 없었다. 보신탕 황구 오각질에서부터 염소 사추리를 까기까지, 오라비 칼질이라면 저울질이 무색하게 소문난 어림이었다. 친정집이 백정에다, 돼지네가 아범에게 시집오면서부터 아범마저 막주뜸 도살장에 인연이 닿아, 오라비 칼질이 무색하게 아범의 탯중질은 자로 잰듯 한번이면 어느 짐승이고 멱을 땄다.
 어언 백정 집안으로 소문이 줄을 달아 곡괭이 한자루 빌려쓰기 어렵게끔 눈돌림을 당하는 터에, 막주뜸 강생이의 훼방질에 오라비는 아내마저 뺏기고 벌렁 누이 위에 얹혀 버렸다.
"강생이놈 종우가 미국소 피를 섞었다고? 저석 간쪽에다 털시래기도 안얹구서

고런 고짓말루다 십만원을 처부르라는 속셈이여? 아남? 그 소가 워떤 손지 아남?"

"워떤 소랴……"

"벽제말에서 씨골을 빼구서는 벌써 퇴종한 것이랴. 당골질하다 사람 받어죽인 그 소 있잖남, 왜 소장판마다 거래줄이 끊겨 실대로 시어빠진 그 환갑소 말여"

오라비는 꺼억 용트림을 곁들이며 사립을 나섰다. 권세깨나 부리는 강생이 허울에다 오라비가 소면담을 걸고 훼방을 놓아봐야 빠지는 것은 감대질에 곶감일 것이 분명하여, 아범도 돼지네도 그만 소매를 잡아 앉히는데도, 오라비는 오기만 청청 밴 등줄에다 파아란 달빛만 싣고는 성큼 성큼 징검다리를 넘는 것이었다. 헛기침까지 곁들여 사뭇 한달음에 성황당을 돌아가버린 오라비의 기침소리가 연신 빈 마을을 컹컹 울리고 좀산은 훤한 달빛에 봉우리를 걸치고는 죽어 자빠진 황소처럼 늘축하게 늘어졌었다.

아범은 홱 돌아서며 목젖이 울리도록 혀를 끌끌 차며 푸짐하게 내뱉았다.

"그여 달밤에만 나돌려구, 끌끌……백정은 달밤에라야 용심이 솟는다구들 그렇게 빈정대는 데두"

돼지네는 그만 싸아 가슴이 식었다. 허연 달빛 아래다 가슴을 헤벌려 찢고는 짐승잡는 업이나 밝혀보고 이내 죽고싶은 마음 뿐이었다.

장리쌀 다섯가마가 새끼줄을 달아 기어코 엄두도 못낼 서른가마 계산이 다 되고만 것도 오라비 장사치례에다 쓴 아범의 빚쌀이었다. 무슨 심산이었는지, 세도쟁이 출상 때나 거드름을 피우는 꽃상여까지 세 내어서는 동구안을 한식경은 돌리다가, 사십리 뻗친 막주뜸 소판까지 상여를 몰고 가서는, 벽주랍시고 서말이나 되는 술을 장터에다 쏟아 붓고서야 아범은 신들린 사람처럼 가슴을 치며 통곡을 해댔다. 상여 속의 오라비가 흡사 산사람이라도 되는듯

"허어 참— 허어 참— 여봐유 성니임, 소장판에서 각뜬 고기들이 다 서럽다 하구먼은……듣고 있남유? 엉?"

밑도 끝도 없이 해괴스런 말만 넋두리로 쏟아놓고 소판을 떴다.

 거적에라도 둘둘 말아 골짜기 물에 처박는대도 누구하나 눈썹 한번 까딱 않았을 일에 기를 쓰고는 대판 상여출상을 벌인 연유로 공진회를 싹 쓸던 황소가 벼락같이 묶이고 말았다. 기실 백정보다 더 속창이 곪아 썩은 강생이지만 장리빚으로 턱살을 찌우고 사는 판이라 옴싹할 수 없는 상감이었다.

 서너차례 불리워 가서 왕벌통이 줄줄이 놓인 토방 아래 꼭 동냥자루처럼 호통을 맞던 아범이 이마끝까지 차 오르는 홧김에 강생이 멱살을 덥썩 잡고 말았다던가, 방울소리가 나도록 사추리를 발발대며 여러차례 지서 행보를 놓더니 기어코는 후들 후들 떨리는 손으로 황소 고삐끈을 풀고 말았다.

 황소를 떠 밀어 보내고는 팍팍한 언덕배기에 풀석 주저앉아 혀를 깨물고 앉았던 아범이 기어코 홧병을 붙잡아 명줄을 놔버린 후 한 보름남짓 보냈을까 한 밤이었다.

 사태질을 하는 빗줄이 천지개벽이라도 하는양 좀산 계곡을 다 헐고 넘쳐 마당귀에까지 차 넘실댔다. 이엉줄이 볶은 콩 튀듯 작대기 빗줄에 가마골이 패이고, 추녀춤 아래로 서뜩한 풀무래가 뿌옇게 일어, 상방에 앉아 한숨 깜박했던가싶은 돼지네는 소스라쳐 눈을 뜨고 건성으로 밖을 내다봤다. 돼지네는 그만 자라 목 움추리듯 모가지를 어깨쭉지 아래 묻으며 가들 가들 숨줄만 떨었다.

 강생인듯도 싶고 장돌뱅이 꼽추인듯도 싶고 급기야는 아범이 물속에서 갓 솟은 듯 싶게 흠빡 물줄을 뒤집어 쓴 사내가 성큼 상방 안으로 들어섰다. 턱주가리를 덜덜 떨어대며 이마위까지 내린 머리칼을 호들갑스럽게 떨어대는데 아물아물대는 눈안으로 그저 훤칠한 중의가랭이만 떠억 벌려 장승처럼 굳었다. 선뜩한 한기가 상방을 채우고 넙죽한 발자국이 흥건한 물도장을 두서너개 찍었을까. 보채던 촛불이 시름없이 죽는가 싶더니 벼락질이 쩡 쩌엉 온 하늘을 다 찢었다.

 돼지네는 죽어갔다. 느슨 느슨 조여오는 힘에 사지가 가물가물 맥을 잃어가고 뻐개지는듯 조여오는 억척스러운 힘속으로 말려드는듯 싶은 것이 너울대는 궤연의 휘장 속에 겹겹이 두루 말리는 낌새다. 돼지네가 본 것은 대나무가 뽑히는듯 쾅쾅 상방문을 때리는 억척스러운 번개질과 바람과 그리고 넙죽한 발도장에 묻어나는 흥건한 물줄이요 선뜩한 한기 뿐이었다. 좀산이 통채로 떠 흘러가고 상방이 갈갈이 찢기며 부서지는데 퍼런 번개질이 상방문을 밝히며 등제불 속의 툭시발처럼 쩌억 쩌억 결을 찢고 있을 것이었다.

 아범의 탯중질 한번에 벌렁 까 뒤집는 소의 눈알처럼 뱅그르 도는 달무리 안에 퀭한 달덩이가 스르런 간다.
 추녀춤에 걸린 버선짝이 흐늘흐늘 당춤을 춘다. 눈이 시리도록 추녀춤을 살피지만 아범이 나갈 낌새는 없다. 웬일로 달무리는 이렇게 억척스러워서, 그새 상방을 빠져나간 아범의 혼귀불을 그만 선놓치고 말았나도 싶은 것이, 유독 꼬리를 길게 달고 퍼런 불짐을 몽울대며 꼭 추녀춤 버선속으로 든다는 혼귀불 기척은 까맣게 기별이 없다.
 좀산 머릿봉이 엇비슷 하게 되돌림질이고 보면 달빛도 골짜기를 떠 그새 자시가 다 된 징조지만 돼지네는 낫자루 든 손을 대구 떨어대며 좀체 상방안에 들어설 마음이 없다. 달빛이 내려 희뿌연 등줄을 보이며 드러난 골이 아범이 묻힌 사주고랑 위일 것이며 꺼멓게 달빛을 되돌리고 섰는 대암봉 그늘이 오라비 혼귀처일 것이었다.
 시간 어림질로야 영낙없는 자시였다. 추녀춤으로 모은 눈이 사뭇 시려오니 돼지네 머릿속으로는 자나 깨나 불김같은 생각이 또 고개를 든다. 늘축거리는 새김질 침줄을 고드름처럼 달고 쉬파리를 쫓는 꼬리가 도리깨질처럼 튼튼한 어미소만 보면 그저 신들린 밤도깨비 처럼 몽당 빗자루 자레질을 치는 푸짐한 생각이다. 아범이 종우로 묻은 송아지가 그새 커서 송아지를 질렀으나, 나흘전 밤에 한참 배냇짓을 떨던 송아지가 흔적없이 없어진 터에다 어미소는 한겹 더 떠서는 고삐살이 짓물리도록 지랄을 떠는 요즘이었다. 송아지 생각이 차일질을 치면 밤낮을 가리지않고 외양간 서까래가 흔들리게 뿔을 세웠다.

 하필이면 이런 때 재앙도 각색이어서, 아범 혼귀출방때 송아지 면신도 못 시키고 이러는가 싶은 돼지네는, 실상 거기다 한술 더 떠 아범 혼귀가 펄쩍펄쩍 경기를 떨만큼한 생각마저 없힌 꼴이다.

 탈상대제만 챙기고나면 달 없는 초이틀 밤을 날로 잡아 쑥골을 영 뜰 각오였다. 돼지놈 앞날에 금줄치성은 못 드릴 망정 귓속에 명주씨가 익도록 들은 백정체신이란 말만이라도 딱 자르고 보자는 심사다.

 사실 말이지 이 생각을 탈상 때는 정히 아범에게 바칠 결심이었으나, 몸 간수는커녕 호된 꿈자리 탓으로 낫자루마저 든 이 꼴로 엄두를 내다말고 지레 쳇머리를 떨고 말았다.

 돼지네는 쪽다리새에 파묻었던 고개를 든다. 무심결에 상방을 살피던 돼지네는 흠칫 소름을 일구며 무릎을 세운다. 분명 무슨 기척이 일었던듯 싶었는데 뿌연 방속에 어른대는 그림자가 설치는 꼴이다. 궤연이 옮겨 앉았을 리도 만무였고 휘장이 저렇게 춤을 춰댈만큼 샛바람질이 거센 것도 아니다.

 혹시 아범 혼귀가 자시를 나며 출방하는 낌새인가 싶어 문득 처마춤을 살피던 돼지네는 윽--하는 기겁을 물고 사례머리를 떤다. 머리골에서부터 찌르르한 무서움기가 발등을 쏜다. 얼마전까지만 해도 살레살레 바람질을 받던 버선짝이 오간데 없다. 달무리 안을 맷돌질하듯 구름을 얹고 돌던 달이 빛을 죽이면서 막 꺼멓게 시들 때였다.

 상방안이 시꺼멓게 불끼를 잃는다. 그새 기름기가 다 마른 탓일까 생각해보지만 건성 어림질에도 촛불은 실히 한가쟁이를 남기고 있었으니 닭이 홰대를 칠 때까지는 죽을 리 만무였다.

 돼지네 머리골이 쩡쩡 운다. 옷섶이 들리도록 독한 한기가 온 몸을 감는다. 낫자루 쥔 손이 후들후들 떤다. 바싹 허리춤을 움추리고는 끓는 숨을 헉헉대며 기를 쓰고 긴다.

상방 앞 댓돌 앞에 이르러 더는 발이 떨어지질 않아 오금을 꼬고 앉는데 치자물 창호지에 살 입힐 때처럼 허연 달이 구름을 밀치고는 드러난다.

흡사 아범의 탯중질이었다. 낫자루 든 손을 들어 댓돌을 향해 턱 내려 꽂는다. 낫날 끝에서 퍼런 불꽃이 튄다. 댓돌이 불끼를 얹고 사큼한 부싯돌 냄새를 얹는다.

"누구랴! 누구랴! 상방안에 뉘기엿? 뉘기엿? 엉?"

숨줄이 벌래벌래 뜸질을 먹이는데 바싹 마른 단내만 허기지게 샌다. 상방 안에는 기척이 없다. 거스럭대는 휘장의 바람기에 향냄새만 무진 쏟아내고 상방은 그저 궤연 속처럼 죽었는가 싶다.

또 한차례 퍼런 불꽃을 튕기며 낫끝이 댓돌을 갉는데 외양간이 텅텅 울린다. 소가 유독 크게 운다. 고삐를 채는지 결나무가 우지끈 우지끈 바튼 소리를 내고 소굽이 텅텅 용골을 치받는다.

돼지네는 상방으로 기어가던 때와는 유별스럽게 신명이 다르다. 옷섶이 휑한 바람기를 물게끔 줄달음에 외양간 마지문을 드륵 제끼고 들어선다. 뛰던 소가 요동을 멎는다. 고삐를 채며 오장이 다 썩게 울음을 뽑는다. 멍멍하게 머리골까지 다 찬 소의 울음이 섬찟하게 찬 소름을 일군다.

"왜 그랴? 왜 그랴?"

낫날을 곤추 세우고 파들 파들 떨고 있지만 소리는 그저 목젖을 넘기가 무섭게 안으로만 사그러든다. 뭉실한 소의 콧잔등에다 얼굴을 떨구고는 가슴을 쓸어내리는데 상방문이 터억 닫기는 소리다. 불끼 앞의 두꺼비 눈으로 껌껌한 외양간 속에서 건성 눈길을 세우고는 청무밭 속 독사 모가지처럼 잔뜩 고개를 세워 보지만 상방은 또 잠잠하다.

돼지네는 기어코 마음을 차리고 만다. 상방 안에 사람 기척이 있다면 필시 아범 혼귀는 아닐 것이라는 생각이다. 추녀춤에 걸린 버선짝도 없는 판에 아범 혼귀가 상방을 뜰리 만무하고, 그 보다는 언젠가 쑥골 빈 한학당을 쓸고 가버렸던 모진 빗줄이 이엉골을 가마질하던 밤, 벼락질 속에서 옴싹없이 당해버렸던 흉한 일들이 얼핏 가슴을 채웠던 까닭이다.

 말 한자리 쉽게 내쏟아 보지도 못했지만, 만약 아범 혼귀가 제 몸을 손 대었기로 설마한들 태기까지 키우랴 싶었는데, 영낙없이 그 일 후로 입덧이 일었던 터다.
 아범이 넓직한 소 머리 앞에서 억센 탯중질을 하고 있었다. 친정아버지가 달무리를 덮고 선지를 굳히고, 좀산 대왕봉을 스치는 오라비 목줄에 퍼런 낫날이 꽂히면서 자질대는 당산천 개울 속에다 푸석 머리통을 박고 엎어졌다. 금단이년 행방을 쫓아 머리채를 벽도질한 채 누런 갈포수건 한장 달랑 얹어 쓰고 종적을 감춰버린 친정어멈이 눈익힌 탯중질로 금단이년 멱을 따고 헐레벌떡 줄달음을 내달았다. 자진골 숯가마에 각뜬 짐승처럼 얹힌 백정들이 지글지글 기름을 내끓이며 쪼들쪼들 오그러 붙었다. 그 위로, 아니 머리골이 다 찬 수선스러운 일들 위로, 그 비릿한 선지 속으로, 도깨비불보다 더 소름끼치는 푸르스럼한 달빛들이 스럼스럼 불길을 쏟고 있었다.
 좀산 용머리가 퀄퀄 핏줄을 내 쏟으며 천수목 넘어가듯 스르르 자빠지고 백정떼들이 초금가를 하늘이 찢기게 불러대며 길길이 날뛰었다. 쑥골이 통채 불바다가 되어 피적 피적 불길을 세우는가 싶더니 소장터 소들이 고삐를 풀고 용처럼 훨훨 하늘을 날았다.
 돼지네는 앞가슴을 쥐어 짜면서 헉헉 기진해 비틀댄다. 땀줄이 등골을 흘러 허리춤에 쥐어짜도록 괸다.
 상방문이 삐걱하며 못 이기는 기척을 낸다. 돼지네는 낫자루를 세워들고 아범이 하던 양으로 눈썰미를 틀고 한걸음 한걸음 상방으로 걷는다. 바람기에 이렇게 튼튼하게 문이 닫길 수는 없다. 뿌연 달빛에도 문풍지까지 결을 말고 옴싹없이 닫긴 문이 훤히 드러난다.
 댓돌 앞에서 숨을 몰고 있던 돼지네는 벌써 혼이 나간다. 피식거리는 웃음마저 샌다. 그저 탯중질 못할게 뭐며, 제 탯중질도 아범 못지않다는 생각 뿐으로 어지간히 실성기마저 물었다.

발톱이 빠져나도록 상방문을 박차고는 한달음에 상방 속으로 뛰어든다. 혼신이 지치도록 낫날을 사정없이 내꽂는다.

갈비 가래가 엇갈리는 소리가 나도록 사정없이 내리 찍는 낫날에 꽂히는게 없다. 무작정 낫날을 휘두르며 상방안을 돌림질하는데 기어코는 와락 돼지네에게 달려 드는게 있다. 돼지네 살기를 짐작하기라도한 원귀인가, 헉 내뿜는 숨결에 뜨거운 단내가 실린다.

순간 돼지네 정신이 가물가물 갈피를 찾는다. 맞다. 대나무가 통채로 뽑히던 그 날 넙죽 넙죽 물도장을 찍던 우람스러운 가랭이가 풍기던 그 살냄새다.

돼지네는 소 머리판을 겨냥하는 탯중질처럼 어둠 속에서 흰창을 부라려 뜨곤 있는 힘을 다해 낫날을 내리 꽂는다.

"어억— 어억—"

신음을 문 물체가 돼지네를 싸안은 채 푸석 나자빠진다. 힘에 끌려 맞 엎어진 돼지네의 볼에 뜨겁고 끈끈한 물줄이 흥건하게 적신다. 급기야 코가 저린 비릿내가 상방 안을 다 채운다. 구름을 벗어나는지 허연 달빛이 창호지를 밝히고 문창지에 드러난 꺼먼 것이 더운 숨을 내뿜으며 꿈틀댄다.

갑작스레 소가 운다. 상방이 다 울리도록 몇차례 울음을 쏟던 소가 고삐를 채는지 괸나무가 뿌드득 부러지는 소리다. 텅 터엉— 외양간 속이 난리더니 마지문이 덜커덩 떨어지는가 싶다.

돼지네는 허겁지겁 상방을 빠져나간다. 외양간 속에서 소가 불쑥 마당으로 나와 선다. 돼지네가 줄달음을 치는 것에 맞대어 소가 뛴다. 탱자 울타리를 받고 껑충 껑충 마당 안을 뛴다.

돼지네는 소 고삐를 죽을 힘을 다해 움켜쥐고 잔등을 향해 헛다리를 짚는다. 떡메질을 하는 가슴패기가 잔등 위에 겨우 실리기 무섭게 소는 그냥 삽짝을 벗어 난다.

민둥한 소 목덜미를 싸안고 돼지네는 한사코 고삐를 나꿔챈다.

상복을 입은 채 잠속에 빠져있는 돼지놈이 상기 턱마루에 누운 채다.
 소는 줄달음을 친다. 황망 중에도 소가 뛰는 길이 섬찟하다. 자진골 샛길로 뛰다보면 필경 막주뜸이고 신작로가 훤하도록 길목엔 강생이네집 달랑 한채렷다.
 "이놈의 소야! 워디로, 워디로! 막주뜸엔 뭣헌다구, 워디로……"
 미간맞은 탯중질에 사태주름을 잡는 꼴은 되려 돼지네다.
 철벙거리는 소굽소리에 당산천 개울물이 훔찔 사래질을 쳐서야 돼지네는 그만 온몸에 맥이 풀린다. 그리고 초이틀 밤이 아니라 훤한 달무리가 눈싸래를 뿌리고 있는 것도 짐작한다. 소달음에 비끼는 좀산이 당창종 덧친 목놀림처럼 머릿봉을 틀고 달무리는 쑥골을 다 담고 바싹 가락지를 조였다.*

불

할매바위를 싸고 멍울멍울 모인 타래솜 같은 구름이 한줌 시원한 빗줄이라도 뿌릴 듯 웅크리더니 이내 드문드문 파란 하늘 구멍을 내곤 눈돌림질이었다.

먼 눈어림에도 대봉산 산자락은 뿌연 흙바람을 설치고는 눈이 맵도록 지글지글 탄다. 꽁지발이 아프도록 시퍼런 하늘을 이고 맴돌이를 쳐봐도 비가 오실 기미라고는 좀체 없다. 마른 바람질 한 번에도 신작로는 온통 황토 먼지 속에 싸이고 물줄을 찾아 파득대는 할미새가 숨가쁘게 도랑골을 탄다.

이만한 가뭄이라도 천만다행이다 싶은 것은 보릿대에서 곰삭은 두엄 냄새가 나도록 보리농사는 파장을 봤고, 상동면 열두 고을로부터 샘말 방개등에 이르기까지 그런대로 타작마당 일손은 서두르게끔 된 사실이었다.

배미말 산당터를 돌아 시오 리를 실히 물줄을 뻗치다가 샘말 방개등을 빠지면서는 다섯 갈래로 물골을 펴던 왕자냇물이 벌써 두 달째나 빼득거리는 차돌더미를 불볕 아래 내솟으며 바짝 말랐다. 상동면 수리조합이 바닥나 밀떡처럼 쩍쩍 결을 찢으며 갈라져 보기는 샘말에다 농사를 부쳐 먹은 뒤 처음 당하는 오진 가뭄이다.

용배는 아무 곳에나 가리지 않고 풀썩 주저앉는다. 고무신 콧날에 한 삽질은 될

만한 흙먼지가 얹히면서 뽀얀 황토먼지가 인다. 오장이 틀리도록 쥐어짜는 참매미 울음도 가닥가닥 겨우 이어지며 어지간히 용심을 쓴다.

"진장헐 놈어 불볕은…… 원, 숭헌 놈의 개불질도 다 당허네그랴…… 썩어질 놈의 보릿대는 믄 지랄났다고 다 펴서는…… 끌끌."

물 한줌 제대로 못 먹어서는 보릿대만 휀칠하게 키를 뻗고, 그나마 왕골자루 밑의 마른 빈대꼴로 겨우 애젖만 키우다가 시든 보리톨 그까짓 거 기를 쓰고 털어 봐야 몇 섬일까, 용배는 보리밭 생각만 해도 가슴속에서 화덕불이 타는 것이었다. 상동면에서 기껏 백여 리 치닫는 거리였지만 대장촌만 해도 풋각시 가마골 같은 훤한 수로가 와 닿았다. 상동면이 온통 가뭄에 푹푹 쪄서 생지옥처럼 인심이 마르는데도 수로의 꿀물로 밭가랑을 적시는 대장촌은 오진 대풍이라지 않는가. 용배는 말라 짜들어진 몰초를 인둣불 다지듯 곰방대에다 재고는 불을 당긴다. 볼따귀가 뻐근하도록 한 모금 길게 빨아 내뿜는다. 펄펄 끓는 불볕 속이라 그런지 대통으로 빨리는 담배가 사뭇 불김이다. 입천장이 따끈하도록 얼얼한 몰초 연기가 유독 입맛을 망친다.

연신 쓴 입맛을 다셔 대며 관자놀이가 저려 오도록 궁리를 해봐야 뾰족한 묘안이 없다. 그저 쌀줌이라도 벌어 치성을 드리는 수밖에 별 도리가 없다. 보리밭에다 불을 처지르는 한이 있더라도 우선 석조 영감의 기세등등한 낯짝에다 생색을 내고 볼 일이요, 배미말 최가놈에게 보란 듯이 허세라도 부릴 참이었다.

필시 할매바위에 큰 재앙이 붙은 것이렷다. 논 한 뙈기 없는 살림에 읍내 장터까지 찌는 삼복을 훈김으로 멱질을 하면서까지 쏘시개 나뭇짐을 네 행보나 했었고, 늦봄에야 밀기울떡으로 푸짐하게 뱃속을 채워 본 뒤, 구경 한번 못 해본 금싸라기 같은 쌀 두 되를 바꿔, 숨줄이 입 속에다 끈끈한 엿물을 설쿠도록 곧장 뛰어서는 이내 할매바위에다 잿쌀로 바치지 않았던가.

속창자가 명주올이 되도록 기름기라곤 벌써 이태 전에 잊은 불쌍한 놈 잿쌀 두 되가 흙가루만도 못했을까, 할매바위 고랑신은 용배의 간절한 소원을 딱 입맛 다셔 버리고는 저렇게 불솥 같은 훈김만 이고 섰다.

 옛날, 저수지 옆에다 부쳐 먹던 상답 열 마지기에서 오진 쌀톨로만 스물세 가마씩 털어 먹던 때야, 칠만 원 같은 돈쯤 투전판 눈치 끗발재기 무섭게 눈 딱 감고 인심 써버리던 한판 기분에 족했던 터였다. 그런데 이까짓 칠만 원이 청대 같은 보리밭 아홉 가랑을 숨도 못 쉬게 목줄을 움켜쥐었다.

 할매바위 위에서 불볕을 내리쏟고 있는 불덩이 같은 해를 눈이 썩어져라 맞쳐다 보고 있으니 금세 새큰한 눈물이 사르르 괴면서 종아리는 장마철 개울 건너온 두꺼비 뒷다리만큼이나 후들후들 지랄이다.

 용배는 사뭇 할매바위 고랑신이 밉다 못해 고랑신이 거릉거릉 가래를 끓이면서 상기 숨줄을 잇고 있다는 저놈의 비녀 꼭지쯤을 한아름 볏단을 후벼치는 시퍼런 낫날로 요절이라도 못 낼까 싶은 것이다.

 용배의 움푹 팬 볼때기를 힐끗 곁눈질하다 말고 망경댁은 땟물이 꼬지꼬지 흐르는 가랑이를 아무렇게나 벌려 털썩 주저앉으며 숨넘어가는 소리다.

 "그만저만 보시고는 한잠 시들기라도 하시제는…… 썩어질 놈의 보리밭 눈에다 생불 쓰고 보면 뭇 해? 뭇 할 거여……."

 "잡것아, 주둥이나 단속혀. 지랄친다고 사설은 문자사설이엿? 보리밭이 으째 썩어? 아니, 뭇이 썩엇?"

 "이치가 안 그라요? 칠만 원이 뉘 애기 이름이라고 하늘에서 떨어질끄라우, 상여간 속에 죽어 나자빠졌을 끄라우. 꼼짝없는 일이제 머……."

 "후웅, 보리 키가 청대 같은디 칠만 원에 뗀단 말이냐아? 아, 누구 맘대로? 어엉?"

 "얻다 간쪽이여으! 무담씨 역정을 대고 지랄이시네 거. 뭇을 잡쒔다고 오기는 저렇게도 깔대같이 억세 빠졌으까잉."

 고래고래 악을 써대며 외쪽마루가 덜그덕덜그덕 보채도록 껑충껑충 뛰는 폼이 징 박은 풋망아지 설치는 꼴이다. 그런 용배를 흘기면서 톡톡 쏘는 망경댁의 심술도 어지간히 군물이 오른다.

 용배는 땀에 밴 주먹을 불끈 쥐면서 목줄을 타고 치솟는 홧김을 애써 참는다. 불김이 목 뒤로만 처엇히는 꼴로 돌잡이 도리질이 무색하게 초랭이 방정을 떠는 용배의 거동이 통개구리 삼킨 오리 방정처럼 파득댄다.

 하루 종일을 눈이 아프도록 쳐다봐도 질리기는커녕 저절로 콧노래가 솟고 곁에만 가도 싸아하니 비린 보리 향기가 한가슴을 다 채우던 보리밭이, 글쎄 단돈 칠만 원에 떼다니, 꼬리 잘린 살모사처럼 독물을 뿜고 오도방정질을 안 떨게 됐더냐.

 샘말 풀 난 자리 죄다 싹 쓸어 봐라. 용배네 보리밭처럼 그만큼이라도 농사를 치른 보리밭이 또 어디에 있던가. 보릿대 키도 다른 밭에 비해 갑절은 실히 컸고 대마디에 유독 청무살이 오른 품이 한두어섬쯤은 더 털어 내고도 남을 숫자렷다.

"허어, 환장칠 놈어 막장 아니냐."

 생각이 끝간곳 모르게 미치자 용배의 입에서는 절로 뜻모를 비명이 샌다. 불볕을 담은 눈이 벌침 맞은 것처럼 맵고 사끈거린다. 순간 어질어질한 정신을 애써 모두고는 있는 힘을 다해 기둥을 껴안고 선다. 후들거리는 장딴지에 힘을 주곤, 세월 편한 때면 밤마다 으레 그랬듯, 망경댁의 낭창거리는 허리통을 바싹 죌 때처럼 기둥에다 두 가랑이를 똬리로 감아 죈다.

 용배의 눈 속으로 보리밭이 술렁대는 것이다. 한바람 몰아가면 보리밭은 온통 비릿한 보리멸 냄새에 흠뻑 떠서는 출렁출렁 댕기춤을 춰댔다. 코 안이 맥맥하도록 보리멸 냄새가 파랑질이다.

 용배는 두 눈을 딱 감은 채 흡사 실성한 사람처럼 벌름벌름 대고 냄새를 들이마셔 본다. 이내 모가지가 저리도록 울음 같은 홧김이 터져 샌다.

"밭도 내 것이고 보리씨도 내가 묻었다. 내 손 안에서 보릿대가 다 컸고 내 손 끝에서 멸이 다 폈다! 용배가 안 털어 묵으면 누가 묵냐? 누가?"

 그만 기력이 다해 기둥을 감아쥐고는 스르륵 주저앉는데 망경댁이 맞받아 장단을 쳐본다.

"말이사 을메나 오지냐아? 그라제만 몰강스런 놈어 속창아리들이 으디 그라요? 요새같이 궁할 때 당장 빚 돌라 하면 뻘건 두 손바닥만 멀쩡할지 뻔히 알고는 꿩도 묵고 알도 묵겄다는 석조 영감 심술이 눈에다 쌩불 키고 지랄인디……."

"흥! 어림 콧물도 없다! 이무기 같은 놈의 그 심통을 누가 몰라서? 허제만 멱줄이 뜯겨서는 피도랑을 갈고 나자빠지기 전에는 어림 반푼도 없다. 배내가랭이에서 밥풀을 뜯어 먹을 놈들, 후웅!"

"우리 보리밭을 보면 그 노랭이 속이 상투춤을 추게 생겼제 머. 이고오— 속에서 풀무질을 하능가 원, 시끌사끌 지랄이게……."

산나물이라고 배실배실 시들어 빠져서는 돼지도 못 먹을 것을 무슨 금싸라기라도 되는 양 아랫배 사추리에다 꼭 안아 낀 망경댁이 허기에 지친 탓인지 활줄처럼 허리를 다 굽히고는 연신 아이고 아이고 방정맞은 신음을 뱉으며 뒤안으로 돌아간다.

산나물죽이나마 하루에 두 끼를 제대로 먹기가 힘들었다. 걸쭉한 곡기에다 간물을 말아 어금니가 뻐근하도록 시어 빠진 청무순을 터억 숟갈에다 걸쳐서는, 인중이 당기도록 한숨에 삼키고는 배꼽이 마슬을 돌게끔 시원한 용트림질을 곁들여 본 적이 언제였던가.

한움큼이나 겨우 남았던 좁쌀가루마저 경기가 일어 밤새 칭얼대는 쌍둥이 어린 것들 주둥이에다 흘려 줘버리고는 집 안엔 어쩌다 잘못 흘린 곡식톨 한 알 찾아볼 수 없다.

돋아나기가 바쁘게 캐먹어 버리는 탓인지 가까운 산 속을 온종일 뒤져 봐야 바구니 밑바닥을 덮기도 채 모자라고 해서 한바구니 가뜩 나물을 캐려고 이십 리나 족히 되는 가파른 산길을 헤매다 보면 장딴지에 버얼건 멍울이 돋쳐 며칠이고 쑤시고 아리기 일쑤였다.

용배는 땅이 꺼져라 길기도 한 한숨을 내뱉다 말고는, 쫓긴 동냥쟁이처럼 어슬렁 싸립을 들어서는 은순이년이 눈에 들자, 겨우 사그라져 가던 분통이 다시 치어올라 또 한 차례 사주리 트는 형리 본새렸다.

"이런 염병을 헐 년아, 믄 지랄 났다고 동네방네 갈고 댕김시러 야단이엿? 방구석에 안 처백힐라냐, 엉?"

 제풀에 몇 번 텅텅 발을 굴러 대니 흡사 열무 뜯다 들킨 오리꼴로 은순이년이 벼락같이 방문을 열고 자취를 감춘다.

 문지방을 훌쩍 넘는 은순이년 가랑이가 어쩌자고 저렇게 배배 틀려버렸단 말인가 하는 생각이 들자 용배의 가슴속으로 검불 불 같은 설움과 열기가 화지끈 솟는다.

 샘말 싹 쓸어 은순이년 같은 처녀가 없었다. 박 속처럼 새하얀 살결에다 몸뚱이엔 포동거리는 복살이 올라 배미말 최가가 아니래도 사내꼬투리라면 죄다 군침에 엿물을 달았다. 그런데 아무리 생각해도 시원찮은 이유로 신방에서 하룻밤 새기가 무섭게 소박맞고 쫓겨온 뒤로는 시들시들 못돼 가는 꼴이 꼭 서리맞은 고명호박이다.

"쳐죽일 눈어 가시내! 아니, 으짜자고 흘릴 것을 안 흘려? 엉?"

 그 생각만 하면 밭갈이를 하다가도 곡괭이 쥔 손이 삿대차일질을 치던 터라 역정에 못 이겨 버럭 악을 쓰고 만 용배는 금세 아차 싶다. 이 소리만은 은순이년이 안 들었어야 했을 걸 그랬다 싶어 멋쩍게 헛기침 몇 번을 쥐어짜 보는데 벌써 두 끼니나 굶은 뱃속이 얼씨구 맞장단질을 친다.

 생각할수록 배미말 최가놈이 밉다. 아니 최가놈보다도 상동면을 다 쓸어 제일가는 부농이랍시고 그 날캄한 눈꼬리를 번뜩번뜩 굴리면서 호들갑을 떠는 원창댁이 더 밉다.

 말이야 밉다지만 용배의 지글지글 끓는 속이 어디 그것뿐인가. 분김대로라면 맷돌에다 연놈을 갈아도 분통은 남아돌 것이었다.

 원창댁이 세 차례나 몸소 행보를 했고 최가놈은 해거름만 됐다 하면 그저 용배의 중의 가랑이를 붙잡고 늘어지는 통에 벼 열닷 섬을 받기로 하고 선뜻 은순이 년을 내놓았지만, 명색이 혼삿날인데, 소금물에 손등 적셔 낼 수도 없는 일, 석조 영감 비위에다 살살 뜸물을 지펴서는 급전 이만 원에다 곡기 열 가마를 얻어 내 혼사를 치렀던 것이다.

 그 돈 이만 원과 곡기 열 가마 값이 칠만 원이란 장리를 줄레줄레 새끼쳐서는 보리밭 아홉 가랑을 숨 못 쉬게 움켜줬었다 생각하니 새삼 불김이 온 가슴에 다 찬다.

 세상에 그런 이치는 없으렷다. 첫날밤을 새우고 아직 신랑도 기침을 않은 꼭두새벽에 원창댁이 다리미를 들고 성큼 신방으로 들어서더란다.

"으디 보자아— 으디 보자아—"

 요망스러운 눈꼬리에다 잔뜩 명주 주름을 잡고는, 그저 대견해서 실실 웃음기를 흘리며, 몸종을 불러 비누하고 대야물을 떠오라고 수선을 떨더니 두말없이 훅— 이불을 걷어치우더라는 것이다.

 놀라 깬 최가놈이 허겁지겁 옷을 꿰입으며 어무니도! 어무니도! 하고 경기를 떨어 보지만 원창댁은 막무가내 미친 사람처럼 요판을 바삐 살피더니 떠억 입을 벌리며 혼이 빠지더란다.

"아니 이 일이 워짠 일이라냐! 시상에 이런 변이 또 으디 있당가! 웟따, 이 꼴이 믄 난리여? 으디서 화냥년이 집에 기어들었구나! 시상에! 시상에!"

 은순이년은 영문을 몰라 채 꿰입지도 못한 옷가지를 주워 들고는 겨우 사추리만 가리고 앉아 바들바들 떨고만 있고 최가놈도 어리벙벙 혼이 나가 앉았는데 원창댁의 그 해괴스러운 말이 독살스럽게 벼락을 치더란다.

"내가 며느리 셋 봤제만 이런 숭헌 놈의 일은 처음 당하네그랴! 느그 성들은 셋이나 다 숫처녀만 만났어야! 셋이나 다 내 손으로 피를 빨아서는 다르미질로 싹싹 문대서 첫이불을 개워 줬느니라. 그란디, 아, 그란디 이것은 으째 그것이 없다냐? 요판이 으째 이렇게 깨끗하다냐? 아니, 응당지사 흘려 있어야 할 것이 으째 없당가? 엉? 아이고, 이 손하고 다르미 부끄러워서 으짠당가!"

 부잣집 대청 아래 묶여 온 촌닭꼴로 은순이년은 그저 놀라 토끼간이 다 되는데 그만 최가놈의 삽자루 같은 발길이 은순이년 면상을 서너 번 치어받는가 싶더니 원창댁은 더욱 기가 높아 고래고래 악을 쓰더란다.

 "나가! 썩 나가라! 약조한 곡기가마나 쨈매서는 후딱 쫓아 보내! 시상에 쌍것들하고는…… 그래 여기가 으디라고 개구멍처럼 들쑥날쑥 썩어빠진 지집년을 각씨라고 속여 보냈으끄나? 시상에 통도 크제, 통도 커!"

 복날 더위 추세에 늘여 뺀 황구 혓바닥처럼 한 발을 늘여 뺀 혓바닥으로 훼훼 오진 방정을 떨던 원창댁은 손에 들었던 다리미를 급기야는 내동댕이치며 금세 실성하더란다.

 원창댁이 내려붙인 다리미에서 시뻘건 숯불들이 지글지글 마루를 태우고 그 불이 바직대며 지레 시들어 재가 될 때까지 정신을 빼고 앉아만 있던 은순이년은 그만 피에 미쳐 버린 것이다.

 날만 궂어도 은순이년 헛소리는 천만 번이고 똑같았다. 양 가랑이 속에다 얼굴을 묻고 죽은 듯이 앉아 있다가도 통알 삼킨 뱀 모가지꼴로 하늘 속을 우러르며 연신 '피! 피!'다.

 은순이년이 쫓겨온 바로 그날 밤 더없이 분한 일이 그예 터졌다. 첫날밤 신방에서 있었어야 할 그것이 무슨 일인지 이튿날 밤에야 터졌다.

 눈이 뒤집힌 망경댁이 원통해서 목을 놓았고 용배는 피가 흐른 요판을 부욱 찢어 들고는 황소숨을 씨근덕거리며 그 길로 읍내 최가놈 집을 향해 치달렸다. 배미말 가는 길이 그렇게 서러워 보기는 상동면에 호적을 올린 뒤 처음이었다.

 "은순이 에미한테는 나도 피를 못 봤어! 사람이 으찌게 다 한가지란가? 지집년 사추리 속이 으찌게 다 한속이랑가? 그래도 은순이 에미는 동네가 쩡쩡 울리는 방정한 숫처녀였는디…… 이것을 봐! 이것이 뭣잉가? 피가 아니고 뭣이여! 없는 놈 딸년은 이렇게 생트집 잡고 쥑여 놔도 괜찮당가? 하늘이 멀쩡혀! 하늘이 내려다보네!"

 목 틀린 장닭처럼 실성해서 날뛰던 용배는 최가놈 머슴들에게 그예 쫓겼다. 약속한 쌀을 보내 줄 테니 죽은 듯 처박혀 있으란 지가 벌써 석 달인데 그나마 쌀가마 소식은 영 꿀먹은 벙어리다.

 관자놀이를 연신 꾹꾹 눌러 대며 대고 도리질인 것이 실은 다른 속셈에서지만 기어코는 생각 밖의 분통이 터진다.

 기왕 칠만 원은 빚진 것이다. 그러나 먼저 석조 영감과의 싸움에서는 꼭 이겨야 한다는 생각에 용배는 더 괴롭다.

 "아문…… 꼭 이겨사제, 아암, 봐라! 누가 보리를 털어 묵는가……."

 석조 영감의 딸 달순이를 시샘 않으려 해도 은순이년만 보면 절로 울화통이 터지는 용배다. 배미말 최가놈이 달순이를 맞아 간 것이다.

 원창댁은 은순이년에게 했던 것처럼 그런 꼭두새벽에 신방에 들어와 합죽한 주둥이를 호박살 씹듯 그렇게 오므려 물고 실실 웃음기까지 흘리며 신나게 다리미질을 했다지 않은가.

 높은 대청에 앉아, 긴 장대부삽으로 막 똥 갈기려는 닭들의 엉덩이에다 잽싸게 부삽을 갖다 받쳐서는 갓 튀긴 옥수수알처럼 따그르 구르는 닭똥을 받아 휘익 두엄 쪽으로 던지는 일로 하루 해를 다 넘기는, 그 깔끔하고 독살스러운 원창댁 앞에서 석조 영감 면상에다 찰엿 같은 가래침을 앵겨 칠만 원을 뿌리려니 하고 용배는 불끈 주먹을 쥐어 본다.

 천수답 부쳐먹는 농가래야 기껏 세 집, 죄다들 열 마지기가 실히 넘게 저수지 물받이에다 부치는 상답농군들 틈에 끼여 용배는 그나마 논 한 뙈기 없는 동냥치나 다름없다.

 여섯 식구 목줄이 걸린 보리밭 아홉 가랑만이라도 이것만은 절대 남의 손에 넘길 수 없는 것이라고 다짐하며 끓는 불볕을 그대로 받으며 벌렁 나자빠진다. 자꾸 처지는 뱃가죽에다 있는 힘을 다 모으고,

"여보게 망경댁, 노물버무리 한줌이라두 아꼈다가 할매바위에다 제 안 올릴랑가?"
 소리쳐 보지만 망경댁은 죽었는지 살았는지 기척도 없다. 땡볕 아래론 그나마 잘쑥한 허리춤을 기를 써 곧추세운 불개미떼들이 기척도 없는 물줄을 찾아 외길로 뻗쳤다.

 벌써 엿새째나 가을 샛바람에 알밤 지듯 뚝뚜욱 한두어 방울 건성으로 빗물을 떨구다가도 첩첩한 구름덩이는 그새 파란 하늘을 군데군데 열고 모진 더위만 내쏟던 터였다.
 비 한 방울 적시지 못한 보리밭 가랑에 바람기가 일 때마다 배실배실 타가는 보릿대가 뽀얀 흙먼지 속에서 곧 끊어질 듯 배득거린다.
 보리톨이 채 여물기도 전에 이삭들은 누렇게 떠 지레 겉여무는가 하면, 입김만 한 바람에도 말복 송충이 떨어지듯 툭 하곤 이삭이 떨어져 날리기 일쑤이니, 산나물이래야 어금니가 마치도록 질경질경 씹어야 겨우 진물이라도 빠지는 억센 것이나마 가뭄에 콩 꼴이다.
 벌써 이틀째 뱃속이 비었다. 백일이 갓 지난 어린 쌍둥이 빼놓고 실성한 은순이년도 산나물을 뜯느라 온종일 산 속을 헤매지만 단님이가 뜯어 온 한 조리만큼 한 나물까지 합쳐 쏟아 놔야 입 안에 퍼런 풀기도 못 적시고 만다.
"허어, 이러다가는 영락없이 지는구나! 석조 영감한테 져? 헛 참, 아니, 불여시 콧날 같은 고 원창댁년하고 최가놈을 한데 묶어 용질을 친대도 분이 안 삭는디, 허어 참, 진다? 져? 즈그덜이 언젯적 상감이라고, 흥?"
 바들바들 떨리는 가랑이에다 힘을 주고 끄응— 등줄이 저리도록 힘을 쓰며 겨우 일어선 용배는 보리밭께를 보다 말고 기겁이다.
"엉? 저것이 인자 제 보리밭맹끼 잡풀까지 솎아 주고 지랄이세, 허어—"
 기분 같아서야 그냥 한달음에 내처 멱살을 쥐고 두엄지게 푸듯 밭가랑에다 메꼬

나붙이고 싶지만 신음 같은 소리를 내뿜으며 풀썩 무릎을 꺾고 만다.

 마룻장이 울리는 바람에 새까만 파리떼 새로 가쁜 숨을 내쉬던 어린것들이 금세 자지러진다. 한 놈은 곧 숨이 넘어갈 듯 강그러지고 또 한 놈은 그나마 겨우 우는 시늉이라도 하듯 소리에 맥이 없다.

"시상에 내 새끼덜! 을메나 창사가 고프끄나. 에미가 뭇을 묵었어야제 자네들 배를 불려 주제. 젖통이라고 쑤세미같이 쪼글쪼글 오그라붙어서 뭇으로 느그덜 뱃속을 채워 준다냐!"

 저고리섶만 스쳐도 병치입 같은 주둥이를 내두르며 보채는 어린것들에게 망경댁은 나뭇가지처럼 퍼런 힘줄만 갈래갈래 불거진 젖통을 들이대며 울먹인다. 코가 생생하게 저려 와 금세 눈물을 부른다.

"시상에 내 새끼덜! 빨아 봐여! 억척스럽게 빨아 보랑께! 에미 젖통에서 뭇이 나오겄냐? 물줄처럼 줄줄 젖줄이 흘르끄나? 이 속창아리 없는 것들아, 끌끌."

"사설은 그먼 허고 대고 젖줄을 짜줘. 그래야 젖줄이 트제 원."

"헛 참, 말 한번 멋지네 거. 젖줄이 으디서 터져라우? 보틀 대로 보타 버린 젖통에서 뭇이 새? 속이 폭폭해서 썩는 판에…… 시상에 이놈 섯바닥은 펄펄 끓네여! 이마빡도 불댕이같이 훅훅 찌는구먼…… 이고, 복쪼가리 없는 것들아, 으짠다고 이런 에미년 가랭이로 생겨 빠졌으끄나? 붕알들이 아까워서 으짜끄나, 응?"

"단님이는 으디 갔는고?"

"가기는 으디 가? 노물 뜬다고 산고랭치는 다 쏘아다니겠제. 많이 뜯어 와야 죽 쒀준다고 이 모진 에미가 으찌께나 볶았던지 아메도 그 말이 무서워서 노물 뜯는다고 기쓰고 있능갑다."

 양팔로 두 어린것을 싸안은 망경댁의 눈에서 또록또록 눈물이 떨어질 때마다 어린것들이 섬찟섬찟 놀라 젖꼭지를 뱉어 내고 더 강그러진다.

 용배는 부시시 일어나 앉아 스르르 눈을 감는다. 눈앞에서 총총 밴 보리톨들이 톡톡 튀어 내리고 귓바퀴로는 고막이 따갑도록 탈곡기가 웅웅 돌아간다. 생각대로 두 섬은 실히 더 털어 냈고 빈 밭으로는 금세 진초록 콩잎들이 너훌너훌 잎을 영군다.

털썩 주저앉는 소리에 겨우 눈알을 부라려 뜬 용배는 나물 바구니 밑바닥도 채 못 채운 은순이가 병아리 모는 암탉처럼 고갯짓을 해대는 통에 눈앞이 어지럽다.

"쌀 받어 와! 쌀 받어 와!"

은순이년의 눈 안에 독기가 서렸다. 실성한 주제에도 하루 몇 차례씩은 정색을 하고 어금니를 빠드득 간다.

"이고, 웬수여으! 으째 정신까지 마슬 돌리고는 실성해서 이 지랄이여? 섯바닥 칵 깨물고 차라리 디져!"

망경댁의 앙상한 주먹이 은순이의 관자놀이를 사정없이 쥐어박지만 은순이는 그때마다 머리통만 흔들 뿐 꼼짝 않는다.

순간 용배의 가슴속에서 불기둥이 솟는다. 까짓 것 머리통이 깨지도록 맞았으면 맞았지 이번 기회에 무슨 수를 써서라도 원창댁네 창고에서 쌀 여섯 가마만 빼내고 말리라. 밤길을 택해 읍내에서 수리장터까지 달구지로 실어 날라 털보 싸전에다 팔면 오만 원은 얻어 논 계산이다.

"아니, 워째서 그 생각을 못 했댜? 사리가 바른 방도를 두고 워째 이렇게도 속만 끓였댜?"

용배는 토방에 내려서기가 무섭게 싸립께로 내닫는다.

"으디 간당가?"

"내 보리밭 허세비 좀 내쫓고 옴세. 이틀을 굶었어도 그깐 놈의 허세비 하나 내쫓는 것은 호박에 칼 꽂기여."

"허세비라니, 믄 소리랑가?"

"석조놈 말이여!"

용배는 목젖에 차일질을 치는 단숨을 물고 줄창 보리밭께로 내닫는다. 밭가랑에다 오랜만에 오기힘이 밴 장딴지를 터억 올려놓는데 막 황토흙이 묻은 뺑코구두 콧날이 코앞에 닥친다.

"남의 보리밭 잡초는 워째 솎는 거여? 부러 심을 청한 것도 아닌디."

용배는 두말없이 석조 영감의 앙상한 어깻죽지를 턱 거머잡고는 부들부들 떨고 있는 송충이 같은 석조의 콧수염을 겨냥하고는 냅다 차돌 같은 머리통을 벼락쳐 놓고 본다.

"옴메에, 코빵 깨지네에—"

허우대에 딱 알맞게 곧 강그러지는 석조 영감의 비명이 육모초즙 삼킨 어린것 경기나 다를 게 없다.

"네, 네 이놈! 이놈아, 네놈이 백주대로에서 이런 불법만행을 강행했어! 엉? 네놈을 의법조치 안 할 내가 아녀! 사후 일체 책임은 네놈한테 가중되능겨! 이놈, 이노옴—"

"지애미 문자연설 누가 듣자 혀? 빚 갚어 주면 되능 거 아녀? 으짠다고 남의 보리밭은 넘봐? 아 당장 여기서 퇴장허란 말여! 아, 어섯!"

용배는 내친 김에 석조 영감을 불끈 업어 줄달음을 놓다가 두엄지게 푸듯 끄응— 안간힘을 곁들여 길가 질척한 웅덩이에다 메꽂는다.

"아이고 아이고! 이놈, 네놈이 빚을 갚어? 천장에서 피가 새는 가난에 으디서 돈을 맨들어 낸다고! 이놈."

"원창댁허고 약조사항만 이행허면 되능겨. 은순이년 몸값은 그저 떼어 먹어질 줄 알어? 엉?"

"이놈아, 네 푼수에 우리 사돈까지 건드렸것다? 헛 참, 내 개좆 같은 놈의 꼴을 다 본다. 네 이놈 당장 두고 봐라! 네놈 몸 한 곳이 성하게 배겨난가."

"진장칠 놈의 것 당장은 뭇이고 또 두고 보는 것은 뭇이여? 보리밭은 명줄이 끊어져도 내 것이여! 해부아! 을메던지 해부아!"

용배는 갑자기 휘몰리는 허기에 겨우 밭가랑까지 가 피식 주저앉는다. 배실배실 말라 가는 보릿대 한움큼을 쥐고 벌름벌름 냄새를 맡는다. 그러다가 말고 꺼실꺼실한 손등으로 애써 입을 틀어막는다. 손만 떼면 목구멍까지 치어오른 울음이 분별없이 터져 나오고 말 것 같은 것이다. 그 향긋한 보릿대 냄새가 어린것 볼따귀 냄새보다도 더 좋았고, 명줄을 자른대도 이 보릿대만은 기어코 움켜쥐리라 울음을 삼키는 것이다.

 샘말 통틀어 몇 집— 그중에서도 석조 영감 집처럼 새경 놓고 사는 알부자들은 그런대로 불볕이고 타는 보리고 아랑곳없었지만 자갈산을 경계로 용말까지 뻗은 십여 부락은 사실상 발칵 뒤집혔다.
 인심도 날이 갈수록 매정해 가서, 한 끼니나 겨우 풋내를 맡을 나물 한움큼도 허한 곳에는 둘 수 없는 것이, 나물바구니 곁에서 재채기 한 번 하느라 몸을 돌리는 순간이면 바구니째 감쪽같이 없어지는 일도 있고 보면, 샘말 사람들은 해거름이면 서로들 마실도 끊었다.
 망경댁은 부황이 들어 몸뚱이가 갑절은 부어 변소길도 어려웠고, 단님이는 눈곱 떨어졌다 하면 칡뿌리 하나 캐려고 자갈산 속에서 숫제 살았으며, 은순이는 그 독기서린 눈도 이젠 희멀겋게 떠 '쌀 받어와!' 소리도 못 하고 죽은 듯 방 속에 처박혔다. 어린것들 칭얼대는 소리도 모판 넘기는 가락처럼 자지러만 지고—
 홧김이 북새를 놓는 바람에 그만 석조 영감에게 어지간한 찜질을 해버렸던 죄로 용배는 그새 다섯 차례나 지서 행보를 하며 동네 북처럼 이손 저손에서 심심찮은 매질을 받아 한 자리만 옮겨 누우려도 청승맞은 비명이 예사다.
 허기진 것은 고사하고라도 당장 견디다 못해, 지서주임이 시키는대로 모레까지 석조 영감의 빚을 갚기로 했고 만약 빚을 못 갚을 때에는 즉시 보리밭을 양도한다는 각서에다 꾸욱 지장까지 눌러 주었으니, 이젠 석조 영감이 보리밭 속에다 간막을 친다 해도 우격다짐할 건덕지가 없다.
 그간 마음 터억 놓고 뻔질나게 보리밭을 오락가락하는 석조 영감 좀 봐라. 퇴종한 황소 등골처럼 뼛가래가 앙상한 어깻죽지를 잔뜩 추켜세우고는, 공진회 때 장판을 쓸었던 춤가락까지 곁들여 어지간히 여윈 발목대기를 활갯짓에 따라 부러 거들대며, 데데하게 갖다 문 곰방대하며, 그새 석조 영감 거동은 청청 오기가 서렸다.

 이젠 보리밭 푸념하기도 지쳤고 그보다도 눈 뻔히 뜨고 보리밭을 빚에 떼이나 싶으니, 살가죽만 남아 배실거리는 목줄에서 겨우 가락거리는 맥줄에다 우정 한숨을 곁들여, 벌써 산송장이나 다름없는 용배다.

 생각하면 그럴수록 원창댁의 심보가 더럽다. 혼사 치른답시고 볏섬은 받았다 치자. 물줄같이 멀쩡한 은순이년에다 무슨 트집을 못 잡아 겨우 그런 매정스러운 방법으로 아들놈 오입 한번 시키고 말았으면 준다는 쌀이라도 용배에게 돌아와야 합당한 이치가 아닌가. 오직 분통이 터졌으면 그랬을까만, 석조 영감에게다 해버린 찜질로 성미깨나 있는 사람으로 점찍어 버린 것들은 기껏 지서 사람들뿐, 용배를 아는 샘말 사람들은 모두 용배의 덕성을 알아줬다.

 원창댁 일만 해도 그랬다. 마을 사람들은 죄다 그런 좋은 딸년 멀쩡하게 폐인 만들어 놓고 비위는 경치게도 좋아 이렇게 참느냐고들 성화다. 자기들 같았으면 벌써 누가 죽든 끝장을 내고 말았다는 것이다.

 용배는 싸아 매워 오는 콧날을 손등으로 쓰윽 문질러 버리지만 햇닭 알자리만큼 걸리는 게 한두 가지가 아니다.

 그러고 보니 원창댁이 은순이년 하룻밤이라도 데려간 것은 숫제 돈놀음으로 해본 투전판 아닌가. 뻔질나게 가문 가문 찾는 것이 하필이면 샘말 싹쓸어 제일 가난한 용배 딸년을 며느리로 식구를 만들 의사는 애당초 없었을 게다. 그 최가놈 색정을 아는지라 그저 아들놈이 탐내는 은순이년 데려다가 직성 한번 풀어 준 계략이다. 널빤지 같은 최가놈 가슴 아래 깔려 그에 죽는가 싶게 바둥댔을 은순이년을 생각하면 머리끝까지 피가 거슬렀다.

 물씬물씬 땀내가 오르는 중의 가랑이에다 얼굴을 묻고 이런저런 생각에 골똘해 있던 용배는 따그르 아금니가 맞치도록 분통을 씹는다. 아무리 생각해야 동네 사람들 말이 맞나 싶은 것이다.

 빚 칠만 원 그까짓 것 고심할 게 뭔가. 원창댁네 창고쯤 훤히 알고 있것다, 쌀 여섯 가마만 끄집어내 줄행랑을 친대도 저희들이 할 말이 또 있을까 말이다. 저희들 편에서 큰일 삼지도 못할 것이 이 일만큼은 용배의 허파가 두 쪽이 난대도 맞덮어 논 그릇이다.

 용배는 부시시 일어나면서 주먹을 꼬옥 쥐어 본다. 더 기다릴 필요도 없다. 오늘밤에 원창댁네 창고를 뜯어 내린다. 가서 창고 동정이나 살펴보려니 하고 싸립께로 발을 옮기는데 귀에 익은 계집애의 째지는 듯한 비명이 거푸 들리면서 수선스러운 발작 소리들이 싸립께로 몰려든다.

 용배는 발돋움을 한 채 싸립 밖 언덕길을 쳐다보다 말고 눈을 휘둥그렇게 뜬다. 단님이가 피투성이가 된 채 싸립 안으로 쏜살같이 달려들어와 쓰러지는가 싶더니 시퍼런 낫을 들고 뒤쫓던 사내 아이 둘이가 기겁해서 되돌아 언덕길을 치달려가 버린다.

 단님이의 손아귀엔 칡뿌리가 꼬옥 쥐어져 있는 품이 사내애들이 캔 것을 훔쳐 달려온 낌새다. 망경댁이 수선통에 뛰쳐나와 단님이의 꼴을 보고는 허옇게 눈알을 뒤집어 깐다.

 "아이고, 이 꼴이 믄 일이랑가? 아니, 니가 뭇을 묵었다고 금줄 같은 놈의 핏물로 멱을 감는대야? 이고, 시상에 이 피! 이 피가 대체 으디서 나오는 피라냐? 응? 어디?"

 어깨 뒤쪽으로 허옇게 뼛골이 드러나도록 낫자국이 깊게도 패었다. 단님이는 목 아래께로 온통 핏물칠을 하고 있으면서도 눈 한번 까딱않고 칡뿌리만 뜯는다. 어린것 눈에 소름이 돋도록 독기가 서렸다.

 "시상에에, 어린것이 을매나 허기에 미쳤으면 아프단 말 한번 않고는 이렇게 칡뿌리만 뜯는다냐? 시상에 이 칡뿌리 감추는 것 좀 보씨요 예! 으짜면 이럴끄라우! 그나저나 물줄같이 새는 놈의 피를 으찌게 막아사 쓴다냐, 이고, 이고."

망경댁은 치마폭을 부욱 찢어 단님이의 어깻죽지를 감싸면서 이내 목을 놓고 만다.
 "얼뜩 쑥고를 해줘! 쑥고를 발라사 피가 멎제."
 용배는 등줄로 차디찬 식은땀을 일구면서 싸립 기둥을 붙들고 비틀 몸을 가눈다.
 "이 근방에 쑥이 있어사제. 땅 속에 있는 뿌리까지 다 캐어 묵어서는 쑥이라고는 낯짝도 못 보는디 으째사 쓸꼬."
 연신 핏물을 흘리며 앉아서도 그저 우적우적 칡뿌리만 씹는 단님이의 눈은 어린 것답지 않게 파들파들 초랭이를 떤다.
 용배의 가슴속에서 불솥 같은 열담이 차오른다. 횟배 떼려고 마신 휘발유 뒤끝처럼 쨍쨍 우는 역한 단내가 코 안에 다 찬다.
 중의 가랑이를 둘둘 걷어붙이고는 손바닥에다 찰엿 같은 가래침을 퇴퇴 붙여 앵긴 용배는 소줏불이 오를 때처럼 씨근대며 싸립을 나선다. 이 눈 안에 누구든 들었담 봐라. 석조놈이고 최가놈이고 원창댁이고 간에 가리지 않고 떡메질을 쳐 분통을 풀 것이었다.
 용배는 비틀비틀 논길을 걸으면서 몇 번이고 피가 배도록 입술을 깨문다. 이내 논길을 치달리는 성난 줄달음이다. 고래등 같은 원창댁네 기와집이 해거름 노을을 받아 을씨년스럽게도 섰다. 길기도 한 돌담길을 돌아 창고에 이르니 머슴 하나 얼씬 않는다. 창고문은 머리통만한 자물쇠를 달고 굳게도 잠겼다.
 간단없이 저 널쪽 같은 판대기 다섯 장만 뜯어내면 일은 식은 죽사발 둘러마시기나 진배없다. 설령 들킨대도 머슴놈까짓 것 메다꽂으면 될 것이고, 원창댁이나 최가놈에게 들키면 어쩐다, 용배는 이 대목에 생각이 미치자 휘휘 고개를 내젓는다. 그만 울음이 솟을 것 같아 창고 옆 아카시아 울타리에 몸을 숨기고는 풀썩 쪼그려 앉는다. 아무래도 판대기는 낫으로 깎아 내야 그중 쉬울 것 같다 생각하는데 발목이 꺾이면서 삭신은 낙지살처럼 피식 쓰러져 버리고 만다.
 용배가 싸립 좀 멀리 이르렀을 때였다. 집 안에서 울리는 망경댁의 곡성이 유독 오장을 다 긁는다. 고의춤을 바싹 추켜세우고는 허겁지겁 싸립 안에 들어선 용배는 활활 타오르는 군덕불 가에로 희미하게 드러나는 동네 아낙네들을 본다. 망경댁 옆에서 실성한 은순이년이 더 혼이 빧게 울고 앉았다.

"쑥을 뜯을라고 보니이 쑥이 있어야제에— 그나마 그 지랄 같은 놈의 쑥대가 하나도 안 뵀다면 내 불쌍한 딸자식이 에미 품속에서라도 죽었제에— 이놈의 쑥이 오리 가다 하나 있고 십 리 가다 하나 섰고오— 그래서 그놈의 것 반 양재기를 뜯는디 으찌께나 더디든지이— 뜯어 와서 봉께는 검불 옆에 누워 있는디 영락없이 자는 줄만 알고느은— 이 미련한 에미년은 쑥을 찜시로도 자지 말라고 자지 말라고 소락때기만 쳐대다가아— 쑥고를 더덕더덕 묻히다 봉께는 아 글씨 죽었단 말이여어— 그새 피가 으찌께나 흘렀는지 쥐어짜도록 배어서는 그 참에 내가 정신을 잃었는지 눈이 뒤집혔는지 별안간 독기가 올라서는 내 새끼 죽인 놈 나도 그놈을 쥑일라고오— 샘말부터 훑은 것이 진섬, 매밭굴, 앞말, 주곡, 사당까지 싸악 뒤져 봐도 영영 못 찾고느은— 이고 이고, 이 일을 으째사 쓰꼬오— 이고 이고오—"

망경댁은 설움이 끝이 없다. 단님이의 얼굴에다 미친 듯이 볼을 부벼 대며 불김에 드러나는 실성한 얼굴에도 온통 시꺼먼 피칠을 했다.

"에끼 년! 에끼 년! 시상에 칡뿌리 묵고 싶어 그놈 뺏어 묵다가아— 그놈 묵다가 디지라고 이 모진 에미가 니를 키웠으끄나아— 시상에 배때지가 을메나 고팠으면 아픈 줄도 모르고 피가 물줄같이 새는디도 이놈의 주둥이로 칡뿌리만 씹드니이— 에미가 뺏어 묵으까 봐서 이놈의 눈으로는 에미를 흘기고느은— 아이고 으찌께 산대야, 으찌께 산대야 아, 아이고오—"

망경댁은 늘어진 단님이를 싸안고 앉아 몸부림을 친다.

용배는 금세 혼이 빧는다. 죽은 자식이 이렇게도 멀단 말인가. 부들부들 떨리는 손으로 몰초를 재 물고 성냥불을 긋는다. 그제야 동네 아낙들이 용배를 알아차리고는 새삼스러운 곡성을 쏟는다.

뚝뚝 떨어지는 짤짤한 눈물이 하냥 몰초의 불을 끈다. 낫자루에다 침을 앵겨 붙이고는 싸립을 나온다. 아무도 못 들을 곳에서 실커장 울음이나 쏟고 싶다. 축축한 언덕배기를 기어오르는데 정수리가 뻣뻣하게 저려 온다.

 목줄이 당기면서 막 질긴 울음이 터지지만 용배는 이를 갈며 참는다.

 "후웅, 워떤 놈들에게 눈물을 뵈! 이것이 으디 용배냐아—"

 벌떡 일어서기가 무섭게 배미말을 향해 치닫는다.

 할매바위 한 뼘 남짓 위로 열사흘 호박덩이 같은 달이 막 돋는다. 용배는 뛰다 말고 그 자리에 풀썩 무릎을 꿇고는 손바닥이 얼얼하도록 연신 빈다.

 "할매바위 고랑신님 워째 이리 모질뀨우. 단님이도 바쳤구마는…… 인자 비나 뿌려 주시지라우. 그래사 빚을 갚지랍녀. 믿구만요, 믿어유. 그라고 우리 단님이 좋은 자리 골라 묻어 주시게라우, 할매바우 고랑신니임—"

 용배는 언제 빌었더냐 싶게 다시 낫자루에다 침을 앵긴다. 내처 내닫는다. 원창댁네 집 담밑을 돌다가 환한 봉창 앞에서 잠시 멈칫 선다.

 쌀가마를 빼내는 데야 이쯤에서부터는 도둑고양이 담 타듯 해야 하련만 용배는 무슨 일인지 서슴없이 후적후적 걸어나간다. 뱃속이 후련하도록 헛기침마저 네댓 차례 쥐어짜고는 창고문 앞에 서기가 무섭게 문짝에다 텅텅 낫날을 내꽂는다. 온몸이 땀줄에 젖는다.

 한쪽 송판이 비적비적 금이 가는데 두런거리는 소리가 나더니 뒤가 환하게 밝아 온다. 머슴 둘하고 최가다. 용배는 헛것이라도 본 양 그저 정신없는 낫질이다.

 "아니, 아니, 이런 통 큰 놈의 도적놈을 봤어? 안 놀 참이여? 안 그칠 것이여?"

 최가가 단김에 용배의 낫자루 든 손을 비틀어 잡는다.

 "이것 놔! 이놈아, 쌀 열 가마를 네놈 손으로 안 건네니 헐 수 없는 노릇 아녀? 쌀만 내놔! 그냥 땅 속으로 삭어들 텡께."

 "아니, 이런 상놈의 영감 보게? 아니, 뭇이 어째? 어따아—"

 용배의 볼따귀에서 번쩍 불벼락이 인다. 순간 용배의 낫자루 든 손이 타작보리 도리깨질처럼 간곳없이 허공을 내젓는다.

"쥑여서는 안 되여! 나는 네놈들처럼 사람을 생골로 잡아 쥑이진 못혀! 안 쥑여! 못 쥑여! 저리 가, 가아—"

 고막이 쩡쩡 울리는 비명소리와 함께 용배는 낫자루 든 손에 이끌려 피식 쓰러지고 만다. 최가놈이 벌렁 눈을 뒤집어 깠다. 머슴들이 뭐라고 소리치며 줄행랑을 쳤을 때에야 용배는 낫자루를 논다.

 용배의 뜬 눈이 사뭇 시리다. 맵싸한 눈물이 돈다.

 용배는 최가의 배 위에서 내리자마자 풀썩 고꾸라진다. 사지가 문풍지 떨듯 제멋대로 논다. 손톱이 후벼 터지도록 땅바닥을 기어가던 용배는 땀물로 밴 손등을 중의 가랑이에다 씻어 내다 말고 섬뜩 놀란다. 피다. 끈끈한 선지가 달빛에 검다. 그제야 용배는 정신없이 내닫는다. 할매바위 고랑신도, 보리밭도, 믿을 것이라곤 세상천지에 아득하다. 석조 영감의 손으로 보리밭이 넘어가기 전에 보릿대 냄새나 혼이 빠지도록 맡아 둘 일이었다.

 최가가 벌렁 흰창을 뒤집어 깠으니 빚 갚을 길은 송진 속에 불개미 기듯 훤한 이치였고 내 손으로 탈곡기를 돌리며 뿌연 보리멸 먼지 속에 있기도 다 틀렸다. 겨우 아홉 가랑 보릿대에 보리톨이 벤 긴 기껏 여섯 가랑쯤 털어낼 것이고 나머지는 죄다 지레 말라 불쏘시개다.

 용배는 싸립 앞에 길게 늘어져 뻗는다. 훈훈한 땅김이 눈물이 나도록 맵다. 땅결을 파고 듬뿍 처넣던 곰삭은 두엄 냄새다. 장딴지가 뻐근하도록 삽질로 두엄을 떠 콩밭 물줄에다 질척질척 가래질이나 떠보고 죽었으면 원이 없을 것이었다. 핏발이 서 마냥 쓰린 눈 안으로 단님이를 안은 채 실성해서 앉아있는 망경댁이 검불질에 덧보인다. 용배는 망경댁을 불러 본다. 소리는 목젖에 걸려 바들바들 떨다 만다.

 관솔불이 풀무질을 받듯 용배의 식은 가슴이 스렁스렁 불김을 안는다. 지게다리를 붙들고 무릎을 세워 용배는 보릿단을 치듯 검불단을 싸 얹는다. 지게가 기울도록 검불단이 얹혔다.

용배는 죽을힘을 다해 끄응 지겟대를 세운다. 찢긴 중의 가랑이가 한 차례 요동을 치더니 시큰한 무릎이 겨우 뿌드득 소리를 내며 종아리를 세운다. 보리밭 가랑이 꿈속처럼 멀다. 오진 샛바람이 보리밭을 휘몰고 간다. 치렁치렁 골을 판 가랑이 속에서 배싹 마른 보리들이 억척스레 결을 부빈다. 용배는 황소숨을 씨근덕대며 마냥 섰다. 그저 샘말에 삽을 박은 선친들 묘자리도 볼 면목이 없다.
"왠수여! 이 왠수여……."
 등에 진 검불단에 모진 바람이 비낀다. 중의 가랑이가 펄럭일 때마다 역한 피비린내가 오른다.
 기어코 가슴 한구석이 헐리면서 걷잡을 수 없는 울음이 터진다.
 한번 뛰어들면 죽어도 보리밭 속에선 나오지 않을 결심이었다. 중의 띠를 푸는 손이 뻣뻣하게 굳는다.
 중의 띠를 풀어 다시는 엎어지지 않게 제 몸과 지게를 단단히 묶는다. 자칫하면 허기에 지쳐 검불짐을 놓칠 판이었다.
"이구, 웬수여! 이 웬수여! 싸악 타버려! 아조 잿골을 내고 싸악 타버려!"
 용배의 손에서 드윽 성냥불이 그어진다.
 확— 바지직, 바지직—
 지게의 검불짐에 댕긴 불길이 등제불 솟듯 불기둥을 세운다, 불길은 금세 용배의 중의 가랑이를 다 싼다.
"이 웬수여, 싸악 타버려! 아조 하늘 속까지 싸악 타버려!"
 용배는 기세 좋은 불길을 싣고 미친 듯 보리밭 속으로 뛰어든다.
 샘말 한복판에서 인 불길은 마을을 다 밝히고도 남았다.*

〈작가 연보〉

천 승 세 (1939.2.23~2020.11.27)

1939년   전남 목포 출생

1958년   동아일보 신춘문예에 〈점례와 소〉 당선.
         단편 〈내일〉(현대문학.10월)이 1회 추천.

1959년   단편 〈犬族〉(현대문학.2월) 2회 추천완료. 단편 〈운전수〉(대중문예.5)
         〈예비역〉(현대문학.7월) 발표.

1960년   단편 〈四流〉(현대문학.10월), 〈解散〉(현대문학.3월),
         〈姉妹〉(학생예술.3월), 〈쉬어가는 사람들〉(목포문학.3월) 발표.

1961년   단편 〈矛와 盾〉(자유문학.9월), 〈花嶹里 솟례〉(현대문학.11월),
         〈살모사와 달〉(소설계) 발표. 성균관대학교 국어국문학과 졸업.

1962년   단편 〈누락골 이야기〉(신사조.3월), 〈春農〉(토픽투데이),
         〈째보선장〉(신사조) 발표.

1963년   단편 〈憤怒의 魂〉(자유문학.2월), 〈물꼬〉(한양.12월) 발표.

1964년   단편 〈봇물〉(신동아.10월), 〈村家一話〉(한양), 〈麥嶺〉(한양.6월) 발표.
         1월 경향신문 신춘문예에 희곡 〈물꼬〉(1막) 입선, 3월 국립극장 장막
         극 현상모집에 〈滿船〉(3막 6장) 당선.

1965년   희곡 〈등제방죽 혼사〉(農園.11월) 발표.
         1월 한국일보사 제정 제1회 한국연극영화예술상 희곡상 수상.

1968년   단편 〈맨발〉(신동아.6월), 〈砲大領〉(세대.10월),
         희곡 〈봇물은 터졌어라우〉(농원), 중편 〈獨湯行〉(현대문학.9월) 발표.

1969년   단편 〈분홍색〉(월간문학.1월) 발표. 한국일보사 입사.

1970년   단편 〈從船〉(월간문학.4월), 〈그날의 초록〉(월간문학.10월),
         〈感淚練習〉(현대문학.12월) 발표.

1971년　단편 〈돼지네집 경사〉(월간문학.4월), 〈貧農〉(신상.9월),
　　　　〈主禮記〉(신동아.10월) 발표. 제1창작집 《感淚練習》(문조사) 출간.
1972년　제2창작집 《獨湯行》 출간. 한국일보사 퇴사.
1973년　단편 〈누락골 보리풍년〉(독서신문), 〈배밭굴 청무구리〉(여성동아.4월),
　　　　〈달무리〉(한국문학.11월), 〈불〉(창작과 비평.겨울),
　　　　중편 〈落月島〉(월간문학.1월) 발표.
　　　　3월~5월 북양어선에 승선하여 북양어업 실태 취재.
1974년　단편 〈朔風〉(문학사상.3월), 〈雲州童子像〉(서울평론.5월),
　　　　〈暴炎〉(월간중앙.8월), 〈黃狗의 비명〉(한국문학.8월) 발표.
　　　　소년장편소설 〈깡돌이의 서울〉(학원1974.7~1976.3) 연재.
　　　　한국문인협회 소설분과위원장 被選.
1975년　단편 〈산57통 3반장〉(전남매일), 〈義峰外叔〉(전남매일),
　　　　〈種豚〉(독서생활.12월) 발표. 3창작집 《黃狗의 비명》(창작과 비평) 출간.
　　　　8월 창작과 비평사 제정 제2회 만해문학상 수상.
1976년　단편 〈백중날〉(뿌리깊은 나무.창간호), 〈토산댁〉(월간중앙.2월),
　　　　〈돈귀살〉(한국문학.11월) 발표. 장편소설 〈四季의 候鳥〉(전남매일) 연재,
　　　　장편소설 〈落果를 줍는 기린〉(여성동아1976.10~1978.3) 연재.
1977년　단편 〈방울 소리〉(여원.12월), 〈인천비 서울비〉(독서신문), 〈뙷불〉(소설문예),
　　　　〈梧桐秋夜〉(문학사상.6월), 〈斜鼻先生〉(월간중앙.10월),
　　　　〈쌍립도 可絶이여〉(기원) 발표. 중편소설 〈李次道 福順傳〉(소설문예),
　　　　〈神弓〉(한국문학.7월) 발표. 4창작집 《神弓》(창작문화사) 출간.

1978년　장편소설〈黑色航海燈〉(소설문예.2,3월) 2회 연재되고 중단.

　　　　〈奉棋士의 다락방〉(월간바둑.1977.5~1978.7) 연재,

　　　　단편〈혜자의 눈꽃〉(문학사상),〈細雨〉(문예중앙),

　　　　〈꿈길밖에 길이 없어〉(월간중앙.9월) 발표.

　　　　장편소설집《깡돌이의 서울》(금성출판사),《四季의 候鳥 상.하》(창작과 비평),

　　　　《落果를 줍는 기린》 출간.

1979년　단편〈靑山〉(독서신문) 발표. 산문집《꽃병 물 좀 갈까요》(지인사),

　　　　5창작집《혜자의 눈꽃》(한진) 출간.

1980년　단편〈不眠의 章〉(음양과 한방.2월), 중편〈天使의 발〉 발표.

1981년　장편소설〈船艙〉(광주일보1981.1~1982.10.30.) 연재.

1982년　제4회 聲玉文化賞 예술부문 大賞 수상.

1983년　꽁트집《대중탕의 피카소》(우석) 출간.

　　　　국제 PEN 클럽 한국본부 이사 被任.

1984년　단편〈彈奏의 詩〉(예술계.12월),

　　　　장편소설〈氷燈〉(한국문학1984.8~1986.2) 연재.

1985년　단편〈滿月〉(동아일보) 발표. 국제 PEN클럽 한국본부 이사 重任.

1986년　단편〈耳公〉발표. 꽁트집《하느님은 주무시네》 출간.

　　　　자유실천문인협의회 상임고문 被任.

　　　　대표작품선《砲大領-상》,《이차도 福順傳-하》(한겨레) 출간.

1987년　꽁트집《소쩍새 울 때만 기다립니다》(장백) 출간.

1988년　수필집《나무늘보의 디스코》(삼중당) 출간.

1989년　시〈丑時春蘭〉외 9편(창작과 비평.가을) 발표.

1990년　장편소설〈순례의 카나리아〉(주간여성1990.6.15.~1991.4.28.) 연재.

　　　　장편소설〈黑色航海燈-氷燈 2부〉(옵서버1990.5~1991.3) 연재.

1993년　에세이집《번데기가 자라서 하늘을 난다》(열린세상),

　　　　낚시에세이집《하느님 형님 입질 좀 봅시다》(열린세상) 출간.

　　　　중편소설집《落月島》(예술문화사) 출간.

1995년   시집 《몸굿》(푸른숲) 출간.

2007년   소설선집 《黃狗의 비명》(책세상) 출간.

2016년   시집 《山棠花》(문학과 행동) 출간.

2020년   암으로 투병중 전신으로 암세포가 전이되어 약 2개월 와병 후
         11월 27일 영면.

2022년   장편소설집 《선창》 1·2권(헥사곤) 출간.

2022년   장편소설집 《빙등》(헥사곤) 출간.

2023년   장편소설집 《순례의 카나리아》(헥사곤) 출간.

2023년   장편소설집 《봉기사의 다락방》(헥사곤, 비매품) 출간.